笠間書院

斎藤正昭
Saito Masaaki

『枕草子』連想の文芸

章段構成を考える

まえがき

『枕草子』は、大きな謎に包まれた文学である。「春は曙」（初段冒頭）「この草子、目に見え、心に思ふ事を」（跋文冒頭）――『枕草子』は、この堂々たる初段と跋文を持ちながら、跋文の内容は謎に満ちており、そこには『枕草子』が複数回にわたって成立した形跡が見られる。また、現在、残されている四系統の伝本の中で、最善本とされる三巻本でさえ、「不審ヲ散ゼズ」（三巻本奥書）という心もとない状況にある。跋文直前に位置する一本全二七段の存在についても、何ら明確な答えが出されていない。

本書は、こうした『枕草子』の根幹にかかわる謎の解明を目指すものであるが、その答えの手掛かりを、『枕草子』原本が本来、有していた章段の連続性に見いだした。すなわち、三巻本に基づきながら、これまで見落とされていた章段の連続性（全章段の約三分の一に及ぶ一〇〇余の事例）を掘り起こし、その連続性を手掛かりに、新たな章段の順序に並び替え、六つの章段群を探り当てた。そこから浮かび上がったのは、〈連想の文芸〉という『枕草子』の本質であり、導き出されたのは、三巻本に隠されていた『枕草子』原本の形態である。

本書の目的は、次のとおりである。

一、『枕草子』が連想の文芸であることを、従来、見落とされていた優れた章段の連続性（全章段の約三分の一の事例）を通して実証する。

二、一を踏まえて、『枕草子』原本が有していた雑纂的形態を復元し、その複数に及ぶ大凡の成立時期も確定する。

三、一・二を踏まえて、三巻本の実態を明らかとし、能因本に対する、その優位性を改めて確認する。

本書は、基礎篇と考究篇より成る。基礎篇は、『枕草子』の構成について考察する。第一章では章段前後の接続関係の有無、第二章では第一章に基づき、跋文を踏まえて章段全体の発表時期を検証する。考究篇は、基礎篇に基づき、第一章では、さらなる章段前後の接続関係、第二章では基礎篇第二章の成果である四期構成、そして第三章では、三巻本の実態と能因本の位置づけについて検証する。

一については、本書の根幹となる基礎篇第一章第一節「章段前後の接続関係（一）――一本全二七段と跋文を含む全章段の検証」、及び、そのエッセンスである考究篇第一章「連想の文芸――見落とされていた章段の連続性」を参照されたい。二と三は、この基礎篇第一章第一節の考察に基づき導き出されている。その結論は、一の考察に対する最も自然、かつ合理的な解釈を提示したものである。本書が、隠れていた『枕草子』の魅力を解き放ち、『源氏物語』と並び称せられる、この珠玉の名品に、さらなる輝きをもたらすこととなるならば、これに勝る喜びはない。

『枕草子』連想の文芸——章段構成を考える

目次

第二章　四期構成の特性

【凡　例】

一　『枕草子』の本文は、三巻本を底本とする、松尾聰・永井和子校注・訳『枕草子』（新編日本古典文学全集、小学館、平9）に拠った。ただし、同じく三巻本を底本とする諸註に、一部、従った箇所がある。また、読解の便宜を図るため、表記は適宜、改めた。

二　『枕草子』の章段数は、萩谷朴校注『枕草子』上・下（新潮日本古典集成、新潮社、昭52）に拠った。

三　主要な参考文献には、略称を用いた。その一覧は、巻末の「主要参考文献」で示した。

四　『枕草子』本文様式の呼称は、類聚的章段（「もの尽くし」的章段）・随想的章段・日記回想的章段とした。

五　「枕草子全章段表」「第一期（定子サロンでの発表）章段表」「第二期（源経房による流布）章段表」「第三期（跋文の章段群）章段表」「第四期（跋文後）①章段表」「第四期（跋文後）②章段表」「第四期（跋文後）③章段表」「枕草子年表」を付した。

基礎篇

第一章　章段の構成（一）――接続関係からの検証

第一節　章段前後の接続関係（一）――一本全二七段と跋文を含む全章段の検証

1　初段「春は曙」と第二段「頃は」……連続性あり

・春は曙。……夏は……秋は……冬は……（初段）

・頃は、正月、三月……十一、二月。全て折々につけつつ、一年ながら、をかし。正月。一日は、まいて……。七日、……。八日、……。十五日、……。……三月三日は、……。……四月、……（第二段）

初段の「春は」「夏は」「秋は」「冬は」に対して、第二段は最初に「頃は、正月、三月……十一、二月」と、一年を通観・列挙した上で、「正月」「三月」「四月」に焦点を当てて詳しく述べる。**集成**には「前段の四季に対する一年十二カ月の季趣。……その中、正・三・四各月の特に季趣に富んだ行事についての随想」とある。

ちなみに、第二段を「頃は、正月……二月。全て折々につけつつ、一年ながら、をかし」までとして、それ以降の「正月。一日は、まいて……」を別段とする分け方もあるが、この別段説に拠っても、その連続性に変わりはない。
初段から第一〇段「山は」への繋がりについては、9（17頁）参照。

2　第二段「頃は」と第三段「同じ言《こと》なれども」……連続性あり

・あやしう躍り歩《あり》く者どもの、装束《さうぞ》き、仕立てつれば、いみじく定者など言ふ**法師**のやうに、練りさまよふ。……蔵人、思ひ占めたる人の、ふとしも、えならぬが、その日、青色、着たるこそ、「やがて脱がせでも、あらばや」と思ゆれ。綾ならぬは、わろき。（第二段末尾）
・同じ言なれども、聞き耳、異なるもの。**法師**の言葉。（第三段冒頭）

第二段末尾から第三段冒頭へ。すなわち、第二段は、蔵人を切望する人が四月の賀茂祭当日限定とは言え、待望の青色の袍を着ることができたものの、同じ青色の袍ではあっても、本式の綾織でないのは、よくない（末尾「綾ならぬは、わろき」）という感想で締められている。これに対して第三段は、同じ言葉であるけれども、聞いた感じが異なるもの（冒頭「同じ言なれども、聞き耳、異なるもの」）で始まる。両段は〈同一のもの（同じ青色の袍や同一の言葉）でも異なる〉という連想の糸で繋がっている。

また、両段は「法師」繋がりでもある。

3　第三段「同じ言《こと》なれども」と第四段「思はむ子を法師に」……連続性あり

・同じ言なれども、聞き耳、異なるもの。**法師**の言葉。男の言葉。女の言葉。下衆の言葉には、必ず文字、余りたり。（第三段全文）
・思はむ子を**法師**になしたらむこそ、心苦しけれ。ただ、（世の人が法師を）木の端などのやうに思ひたるこそ、いと、いとほしけれ。（第四段冒頭）

右のとおり、両段は、第三段冒頭から第四段冒頭へと、「法師」繋がりで連続する（集成）。「法師」繋がりは、第二段より続く（2、参照）。また、第三段末尾「下衆《げす》の言葉には、必ず文字、余りたり」の「下衆（＝身分の卑しい者）」は、第四段の「木の端《はし》（＝木の端っきれ）などのやう」との対応が窺われる。

4　第四段「思はむ子を法師に」と第五段「大進《だいじん》生昌が家に」……連続性あり

・思はむ子を法師になしたらむこそ、心苦しけれ。……若きは（＝若い僧侶は）、物も、ゆかしからむ。女などのある所をも、などか忌みたるやうに、差し覗かずもあらむ。それをも、やすからず言ふ（＝とやかく文句を言う）。まいて、験者《げんざ》などは、いと苦しげなめり。困《こう》じて、うち眠《ねぶ》れば、「眠りをのみして」など、もどかる（＝非難される）。いと所狭《せ》く（＝窮屈で）、いかに覚ゆらむ。これは昔の事なめり。今は、いと、やすげなり（＝気楽そうである）。（第四段）

・大進生昌が家に、宮（＝定子）の出でさせ給ふに、東の門は四足になして、それより御輿は入らせ給ふ。……檳榔毛の車などは、門、小さければ、障《さは》りて、え入らねば、例の筵道《えんだう》、敷きて、下るるに、いと憎く腹立たしけれども、いかがはせむ。殿上人、地下《ぢげ》なるも、陣に立ち沿ひて見るも、いと妬《ねた》し。御前に参りて、ありつるやう啓すれば、「……などかは、さしも打ち解けつる」と、笑はせ給ふ。……（第五段）

第五段冒頭「大進生昌が家に……」は、第四段冒頭「いとしく思う子を法師にしたりするのは、心苦しいことだ」の「心苦し」の具体例として挙げられている。すなわち、生昌邸への出御時、本来、八脚門であるべきところ、定子の御輿が仮ごしらえの「四足（＝四脚門）」（事実は、さらにその格下の板門屋）をくぐるという異例な事態は[1]、まさに「心苦しき」状況にほかならない。

また、そうした生昌側の不備な対応により、車から下りて、殿上人等の見る中、筵道を歩かなければならないという腹立たしい事態を招き（破線部「例の筵道、敷きて……」）、それを定子に申し上げた（波線部「御前に参りて、ありつるやう啓すれば」）とある。これは、第四段の波線部「やすからず言ふ」「もどかる」に対応する。この関係を踏まえるならば、第五段冒頭より語られる逸話は、第四段末尾「これは昔の事なめり。今は、いと、やすげなり（＝気楽そうである）」を受けた「昔の事」ならぬ「今」の「やすからぬ」事例となろう。

このように第五段は第四段を前提としているが、第三段との繋がりも窺われる。第三段末尾には「下衆《げす》の言葉には、必ず文字、余りたり」とあり、第五段では「袙《あこめ》のうはおそひ」という汗衫《かざみ》の備中方言が生昌の口より発せられている[2]（**集成・解環**）。また、生昌が清少納言に夜這《よば》いをしようとした際、「候はむは、いかに。候はむは、いかに」と連呼した「怪しく枯ればみ、騒ぎたる声」は、まさに第三段冒頭「同じ言なれども、聞き耳、異なるもの」であろう。**集成**には「第三段の言語論からの連想で、備中《びっちゅう》方言の抜けない生昌《なりまさ》に話題を移す」とある。

5　第五段「大進《だいじん》生昌が家に」と第六段「上に候ふ御猫は」……連続性あり

- 大進生昌が家に、宮の出でさせ給ふに、東の門は四足（＝四脚門）になして、（第五段冒頭）
- 上に候ふ御猫は、……端に出でて臥したるに、乳母の馬の命婦、……「翁丸、いづら。命婦のおとど、食へ」と言ふに、（第六段冒頭）

第五段冒頭「大進生昌が家に……東の門は四足《よつあし》になして」から、「四足」「猫」繋がりで、第六段冒頭「上に候ふ御猫は」へ。「四足《よつあし》」歩行は、人間と畜生を区別する大きな特徴である。破線部「馬の命婦」の「馬」と「（犬の）翁丸」の面白さにも着目したい。

第六段で語られるのは、一条天皇が可愛がっていた猫を追い回し、天皇の怒りを買って追放された翁丸という犬が、宮中に舞い戻り、畜生とも思われぬ忠義な振る舞いに、勅勘が解かれるまでの一件である。事の発端は一条天皇の愛猫を、翁丸が追い回したことにある。翁丸は犬狩りの末、打擲《ちょうちゃく》、「犬島」へ追放。しかし、その三、四日後の昼頃、翁丸らしき犬が、宮中で啼き続け、打擲されるものの、夕方、みじめな姿となって現れる。犬は呼び名に答えず、餌も食べずに居続けたが、翌朝、清少納言が優しい言葉を投げかけるに及んで、身を震わせて涙をポロポロ流し、その素性を明らかとする。その後、一条天皇も聞きつけて、「犬なども、かかる心あるものなりけり」とお笑いになり、勅勘が解かれ、元の身の上となったとある。

一方、第五段は、生昌邸への出御時、本来、八脚門であるべきところ、中宮の御輿が仮ごしらえの四脚門をくぐるという不手際から語られていた（4、参照）。この定子最大の汚点の一つに数えられる失態の最高責任者は、生昌にほかならない。忠誠心をもちながら愚直な失敗を繰り返す「大進生昌」（第五段冒頭）から、同じく忠義心はありながら、畜生の軽率さから大失態を演じた「翁丸」へ――両段の関連性は、ここからも窺われる。

6　第六段「上に候ふ御猫は」と第七段「正月一日、三月三日は」……連続性無し

両段は連続しない。

第七段「正月一日、三月三日は」は、第二段「頃は正月、三月……。正月一日は、まいて……。……三月。三日は……」との対応が見られる。この両段の連続性の更なる詳細は、本章第二節における❷の考察（203頁）参照。

7　第七段「正月一日、三月三日は」と第八段「慶び奏するこそ、をかしけれ」……連続性あり

・正月一日、三月三日は、いと、うららかなる。五月五日は、曇りくらしたる。七月七日は、……。九月九日は、……。（第七段）

・慶び奏するこそ、をかしけれ。（第八段冒頭）

第八段冒頭「慶び（＝官位昇進等の御礼）」は、祝賀繋がりで、前段の「正月一日」「三月三日」「五月五日」「七月七日」「九月九日」のうち、特に元旦（冒頭「正月一日」）と、長寿を願う重陽の節句（末尾「九月九日は、……」）を受ける。

8　第八段「慶び奏するこそ、をかしけれ」と第九段「今内裏《いまだいり》の東をば」……連続性あり

・**慶び奏する**こそ、をかしけれ。後ろを任せて、御前の方に向かひて立てるを。拝し、舞踏し、騒ぐよ。（第八段全文）

・今内裏の東をば、北の陣と言ふ。……（定澄僧都が）**慶び申す**日、……。……「定澄僧都に袿なし。すくせ君に衵なし」と言ひけむ人こそ、をかしけれ。（第九段）

第九段中に「慶び申す日」とあり、第八段冒頭「慶び奏するこそ」は「次段に自然に連なる」(3)（**全集**）。

また、第八段は、「慶び（＝御礼）」を申し上げる際、下襲の裾を長々と引いて、玉座の方角に向かって立っている格好のよさを褒め称えているが（波線部「後ろを任せて、御前の方に向かひて立てるを」）、第九段の末尾で語られている波線部「定澄僧都に袿《うちき》なし。すくせ君に衵《あこめ》なし」は、これと無関係ではない。すなわち、「定澄僧都に……」は「ノッポの定澄僧都が長い袿を着ても袿に見えないし、逆に背の低いすくせ君は短い衵を着ても裾より引きずり衵には見えない。王朝らしい秀句である」（**講座②**）。

丈の長短の善し悪しからも、この両段の繋がりは見られる。

9　第九段「今内裏《いまだいり》の東をば」と第一〇段「山は」……連続性無し

両段は連続しない。

第一〇段「山は」は、左記のとおり、初段「春は曙」を受ける。

・春は曙。やうやう白くなりゆく**山**際《ぎは》、……。夏は夜。……秋は夕暮。夕日のさして、**山**の端《は》、いと近うなりたるに……　（初段）

・**山**は小倉山。　（第一〇段冒頭）

第一〇段は、山の名を列挙した「もの尽くし」的章段である。山については、第二段から第九段まで全く言及がなく、第一〇段との繋がりは、同じ「もの尽くし」的章段である初段の「山際」「山の端」に求められる。

また、第一〇段の最初の用例「小倉山」の「小倉《をぐら》」は「小暗《をぐら》」、そして「小暗《をぐら》し（＝薄暗い）」に通ずる。これは、初段の「春は曙」「秋は夕暮」を受ける。ちなみに、この〈薄暗さ〉繋がりは、「小倉山」以外にも、第一〇段中の「木《こ》の暗《くれ》（＝暮《くれ》）山」「朝倉《くら》（＝朝暗《くら》）山」に見られる。

10　第一〇段「山は」と第一一段「市は」……連続性あり

・三輪の山、をかし。手向山。待兼山。玉坂山。耳成山。　（第一〇段末尾）

・市は、辰の市。里の市。海柘《つ》榴《ば》市。　（第一一段冒頭）

第一〇段末尾「三輪の山……」を受けて、第一一段冒頭「市は……海柘榴市」がある。海柘榴市（桜井市大三輪町）とは、三輪山の麓、金屋《かなや》の地にあった市で、長谷寺参詣の際には、ここに必ず宿泊した。第一一段にも「大和に、あまたある中に、初瀬に詣づる人の、必ず、そこに泊まるは、『観音の縁のあるにや』と、心異《こと》なり」とある。「山は」から「市は」の連想は、「三輪の山」の麓に「海柘榴市」があることによって導かれよう。ちなみに、海柘榴市を語った「大和に、あまたある中に……」は、第一一段中、全六つの市の中で唯一、添えられた説明であり、分量的にも、この段における「海柘榴市」の占める大きさを示している。

第一〇段末尾、破線部「耳成山」も、「海柘榴市」から約三キロと近く、「三輪の山」とともに、第一一段へと導いたキーワードと見なしうる。

11 第一一段「市は」と第一二段「峰は」……連続性あり

・市は、辰の市。里の市。海柘榴《つば》市。大和に、あまたある中に、初瀬に詣づる人の、必ず、そこに泊まるは、「観音の縁のあるにや」と心異《こと》なり。をふさの市。飾間《しかま》の市。飛鳥の市。

（第一一段全文）

・峰は、ゆづる葉の峰。阿弥陀の峰。いや高の峰。

（第一二段全文）

第一二段冒頭「峰は、ゆづる葉の峰」は、第一一段中の「海柘榴市」「をふさ市」を受ける。「ゆづる葉（＝ユズリハ）」とは、山地に自生する常緑樹で、葉は厚く、柄は紅色。初夏に淡黄色の小花を房状につける。第三七段「花の木ならぬは」には「ゆづり葉の、いみじう房やかに艶《つや》めき（＝つやつやして）、茎は、いと赤く、きらきらしく見えたるこそ、あやしけれど、をかし」とある。一方、「海拓榴（＝椿《つばき》）」は、厚い光沢の葉が特徴的な常緑樹で、春に赤い花をつけ、「茎は、いと赤く」、かつ厚く光沢のある葉の「ゆづる葉」に対応する。(4) また、「をふさ」は「小房《をふさ》」で、「ゆづる葉」の「いみじう房やか」な房状の小花を連想させる。

章段の流れからするならば、第一〇段「山は」の「三輪の山」「耳成山」から次段「海拓榴市」へ（**10**、参照）、「海拓榴市」「をふさの市」から「峰は、ゆづる葉の峰」となり、結果的に、第一一段「市は」を介して「山」から「峰」へと結びついている。

12　第一二段「峰は」と第一三段「原は」……連続性あり

・峰は、……（第一二段冒頭）

・原は、……（第一三段冒頭）

この両段は、急峻で尖った「峰」から平坦な「原」への連想で結びついている。

13　第一三段「原は」と第一四段「淵《ふち》は」……連続性あり

・原は、瓶《みか》の原。（第一三段冒頭）

・淵は、……（第一四段冒頭）

第一三段「原は」の筆頭に挙げられている「瓶の原」着想の背景には、「瓶の原　わきて流るる泉川　いつ見きとてか　恋しかるらむ」（『古今六帖』）がある（**集成・解環**）。瓶の原より湧いて流れる傍点部「泉川」のイメージから、「淵」は導かれる。「瓶の原」は、泉川上流に広がる盆地である。もとより、「原」には、底が深く水の淀んだ「淵」があったりして、両段のイメージに矛盾はない。

14　第一四段「淵《ふち》は」と第一五段「海は」……連続性あり

・**淵**は、……（第一四段冒頭）

・かは**ふち**の海。（第一五段末尾）

第一五段末尾「かはふちの海」は、「淵《ふち》は」を受ける。底が深く局所的な「淵」から、深くもあるが広大な「海」へと連想が移る。

15　第一五段「海は」と第一六段「陵《みささぎ》は」……連続性あり

・海は、……　（第一五段冒頭）

・陵は、小栗栖の陵。柏木の陵。あめの陵。　（第一六段全文）

第一五段冒頭「海」から、水繋がりで第一六段末尾「あめ（雨・天）の陵」とある。

また、「陵は」は、前々段「淵は」を受ける。「陵」は「御ささき」「御さざき」に通じ、「ささき」「さざき」は鳥「鷦鷯《みそさざい》」の古名。『古事記』『日本書紀』にも、その名が見える。「鷦鷯」とは、約一〇センチ程の日本産、最小の鳥のひとつで、渓流沿いに多く、活発に動き回り、短い尾を立て、春先に張りのある声で、さえずる（『大辞泉』）。繁殖期の初夏には山地の渓流付近の森に住む（『精選版 日本国語大辞典』）この鳥のイメージは、「淵」に似つかわしい。

このように第一四～一六段は、「淵」（第一四段）「海」（第一五段）「御さざき」「あめの陵」（第一六段）と、水繋がりとなっている。

16　第一六段「陵《みささぎ》は」と第一七段「渡りは」……連続性あり

・陵は、小栗栖の陵。柏木の陵。あめの陵。　（第一六段全文）

・渡りは、しかすがの渡り。こりずまの渡り。水橋の渡り。　（第一七段全文）

第一七段「渡り（＝渡し場）は」は、水繋がりで、前段末尾「雨の陵」を受ける。「渡り」の運行は「雨」によって、しばしば妨げられ、「渡り」と「雨」は不可分な関係にある。「渡りは」段末尾「水橋の渡り」は、それを裏づける。「橋」は増「水」により決壊したりするからである。ちなみに、第二七五段には「水増す雨の」という言葉も見える。

17　第一七段「渡りは」と第一八段「たちは玉造り」……連続性あり

・渡りは、……　（第一七段冒頭）

・たちは玉造り。　（第一八段全文）

「玉造り」は「渡り」を受ける。「玉造り」の地名は諸国にあるが、摂津国「玉造江の渡」であろう（全講）。ちなみに、前田家本・堺本には「たまつくりのわたり」の名が「渡りは」段に見える。

一方、「たちは」は、第一六段「陵は」から導き出される。すなわち、「たち」は「館ならば玉楼の意。太刀ならば宝玉をちりばめた飾り太刀の意」（集成）で、来世の住まいである「陵」から、現世の住まいである「館《たち》」、及び「陵」に副葬品として埋蔵される「太刀《たち》」への連想がある。

18　第一八段「たちは玉造り」と第一九段「家は」……連続性あり

・たちは玉造り。　（第一八段全文）

・家は、……　（第一九段冒頭）

「館《たち》は」から「家は」へ。

19　第一九段「家は」と第二〇段「清涼殿の丑寅の隅の」……連続性あり

・家は、近衛の御門（＝陽明門）。　（第一九段冒頭）

・清涼殿の丑寅の隅の、北の隔てなる御障子は、荒海の絵《かた》、　（第二〇段冒頭）

第一九段冒頭「家は、近衛の御門」から、同じ宮中繋がりで、第二〇段冒頭「清涼殿」との関係が指摘しうる。(5)第二〇段の「荒海の絵」は、第一五段「海は」を受けるか。

ただし、第一九・二〇段の連続性の有無についての更なる詳細は、本章第二節における❸の考察(203〜204頁)参照。

20　第二〇段「清涼殿の丑寅の隅の」と第二一段「生ひ先なく、まめやかに」……連続性あり

・御前に候ふ人々、上の女房、こなた許されたるなど参りて、口々、言ひ出でなどしたる程は、まことに、つゆ思ふ事なく、めでたくぞ思ゆる。（第二〇段末尾）

・生ひ先なく、まめやかに、えせ幸ひなど見て居たらむ人は、いぶせく、あなづらはしく思ひやられて、「なほ、さりぬべからむ人の女《むすめ》などは、さし交じらはせ、世の有様も見せ習はさまほしう、典侍などにて、しばしも、あらせばや」とこそ思ゆれ。宮仕へする人を、あはあはしう、悪き事に言ひ思ひたる男などこそ、いと憎けれ。（第二一段冒頭）

第二一段冒頭で蕩々と力説される宮仕え称揚論（破線部「典侍などにも、少しの間でも、させたいものだ」「宮仕えする人を軽率で悪い事に言ったり思ったりする男などは大層、憎らしい」）は、「宮仕へする人」繋がりで、第二〇段末尾を受ける。すなわち、第二〇段末尾は「中宮様の御前にお仕えする人たちや、帝の内裏女房で、こちらに来ることを許されている方などが参上して、口々に感想を述べなどしている間は、本当に少しも憂い事なく、素晴らしく思われることだ（破線部「まことに、つゆ思ふ事なく、めでたくぞ思ゆる」）」とある。傍線部のとおり、第二〇段末尾部の「御前に候ふ人々、上の女房、こなた許されたるなど」は、第二一段冒頭部の「典侍など」「宮仕へする人」に対応する。「第二十段における宮中での感激的な体験から連想して、女性宮仕え必須論の随想に移る」（**集成**）。

21　第二一段「生ひ先なく、まめやかに」と第二二段「すさまじきもの」……連続性あり

・生ひ先なく、まめやかに、えせ幸いなど見て居たらむ人は……。……「内裏《うち》の典侍」など言ひて、折々、内裏へ参り、祭の使ひなどに出でたるも、面立たしからずやはある。さて、こもり居ぬるは、まいて、めでたし。受領の五節、出だす折など、いと鄙《ひな》び、言ひ知らぬ事など、人に問ひ聞きなどは、せじかし。心憎きものなり。（第二一段）

・すさまじきもの。（第二二段冒頭）

第二一段冒頭で語られる、宮仕えもせず「将来性なく、こつこつとまじめに、見かけだけの幸福などを、よしとしているような人」は、まさに次段冒頭「すさまじきもの（＝興ざめなもの）」の好例であろう。

また、第二一段末尾の破線部「面立たしからずやはある（＝晴れがましくないことがあろうか）」「心憎きものなり（＝奥ゆかしいものである）」は、対極的なものとして「すさまじきもの」へと結びつく。

22　第二二段「すさまじきもの」と第二三段「たゆまるるもの」……連続性あり

・一日ばかりの**精進**潔斎とや言ふらむ。（第二二段末尾）

・たゆまるるもの。**精進**の日の行ひ。（第二三段冒頭）

右のとおり、両段は、第二二段末尾から次段冒頭へと「精進」繋がりで連続する。

23　第二三段「たゆまるるもの」と第二四段「人に、あなづらるるもの」……連続性あり

・たゆまるるもの。（第二三段冒頭）

・人に、あなづらるるもの。（第二四段冒頭）
「たゆまるるもの（＝つい気が緩んでしまうもの）」から「人に、あなづらるるもの（＝人に馬鹿にされるもの）へ。「前段の怠慢を受けて、欠点の多い不備なるものの類想（**集成**）。

「あなづらるるもの」は、第二一段冒頭「生ひ先なく、まめやかに、えせ幸ひなど見て居たらむ人は、いぶせく、あなづらはしく思ひやられて」の「あなづらはしく」に拠る。

24　第二四段「人に、あなづらるるもの」と第二五段「憎きもの」……連続性あり

・人に、あなづらるるもの。（第二四段冒頭）
・憎きもの。急ぐ事ある折に来て、長言《ながごと》する客人《まらうど》。あなづりやすき人ならば、「後に」とても、やりつべけれど……。（第二五段冒頭）
両段は、「あなづる（＝あなどる）」繋がりで連続する。

25　第二五段「憎きもの」と第二六段「心ときめきするもの」……連続性あり

・開けて、出で入る所、閉《た》てぬ人、いと憎し。（第二五段末尾）
・心ときめきするもの。……待つ人などのある夜、雨の音、風の吹き揺るがすも、ふと、おどろかる。（第二六段）
第二六段「心ときめきするもの」は、前段末尾「開けて、出で入る所、閉てぬ人、いと憎し」を受ける。傍線部「開けて、出で入る所」、すなわち、人が出入りする所は、恋人などが訪れたかと一瞬、ドキリとするものである。第二六段末尾には「待つ人などのある夜、雨の音、風の吹き揺るがすも、ふと、おどろかる」とある。

マイナスの感情「憎きもの」から、プラスの感情「心ときめきするもの」への連想でもある。[6]

26　第二六段「心ときめきするもの」と第二七段「過ぎにし方《かた》、恋しきもの」……連続性あり

・心ときめきするもの。……待つ人などのある夜、雨の音、風の吹き揺るがすも、ふと、おどろかる。（第二六段）

・過ぎにし方、恋しきもの。（第二七段冒頭）

「心ときめきするもの」から「過ぎにし方、恋しきもの（＝過ぎ去った昔が恋しく思い出されるもの）」へ。特に破線部「待つ人などのある夜、雨の音、風の吹き揺るがすも、ふと、おどろかる」（第二六段末尾）といった頃は、思い出されるであろう。

27　第二七段「過ぎにし方《かた》、恋しきもの」と第二八段「心ゆくもの」……連続性あり

・過ぎにし方、恋しきもの。……去年《こぞ》のかはほり。（第二七段）

・心ゆくもの。よく描いたる女絵の、詞、をかしう付けて多かる。（第二八段冒頭）

「過ぎにし方、恋しきもの」から「心ゆくもの（＝満ち足りたもの）」へ。「心ゆくもの」の最初の例としてあげられている「よく描《か》いたる女絵の、詞《ことば》、をかしう付けて多かる」は、第二七段末尾「かはほり」を受ける。「かはほり」とはコウモリの古名で、檜扇に対する蝙蝠扇。「蝙蝠《かわほり》の扇に描かれた絵、そこから女絵を連想」（**集成**）。

28　第二八段「心ゆくもの」と第二九段「檳榔毛《びらうげ》は」……連続性あり

・心ゆくもの。……物見の帰さに、乗りこぼれて、郎等《をのこども》いと多く、牛よくやる者の、車、走らせたる。……寺は法師、社《やしろ》は禰宜などの、くらからず、さはやかに、思ふ程にも過ぎて、とどこほらず、聞きよう申したる。（第二八段末尾）

・檳榔毛は、のどかに遣《や》りたる。急ぎたるは、悪く見ゆ。（第二九段冒頭）

第二九段冒頭「檳榔毛（の車）は、のどかに遣りたる」は、〈スムーズ感〉という共通項で、第二八段末尾「とどこほらず、聞きよう申したる」を受ける。また、第二九段「檳榔毛は、のどかに遣りたる。……網代は走らせたる」以下、この章段全体に及ぶ車の走り方は、第二八段中の波線部「車、走らせたる」を受ける。

29　第二九段「檳榔毛《びらうげ》は」と第三〇段「説経の講師は」……連続性あり

・檳榔毛は、のどかに遣《や》りたる。急ぎたるは、悪く見ゆ。網代は走らせたる。人の門の前などより渡りたるを、ふと見やる程もなく過ぎて、供の人ばかり走るを、「誰ならむ」と思ふこそ、をかしけれ。ゆるゆると久しく行《ゆ》くは、いと、わろし。（第二九段全文）

・説経の講師は、顔よき。講師の顔を、つと目守《まも》らへたるこそ、その説く事の尊さも思ゆれ。（第三〇段冒頭）

傍線部のとおり、第二九段の「悪く見ゆ」、「わろし（＝よくない）」（末尾）に対して、「顔よき」と断言する。また、講師の顔を破線部「つと目守《まも》らへたる（＝じっと見守ってしまう）」（第三〇段）に対して、第二九段末尾では、破線部のとおり、「誰ならむと思ふ」くらいに「ふと見やる程もなく過ぎて」しまったり、反対に「ゆるゆると久しく」通り過ぎる場合を論じている。そこには時間の長短の対比意識が見られる。

第三〇段冒頭「説経の講師は」は、第二八段末尾部「寺は法師」を受ける。すなわち、第三〇段冒頭の「講師の顔を、じっと見守ってしまってこそ、その説く内容の尊さも感じられることだ」は、説法の善し悪し繋がりで、第二八段末尾「寺は法師、……とどこほらず、聞きよう申したる」を受ける。

30　第三〇段「説経の講師は」と第三一段「菩提寺と言ふ寺に」……連続性あり

・説経の講師は、顔よき。……「そこに説経しつ」「**八講**しけり」など、人の言ひ伝ふるに、「その人は、ありつや」「いかがは」など、定まりて言はれたる、あまりなり。……説経などには、殊《こと》に多く聞こえざりき。この頃、その折さし出でけむ人、命長くて見ましかば、いかばかり誹《そし》り、誹謗せまし。（第三〇段）

・菩提寺と言ふ寺に、結縁の**八講**せしに、詣でたるに、（第三一段冒頭）

第三一段は「前段の説経から連想して菩提寺の法華八講に感激したことを書いたもの」（**塩田評釈**）で、「説経」繋がりとなっている。第三〇段は「説経の講師は」で始まり、「八講」を含め、当世の過熱気味な「説経」風潮に対する言及もある。

31　第三一段「菩提寺と言ふ寺に」と第三二段「小白川と言ふ所は」……連続性あり

・菩提寺と言ふ寺に、**結縁の八講せし**に、詣でたるに、……**蓮**《はちす》の葉の裏に、

　求めても　かかる**蓮**の　露をおきて　憂《う》き世に　または帰るものかは……（第三一段）

・小白川と言ふ所は、小一条大将殿の御家ぞかし。そこにて、上達部、**結縁の八講し給ふ**。……池の**蓮**を見やるのみぞ、いと涼しき心地する。……（第三二段）

両段は、第三一段冒頭から第三二段冒頭へと、「結縁の八講」繋がりで連続する。また、破線部のとおり、第三二段の「池の蓮」は、第三一段の中心と言うべき、「蓮の葉の裏」に書いた清少納言の

「求めても　かかる蓮の　露をおきて」歌を受ける。

32　第三二段「小白川と言ふ所は」と第三三段「七月ばかり、いみじう暑ければ」……連続性あり

・小白川と言ふ所は、小一条大将殿の御家ぞかし。そこにて、上達部、結縁の八講し給ふ。……六月十余日にて、暑きこと、世に知らぬ程なり。池の蓮を見やるのみぞ、いと涼しき心地する。……暑かはしげなるべけれど、……。……暑さの、わびしきに添へて、……。……暑きに、まどはし出でて、……。……　（第三二段）

・七月ばかり、いみじう暑ければ、　（第三三段）

第三三段冒頭「七月ばかり、いみじう暑ければ」は、前段冒頭近くの「六月十余日にて、暑きこと、世に知らぬ程なり。池の蓮を見やるのみぞ、いと涼しき心地する」(7)以下、段中の「暑かはしげなるべけれど」「暑さの、わびしき」「暑きに、まどはし出でて」を受ける。

33　第三三段「七月ばかり、いみじう暑ければ」と第三四段「木の花は」……連続性無し

両段は繋がらない。

第三四段「木の花は」が受けるのは、第九段「今内裏の東をば」である(8)（第九段は、第一〇段「山は」に連続しない。**9**、参照）。

・今内裏の東をば、北の陣と言ふ。**梨**の**木**の遙かに高きを、「幾尋《いくひろ》あらむ」など言ふ。　（第九段冒頭）

・**木**の花は、……。……**梨**の花、世に、すさまじきものにして……。……「**梨**花一枝、春、雨を帯びたり」など言ひたるは、……　（第三四段）

第九段と第三四段は、右のとおり、「木」「梨」繫がりとなっている。

34　第三四段「木の花は」と第三五段「池は」……連続性あり

・棟《あふち》の花、いと、をかし。枯れ枯れに、さま異《こと》に咲きて、必ず**五月**五日に、あふも、をかし。
（第三四段末尾）

・池は……。……水無しの池こそ、……**五月**など、……水と言ふものなむ無くなる。……
（第三五段）

「池は」は、前段末尾の傍線部「枯れ枯れに」からの連想である。「池」がカラカラの乾燥状態（＝枯れ枯れ）と不可分な関係にあるのは、第三五段中の「水無しの池こそ、……五月など、……水と言ふものなむ無くなる」からも知られる。

35　第三五段「池は」と第三六段「節《せち》は」……連続性あり

・池は……。……水無しの池こそ、「あやしう、などて付けけるならむ」とて、問ひしかば、「**五月**など、すべて雨いたう降らむとする年は、この池に水と言ふものなむ無くなる。……」と言ひしを、……
（第三五段）

・節は、**五月**に、しく月は無し。……紫の紙に棟《あふち》の花、……
（第三六段）

第三六段冒頭「節は、五月に、しく月は無し（＝五月に勝る月はない）」は、第三五段の「五月など」を受ける。この「五月」繫がりは、第三四段末尾「五月五日に、あふも、をかし」（34、参照）からの流れである。

また、第三六段中に見える「棟の花」は、第三四段末尾の「棟の花」（34、参照）との関連でとらえられる。

36　第三六段「節《せち》は」と第三七段「花の木ならぬは」……連続性あり

・節は、**五月**に、しく月は無し。……紫の紙に**楝《あふち》**の花、……。……（第三六段）

・花の木ならぬは、……。……**五月**に雨の声を、まなぶらむも、あはれなり。……**楝**の木。……（第三七段）

第三七段「花の木ならぬは」は、直接的には第三四段「木の花は」を受けるが、右のとおり、第三六段との関連も認められる。すなわち、第三六段冒頭「節は五月に、しく月は無し」に対して、第三七段中には「五月に雨の声を、まなぶらむも、あはれなり」とある。また、第三六段（そして35の第三四段）にある「楝」への言及は、第三七段にも「楝の木」とある。

37　第三七段「花の木ならぬは」と第三八段「鳥は」……連続性あり

・棕櫚《すろ》の木、**唐《から》めきて**、わるき家のものとは見えず。（第三七段末尾）

・鳥は、**異所《ことどころ》のものなれど**、鸚鵡《あうむ》、いと、あはれなり。（第三八段冒頭）

第三七段末尾「棕櫚の木、唐めきて（＝中国めいて）……」から、異国繋がりで、第三八段冒頭「鳥は、異所のものなれど（＝異国のものだけれど）……」へ。

第三七段中には〈折につけて、「あはれ」とも「をかし」とも耳に残っているものは、「草、木、鳥、虫」でも、いい加減に思えないものだ〉とあり、「鳥は」への連想の糸が窺われる。また、季節的にも、第三七段中の「五月に雨の声を、まなぶらむも」（36）に対して、第三八段末尾近くに「五月雨の」「六月になりぬれば」とあり、第三四段からの連続性（34〜36）が認められる。

38
第三八段「鳥は」と第三九段「貴《あて》なるもの」……連続性あり

・夜鳴くもの、何も何も、めでたし。稚児《ちご》どものみぞ、さしもなき。
（第三八段末尾）

・貴なるもの。薄色に白襲《しらがさね》の汗衫《かざみ》。雁の卵《こ》。……いみじう、うつくしき稚児の、苺など食ひたる。
（第三九段）

両段末尾は、「稚児」繋がりで連続する。「貴なるもの（＝上品なもの）」への連想は、この第三九段末尾の「稚児」のイメージに拠る。

また、第三九段中の破線部「雁の卵」は、第三八段冒頭「鳥は」に対応する。

39
第三九段「貴《あて》なるもの」と第四〇段「虫は」……連続性あり

・いみじう、うつくしき稚児《ちご》の、苺など食ひたる。
（第三九段末尾）

・虫は、
（第四〇段冒頭）

第四〇段「虫は」は、前々段「鳥は」を受けるが、前段末尾「いみじう、うつくしき稚児の……」も受ける。すなわち、第一四四段「うつくしきもの。瓜に描きたる稚児の顔」「何も何も、小さきものは、みな、うつくし」とあるように、「うつくし」とは〈小さなものに抱く感情〉であり、小さな「いみじう、うつくしき稚児」から小さな「虫」へと繋がっている。

40
第四〇段「虫は」と第四一段「七月ばかりに、風いたう吹きて」……連続性あり

・蟻は、いと憎けれど、軽び、いみじうて、水の上などを、ただ歩みに歩み歩《あり》くこそ、をかしけれ。
（第四〇段末尾）

・七月ばかりに、風いたう吹きて、雨など騒がしき日、大方、いと涼しければ、扇も、うち忘れたるに、汗の香、少し、かかへたる（＝汗の香りが少し、こもっている）綿衣《わたぎぬ》の薄きを、いと、よく引き着て、昼寝したるこそ、をかしけれ。（第四一段全文）

第四一段全文は、第四〇段末尾「蟻は、いと憎けれど……」を受ける。傍線部「軽び」は、傍線部「綿衣の薄き」、そして破線部「風」「扇」「汗の香」に反映され、まさに第四一段は、軽やかさの章段となっている。

また、第四一段冒頭「七月ばかりに」は、第四〇段中の「八月ばかりになれば」との関連が窺われる。ちなみに、第三四段から第三八段までは、五月を中心とした季節が前面に押し出されている（34〜37、参照。第三四段には「四月の晦《つごもり》、五月の朔《ついたち》の頃ほひ」とある）。

41　第四一段「七月ばかりに、風いたう吹きて」と第四二段「似げなきもの」……連続性無し

両段の繋がりは特に見られない。

第四二段「似げなきもの」が受けるのは、左記のとおり、第六段「上に候ふ御猫は」末尾である（第六段は、第七段「正月一日、三月三日は」に連続しない。6、参照）。

・なほ、あはれがられて、（翁丸が）振るひ啼《な》き出でたりしこそ、世に知らず、をかしく、あはれなりしか。人などこそ、人に言はれて泣きなどはすれ。（第六段末尾）

〈やはり、気の毒がられて、身を震わせ啼き出したのは、この上なく感興をそそられ、感動的であった。人間などであれば、人に言葉を掛けられて泣いたりするものだが。〉

・似げなきもの。下衆の家に雪の降りたる。（第四二段冒頭）

人間ならまだしも、畜生ながら人の情に身を震わせて啼いた翁丸は、「似げなきもの」にほかなら

ない。破線部「下衆《げす》（＝身分の卑しい者）の家」も、この犬畜生の連想に拠る。

42　第四二段「似げなきもの」と第四三段「細殿《ほそどの》に、人あまた居て」……連続性あり

・似げなきもの。（第四二段冒頭）

・細殿に、人（＝女房）あまた居て、やすからず物など言ふに、清げなる郎等《をのこ》、小舎人童《こどねりわらは》など、……つい居て、「某殿の」とて行く者は、よし。気色ばみ、やさしがりて（＝気取り、恥ずかしがって）「知らず」とも言ひ、物も言はで去ぬる者は、いみじう憎し。（第四三段）

第四二段「似げなきもの（＝似つかわしくないもの）」に対して、次段では、傍線部「よし」「憎し」のとおり、召使いの男・小舎人童などが、細殿に集まる女房たちの前を通り過ぎる際の、〈あしらい方の似つかわしい例と、そうでない場合〉を挙げている。

43　第四三段「細殿《ほそどの》に、人あまた居て」と第四四段「主殿司《とのもづかさ》こそ、なほ、をかしきものはあれ」……連続性あり

・細殿に、人あまた居て、やすからず物など言ふに、清げなる郎等《をのこ》(9)、小舎人童など、（第四三段冒頭）

・主殿司こそ、なほ、をかしきものはあれ。下女《しもをんな》の際《きは》は、（第四四段冒頭）

傍線部「郎等、小舎人童など」「主殿司（＝後宮に奉仕して掃除などを司る下級女官）」「下女の際」のとおり、両段の各冒頭は、身分の低い者繋がりで連続する。この身分の低い者繋がりは、第四二段冒頭「似げなきもの。下衆の家に雪の降りたる」から始まる（41、参照）。

44　第四四段「主殿司《とのもづかさ》こそ、なほ、をかしきものはあれ」と第四五段「郎等《をのこ》は、また、随身こそあめれ」……連続性あり

・主殿司こそ、なほ、をかしきものはあれ。下女《しもをんな》の際《きは》は、（第四四段冒頭）

・郎等は、また、随身こそあめれ。（第四五段冒頭）

傍線部「主殿司」「下女の際は」「郎等は」「随身」のとおり、第四二段以降同様、身分の低い者繋がりで連続する（41・43、参照）。

45　第四五段「郎等《をのこ》は、また、随身こそあめれ」と第四六段「職の御曹司の西面の立蔀のもとにて」……連続性あり

・**弁**などは、いと、をかしきを官《つかさ》に思ひたれど、下襲の裾《しり》短くて、随身のなきぞ、いと、わるきや。（第四五段末尾）

・職の御曹司の西面の立蔀のもとにて、頭**弁**、物を、いと久しう言ひ立ち給へれば、さし出でて、「それは誰ぞ」と言へば、「**弁**、候ふなり」と宣ふ。「何か、さも語らひ給ふ。大**弁**見えば、……（第四六段冒頭）

両段は、「弁」「頭弁」「大弁」のとおり、「弁」繋がりで、第四五段末尾から第四六段冒頭へ連続する。特に「弁、候ふなり（＝弁でございます）」は、対応性が強い。

46　第四六段「職の御曹司の西面の立蔀のもとにて」と第四七段「馬は」……連続性無し

両段は連続しない。「前段とは無関係に新たに書き起した一連の類想段」（**集成**）。第四七段「馬は」が受けるのは、同じ「もの尽くし」的章段の第一九段「家は」であろう。

・家は、……。……**紅梅**。県の井戸。竹三条。小八条。小一条。（第一九段）

・馬は、……。……**薄紅梅**の毛にて、……（第四七段）

「家」に厩《うまや》があったりするように、「馬」と「家」の関係は密接である。第一九段末尾の破線部「三条」「八条」「一条」という場所の散らばりは、「牛」車に並ぶ移動手段である「馬」への連想を誘う。章段の流れからしても、「渡り」「館」「家」（第一七〜一九段）から「馬」へは自然である。第一九段「家は」の末尾近くには「紅梅（邸）」とあり、第四七段中の「薄紅梅の毛にて」との関連も指摘しうる。

47　第四七段「馬は」と第四八段「牛は」……連続性あり

・馬は、いと黒きが、ただ、いささか**白き所**などある。……薄紅梅の毛にて、髪、尾など、いと**白き**。……黒きが、足四つ**白き**も、いと、をかし。（第四七段）

・牛は、額は、いと小さく**白みたる**が、腹の下、足、尾の筋などは、やがて**白き**。（第四八段全文）

「馬」から「牛」へ。また、「白」へのこだわりは、両段に共通する。[10]

48　第四八段「牛は」と第四九段「猫は」……連続性あり

・牛は、額は、いと小さく**白みたる**が、**腹**の下、足、尾の筋などは、やがて**白き**。（第四八段全文）

・猫は、上の限り、黒くて、**腹**いと**白き**。（第四九段全文）

「牛」から「猫」へと連想が移る。また、47と同様、「白」へのこだわりが見られる。「腹」も両段に共通する。[11]

49　第四九段「猫は」と第五〇段「雑色、随身は」……連続性あり

・猫は、上の限り、黒くて、腹いと白き。（第四九段全文）

・雑色、随身は、少し痩せて、細やかなるぞよき。男は、なほ若き程は、さる方なるぞよき。いたく肥えたるは、「寝ねぶたからむ」と見ゆ。（第五〇段全文）

第四七～四九段「馬は」「牛は」「猫は」の評価から、畜生・従者といった格下繋がりで、第五〇段「雑色、随身は」の評価へ。

また、「猫」のふくよかな「腹」に対して、破線部「少し痩せて、細やかなる」「いたく肥えたる」が導き出される。波線部「寝《い》ねぶたからむと見ゆ」も、普段、よく見かける猫の眠っている姿との連想の糸で結ばれていると思われる。

50　第五〇段「雑色、随身は」と第五一段「小舎人童」……連続性あり

・雑色、随身は、少し痩せて、細やかなるぞよき。（第五〇段冒頭）

・小舎人童、小さくて、（第五一段冒頭）

両段は、大人の「雑色、随身」に対して少年の「小舎人童」、「少し痩せて、細やかなる」に対して「小さくて」とある。

51　第五一段「小舎人童」と第五二段「牛飼は」……連続性あり

・小舎人童、小さくて、髪いと、うるはしきが、（第五一段冒頭）

・牛飼は、大きにて、髪、荒らかなるが、（第五二段冒頭）

両段は、「小舎人童」「小さくて」「髪いと、うるはしきが（＝きちっとしたのが）」に対して、それぞれ「牛飼（童）」「大きにて」「髪、荒らかなるが」とある。

52　第五二段「牛飼は」と第五三段「殿上の名対面《なだいめん》こそ、なほ、をかしけれ」……連続性無し

両段は連続しない。

第五三段「殿上の名対面こそ、なほ、をかしけれ」は、第四六段「職の御曹司の西面の立蔀のもとにて」を受ける（第四六段は、第四七段「馬は」に連続しない。46、参照）。

・職の御曹司の西面の立蔀のもとにて、頭弁、物を、いと久しう言ひ立ち給へれば、さし出でて、「それは誰ぞ」と言へば、「弁、候ふなり」と宣ふ。（第四六段冒頭）

・殿上の名対面こそ、なほ、をかしけれ。御前に人、候ふ折は、やがて問ふも、をかし。（第五三段冒頭）

第五三段冒頭は、第四六段冒頭を受ける。すなわち、傍線部「名対面」では、点呼の際、「誰ぞ」と問い、呼ばれた者は、姓名を名のるが、これに対応するように、第四六段冒頭でも、傍線部のとおり、「誰ぞ」と問い、「弁、候ふなり」と答えている。

53　第五三段「殿上の名対面《なだいめん》こそ、なほ、をかしけれ」と第五四段「若く、よろしき男の」……連続性あり

・殿上の名対面こそ、なほ、をかしけれ。御前に人、候ふ折は、やがて問ふも、をかし。（第五三段冒頭）

・若く、よろしき男の、下衆女《げすをんな》の名、呼び馴れて言ひたるこそ、憎けれ。（第五四段冒頭）

第五四段冒頭の傍線部「名、呼び馴れて言ひたる」は、〈呼び名〉繋がりで、第五三段冒頭「殿上の名対面こそ」を受ける。(12)名を言うのは、52にも見られた。

54　第五四段「若く、よろしき男の」と第五五段「若き人、稚児《ちご》どもなどは」……連続性あり

・若く、よろしき男の、……半物《はしたもの》・童女などは、されど、よし。（第五四段）

・若き人、稚児どもなどは、（第五五段冒頭）

傍線部・波線部のとおり、「若き人」は、前段冒頭「若く、よろしき男」を、「稚児どもなど」は、前段末尾の「童女《わらはべ》など」を受ける。

55　第五五段「若き人、稚児《ちご》どもなどは」と第五六段「稚児は」……連続性あり

・若き人、稚児どもなどは、（第五五段冒頭）

・**稚児**は、（第五六段冒頭）

両段は、同じ「稚児」で連続する。

56　第五六段「稚児は」と第五七段「よき家の中門、開けて」……連続性あり

・稚児は、あやしき弓、笞《しもと》だちたる物など捧《ささ》げて遊びたる、いと、うつくし。車など止《と》めて、抱《いだ》き入れて見まく欲しくこそあれ。また、さて行くに、薫物の香いみじう、かかへたるこそ、いと、をかしけれ。（第五六段全文）

・よき家の中門、開けて、檳榔毛《びらうげ》の車の白く清げなるに……榻《しぢ》にうち掛けたるこそ、めでたけれ。……

壺胡籙《つぼやなぐひ》、負ひたる随身の、出で入りしたる、いと、つきづきし。厨女《くりやめ》の清げなるが、さし出でて「某殿《なにがし》の人や候ふ」など言ふも、をかし。（第五七段）

「車など止めて」幼い子供を抱き入れてしまいたくなるが、「さて行くに」、立派な邸の「中門、開けて」白くきれいな檳榔毛の「車」が駐めてあるのは、素晴らしい――傍線部のとおり、第五六段から第五七段冒頭は、このような「車」繋がりとなる。また、第五七段は、第五六段同様、「車中からの所見」（**角川文庫**）で、**集成**には「前段の牛車からの連想で、立派な邸に駐《と》めた牛車やその供廻り、さらに召使の女たちの生態を随想する」とある。

両段には、破線部「弓、笞（＝ムチ）だちたる物」「壺胡籙（＝矢入れ）」のとおり、〈武器類〉繋がりも窺われる。

57 第五七段「よき家の中門、開けて」と第五八段「滝は」……連続性無し

両段は連続しない。

第五八段「滝は」が受けるのは、この段同様に「もの尽くし」的章段の第五二段「牛飼は」である（第五二段は、第五三段「殿上の名対面こそ、なほ、をかしけれ」に連続しない。**52**、参照）。

・牛飼は、大きにて、髪、荒らかなるが、顔、赤みて、角々《かどかど》しげなる。（第五二段全文）

・滝は音無の滝。布留の滝は、法皇の御覧じに、おはしましけむこそ、めでたけれ。那智の滝は、熊野にありと聞くが、あはれなるなり。轟《とどろき》の滝は、いかに、かしがましく（＝やかましく）恐ろしからむ。（第五八段全文）

傍線部のとおり、牛飼の「大きにて」「荒らかなる」「角々しげなる（＝頑丈そうな）[13]」様子は、「轟の滝は……恐ろしからむ」に通ずる。

また、第五八段の波線部「布留の滝は、法皇の御覧じに、おはしましけむこそ」「那智の滝は、熊野にありと聞くが」は、第五二段冒頭「牛飼」との関連が指摘しうる。すなわち牛車を介して、牛飼→院の行幸・旅と繋がる。章段の流れからしても、第四七段から第五一段の冒頭は、第四九段「猫は」を除けば、「馬は」「牛は」「雑色、随身は」「小舎人童」とあり、この繋がりを強めよう。行幸は多くの牛馬・従者を引き連れていくからである。

58　第五八段「滝は」と第五九段「川は」……連続性あり

・轟《とどろき》の滝は、いかに、かしがましく恐ろしからむ。（第五八段末尾）

・川は飛鳥川。淵瀬も定めなく、（第五九段冒頭）

「滝」から「川」への連想。第五九段冒頭「川は飛鳥川。淵瀬も定めなく」は、水の激しさ繋がりで、第五八段末尾「轟の滝は、いかに、かしがましく（＝やかましく）恐ろしからむ」を受ける。

59　第五九段「川は」と第六〇段「暁に帰らむ人は」……連続性無し

両段は繋がらない。

第六〇段「暁に帰らむ人は」が受けるのは、第三三段「七月ばかり、いみじう暑ければ」である（第三三段は、第三四段「木の花は」に連続しない。33、参照）。

・七月ばかり、いみじう暑ければ、よろづの所、開けながら夜も明かすに、……。……烏帽子の押し入れたる気色も、しどけなく見ゆ。……明かうなりて、人の声々し、日も射し出でぬべし。……立ち出でて、「我が置きつる所も、かくや」と思ひやらるるも、をかしかりぬべし。（第三三段）

・暁に帰らむ人は、「装束など、いみじう、うるはしう、烏帽子の緒、元結、固めずともありなむ」とこそ思ゆれ。（第六〇段冒頭）

〈明け方に帰ろうとする男は、「服装など、ひどく、きっちりと整え、烏帽子の緒を元結に、しっかりと結び固めなどしてほしくない」と思われることだ。〉

第三三段では「通篇初秋の景象を背景として、暁起の男女が、偶然邂逅の一幕を演出させた」（金子評釈）。段中、頻出する「霧と露とは卽ち暁を象徴してゐる」（同）。このように、第三三段は、傍線部「夜も明かすに」から夜明け方の後朝の情趣を描き、最後に傍線部「明かうなりて、人の声々し、日も射し出でぬべし」とする頃、「立ち出でて」帰っていく男の姿を映し出して閉じられる。まさに第六〇段冒頭「暁に帰らむ人は」は、この段を引き継いでいる。

また、第三三段には、明け方、帰ろうとしている男の、無造作な「烏帽子」のかぶり方（破線部「烏帽子の押し入れたる気色も、しどけなく（＝しまりなく）見ゆ」）が語られており、第六〇段の波線部「烏帽子の緒、元結、固めずともありなむ」と対応する。

60 第六〇段「暁に帰らむ人は」と第六一段「橋は」……連続性あり？

第六一段冒頭「橋は、あさむつ（＝朝津？）の橋」は、第六〇段冒頭「暁に帰らむ人は」との対応が窺われる。

しかし、第六一段「橋は」は、同じ「もの尽くし」的章段の前々段「川は」と強く結びつく（第五九段「川は」は、第六〇段「暁に帰らむ人は」に連続しない。59、参照）。

・川は、……。……天の河原。「七夕つめに宿借らむ」と、業平が詠みたるも、をかし。（第五九段）

・橋は、あさむつの橋。長柄の橋。天彦の橋。（第六一段冒頭）

「川は」から「橋は」へ。また、破線部のとおり、第五九段末尾「天の河原。……」は、「天彦（＝天人）の橋」へと繋がる。「七夕つめ」の夕方（そして「天の河原」の夜）から「あさむつの橋」の朝への対応も窺われる。

61　**第六一段「橋は」と第六二段「里は」……連続性あり**

・一筋わたしたる棚橋、心狭《せば》けれど、名を聞くに、をかしきなり。（第六一段末尾）

・里は、（第六二段冒頭）

「橋」から「里」への連想だが、特に第六一段末尾「一筋わたしたる棚橋、……」から「里は」へと結びつく。「棚橋」とは、板一枚を架けただけの橋で、「里」には、そうした簡易な「橋」が多いからである。

62　**第六二段「里は」と第六三段「草は」……連続性あり**

・朝顔の里。（第六二段末尾）

・草は、（第六三段冒頭）

第六三段「草は」は前段末尾の「朝顔」を受ける。

63　**第六三段「草は」と第六四段「草の花は」……連続性あり**

・草は、……。……唐葵、日の影に従ひて傾くこそ、草木と言ふべくもあらぬ心なれ。さしも草。八重葎。つき草、移ろひやすなるこそ、うたてあれ。（第六三段）

・草の花は、撫子。唐のは、さらなり。（第六四段冒頭）

「草」から「草の花」へ。「草は」段の末尾「つき草（＝つゆくさ）」は、「草」と冠せられてはいるが、イメージ的にも「草の花」である。また、第六四段冒頭「草の花は、撫子。唐《から》のは、さらなり（＝言うまでもない）」は、「草は」段終盤に挙げられている波線部「唐葵《から》。……」を受ける。

64 第六四段「草の花は」と第六五段「集は」……連続性あり

・草の花は、……。……「これに薄《すすき》を入れぬ、いみじう、あやし」と人、言ふめり。秋の野の、おしなべたる、をかしさは、薄こそあれ。……秋の果てぞ、いと見所なき。……冬の末まで……風に靡《なび》きて、かひろぎ立てる、人にこそ、いみじう似たれ。……（第六四段）

・集は、古万葉。古今。（第六五段全文）

「草の花は」から「集は」へ。「主として歌題に思い合せられる草や草花を類想した縁で、重要な歌集を挙げる」（集成）。

しかし、それだけではない。「古万葉」の「葉」は「草の花」の「草」と結びつく。また、第六四段末尾に挙げられている、段中、最も長い箇所の「薄」では、破線部のとおり、「秋の野」の様から「秋の果て」「冬の末まで」が語られる。この季節感(14)は、次段「集は、古万葉。古今」（全文）へと結びつく。特に「古今（＝『古今和歌集』）」は、四季の部立を特徴とするからである。

65 第六五段「集は」と第六六段「歌の題は」……連続性あり

・集は、（第六五段冒頭）

・歌の題は、（第六六段冒頭）

「集」から「歌の題」へ。

66　第六六段「歌の題は」と第六七段「おぼつかなきもの」……連続性無し

第六七段は「第六十六段との間に、何らかの連想の糸筋があるとは思われない」（**集成**）。

第六七段「おぼつかなきもの」が受けるのは、第六〇段「暁に帰らむ人は」である（第六〇段と第六一段「橋は」の連続性には疑問の余地がある。**60**、参照）。

・いと、きはやかに起きて、……烏帽子の緒、きと強げに結《ゆ》ひ入れて、……扇、畳紙など、昨夜《よべ》、枕上に置きしかど、おのづから引かれ散りにけるを、求むるに、暗ければ、いかでかは見えむ。「いづら、いづら」と叩きわたし、……「まかりなむ」とばかりこそ、言ふらめ。
（第六〇段末尾）

・おぼつかなきもの。十二年の山ごもりの法師の女親《めおや》。知らぬ所に、闇なるに行きたるに、「あらはにもぞある（＝丸見えでは困る）」とて、火も灯さで、さすがに並み居たる。（第六七段冒頭）

第六〇段末尾では、明け方に帰る男が、烏帽子の緒をきゅっと強めに結び入れて、昨夜、枕上に置きはしたが、散らばってしまっている扇・畳紙などを捜すけれど、暗いので見つけようもない。「どこだ、どこだ」と、そこら中を叩いて捜し出し、帰り際に「それでは失礼する」とだけは言うようだ、とある。枕上にあるはずの扇や畳紙が見つからない傍線部「暗ければ、いかでかは見えむ」時の心境は、まさに「おぼつかなきもの（＝心もとないもの）」である。

また、「おぼつかなきもの」段では、全四例中の第二例として、「知らぬ所」へ月の出ない波線部「闇なる」晩に出かけ、波線部「火も灯《とも》さで」じっと座って居る場合が引き合いに出されている。このように、両段は暗闇時の不安な心境繋がりで連続する。

67　第六七段「おぼつかなきもの」と第六八段「たとしへなきもの」……連続性あり

・おぼつかなきもの。……物もまだ言はぬ稚児《ちご》の、そり覆《くつがへ》り、人にも抱《いだ》かれず、泣きたる。（第六七段）

・たとしへなきもの。（第六八段冒頭）

「おぼつかなきもの」から「たとしへなきもの」へ。「おぼつかなきもの」が「対象がはっきりしなくて心もとなく気がかりな感じがするもの」（**全集**）であるのに対して、競べようのないほどに異なる「たとしへなきもの」は、そうした不明瞭さがなく、対照的である。

また、傍線部の第六七段末尾「まだ言葉も喋らない幼児が、反り返って、人にも抱かれようとせず、泣いている」状態は、「たとしへなきもの（＝極端なもの）」に通ずる。すなわち、普段、おとなしくスヤスヤと寝ている「物もまだ言はぬ稚児」の様子からすると、その反っくり返って暴れて泣く姿は、「たとしへなきもの」にほかなるまい。

68　第六八段「たとしへなきもの」と第六九段「忍びたる所にありては」……連続性あり

・たとしへなきもの。**夏**と**冬**と。……夜烏どもの居て、夜中ばかりに睡寝《いね》騒ぐ。落ち惑ひ、木伝《こづた》ひて、寝起きたる声に鳴きたるこそ、昼の目に違《たが》ひて、をかしけれ。（第六八段）

・忍びたる所にありては、**夏**こそ、をかしけれ。……烏の高く鳴きて行くこそ、顕証《けせう》なる心地して、をかしけれ。……また、**冬**の夜……（第六九段）

両段は、「夏」「冬」繋がりとなっている。また、第六八段末尾「夜烏どもの居て……」に対して、第六九段中に「烏の高く鳴きて行くこそ……」とある。

69　第六九段「忍びたる所にありては」と第七〇段「懸想人にて来たるは」……連続性あり

・忍びたる所にありては、　（第六九段冒頭）

・懸想人にて来たるは、　（第七〇段冒頭）

「忍びたる所にありては」から、恋人の訪問先繋がりで「懸想人にて来たるは」へ。

70　第七〇段「懸想人にて来たるは」と第七一段「ありがたきもの」……連続性あり

・それより下れる際《きは》は、皆、さやうにぞある。あまた、あらむ中にも、心ばへ見てぞ、率《ゐ》て歩《あり》かまほしき。　（第七〇段末尾）

・ありがたきもの。……主、誹《そし》らぬ従者。……　（第七一段）

第七〇段の内容は、主人の帰りを待たされる供人の不平不満であり、その末部には傍線部「君達以下の身分の供人で、文句を言わない者などいない」とある。第七一段「ありがたきもの（＝めったにないもの）」は、これを受け、段中にも「主、誹《そし》らぬ従者」が、その例として挙げられている。

第七〇・七一段と一本二七段「女房の参り、まかでには」の強い繋がりについては、324〔一本27〕、参照。

71　第七一段「ありがたきもの」と第七二段「内裏《うち》の局、細殿《ほそどの》いみじう、をかし」…連続性無し

特に両段の繋がりは見られない。

第七二段「内裏の局、細殿いみじう、をかし」が受けるのは、第四一段「七月ばかりに、風いたう吹きて」である（第四一段は、第四二段「似げなきもの」に連続しない。41、参照）。

・七月ばかりに、**風いたう吹きて**、雨など騒がしき日、大方、いと涼しければ、扇も、うち忘れたるに、汗の香、少し、かかへたる（＝汗の香りが少し、こもっている）綿衣《わたぎぬ》の薄きを、いと、よく引き着て、昼寝したるこそ、をかしけれ。（第四一段全文）

・内裏の局、細殿いみじう、をかし。上《かみ》の蔀、上げたれば、**風いみじう吹き入りて**、夏も、いみじう涼し。（第七二段冒頭）

第四一段冒頭の「風いたう吹きて」「いと涼しければ」は、第七二段冒頭の「風いみじう吹き入りて」「いみじう涼し」へと引き継がれている。ちなみに、この「風」繋がりは、第四〇段と第四一段を結ぶ〈軽さ〉からの延長線上にある（40、参照）。

72 第七二段「内裏《うち》の局、細殿《ほそどの》いみじう、をかし」と第七三段「職《しき》の御曹司におはします頃、木立などの」……連続性あり

・内裏の局、細殿いみじう、をかし。……ただ指《および》ひとつして叩くが、「その人なり」と、ふと聞こゆるこそ、をかしけれ。……

まいて、臨時の祭の調楽などは、いみじう、をかし。……供の随身どもの、**前駆**《さき》を忍びやかに**短う**、おのが君達の料に追ひたるも、……常に似ず、をかしう聞こゆ。……なほ、開けながら、帰るを待つに、……惑ひ出づるも、あめり。（第七二段）

・職の御曹司におはします頃、……。……（職の御曹司の前を通る）上達部の**前駆**ども、殿上人のは、**短ければ**、「大前駆、小前駆」と付けて、聞き騒ぐ。あまた度《たび》になれば、その声どもも、みな聞き知りて、「それぞ」「かれぞ」など言ふに、また、「あらず」など言へば、人して見せなどするに、言ひ当てたるは、「さればこそ」など言ふも、をかし。……（第七三段）

第七三段では、職の御曹司の前を通る君達と殿上人の前駆を「大前駆、小前駆」と名づけて、その声を「それぞ。かれぞ」と言い当てたりするとある。これに対して、第七二段では、その冒頭近くに、細殿の遣り戸を叩く音から誰かを聞き分ける箇所（傍線部「『その人なり』と、ふと聞こゆるこそ、をかしけれ」）がある。両段は、声や音で誰かを言い当てる点で共通する。**集成**では「前段に、君達の随身がかけた、前駆を逐《お》う声からの関連で、前駆を逐わせてゆく上達部《かんだちめ》や殿上人の通勤参内の様子を職曹司《しきのぞうし》で観察していた時のことを回想する」とする。

両段の連続性は、「前駆」の声の「短し」繋がりからも窺われる。第七二段終盤には、「お供の随身たちが、低い声で短く、自分の主人である君達のために先払いの声をかけるのも、……普段と異なり、趣深く聞こえる」とある。これに対して、第七三段には、「上達部の前駆ども、殿上人のは、短ければ」云々とある。

73　第七三段「職《しき》の御曹司におはします頃、木立などの」と第七四段「あぢきなきもの」……連続性無し

「前段からの連想の糸筋は考えられない」（**集成**）。

「あぢきなきもの」が受けるのは、同じ「もの尽くし」的章段の第七一段「ありがたきもの」、特に左記の同段末尾である（第七一段は、第七二段「内裏の局、細殿いみじう、をかし」に連続しない。**71**、参照）。

・男、女をば言はじ。女どちも、契り深くて語らふ人の、末まで仲よき人、かたし。（第七一段末尾）

・あぢきなきもの。（第七四段冒頭）

男女関係なく、深く付き合った者同士で、最後まで仲のよいのは、滅多にない（第七一段末尾）——

こうした、よくある人間関係の結末は、いかにも「あぢきなきもの（＝期待はずれなもの）」である。

74　第七四段「あぢきなきもの」と第七五段「心地よげなるもの」……連続性あり

・あぢきなきもの。……しぶしぶに思ひたる人を、強ひて婿取りて、「思ふさまならず」と嘆く。（第七四段）

・心地よげなるもの。（第七五段冒頭）

期待はずれな強い失望感（「あぢきなきもの」）から、心地よい爽快感（「心地よげなるもの」）への連想。特に「あぢきなきもの」段末尾の波線部「『思うようにならない』と嘆く」のは、「心地よげなるもの」の心情とは対極である。

75　第七五段「心地よげなるもの」と第七六段「御仏名の又の日」……連続性あり

・心地よげなるもの。卯杖の捧持。御神楽の人長。御霊会の振幡《ふりはた》とか持たる者。[15]（第七五段全文）

・御仏名の又の日、地獄絵の御屏風、取り渡して、宮に御覧ぜさせ奉らせ給ふ。ゆゆしう、いみじき事、限りなし。（第七六段冒頭）

傍線部のとおり、「心地よげなるもの」を受け、「ゆゆしう（＝不気味で）、いみじき事、限りなし」とある。「ゆゆし」の感情は、反「心地よげなるもの」である。

また、波線部のとおり、現世の霊的なるものを喚起させる「御神楽」「御霊会」（第七五段）に対して、後世の地獄を想起させる「御仏名」「地獄絵」（第七六段）とある。

76　第七六段「御仏名の又の日」と第七七段「頭中将の、すずろなる空言《そらごと》を聞きて」……連続性あり

・御仏名の又の日、地獄絵の御屏風、……。……「なほ、罪は恐ろしけれど、物のめでたさは止むまじ」とて、笑はる。（第七六段）

・頭の中将の、すずろなる空言を聞きて、いみじう言ひ落とし、『何しに人と思ひ、褒めけむ』など、殿上にて、いみじうなむ宣ふ」と聞くにも、恥づかしけれど……。（第七七段冒頭）

〈頭中将が、根も葉もない噂話を聞いて、ひどく（私を）おとしめ、「『どうして一人前の人と思い、褒めもしたのだろう』などと殿上の間で、ひどく仰る」と言うのを耳にするのも、気まりが悪いけれど……。〉

第七七段冒頭「頭の中将の、すずろなる空言を聞きて、いみじう言ひ落とし」は、第七六段末尾「なほ、罪は恐ろしけれど……」を受ける。「空言（嘘言）」は、五戒の一つ「妄語戒」に当たる。(16) 傍線部「なほ、罪は恐ろしけれど」の「罪」とは、この場合、第七六段冒頭「御仏名の又の日、地獄絵の御屏風」からして、地獄に落ちることを示唆し、頭中将（＝斉信）が皆に触れ回った清少納言に対する悪口は、〈地獄行きに匹敵する「罪」〉というユーモアを含んだものともなる。

また、第七六段後半のエピソードを象徴する白居易の秀句「琵琶、声やんで、物語せむとする事、遅し」から、第七七段の、同じく白居易の秀句「蘭省花時錦帳下」へと続く。**集成**には「前段白詩朗詠の連想から……白詩に纏《まつ》わる秀句を回想」とある。

77　第七七段「頭中将の、すずろなる空言《そらごと》を聞きて」と第七八段「返る年の二月二十余日」……連続性あり

・頭の中将の、すずろなる空言を聞きて、……二月晦方、……。（第七七段冒頭）

・返る年の二月二十余日、……梅壺に残り居たりし又の日、頭中将の御消息とて、……

（第七八段冒頭）

「頭中将（＝斉信）」繋がりで、第七七段冒頭の「二月晦方」から引き続き、今度は梅壺での彼との出会いについて、次段冒頭「返る年の二月二十余日」の出来事を語る。(17)

78　第七八段「返る年の二月二十余日」と第七九段「里に、まかでたるに」……連続性弱し

第七七・七八段に続き（77、参照）、第七九段においても脇役ながら、斉信は登場する。その意味において両段は連続するが、第七八段以上に第七九段と強い繋がりが見られるは、第七三段「職の御曹司におはします頃、木立などの」である（第七三段は、第七四段「あぢきなきもの」に連続しない。73、参照）。

・**夜も昼も、殿上人**の絶ゆる折なし。上達部まで参り給ふに、おぼろけに急ぐ事なきは、必ず参り給ふ。　（第七三段末尾）

・里にまかでたるに、**殿上人**などの来るをも……。……また、**昼も夜も**来る人を、何しにかは、「なし（＝いない）」とも、かがやき（＝恥をかかせて）帰さむ。　（第七九段冒頭）

傍線部のとおり、第七九段冒頭の「殿上人などの来るをも」「昼も夜も来る人を」は、〈昼夜を問わない訪問〉繋がりで、第七三段末尾「夜も昼も、殿上人の絶ゆる折なし。……」を受ける。

79　第七九段「里に、まかでたるに」と第八〇段「物のあはれ知らせ顔なるもの」……連続性あり

・里に、まかでたるに、殿上人などの来るをも、やすからずぞ（＝穏やかならず）人々は言ひなすなる。……あまり、うるさくもあれば、「この度《たび》、いづく」と、なべてには**知らせ**ず、左中将経房の君、済政の君などばかりぞ**知り**給へる。左衛門の尉則光《のりみつ》が来て、物語などするに、……。……少し仲、悪《あ》しうなりたる頃、文おこせたり。「便なき事など侍りとも、なほ契り聞こえし方《かた》は忘れ給はで、よそにては『さぞ』とは見給へとなむ思ふ」と言ひたり。……さて、かうぶり得て、遠江の介と言ひしかば、憎くてこそ止みにしか。（第七九段）

・物のあはれ **知らせ**顔なるもの。（第八〇段冒頭）

第七九段は、清少納言が退出先を「なべてには（＝普通の人には）知らせず」、一部の親しい人のみ「知り給へる」状態で里下がりをした際、彼女の居場所を知る則光がやって来て、雑談などするところから始まる。以下、この則光との交渉等の顛末が語られる。和歌で返事をする清少納言に辟易《へきえき》する則光であったが、破線部「少し仲、悪しうなりたる頃、文おこせたり」云々のとおり、それでも歩み寄りの手紙を出す。しかし、その返事さえ和歌でしたことで絶交状態となり、最後は、則光が遠江介となって下向したことで二人の関係は終わった、とある。子まで儲けた二人の縁の深さに反する、このはかない結末を思えば、則光が関係修復を願って寄こした最後の手紙は、まさに「物のあはれ知らせ顔なるもの」であったろう。

80 第八〇段「物のあはれ知らせ顔なるもの」と第八一段「さて、その左衛門の陣などに行きて後」……連続性あり

・物のあはれ知らせ顔なるもの。（第八〇段冒頭）

・さて、その左衛門の陣などに行きて後、里に出でて、しばしある程に、「とく参りね」などある（定子様の）仰せ言の端に、「左衛門の陣へ行きし後ろなむ、常に思し召し出でらるる。いかでか、さつれなく、うち振りてありしならむ。いみじう、めでたからむとこそ思ひたりしか」など仰せられたる御返りに、……（第八一段冒頭）

〈さて、その左衛門の陣などに行った後、里下がりして、しばらくいると、「すぐに参上せよ」な

どとある御言葉の端に、「左衛門の陣へ行った後ろ姿が、いつも思い出されています。どうして、あんなに、つれなく、さっさと帰って来たのでしょうか。大層、素晴らしかっただろうと思っておりました」などと仰られた御返事に、……〉

第八一段では、清少納言の長めの里居に対して、早々の帰参を求める定子との遣り取りの中、帰参に至るまでの経緯が語られている。この第八一段は、第七三段「職の御曹司におはします頃、木立などの」で語られる、左記の左衛門の陣の条を受ける。

有明の、いみじう霧りわたりたる庭に、下りて歩《あり》くを聞こし召して、御前（＝定子）にも起きさせ給へり。上なる人々の限りは、出て居、下りなどして遊ぶに、やうやう明けもてゆく。「左衛門の陣に、まかり見む」とて行けば、「我も我も」と、問ひ継ぎて行くに、殿上人、あまた声して、「某《なにがし》、一声の秋」と誦して参る音すれば、（職の御曹司に）逃げ入り、物など言ふ。……

（第七三段）

〈有明の月の頃の、ひどく霧が一面に立ちこめた庭に、（私が）下りて歩くのを、定子様はお聞きになられて、お起きになった。お仕えしている女房たち全てが、（私に続いて）下りて遊んだりしているうちに、次第に夜も明けてゆく。「左衛門の陣に参り、見物しよう」と言って行くと、「我も我も」と聞き継いで行くが、（そこでは）殿上人の大勢の声がして、「何とか、一声の秋」と口ずさんで、参上する音がするので、（私たちは職の御曹司に）逃げ込み、（殿上人たちと）話などした。……〉

ここでは、清少納言が有明の霧深い庭に下り、女房たちも皆、それに付き従い、その後、左衛門の陣まで出かけ、皆で逃げ帰るように戻ってきたことが語られている。定子は清少納言が庭に下りたのを聞いて起き、その後、お仕えしている女房たち誰もが、庭に下りたりして遊んだとあるから、定子の指示（もしくは許可）があったのだろう。第八一段の傍線部「左衛門の陣へ行きし後ろなむ、（定子様は）常に思し召し出でらるる」は、定子が、清少納言が庭に下りたのを聞いて起きたこと、そしてその後、清少納言に続き、皆が、ぞろぞろと左衛門の陣に行くのを見送ったであろうことを踏まえる。

ともあれ、第八一段冒頭において定子は、清少納言が皆を先導して大活躍した、この一件を引き合いに出し、傍線部「どうして、そんなにも、つれなく、その場から離れたのでしょうか（「いかでか、さつれなく、うち振りてありしならむ」[18]）」と、左衛門の陣から逃げ帰るようにして戻ったことを指摘した。そして暗に、それほどまでに活躍したあなたが、この私のもとを「うち振りて」長く里下がりしていることを咎めて、早々の帰参を促している。こうした意図を汲むならば、この段が「物のあはれ知らせ顔なるもの」の一例として挙げられていることは、明らかであろう。清少納言は、この定子の「物のあはれ知らせ顔なるもの」である御言葉によって、結果的に帰参している。第八一段は、第七三段を踏まえつつ、前段の第八〇段とも繋がっているのである。

81　第八一段「さて、その左衛門の陣などに行きて後」と第八二段「職《しき》の御曹司におはします頃、西の廂《ひさし》に」……連続性あり

・さて、その左衛門の陣などに行きて後、　（第八一段冒頭）

・職の御曹司におはします頃、　（第八二段冒頭）

第八二段は「職の御曹司におはします頃」繋がりで、第七三段「職の御曹司におはします頃、木立などの」に対応する。しかし、第八一段「さて、その左衛門の陣などに行きて後」は、第七三段の後日談であり（80、参照）、第八一・八二段は、第七三段を介して結びついている。

内容的にも、この両段は連続する。すなわち、第八一段では、定子の「どうして、あんなに、つれ

なく、さっさと帰って来たのでしょうか。大層、素晴らしかっただろうと思っておりました」という仰せ言に、清少納言は「いかでかは、めでたしと思ひ侍らざらむ（＝どうして、素晴らしいと思はないことがございましょうか）」と異を唱えている。以下、『宇津保物語』中の歌を引用した「中なる乙女」をめぐって、ちょっとした二人の攻防が見られる。これに対して、第八二段は雪山をめぐって、本格的に二人の意地の張り合いがなされる段であり（末尾は『（定子中宮は清少納言を）勝たせじと思しけるなり』とて、主上（＝一条天皇）も笑はせ給ふ」とある）、第八一段末尾との対応が窺われる。

82　第八二段「職《しき》の御曹司におはします頃、西の廂《ひさし》に」と第八三段「めでたきもの」……連続性無し

両段の連続性は特に見られない。

これに対して、第八三段「めでたきもの」は、第七八段「返る年の二月二十余日」を受ける（第七八段と第七九段「里に、まかでたるに」の連続性は弱く、その繋がりには疑問の余地がある。**78**、参照）。

・返る年の二月二十余日、……。……梅壺の東面、半部あげて、「ここに」と言へば、（斉信様は）**めでたく**てぞ、歩み出で給へる。桜の綾の直衣の、いみじう華々と、裏の艶《つや》など、えも言はず清らなるに、**葡萄染**の、いと濃き指貫、**藤**の折枝、おどろおどろしく織り乱りて……輝くばかりぞ見ゆる。……まことに「絵に描き、物語の**めでたき**事に言ひたる、これこそは」とぞ見えたる。……（第七八段）

・**めでたき**もの。……色合ひ深く、花房、長く咲きたる**藤**の花、松に掛かりたる。……**葡萄染**の織物。……六位の宿直姿の、をかしきも、（葡萄染の指貫の）紫のゆゑなり。（第八三段）

第七八段は「齊信を主人公とした讃歎の一大詩篇」（**金子評釈**）であり、その中心は、その姿を礼讃した傍線部「めでたくてぞ、歩み出で給へる」「絵に描き、物語のめでたき事に言ひたる、これこそはとぞ見えたる」にある。第八三段「めでたきもの」は、この第七八段を受ける。

また、波線部・破線部のとおり、第七八段の「葡萄染《えびぞめ》の、いと濃き指貫」に対して、第八三段では「葡萄染の織物」「六位の宿直姿の、をかしきも、（葡萄染の指貫の）紫のゆゑなり」（末尾）、第七八段の「藤の折枝」に対して、第八三段の「色合ひ深く、花房、長く咲きたる藤の花、松に掛かりたる」とある。

83　第八三段「めでたきもの」と第八四段「なまめかしきもの」……連続性あり

・六位の宿直姿の、をかしきも、紫のゆゑなり。（第八三段末尾）
・なまめかしきもの。細やかに清げなる君達の直衣姿。（第八四段冒頭）
「めでたきもの」から「なまめかしきもの」だが、第八三段末尾「六位の宿直姿の……」から、第八四段冒頭の「細やかに清げなる君達の直衣姿」へでもある。

傍線部中の「六位」「君達」の対照については、第八三段冒頭近くの「六位の蔵人。いみじき君達なれど、えしも着給はぬ綾織物を、心に任せて着たる青色姿などの、いと、めでたきなり」から窺われる。章段の流れからすると、左記のとおりとなる。
・絶賛された斉信の「葡萄染の、いと濃き指貫」「桜の綾の直衣」姿　（第七八段。82、参照）
・葡萄染の指貫の「六位の宿直姿」　（第八三段末尾部。82、参照）
・「君達の直衣姿」　（第八四段冒頭部）
また、第八三段末尾近く「全て、何も何も紫なるものは、めでたくこそあれ。花も糸も紙も」に、第八四段末尾「紫の紙を、包み文にて、房、長き藤に付けたる。小忌の君達も、いと、なまめかし」は、「紫」「紙」繋がりで対応する。「紫の「めでたさ」から「なまめかしき」優艶美の類想に移行する」（集成）。

84　第八四段「なまめかしきもの」と第八五段「宮の、五節《ごせち》、出ださせ給ふに」……連続性あり

・五月の**節《せち》**の菖蒲《あやめ》の蔵人（＝女蔵人）、菖蒲《さうぶ》の鬘、**赤紐**の色にはあらぬを（＝赤紐の色でないのをつけて）、……薬玉……奉れる、いみじう、なまめかし。……舞踏し拝し給ふも、いと、めでたし。……**小《を》忌《み》の君達**も、いと、なまめかし。（第八四段末尾）

・宮（＝定子中宮）の、**五節**、出ださせ給ふに……。……**赤紐**、をかしう結び下げて……。……童女《わらは》は、まいて、少し、なまめきたり。下仕へまで出で居たるに、……小忌の女房とつけて、**小忌の君達**は、外《と》に居て物など言ふ。……**赤紐**の解けたるを……（第八五段）

第八四段末尾部「五月の節の菖蒲の蔵人」、同段末尾「小忌の君達も、いと、なまめかし」は、第八五段冒頭「宮の、五節、出ださせ給ふに」、同段「小忌の女房とつけて、小忌の君達」に対応する。「小忌」とは、大嘗会・新嘗会などに奉仕する者が着る小忌衣、「五節」とは、五節（大嘗会・新嘗会などで催された儀式）の舞姫の意である。五月の節の菖蒲の女蔵人の拝舞（第八四段）は、五節の舞姫（第八五段）への連想を促している。

両段は、波線部のとおり「赤紐」繋がりともなっている。また、第八五段が第八四段「なまめかしきもの」と無縁でないのは、破線部「なまめきたり」から窺われる。

85　第八五段「宮の、五節《ごせち》、出ださせ給ふに」と第八六段「細太刀に平緒《ひらを》つけて」……連続性あり

・宮（＝定子中宮）の、五節、出ださせ給ふに、かしづき十二人、……。……赤紐、をかしう結び下げて……。……小兵衛と言ふが、赤紐の解けたるを、「これ結ばばや」と言へば、実方の中将、寄りて、つくろふに、ただならず。

あしひきの　山井の水は　凍れるを　いかなる紐の　解くるなるらむ

と（実方中将が小兵衛に）言ひかく。……（清少納言が小兵衛の代詠として）

うは氷　あはに結べる　紐なれば　かざす日かげに　ゆるぶばかりを……

（第八五段）

・細太刀に平緒つけて、清げなる郎等《をのこ》の持てわたるも、なまめかし。

（第八六段全文）

第八六段末尾「なまめかし」は、第八四段「なまめかしきもの」を受けるが、傍線部「平緒つけて」は、第八五段に拠る。すなわち、第八五段では、五節の舞姫を介添えする、傍線部「赤紐、をかしう結び下げて」いる女房——その一人である小兵衛の、破線部のとおり、解けた「赤紐」をめぐる藤原実方との挿話が語られている。このように両段は、垂れた「赤紐」「平緒」繋がりとなっている。

86　第八六段「細太刀に平緒《ひらを》つけて」と第八七段「内裏《うち》は五節《ごせち》の頃こそ」……連続性あり

・細太刀に平緒**つけて**、清げなる郎等の持てわたるも、なまめかし。

（第八六段全文）

・内裏は五節の頃こそ、すずろに、ただ、なべて見ゆる人も、をかしう思ゆれ。主殿司などの、色々のさいでを、物忌みのやうにて、釵子《さいし》に**つけたる**なども、珍しう見ゆ。……山藍、日陰など、柳筥に入れて冠したる男など持て歩くなど、いと、をかしう見ゆ。殿上人の、……局どもの前わたる、……。……

（第八七段）

第八七段冒頭「内裏は五節の頃こそ」は、「五節」繋がりで、第八五段冒頭「宮の、五節、出でさせ給ふに」を受ける。しかし、第八六段と第八七段の連続性も見いだされる。

第八七段冒頭部分は、第八六段全文からの影響を受けている。すなわち、傍線部のとおり、第八六段の「細太刀に平緒」を「つけて」は、「釵子」に「色々のさいで（＝色とりどりの小切れ）」を「つけたる」に対応する。また、波線部のとおり、第八六段の「郎等《をのこ》の持てわたる」は、第八七段の「男《をとこ》など持て歩《あり》く」「殿上人の……前わたる」との対応が窺われる。

ちなみに、第八六段冒頭の「細太刀」とは、儀式用の細身の太刀で、「五節」という宮中の儀式を語る第八七段との断絶感はない。

87　第八七段「内裏《うち》は五節《ごせち》の頃こそ」と第八八段「無名といふ琵琶の御琴を」……連続性あり

・（御帳台の試みの夜は）主上《うへ》にも、おはしまして、「をかし」と御覧じ、おはしますらむかし。灯台に向かひて寝たる顔どもも、らうたげなり。（第八七段末尾）

・無名といふ琵琶の御琴を、主上の持て渡らせ給へるに、（第八八段冒頭）

集成は「承前連想の糸筋はない」とする。第八八段は、第八六段「細太刀に平緒つけて」を受ける。すなわち、第八八段冒頭の傍線部「主上の持て渡らせ給へるに」は、第八六段全文「細太刀に平緒つけて、清げなる郎等《をのこ》の持てわたるも、なまめかし」中の「郎等の持てわたる」に対応する。このように、第八八段は〈持ち運び〉繋がりで、第八六段と連続する。

しかし、第八七段と第八八段の連続性も見いだされる。第八七段末尾は、第八八段冒頭に対応する。すなわち、傍線部のとおり、「主上にも、おはしまして（＝一条天皇も、おいでになられて）」（第八七段）に対して、「主上の持て渡らせ給へる」とある。両段は、〈一条天皇のお越し〉繋がりで、結びつく。

また、第八七段には、山藍、日陰などを「男など持て歩く」という箇所も見いだされる（前頁）。第八八段冒頭の傍線部「主上の持て渡らせ給へる」は、この箇所との対応も考えられる。ちなみに、この「持つ」ことへのこだわりは、次の第八九段からも窺われる（88、参照）。

88　**第八八段「無名といふ琵琶の御琴を」と第八九段「上の御局の御簾の前にて」……連続性あり**

・無名といふ**琵琶の御琴を**、主上《うへ》の**持て**渡らせ給へるに、（第八八段冒頭）

・上の御局の御簾の前にて、……**琵琶の御琴を**、縦《たた》ざまに（定子中宮様は）**持た**せ給へり。（第八九段冒頭）

右のとおり、両段は〈「琵琶の御琴」を「持つ」〉繋がりとなっている。

両段は内容的にも対応する。第八九段末尾『別れは知りたりや』となむ（定子様が）仰せらるるも、いと、をかし」は、「別レニ幽愁暗恨ノ生ズル有リ。此ノ時、無声ハ有声ニ勝ル」を踏まえる。この「琵琶行」の句には、遊女が切々と弾いていた琵琶の手を留め、歌声も止んだ際に生じた「無声ハ有声ニ勝ル」静寂の場面が描かれている。琵琶を弾かずに手に持ったままの定子――その姿の素晴らしさを讃えた清少納言の言葉を受け、定子は「別れは知りたりや」と、あえて琵琶を弾かなかった理由（「無声ハ有声ニ勝ル」こと）を述べて切り返した。[19] ここで定子が手にしていた琵琶は、言うなれば、まさに前段冒頭「無名といふ琵琶の御琴」に対する、「無声」の琵琶の琴にほかなるまい。

89　**第八九段「上の御局の御簾の前にて」と第九〇段「ねたきもの」……連続性あり**

・「別れは知りたりや」となむ（定子中宮様が）仰せらるるも、いと、をかし。（第八九段末尾）

・ねたきもの。（第九〇段冒頭）

第八九段末尾における定子の言葉「別れは知りたりや」で踏まえている白楽天「琵琶行」の一句「別レニ幽愁暗恨ノ生ズル有リ」の「暗恨（＝心に秘めた恨みごと）」（88、参照）から、次段冒頭「ねたきもの（＝妬《ねた》ましいもの。悔いが残るもの）」へ。

ちなみに、章段の流れからすると、この「暗恨」「ねたきもの」繋がりは、第八八段に端を発する。

すなわち、第八八段において「無名といふ琵琶の御琴」に続いて語られる、笙の笛「いな換へじ」の逸話には、「この御笛の名、僧都の君も、え知り給はざりければ、（妹の淑景舎様が笙の笛を交換して下さらないのを）ただ恨めしう思いためる」とある。

90　第九〇段「ねたきもの」と第九一段「かたはらいたきもの」……連続性あり

・見まほしき文などを、人の取りて、庭に下りて、見立てる、いと、わびしく、ねたく思ひて、行けど、簾のもとに止《と》まりて、見立てる心地こそ、飛びも出でぬべき心地すれ。（第九〇段末尾）

・かたはらいたきもの。（第九一段冒頭）

見たい手紙などを男の人が横取りし、庭に降りて、立ったまま読んでいるのは、やりきれなく「ねたく」思われ、追いかけてはみても、御簾のもとに留まり、読んでいる姿を、ただ突っ立って見ている時の思いは、外に飛び出してもしまいそうな気がすることだ（「飛びも出でぬめき心地すれ」）――この第九〇段末尾は、第九一段「かたはらいたきもの（＝はらはらして、じれったいもの）」に直結する（**集成**）。

91　第九一段「かたはらいたきもの」と第九二段「あさましきもの」……連続性あり

・殊《こと》に「よし」とも思えぬ我が歌を、人に語りて、人の褒めなどしたる由、言ふも、かたはらいたし。（第九一段末尾）

・あさましきもの。（第九二段冒頭）

「かたはらいたきもの」から「あさましきもの（＝驚き呆れるもの）」へ。第九一段末尾には「特に『よい』とも思えない自分の歌を、人に話して、他人が褒めなどしたりする経緯を言うのも、聞いていられない」とある。こうした無神経さは、元輔を父にもち、和歌に人一倍、敏感な清少納言にとってすれば、まさに「あさましきもの」であったろう。

第九〇～九二段と一本二六段「初瀬に詣でて」の繋がりについては、323〔一本26〕、参照。

92　第九二段「あさましきもの」と第九三段「口惜しきもの」……連続性あり

・物、うちこぼしたる心地、いと、あさまし。（第九二段末尾）

・口惜しきもの。（第九三段冒頭）

「あさましきもの」から「口惜しきもの」へ。特に第九二段末尾の「物、うちこぼしたる心地」は、物をこぼしたもったいなさや、汚してしまった残念さから、第九三段「口惜しきもの」に直結する。

93　第九三段「口惜しきもの」と第九四段「五月の御精進の程、職《しき》におはします頃」……連続性弱し

第九三段後半には、「男も女も法師も、宮仕へ所などより、同じやうなる人もろともに、寺へ詣で、物へも行くに……」とある。一方、第九四段冒頭近くでは「つれづれなるを、『時鳥の声、尋ねに行かばや』と言ふを、『我も。我も』と出で立つ。……」以下、賀茂神社の奥に同僚の女房と時鳥の声を聞きに出かけた話へと続く。両段は、物見詣でという点で連続性が窺われる。

しかし、第九四段が直結するのは、左記のとおり、第八二段「職の御曹司におはします頃、西の廂に」である（第八二段は、第八三段「めでたきもの」に連続しない。82、参照）。

・**職の御曹司におはします頃、**西の廂に、不断の御読経あるに、仏など掛け奉り、僧どもの居たるこそ、さらなることなれ。（第八二段冒頭）

・五月の御精進の程、**職におはします頃、**塗籠の前の二間なる所を、殊に、しつらひたれば、例ざまならぬも、をかし。（第九四段冒頭）

この両段冒頭は、共に「職（の御曹司）におはします頃」を語る。また、破線部のとおり、第八二段においては「西の廂」に「不断の御読経」、第九四段においては「塗籠の前の二間なる所」に「御精進」がなされ、両段は、波線部「殊に、しつらひたれば、例ざまならぬ」様子が語られる。これは、第七三段「職の御曹司におはします頃、木立などの」が、次のように、普段の職の御曹司の様子から始まるのとは、対照的である。

職の御曹司におはします頃、木立などの、遙かに物古り、屋のさまも、高う気遠けれど、すずろに、をかしう思ゆ。母屋は「鬼あり」とて、南へ隔て出だして、南の廂に御帳、立てて、又廂《またびさし》に女房は候ふ。
（第七三段冒頭）

94　第九四段「五月の御精進の程、職《しき》におはします頃」と第九五段「職におはします頃、八月十余日の」」……連続性あり

・五月の御精進の程、**職におはします頃、**……。……（私は）「何か。この『歌、詠み侍らじ』となむ思ひ侍るを、……」……大臣（＝伊周）、御覧じて、「など、歌は詠まで、……」……

元輔が　後と言はるる　君しもや　今宵の歌に　はづれては居《を》る

……

「その人の　後と言はれぬ　身なりせば　今宵の歌を　先づぞ詠ままし

つつむ事、候はずは、千の歌なりと、これよりなむ出でまうで来まし」と啓しつ。
（第九四段）

・**職におはします頃、**……。……物も言はで候へば、……
（第九五段）

両段は、第八二段「職の御曹司におはします頃、西の廂に」に続いて（93、参照）、「職におはします頃」繋がりで連続する。

また、傍線部のとおり、第九五段の「物も言はで」は〈無言〉繋がりで、第九四段の「歌、詠み侍らじ」「歌は詠まで」「今宵の歌に外れては居る」、そして歌を詠まない理由を述べた破線部「つつむ事、候はずは千の歌なりと（＝はばかる事がございませんでしたら、千の歌でも）……」（第九四段末尾）を受ける。すなわち、第九四段終盤は、庚申の夜、女房たちが皆、歌を詠む中、一人、清少納言だけが、亡き父元輔の名声を気にして、それを拒む逸話が語られている。そして、「元輔が　後と言はるる　君しもや……」という定子中宮の御歌に、清少納言が「その人の　後と言はれぬ　身なりせば……」と返歌したところで閉じられる。これに対して第九五段の逸話は、八月中旬の月の明るい夜、琵琶が奏でられ、皆が雑談し笑っている中、清少納言だけが、何も言わないで伺候しているので（「物も言はで候へば」）、定子中宮が「どうして、そんなに押し黙っているのか」と問うと、「ただ、秋の月の心を見はべるなり」という白居易「琵琶行」を踏まえた秀句で答えたという内容である。**集成**には「前段の詠歌無用の挿話を受けて、無言に月と心を通わす挿話を回想」とある。

ちなみに、第七三段「職の御曹司におはします頃、木立などの」を受けるのは第七九段「里に、まかでたるに」で（78、参照）、第七九段から第八二段「職の御曹司におはします頃、西の廂に」は連続する（79～81、参照）。したがって、第七三・八二・九四・九五段は、章段を隔てながらも、大きな章段の流れからすると、同じ一連の「職（の御曹司）におはします頃」段と見なしうる。

95　第九五段「職《しき》におはします頃、八月十余日の」と第九六段「御方々、君達、殿上人《うへびと》など、御前に」

……連続性あり

・職におはします頃、……。……これかれ、物言ひ、笑ひなどするに、**廂の柱に寄りかかりて、**

・御方々、君達、殿上人など、御前に人の、いと多く候へば、**廂の柱に寄りかかりて**、女房と物語 （第九五段冒頭）

などして居たるに、 （第九六段冒頭）

両段は、定子中宮御前、清少納言が「廂の柱に寄りかかりて」、女房たちと伺候している状況で連続する。(20)

また、両段は内容的に、「ただ、秋の月の心を見はべるなり」（第九五段）、「九品蓮台の間には、下品と言ふとも」（第九六段）という秀句繋がりともなっている。

96　第九六段「御方々、君達、殿上《うへ》人《びと》など、御前に」と第九七段「中納言、参り給ひて」……連続性あり

・御方々、君達、殿上人など、御前に人の、いと多く候へば、廂の柱に寄りかかりて、女房と物語などして居たるに、（定子中宮様が）物を投げ賜はせたる、開けて見たれば、「思ふべしや否や。人、**第一**ならずは、いかに」と書かせ給へり。御前にて、物語などするついでにも、「全て人に**一**に思はれずは、何にかはせむ。……二、三にては、死ぬともあらじ。**一**にてを、あらむ」など（私が）言へば、「**一乗**の法なり」など、人々も笑ふ事の筋なめり。筆、紙など賜はせたれば、「九品蓮台の間には、下品と言ふとも」など書きて参らせたれば、……。……「**第一**の人に、また**一**に思はれむとこそ思はめ」と仰せらるる、いと、をかし。 （第九六段）

・かやうの事こそは、かたはらいたき事のうちに入れつべけれど、「**一つ**な落としそ」と言へば、いかがはせむ。 （第九七段末尾）

第九七段末尾の「一つな落としそ（＝一つも漏らすな）」は、第九六段で連呼されている「一」へのこだわり（「第一ならずは」「一に思はれずは」「二、三にては、死ぬともあらじ。一にてを、あらむ」「一乗の法なり」「第一の人に、また一に思はれむ」）との関連でとらえられる。第九七段末尾の一文は一見、「蛇足の感じがする」（金子評釈）終わり方であるが、本来、このように前段を意識した、しゃれっ気を利かせた一文とも解すべきである。

また両段は、95の場合と同様、清少納言自身の秀句披露という内容で繫がる。第九六段の「九品蓮台の間には、下品と言ふとも」に対して、第九七段は「さては扇のにはあらで、海月《くらげ》のななり」とある。すなわち、第九六段では、定子中宮の「そなたを可愛がろうか、否か。一番でない場合はどうか（「人、第一ならずは、いかに」）」の問いに、清少納言は「九品蓮台の間には……」と答えている。一方、第九七段では、隆家（定子の弟）が手に入れたと自慢する扇の骨に対して、「さては扇のにはあらで……」と切り返している。

97　第九七段「中納言、参り給ひて」と第九八段「雨の、うちはへ降る頃」……連続性あり

・中納言（＝隆家）、**参り給ひて、**（第九七段冒頭）

・雨の、うちはへ降る頃、今日も降るに、御使にて、式部丞信経《のぶつね》、**参りたり。**（第九八段冒頭）

両段の冒頭は「参る」繫がりで連続する。

また、両段は内容的に秀句繫がりとも、なっている。すなわち、清少納言が言った秀句「さては扇のにはあらで、海月《くらげ》のななり」（第九七段）、「など、洗足料紙《せんぞくれうし》にこそはならめ」（第九八段）に対して、それぞれ、次のようにある。

・「これは隆家が事にしてむ」とて笑ひ給ふ。（第九七段）

・「これは、御前に（＝あなた様が）、かしこう仰せらるるにあらず。信経が足形の事を申さざらましかば、え宣はざらまし」と、かへすがへす言ひしこそ、をかしかりしか。
（第九八段）

波線部のとおり、第九七段では「私、隆家の言った事にしよう」と言い、第九八段では「私、信経が言い出さなかったならば、この秀句は無かった」と、主張している。このように、両段は、**95・96**の場合と同様な秀句披露という繋がり（**集成**）に加えて、秀句の功名争いという点でも結びついている。

98　第九八段「雨の、うちはへ降る頃」と第九九段「淑景舎、春宮に参り給ふ程の事など」……連続性無し

両段の連続性は、特に見られない。

99　第九九段「淑景舎、春宮に参り給ふ程の事など」と第一〇〇段「殿上より梅の皆、散りたる枝を」……連続性あり

・殿（＝道隆）の御猿楽言《さるがうごと》（＝ご冗談）に、いみじう笑ひて、ほとほと打橋よりも、**落ちぬべし**。
（第九九段末尾）

・殿上より、梅の皆、散りたる枝を、「これは、いかが」と言ひたるに、ただ「**早く落ちにけり**」と（私が）答《いら》へたれば、……。
（第一〇〇段冒頭）

第一〇〇段冒頭は、第九九段末尾を受けて、「落ちぬべし（＝落ちてしまいそうだ）」から「早く落ちにけり（＝とうに落ちてしまった）」[21]へ、まさに破線部「猿楽言」のような落ちとなっている。

100　第一〇〇段「殿上より梅の皆、散りたる枝を」と第一〇一段「二月の晦《つごもり》頃に」……連続性あり

・殿上より梅の皆、**散りたる枝**を、「これは、いかが」と言ひたるに、ただ「早く落ちにけり」と

答《いら》へたれば、その詩を誦じて、殿上人、**黒戸**に、いと多く居たる、主上《うへ》の御前に聞こし召して、
「……よく答《いら》へたる」と仰せられき。（第一〇〇段）

・二月の晦頃に、風いたう吹きて、空いみじう**黒きに**、雪、少し、うち**散りたる**程、**黒戸**に主殿寮《とのもづかさ》、来て、（第一〇一段冒頭）

「黒戸」（第一〇〇段）を受け、「黒きに」「黒戸」（第一〇一段）。「梅の皆、散りたる枝を」（第一〇〇段）に対して、「雪、少し、うち散りたる程」とある。季節的にも両段は重なる。梅花の盛りの時期は、正月下旬〜二月初旬である（第二六〇段にも「二月朔《ついたち》の程」に「梅こそ、ただ今は盛りなれ」とある）[22]。波線部のとおり、「二月の晦頃」は、まさに「梅の皆、散りたる枝」の頃と言える。

101　第一〇一段「二月の晦《つごもり》頃に」と第一〇二段「はるかなるもの」……連続性あり

・「俊賢の宰相など、『なほ、内侍《ないし》に奏してなさむ』となむ、定め給ひし」とばかりぞ、左兵衛督の、中将におはせし、語り給ひし。（第一〇一段末尾）

・はるかなるもの。（第一〇二段冒頭）

「はるかなるもの」は、「なほ、内侍《ないし》に奏してなさむ」の「内侍」昇進を受ける。**集成**には「前段を受けて、清少納言が理想とする典侍《てんじ》昇進の途の遥《はる》けさから出た類想か」とある。

102　第一〇二段「はるかなるもの」と第一〇三段「方弘は、いみじう人に笑はるる者かな」……連続性無し

両段の連続性は見られない。

第一〇三段と直結するのは、第九八段「雨の、うちはへ降る頃」である（第九八段は、第九九段「淑景

舎、春宮に参り給ふ程の事など」に連続しない。98、参照)。

・(信経の)真名の様《やう》、文字の、世に知らず、あやしき(手紙)を見つけて、……殿上に、やりたれば、人々、取りて見て、**いみじう笑ひ**けるに、大きに腹立ちてこそ憎みしか。

(第九八段末尾)

・方弘は、**いみじう人に笑は**るる者かな。

(第一〇三段冒頭)

右のとおり、第九八段末尾と第一〇三段冒頭は、〈滑稽な人物を大笑いする〉という繋がりで連続する。すなわち、第九八段は、第一〇三段の方弘同様、笑い者の対象である式部丞信経《のぶつね》との逸話で、その末尾は、信経の余りの悪筆ぶりを、清少納言がからかい、皆が大層、笑い、信経が非常に腹を立てたとある。

103 第一〇三段「方弘は、いみじう人に笑はるる者かな」と第一〇四段「見苦しきもの」……連続性あり

・頭(=蔵人頭)、着き給はぬ限りは、殿上の台盤には人も着かず。それに(=それなのに)(方弘は)豆一盛りを、やをら取りて、小障子の後ろにて食ひければ、(皆が)引き顕《あら》はして、笑ふこと限りなし。

(第一〇三段末尾)

・見苦しきもの。

(第一〇四段冒頭)

不作法で、みっともない方弘の逸話を語る第一〇三段――その末尾では、殿上の間での食事の際、方弘が、こっそり小障子の後ろで豆を食うのを発見されて大笑いされたとある。この方弘の醜態は「見苦しきもの」にほかならない。

104 **第一〇四段「見苦しきもの」と第一〇五段「言ひにくきもの」……連続性あり**

・痩せ、色黒き人の、生絹《すずし》の単衣《ひとへ》、着たる、いと見苦しかし。（第一〇四段末尾）

・言ひにくきもの。（第一〇五段冒頭）

「見苦しきもの」から「言ひにくきもの」への連想。人は、たとえ「見苦しきもの」であっても、当人には、なかなか言い出せないものである。第一〇四段末尾の「痩《や》せた、色黒い人が、（薄くて透ける）生絹の単衣を着た」場合は、まさに、その好例である。

105 **第一〇五段「言ひにくきもの」と第一〇六段「関は」……連続性無し**

両段は連続しない。**集成**は「前段とは関係なく、新たに地名類聚《るいじゅう》の章段から書き起こした一つの章段群の始めか」とするが、第一〇六段「関は、逢坂」は、第一〇二段「はるかなるもの」を受ける（第一〇二段は、第一〇三段「方弘は、いみじう人に笑はるる者かな」に連続しない。102、参照）。

・はるかなるもの。半臂の緒、ひねる。陸奥国《みちのくに》へ行く人、**逢坂**、越ゆる程。生まれたる乳児《ちご》の、大人になる程。（第一〇二段全文）

・関は、**逢坂**。（第一〇六段冒頭）

右のとおり、「陸奥国へ行く人、逢坂（の関）、越ゆる程」（第一〇二段）から「関は逢坂」（第一〇六段冒頭）へと続く。

106 **第一〇六段「関は」と第一〇七段「森は」……連続性あり**

・関は、（第一〇六段冒頭）

・森は、（第一〇七段冒頭）

「関」から「森」へ。「関」と「森」は元来、関連が深いが、「関」→関守《もり》→「森《もり》」という連想・言葉遊びの側面も窺われる。**集成**には「関守の縁で、関から森の地名類想へ」とある。

107 **第一〇七段「森は」と第一〇八段「原は」……連続性あり**

・森は、（第一〇七段冒頭）

・原は、（第一〇八段冒頭）

「森」から「原」へ。

ちなみに、第一〇八段「原は」は、第一三段「原は」と一部、重複する。

108 **第一〇八段「原は」と第一〇九段「卯月の晦方《つごもりがた》に、初瀬に詣でて」……連続性あり**

・原は、朝《あした》の原。粟津の原。篠原。萩原。園原。（第一〇八段全文）

・卯月の晦方に、初瀬に詣でて、淀の渡りと言ふものをせしかば、船に車を、かき据ゑて行くに、菖蒲《さうぶ》・菰《こも》などの末、短く見えしを取らせたれば、いと長かりけり。菰積みたる船のありくこそ、いみじう、をかしかりしか。『高瀬の淀に』とは、これを詠みけるなめり」と見えて。三日、帰りしに、雨の少し降りし程、「菖蒲刈る」とて、笠の、いと小さき着つつ、脛いと高き男《をのこ》、童などのあるも、屏風の絵に似て、いと、をかし。（第一〇九段全文）

第一〇九段は、端午の節供前、淀の渡し船に乗った際、菖蒲や菰を抜き取らせた体験や、菰を積んだ船の往来する情景、菖蒲を刈り取る子供の姿が印象的に描かれている。その「菖蒲」「菰」は、〈植物〉繋がりで、第一〇八段「原は」（「原」は植物が繁茂する）、特に「粟津の原。篠原。萩原。園原」を受ける。

また、第一〇九段は第一〇七段冒頭「森は、浮田の森」とも対応している。「浮田の森」とは、京都市伏見区淀町付近にあったとされる森で、淀の渡りに近く、第一〇九段冒頭部「淀の渡り」を受ける。

109 第一〇九段「卯月の晦方《つごもりがた》に、初瀬に詣でて」と第一一〇段「常より異《こと》に聞ゆるもの」……連続性無し

「特に承前連想の糸筋はない」（**集成**）。

第一一〇段「常より異に聞こゆるもの」に対応するのは、同じ類聚的章段の、第九三段「口惜しきもの」である（第九三段と第九四段「五月の御精進の程、職におはします頃」の繋がりには、疑問の余地がある。93、参照）。

・口惜しきもの。五節、御仏名に雪、降らで、雨の、かきくらし降りたる。節会などに、さるべき御物忌みの当たりたる。……男も女も、……物へも行くに、……言はば、けしからず、……さるべき人の、馬にても車にても、ゆき合ひ見ずなりぬる、いと口惜し。わびては「好き好きしき下衆などの、人などに語りつべからむをがな」と思ふも、いと、けしからず。（第九三段）

・常より異に聞こゆるもの。正月の車の音。（第一一〇段冒頭）

「五節」「御仏名」に雪が降らないで、ざんざん降りの雨となり、「節会」などが、物忌みの日に当たる悔しさ――この第九三段冒頭で語られている対極的な落差感は、「常より異に」に通ずる。そして何より、傍線部のとおり、第九三段末尾等の「けしからず（＝異様だ、風変わりである）」[23]は、第一一〇段冒頭「常より異に（＝他と変わって）聞こゆるもの」へと繋がる。両段は、「予期に反した残念さ」（**集成**）と、思いがけず趣あるものという対極にある。

また、「正月の車の音」の「正月」は、十一月（「五節」）・十二月（「御仏名」）・正月等（「節会」）、そして「車の音」は、波線部「車にても」との関連が窺われる。

110 第一一〇段「常より異《こと》に聞ゆるもの」と第一一一段「絵に描《か》き劣りするもの」……連続性弱し

両段に強い連続性は見いだせない。すなわち、第一一〇段「常より異に聞こゆるもの」から第一一一段「絵に描き劣りするもの」は、〈格別なもの〉から〈劣ったもの〉への流れは見いだせるが、[24]〈聴覚〉から〈視覚〉への転換に違和感はぬぐえない。その違和感は、それぞれ引き合いに出されている「正月の車の音。また鶏《とり》の声。暁の咳《しはぶ》き。物の音《ね》は、さらなり」（第一一〇段）と「撫子。菖蒲。桜。物語に『めでたし』と言ひたる男、女の容貌《かたち》」（第一一一段）との関連性の無さからも窺われる。

第一一一段「絵に描き劣りするもの」が直結するのは、左記のとおり、第一〇九段「卯月の晦方に、初瀬に詣でて」である（第一〇九段は、第一一〇段「常より異に聞こゆるもの」に連続しない。109、参照）。

・卯月の晦方に、初瀬に詣でて、淀の渡りと言ふものをせしかば、船に車を、かき据ゑて行くに、**菖蒲**、菰などの末、短く見えしを取らせたれば、いと長かりけり。菰積みたる船のありくこそ、いみじう、をかしかりしか。『高瀬の淀に』とは、これを詠みけるなめり」と見えて。三日、帰りしに、雨の少し降りし程、「**菖蒲**刈る」とて、笠の、いと小さき着つつ、脛いと高き男《をのこ》、童などのあるも、屏風の**絵**に似て、いと、をかし。（第一〇九段全文）

・**絵**に描き劣りするもの。撫子。**菖蒲**。桜。物語に「めでたし」と言ひたる男《をとこ》、女の容貌《かたち》。（第一一一段全文）

第一〇九段は、その末尾「屏風の絵に似て、いと、をかし」とあるように、「屏風の絵」の題材になるような美しい風景が語られている章段である。これに対して、第一一一段「絵に描き劣りするもの」は、そうした「屏風の絵」にふさわしくない題材を列挙する。このように、第一〇九段末尾と第一一一段冒頭は、「絵」繋がりで直結する。

また、破線部のとおり、第一一一段の「撫子。菖蒲。桜」は、植物繋がりで、第一〇九段の「菖蒲」「菰」に対応する。ちなみに、この植物繋がりは、第一〇七・一〇八段「森は」「原は」に端を発する（107・108、参照）。

111　**第一一一段「絵に描《か》き劣りするもの」と第一一二段「描《か》き勝りするもの」……連続性あり**

・絵に描き劣りするもの。（第一一一段冒頭）
・描き勝りするもの。（第一一二段冒頭）

「絵に描き劣りするもの」から「描き勝りするもの」へ。

112　**第一一二段「描《か》き勝りするもの」と第一一三段「冬は、いみじう寒き。夏は世に知らず暑き」……連続性あり**

・描き勝りするもの。（第一一二段冒頭）
・冬は、いみじう寒き。夏は世に知らず暑き。（第一一三段全文）

111の対照的両段（「絵に描き劣りするもの」「描き勝りするもの」）を受けて、第一一三段は冬の寒さ、夏の暑さを挙げる。

113　**第一一三段「冬は、いみじう寒き。夏は世に知らず暑き」と第一一四段「あはれなるもの」……**

連続性あり

・冬は、いみじう寒き。夏は世に知らず暑き。　（第一一三段全文）

・あはれなるもの。孝ある人の子。よき男の若きが御嶽精進したる。　（第一一四段冒頭）

傍線部「御嶽精進」とは吉野金峰山《きんぶせん》に詣でるため、一定の長期間、精進潔斎することで、寒さ、暑さに関係ないその厳しい潔斎ぶりが、「冬は、いみじう寒き。……」からの連想を導き出した。また、季節の激しい移り変わりを端的に表している「冬は、いみじう寒き。……」は、世の無常を知らしめるものとして、「あはれなるもの」に通ずるという見方もできよう。

この「御嶽精進」は、前々段「描き勝りするもの」の末尾「山里。山道」も受ける。すなわち、「御嶽精進」を終えた後、「山里」「山道」を通って、はるばる吉野の「御嶽」まで参でることになる。

114　第一一四段「あはれなるもの」と第一一五段「正月に寺に籠《こ》もりたるは」……連続性あり

・あはれなるもの。孝ある人の子。よき男の若きが御嶽精進したる。……山里の雪。思ひ交はしたる若き人の仲の、塞《せ》く方ありて、心にも任せぬ。　（第一一四段）

・正月に寺に籠もりたるは、いみじう寒く、雪がちに凍りたるこそ、をかしけれ。　（第一一五段冒頭）

両段の冒頭は、傍線部のとおり、〈お籠もり〉繋がりで連続する。また、波線部のとおり、第一一四段末尾部には「山里の雪」とあり、第一一五段冒頭の「雪がちに凍りたる」との関係が窺われる。

第一一五段は第一一三段も受ける。すなわち、第一一五段冒頭の「いみじう寒く……」は、第一一三段冒頭「冬は、いみじう寒き」を受ける（**集成**）。

115　第一一五段「正月に寺に籠《こ》もりたるは」と第一一六段「いみじう心づきなきもの」……連続性あり

・（参籠等の際は）なほ、同じ程にて（＝同じ身分くらいの者で）、一つ心に、をかしき事も憎き事も、様々に言ひ合はせつべき人、必ず一人、二人、あまたも誘はまほし。……（第一一五段末尾）

・いみじう心づきなきもの。祭、禊など、全て男の物見るに、ただ一人、乗りて見るこそあれ。いかなる心にかあらむ。（第一一六段冒頭）

気の合う同じ身分くらいの者同士で、何でも言い合えるような人と、必ず一人か二人、大勢でも誘いたいものだ（「必ず一人、二人、あまたも誘はまほし」）――この第一一五段末尾部に対して、第一一六段は「賀茂祭や御禊など、何につけ男が見物する際、牛車に、たった一人で乗って見るなど、どういうつもりであろうか、気が知れない（「ただ一人、乗りて見るこそあれ。いかなる心にかあらむ」）とある。「前段の物詣で同行者からの連想で、気にくわぬものを類想」（**集成**）。

また、破線部「祭、禊」の四月は、「正月」「二月晦、三月朔《ついたち》」と語られた第一一五段の季節を引き継いでいる。

116　第一一六段「いみじう心づきなきもの」と第一一七段「わびしげに見ゆるもの」……連続性あり

・いみじう心づきなきもの。祭、禊など、全て男の物見るに、ただ一人、乗りて見るこそあれ。いかなる心にかあらむ。（第一一六段冒頭）

・わびしげに見ゆるもの。（第一一七段冒頭）

「いみじう心づきなきもの（＝ひどく気にくわないもの）」から「わびしげに見ゆるもの」へ。「いみじう心づきなきもの」の最初の例に挙げられた、賀茂祭や御禊など、男が見物する際、牛車に、たった一人で乗って見る（「祭、禊など、全て男の物見るに、ただ一人、乗りて見る」）場合は、いかにも「わびしげに見ゆるもの」である。

117　**第一一七段「わびしげに見ゆるもの」と第一一八段「暑げなるもの」……連続性あり**

・また、雨いたう降りたるに、小さき馬に乗りて、御前駆したる人。冬は、されどよし。夏は袍《うへのきぬ》、下襲も一つに合ひたり（＝雨と汗で、べっとりと、くっついている）。（第一一七段末尾）

・暑げなるもの。随身の長《をさ》の狩衣。……（第一一八段冒頭）

夏に、どしゃぶりの雨で波線部「御前駆《ごぜん》したる人」の袍や下襲が、汗でべっとり、くっついている状態は、まさに「暑げなるもの」である。波線部「随身」は、時には「前駆」を務めた。

また、第一一八段末尾「**六、七月**の修法の……」は第一一七段冒頭「わびしげに見ゆるもの。**六、七月**の、午、未の時ばかりに」に対応する。

118　**第一一八段「暑げなるもの」と第一一九「恥づかしきもの」……連続性あり？**

第一一八段末尾「六、七月の修法の、日中の時、おこなふ阿闍梨」は、第一一九段冒頭「恥づかしきもの。男の心のうち。睡《い》ざとき夜居の僧」との対応が窺われる。

しかし、第一一九段「恥づかしきもの」が直結するのは、第一一八段ではなく、左記のとおり、第一〇五段「言ひにくきもの」である（第一〇五段は、第一〇六段「関は」に連続しない。105、参照）。

・**恥づかしき**人の、物などおこせたる返事《かへりごと》。大人になりたる子の、思はずなる事を聞くに、前にては言ひにくし。（第一〇五段末尾）

・**恥づかしき**もの。男の心うち。（第一一九段冒頭）

第一〇五段末尾の「恥づかしき人」から第一一九段冒頭「恥づかしきもの」へ。また、傍線部のとおり、「大人になった子（娘?）から、（生理?といった）思いがけない事を聞かれる」といった折の言いにくさは、〈恥づかしさ〉繋がりで、「男の心うち」に通ずる。

119 第一一九「恥づかしきもの」と第一二〇段「無徳なるもの」……連続性あり

・ただならずなりぬる有様を、清く知らでなども、あるは。（第一一九段末尾）

・無徳なるもの。（第一二〇段冒頭）

第一二〇段冒頭「無徳なるもの（＝さまにならないもの）」は、第一一九段末尾「妊娠してしまった様子を、少しも知らないふりをしている男なども、いるものだよ」に繋がる。**集成**には「前段妊娠した上で捨てられた女のみじめさから無徳なるものを類想」とある。

120 第一二〇段「無徳なるもの」と第一二一段「修法は」……連続性無し

両段は連続しない。

第一二一段「修法は」が受けるのは、左記のとおり、第一一八段「暑げなるもの」である（第一一八段は、第一一九段「恥づかしきもの」に直結しない。118、参照）。

・暑げなるもの。……六、七月の**修法**の、日中の時、おこなふ阿闍梨。（第一一八段）

・**修法**は奈良方。仏の護身どもなど読み奉りたる、なまめかしう、尊し。（第一二一段全文）

第一二一段「修法は」は、「修法」繋がりで、第一一八段末尾「六、七月の修法の……」と直結する。

121　第一二一段「修法は」と第一二二段「はしたなきもの」……連続性無し

両段は連続しない。

第一二二段「はしたなきもの」が受けるのは、第一二〇段「無徳なるもの（＝さまにならないもの）」である（第一二〇段は、第一二一段「修法は」に連続しない。120、参照）。

・人の妻《め》などの、すずろなる物怨じなどして、隠れたらむを、「必ず尋ね騒がむものぞ」と思ひたるに、さしもあらず、妬《ねた》げに、もてなしたるに、さては、え旅だち居たらねば、心と出で来たる。

（第一二〇段末尾）

〈人の妻などが、つまらぬ嫉妬などして、隠れたところ、「（夫が）必ず大騒ぎして捜し出すに違いない」と思っていたのに、予想に反して、憎たらしく、ほうっておかれたため、そうも旅住まいし続けるわけにはいかないので、自分から、のこのこと出て来た場合。〉

・はしたなきもの。

（第一二二段冒頭）

第一二〇段末尾で語られる、嫉妬して家出はしたものの、予想外に夫に、ほおっておかれ、傍線部「心と出で来たる（＝のこのこと出て来た）」妻の行動は、まさに「はしたなきもの（＝気恥ずかしいもの）」そのものである。

122　第一二二段「はしたなきもの」と第一二三段「関白殿、黒戸より出でさせ給ふとて」……連続性あり

・よろしき人だに、なほ、子のよきは、いと、めでたきものを。かくだに思ひ参らするも、畏《かしこ》しや。

（第一二二段末尾）

・関白殿（＝道隆）、黒戸より出でさせ給ふとて、……権大納言（＝道長）の、（道隆様の）御沓、取りて、履かせ奉り給ふ。……「あな、めでた。大納言ばかりに、沓、取らせ奉り給ふよ」と見ゆ。

（第一二三段冒頭）

第一二二段末尾「そこそこの身分の人でさえ、やはり、子供の出世は、大層、立派であるのに、こんなにまで（詮子様の御心中を）察し申し上げるのも、畏れ多いことだ」は、左記の同段の条を踏まえる。

八幡の行幸の還らせ給ふに、女院（＝詮子）の御桟敷のあなたに、（一条天皇が）御輿、止どめて、御消息、申させ給ふ。

（第一二二段）

この一条天皇が還行の際、国母・詮子のために、わざわざ御輿を留めて、挨拶した逸話を受け、第一二三段冒頭では、関白・道隆が弟の大納言・道長に沓を履かせた事例が紹介されている。

このように、両段は、清少納言が感激した〈親族に関する「めでた」きエピソード〉繋がりで、連続する。**集成**には「天皇の御会釈を受けられる女院のめでたさから連想して、豪気な道長をさえ、ひざまずかせた故関白道隆《みちたか》のめでたさを回想」とある。

123　第一二三段「関白殿、黒戸より出でさせ給ふとて」と第一二四段「九月ばかり、夜一夜、降り明かしつる雨の」……連続性無し

両段の直接的な関連は見られない。

第一二四段「九月ばかり、夜一夜、降り明かしつる雨の」が受けるのは、第一二一段「修法は」である（第一二一段は第一二二段「はしたなきもの」に連続しない。121、参照）。

・修法は奈良方。仏の護身どもなど読み奉りたる、なまめかしう、尊し。

（第一二一段全文）

・九月ばかり、夜一夜、降り明かしつる雨の、今朝は止みて、朝日、いと、けざやかに射し出でたるに、前栽の露は、こぼるばかり濡れかかりたるも、いと、をかし。透垣《すいがい》の羅紋、軒の上などは、かいたる蜘蛛の巣の、こぼれ残りたるに、雨のかかりたるが、白き玉を貫きたるやうなるこそ、いみじう、あはれに、をかしけれ。……　（第一二四段）

第一二四段冒頭では、「九月ばかり」の晩秋、清々しい雨後の朝露が描写されている。これは第一二一段の「なまめかしう」に対応する。「なまめかし」とは「生めかし」が原義で、〈いかにも若々しく美しいさま〉を言う。[25] 第一義的訳は「みずみずしい。新鮮だ」で、晩秋雨後の「こぼるばかり濡れかかりたる」「前栽の露」の美しさ（第一二四段）は、まさに、これに当たる。続いて挙げられている、雨に濡れ「こぼれ（＝破れ）残りたる」「蜘蛛の巣」にかかる「白き玉を（糸に）貫きたるやうなる」露の連なりの美しさ（同段）も、同様に「なまめかし」の例に、ふさわしい。

ちなみに、第一二一段の「なまめかしう」にも、一二四段冒頭にも通ずる〈清々しさ〉の感覚が伴われていると考えるべきであろう。しかし、「奈良方」の「修法」がイメージしづらく、「なまめかしう」を「優雅で」「上品で」等と訳す場合が多いこともあって、こうした「なまめかし」本来の意味が見落とされがちとなったように思われる。

このように、第一二四段は第一二一段を受けるが、同時に第一一七・一一八段の〈暑苦しさ〉繋がり（117、参照）も踏まえる。すなわち、第一二四段の「前栽の露」「白き玉」に象徴される清々しさは、この〈暑苦しさ〉の対極に位置する。

124　第一二四段「九月ばかり、夜一夜、降り明かしつる雨の」と第一二五段「七日の日の若菜を」……

連続性あり

・少し日、たけぬれば、萩などの、いと重げなるに、露の落つるに、枝うち動きて、人も手触れぬに、ふと上《かみ》ざまへ上がりたるも、「いみじう、をかし」と言ひたる事どもの、「人の心には、つゆ、をかしからじ」と思ふこそ、また、をかしけれ。（第一二四段末尾）

・七日の日の若菜を、六日、人の持て来騒ぎ、取り散らしなどするに、見も知らぬ草を、子どもの取り持て来たるを、「何とか、これをば言ふ」と問へば、とみにも言はず、「いさ」など、これかれ見合はせて、「耳無草《みみなぐさ》となむ言ふ」と言ふ者のあれば、「むべなりけり。聞かぬ顔なるは」と笑ふに、また、いと、をかしげなる菊の、生ひ出でたるを、持て来たれば、

摘めどなほ　耳無草こそ　あはれなれ　あまたしあれば　菊（聞く）もありけり

と言はまほしけれど、また、これも聞き入るべうもあらず。（第一二五段全文）

第一二四段末尾では、日が高くなり、萩などの露が枝を自然と跳ね上がらせる現象に感興を覚え、傍線部「人の心には、少しも面白くあるまいと思うにつけても、また面白い」という感想を述べている。「つゆ（＝少しも）」に「萩など」の「露」を掛ける。[26] これに対して、第一二五段末尾では、子供たちの持ってきた「菊」に、「聞く（菊）」を掛け、「摘めどなほ……」歌を「言いたいけれど、また、これを聞き入れるはずもない」とある。このように、両段は、共に洒落を効かせつつ、〈言っても、わかってもらえなさ〉を漏らして閉じられる。

125　第一二五段「七日の日の若菜を」と第一二六段「二月、官の司《つかさ》に定考といふ事すなる」……連続性あり

・（正月）七日の日の若菜を、六日、人の**持て来**騒ぎ、取り散らしなどするに、見も知らぬ草を、子どもの取り**持て来たるを、**……。……また、いと、をかしげなる菊の生ひ出でたるを、**持て来たれば、**……（第一二五段）

・二月、官の司に定考といふ事すなる、……。……頭弁（＝行成）の御もとより、主殿司、絵などやうなる物を、白き色紙に包みて、梅の花の、いみじう咲きたるに付けて、**持て来たり**。

（第一二六段冒頭）

両段は、「（正月）七日の日の若菜」に対して、「二月」の「定考」。また「若菜」等を「持て来」「持て来たるを」「持て来たれば」に対して、「絵などやうなる物」を白い色紙に包み、「梅の花」に付けて「持て来たり」とある。「絵などやうなる物」には、「餅餤《へいだん》」が包まれており、以下、この行成から贈られた「餅餤」に、清少納言が「冷淡《れいたん》なり」と切り返す逸話が語られる。第一二四・一二五段に見られた秀句的な洒落（124、参照）は、このように、第一二六段にも引き継がれている。

126　第一二六段「二月、官の司《つかさ》に定考といふ事すなる」と第一二七段「などて官《つかさ》、得《え》始めたる六位の笏に」……連続性あり

・二月、**官の司《つかさ》**に定考といふ事すなる。　（第一二六段冒頭）

・などて**官《つかさ》**、得始めたる六位の笏に、　（第一二七段冒頭）

「官の司《つかさ》」「官《つかさ》」は「つかさ」繋がりとなっている。また、傍波部「定考」とは、六位以下の官吏の才芸等を考慮して昇進させる儀式で、傍線部「得始めたる六位（＝新たに官職についた六位）」に結びつく。

第一二七段は、第一二五段「七日の日の若菜を」も受ける。第一二七段の大半を占める衣装の呼び名（「細長」「汗衫」「唐衣」「袴」「指貫」等）検証は、「衣などに、すずろなる（＝わけのわからない）名どもを付けけむ、いと、あやし」から始まる。これに対して、第一二五段は、「耳無草」を子供たちが取って持って来て、「何とか、これをば言ふ」と問うところから始まっており、「すずろなる名」「耳無草」

に示されるように、呼び名に対するこだわり繋がりとなっている。

127　第一二七段「などて官《つかさ》、得《え》始めたる六位の笏に」と第一二八段「故殿の御ために」……連続性無し

両段は連続しない。

第一二八段冒頭「故殿（＝道隆）の御ために」が受けるのは、第一二三段「関白殿（＝道隆）、黒戸より出でさせ給ふとて」である（第一二三段は、第一二四段「九月ばかり、夜一夜、降り明かしつる雨の」に連続しない。123、参照）。

・中納言の君の、忌日（＝命日）とて、くすしがり（＝奇特にも）行ひ給ひしを、「賜へ、その数珠しばし。行ひして、めでたき身にならむ」と、借るとて、集まりて笑へど、なほ、いとこそ、めでたけれ。御前（＝定子）に聞こし召して、「仏になりたらむこそは、これよりは勝らめ」とて、うち笑《ゑ》ませ給へるを、また、めでたくなりてぞ、見奉る。大夫殿（＝道長）の居させ給へるを、かへすがへす聞こゆれば、「例の思ひ人」と笑はせ給ひし。まいて、この後の御有様を見奉らせ給はましかば、「ことわり」と思し召されなまし。（第一二三段末尾）

・故殿（＝道隆）の御ために、月毎の十日、経、仏など供養せさせ給ひしを、九月十日、職の御曹司にて、せさせ給ふ。……頭中将斉信《ただのぶ》の君の「月秋と期して身いづくか」と言ふ事を、うち出だし給へりし、はた、いみじう、めでたし。……（定子中宮様が）「めでたしな。……」と宣はすれば、「……なほ、いと、めでたくこそ覚え侍りつれ」と啓すれば、「まいて、さ覚ゆらむかし」と仰せらる。……（第一二八段）

両段冒頭は、「関白殿」「故殿」の道隆繋がりで連続するのに加え、第一二八段冒頭「故殿」は、第一二三段末尾「この後の御繁栄を御覧になられたら、『もっとも』とお思いになられたでしょう」を受ける。「この後」から「故殿」へ。また、波線部のとおり、第一二三段終盤に語られる、「仏になりたらむこそは」といった「忌日」の勤行に関する逸話は、第一二八段冒頭「故殿の御ために、月毎の十日、経、仏など供養せさせ給ひしを」へと結びつく。

両段の連続性は、破線部のとおり、「めでたし」の頻出からも窺われる。すなわち、第一二三段では、中納言の奇特な勤行に関連して「めでたき身にならむ」「めでたけれ」「めでたくなりて」とあり、一方、第一二八段は、前半の話の核となる斉信の秀句「月秋と期して身いづくか」への絶賛が「はた、いみじう、めでたし」「めでたしな」「なほ、いと、めでたくこそ覚え侍りつれ」とある。ちなみに、この「めでた」きエピソード繋がりは、第一二二段末尾より始まる（122、参照）。

128　**第一二八段「故殿の御ために」と第一二九段「頭弁の、職《しき》に参り給ひて」……連続性弱し**

第一二八段は、斉信が清少納言を「得意（＝旧知の仲）」と呼んで口説く程の親密さを、一方、第一二九段は、経房が行成の絶賛ぶりを伝え、「思ふ人（＝好きな人）」が褒められるのは嬉しいと告げた逸話を紹介して終わる。この「得意」と「思ふ人」から、両段は、秀句がらみの清少納言との親交という点で結びつくという見方も可能であろう。

しかし、第一二九段が明確に、より強く結びつくのは、第一二七段「などて官、得始めたる六位の笏に」である（第一二七段は、第一二八段「故殿の御ために」に連続しない。127、参照）。

・夜居の僧の「いと、わろからむ。夜一夜こそ、なほ宣はめ」と、憎しと思ひたりし声様にて言ひたりしこそ、をかしかりしに添へて、おどろかれにしか。（第一二七段末尾）

・頭弁（＝行成）の、職に参り給ひて、物語などし給ひしに、夜いたう更けぬ。「明日、御物忌みなるに籠もるべければ、丑（＝午前三時前後）になりなば、悪《あ》しかりなむ」とて、参り給ひぬ。早朝《つとめて》、……「今日は……夜を通して、昔物語も聞こえ明かさむとせしを、鶏《にはとり》の声に、もよほされてなむ」……。御返りに「いと夜深く侍りける鶏《とり》の声は、孟嘗君のにや」と聞こえたれば、……

夜をこめて　鶏《とり》の空音《そらね》は　はかるとも　世に逢坂の　関は許さじ　（第一二九段冒頭）

第一二七段末尾で「夜居の僧」が、女房たちの深夜に及ぶお喋りに「夜一夜こそ、なほ宣はめ」〈一晩中、やはり、お話しなされよ〉と皮肉混じりに放った言葉は、そのまま第一二九段冒頭に繋がる。すなわち、行成が清少納言のもとで話をしているうちに、夜更けとなったが、「明日は物忌みだから」と、夜明けを待たず帰った。翌朝、行成から「夜を徹して、昔話などして夜を明かすつもりが、鶏の声に、せき立てられて」といった手紙をよこして来た。清少納言はその返事に「夜更けに聞こえました鶏の声は、孟嘗君のそれでは」と伝え、さらに、かの名歌「夜をこめて……」を詠んで贈ったとある。

このように、第一二七段末尾の「夜一夜」に対して、第一二九段冒頭は、傍線部「夜を通して」「夜をこめて（＝夜の明ける前に、一晩中）」、破線部「夜いたう更けぬ」「昔物語にも聞こえ明かさむとせしを」「いと夜深く侍りける」とあり、その連続性は明らかである。

129　第一二九段「頭弁の、職《しき》に参り給ひて」と第一三〇段「五月ばかり、月もなう、いと暗きに」……

連続性弱し

両段は、共に「頭弁（＝行成）」がらみの逸話である点、連続する。**集成**には「前段に続いて、行成のとりなしで殿上の評判を得た手柄話の回想」とある。

しかし、第一三〇段が直結するのは、章段を隔てた第五七段「よき家の中門、開けて」である（第五七段は、第五八段「滝は」に連続しない。57、参照）。

・厨女《くりやめ》の清げなるが、差し出でて（＝顔を出して）、「某《なにがし》殿の人や候ふ（＝誰それの供人は、おいでか）」など言ふも、をかし。（第五七段末尾）

・五月ばかり、月もなう、いと暗きに、「女房や候ひ給ふ」と、声々して言へば、……。物は言はで、御簾をもたげて（＝持ち上げて）、「そよろ（＝かさっ）」と差し入るる、呉竹なりけり。（第一三〇段冒頭）

傍線部・波線部のとおり、第五七段末尾と第一三〇段冒頭は、「某殿の人や候ふ」に対して「女房や候ひ給ふ」、「差し出でて」に対して「差し入るる」とある。第一三〇段では、この差し出された呉竹に、清少納言が「おい、この君にこそ」と、呉竹の異名「この君」で答えたことから、評判となった一件が紹介される。

130　第一三〇段「五月ばかり、月もなう、いと暗きに」と第一三一段「円融院の御果ての年」……連続性あり

・五月ばかり、月もなう、いと暗きに、「女房や候ひ給ふ」と、声々して言へば、……。物は言はで、御簾をもたげて（＝持ち上げて）、「そよろ（＝かさっ）」と差し入るる、呉竹なりけり。（第一三〇段冒頭）

・円融院の御果ての年、……藤三位の局に、蓑虫のやうなる童の大きなる、白き木に立文《たてぶみ》を付けて、「これ、奉らせむ」と言ひければ、……下は閉《た》てたる蔀《しとみ》より取り入れて、（第一三一段冒頭）

第一三一段は、藤三位の局に、蓑虫のような格好をした大きな童が「白き木に立文を付けて」持って来たのを、「蔀より取り入れ」たところから始まる。この誰とも分からぬ仕業（後に「さは、こは誰《た》が仕業にか」とある）に対して、第一三〇段冒頭では、誰かが黙って「呉竹」を「御簾をもたげて、そよろと差し入るる」〈御簾を持ち上げて「かさっ」と差し入れた〉とある。このように両段は、風変わりに、誰ともなく「白き木」「呉竹」が差し出されたところから始まる。

また、自ら口にした呉竹の秀句を、あくまで知らぬふりで通す清少納言（第一三〇段）と、詠み手の分からぬ歌の真偽を執拗に追求する藤三位の姿勢（第一三一段）は、対照的で、各逸話の滑稽さを引き立てている。

131 **第一三一段「円融院の御果ての年」と第一三二段「つれづれなるもの」……連続性あり**

・さて、上の台盤所にても、笑ひ、ののしりて（＝大笑いして騒ぎ）、……。……（呼び出された童は）しれじれしう（＝そらとぼけて）笑《ゑ》みて走りにけり。大納言、後に聞きて、笑ひ興じ給ひけり。（第一三一段末尾）

・つれづれなるもの。（第一三二段冒頭）

第一三一段末尾では、「笑ひ、ののしりて」「笑みて」「笑ひ興じ給ひけり」と、笑い・笑みが強調されている。この末尾に至るまでにも「（一条天皇は）うち微笑《ほほゑ》ませ給ひて」「（藤三位は）恨み聞こえて笑ひ給ふに」「宮（＝定子）も笑はせ給ふを」「（藤三位は）笑ひ、妬《ねた》がり」と、一条天皇の悪戯に振り回された藤三位の一件に笑いが絶えない。こうした定子中宮周囲の笑い・ユーモアに溢れた状況は、「つれづれなるもの（＝所在ないもの、退屈なもの）」と、まさに対極のものと言えよう。

132 **第一三二段「つれづれなるもの」と第一三三段「つれづれ慰むもの」……連続性あり**

・**つれづれなるもの。**……馬おりぬ**双六。**……（第一三二段）

・**つれづれ慰むもの**。碁、**双六**。　（第一三三段冒頭）

「つれづれなるもの」から「つれづれ慰むもの」へ。両段は「双六」繋がりでもある。

133　第一三三段「つれづれ慰むもの」と第一三四段「取り所なきもの」……連続性あり

・男などの、うち猿楽《さるが》ひ、物よく言ふが来たるを、物忌みなれど、入れつかし。　（第一三三段末尾）

・取り所なきもの。容貌《かたち》、憎さげに、心悪《あ》しき人。　（第一三四段冒頭）

第一三三段末尾は、「冗談がうまく、よく喋る男は、物忌みであっても招き入れてしまうことだ」とある。そうした〈取り柄のある男〉に対して、第一三四段は「取り所なきもの（＝取り柄がないもの）」として、最初に「容貌、憎さげに、心悪しき人」を挙げる。

134　第一三四段「取り所なきもの」と第一三五段「なほ、めでたきこと」……連続性無し

両段に特に連想の糸は見られない。

第一三五段「なほ、めでたきこと」が受けるのは、第一二八段「故殿の御ために」である（第一二八段と第一二九段「頭弁の、職に参り給ひて」の連続性は弱い。128、参照）。

・故殿（＝道隆）の御ために、月毎の十日、経、仏など供養せさせ給ひしを、九月十日、職の御曹司にて、せさせ給ふ。……頭中将斉信《ただのぶ》の君の「月秋と期して身いづくか」と言ふ事を、うち出だし給へりし、**はた、いみじう、めでたし**。……（定子中宮様が）「**めでたしな**。……」と宣はすれば、「……**なほ、いと、めでたく**こそ覚え侍りつれ」と啓すれば、「まいて、さ覚ゆらむかし」と仰せらる。……　（第一二八段）

・なほ、めでたきこと。
（第一三五段冒頭）

第一二八段は、第一二二・一二三段に続く「めでた」きエピソード繋がりとなっている（122・127、参照）。第一三五段冒頭「なほ（＝やはり）、めでたきこと」は、この流れを受けている(27)。ちなみに、第一三五段では、故「頭中将と言ひける人」の逸話が、やや唐突に紹介されている。これは第一二八段が「故殿（＝道隆）の御ため」（冒頭）の供養に因んだ逸話であることも影響しているかと思われる。

135　第一三五段「なほ、めでたきこと」と第一三六段「殿などの、おはしまさで後」……連続性あり

・物に当たるばかり**騒ぐ**も、いと、いと物狂ほし。下《しも》にある人々の、惑ひ上《のぼ》るさまこそ。人の従者、殿上人など見るも知らず、裳を頭に打ちかづきて上《のぼ》るを、笑ふも、をかし。（第一三五段末尾）

・殿（＝道隆）などの、おはしまさで後、世の中に事出で来、**騒がしう**なりて、宮（＝定子）も参らせ給はず、小二条殿といふ所に、おはしますに、何ともなく、うたてありしかば、久しう里に居たり。御前わたりの、おぼつかなきにこそ、なほ、え堪へてあるまじかりけれ。
（第一三六段冒頭）

〈道隆様などが、お亡くなりになられた後、世の中に事件が持ち上がり、騒がしくなって、中宮様も参内なさらず、小二条殿という所にいらしたが、（私は）何という事もないが、嫌なことがあったので、長いこと、里下がりをしていた。（しかし）中宮様の御身辺が気懸かりなため、やはり、このまま我慢して止どまれそうもなかったことであるよ。〉

第一三五段末尾と第一三六段冒頭は、〈騒がしさ〉繋がりで連続する。すなわち、第一三六段冒頭に「世の中に事出で来、騒がしうなりて」とある、道隆亡き後の混乱ぶりは、第一三五段末尾の「物

に当たるばかり騒ぐ」「惑ひ」に通ずる。

また、第一三六段冒頭では、定子が参内もせず、小二条殿に引きこもっているという異常事態にもかかわらず、特に、大した事があった訳でもないのに、清少納言が長く里下がりしており、かといって定子の御身辺が気懸かりで、破線部「なほ、え堪へてあるまじかりけれ（＝やはり我慢できそうもなかった）」とある。これは、第一三五段末尾にある、破線部「いと、いと物狂ほし（＝気違いじみている）」とある状況と見てよかろう。

ちなみに、第一三六段冒頭「殿などの、おはしまさで後」は、第一二八段冒頭「故殿の御ために」との対応も窺われる（第一二八段を受けるのが第一三五段であることは、134、参照）。

136 第一三六段「殿などの、おはしまさで後」と第一三七段「正月十余日の程」……連続性あり

・殿などの、おはしまさで後、世の中に事出て来、騒がしうなりて、（第一三六段冒頭）
・正月十余日の程、空いと黒う、曇り厚く見えながら、さすがに日は、けざやかに射し出でたるに、（第一三七段冒頭）

第一三七段冒頭の傍線部「空いと黒う、曇り厚く見えながら」は、第一三六段冒頭の傍線部「世の中に事出て来、騒がしうなりて」に対応する。空を覆う厚い黒雲は、暗雲、急を告げるかのような世の中の不穏な気配と重ね合わされる。

第一三六段で語られているのは、道隆逝去後、伊周・隆家兄弟が花山院に矢を射る不敬事件等が起こり、中関白家没落が決定的となる中での出来事である。そこでは、道長方への内通を疑われ、長期の里下がりを余儀なくされた清少納言が、定子の機転によって帰参に至る経緯が主として描かれている。この段において清少納言は、定子との最大の危機に立たされていた。そこから救い出された思い

は、段中にも「いみじう日頃の絶え間、嘆かれつる、みな慰めて、うれしきに」とある。第一三七段冒頭「正月十余日の程、空いと黒う、曇り厚く見えながら、さすがに日は、けざやかに射し出でたるに」は、まさに、そうした清少納言の心象風景とも見なしうる。黒く厚い雲間から、くっきりと差し込んだ陽光――そこからは、宮仕え人生最大の危機から脱した安堵感が読み取れよう。**集成**は「暗黒の空から太陽の鮮烈な光条が迸《ほとばし》り出た情景が、前段の孤独な里居から解き放たれた清少納言の心境に共通する」とある。

137　第一三七段「正月十余日の程」と第一三八段「清げなる男《をのこ》の、双六を日一日、打ちて」……連続性無し

両段に強い連続性は見られない。

第一三八段が受けるのは、第一三三段「つれづれ慰むもの」・第一三四段「取り所なきもの」である（第一三三段と第一三四段の連続性については133、第一三四段が第一三五段「なほ、めでたきこと」に連続しないことは、134、参照）。

・取り所なきもの。容貌《かたち》、憎さげに、心悪しき人。　（第一三四段冒頭）

・清げなる男の、双六を日一日、打ちて、　（第一三八段冒頭）

傍線部「清げなる男」は、その対極の第一三四段の「容貌、憎さげに、心悪しき人」に対応する。また、「双六」（第一三八段）は、一三三段冒頭「つれづれ慰むもの。碁、双六」の「双六」を受ける。

138　第一三八段「清げなる男《をのこ》の、双六を日一日、打ちて」と第一三九段「碁を、やむごとなき人の打つとて」……連続性あり

・清げなる男の、双六を日一日、**打ちて**、（第一三八段冒頭）

・碁を、やむごとなき人の**打つ**とて、（第一三九段冒頭）

「双六」を「打ちて」から、「碁」を「打つとて」へ。「清げなる男」と「やむごとなき人」は、好ましい人物という繋がりもある。

また、第一三九段冒頭の、貴人が身分の低い相手に直衣の紐を解いて無造作に碁を打つ（「碁を、やむごとなき人の打つとて、紐うち解き、ないがしろなる気色に拾ひ置く」）姿は、第一三八段末尾「誇りかに見ゆれ」を受けると思われる。**金子全釈**には「碁を打つ貴人の紐を外したのは、打解姿だけれど、相手が目下だから、遠慮は入らない。そこに誇かな氣持が見える」とある。

139　第一三九段「碁を、やむごとなき人の打つとて」と第一四〇段「恐ろしげなるもの」……連続性あり

・碁を、やむごとなき人の打つとて、紐うち解き、ないがしろなる気色に拾ひ置くに、劣りたる人の、居ずまひも、かしこまりたる気色にて、碁盤よりは少し遠くて、およびて、袖の下は、いま片手して控へなどして、打ち居たるも、をかし。（第一三九段全文）

・恐ろしげなるもの。（第一四〇段冒頭）

第一三九段で語られているのは、身分の低い者が座り方も緊張した風で（「劣りたる人の、居ずまひも、かしこまりたる気色にて」）、及び腰に（「およびて」）高貴な方と対局する様子である。この緊張感は、第一四〇段「恐ろしげなるもの」に通ずる。**集成**には「貴人の碁をお相手をする者の緊張感から発展して、……「恐ろしげなるもの」を類想する」とある。

140 **第一四〇段「恐ろしげなるもの」と第一四一段「清しと見ゆるもの」……連続性あり**

・恐ろしげなるもの。……髪多かる男の、洗ひて乾すほど。（第一四〇段）

・清しと見ゆるもの。……水を物に入るる透影。（第一四一段）

「恐ろしげなるもの」から「清しと見ゆるもの」へ――「前段粗剛醜悪な恐ろしげさから一転して平滑清純の美を類想」（**集成**）するが、「清しと見ゆるもの」は、傍線部「髪多かる男の、洗ひて乾すほど」（第一四〇段末尾）も受ける。〈髪洗い〉は、「清し」に通ずるからである。また、破線部「水を物（＝容器）に入るる透影」（第一四一段末尾）も、この〈髪洗い〉との関連でとらえられる。「清しと見ゆるもの」は、第一三八段冒頭「清げなる男《をのこ》の」の影響も窺われる。

141 **第一四一段「清しと見ゆるもの」と第一四二段「卑しげなるもの」……連続性あり**

・清しと見ゆるもの。……**畳**に刺す薦。……（第一四一段）

・卑しげなるもの。式部丞の笏。……まことの出雲筵の**畳**。（第一四二段）

さらに一転して「清しと見ゆるもの」から「卑しげなるもの。式部丞の笏」へ。「式部丞の笏」は、一般的に備忘録として使用を繰り返しているため汚く、「清し」とは対極的なものでもある。第一四二段末尾「まことの出雲筵《むしろ》の畳」は、第一四一段中の「畳に刺す薦《こも》」と関連する。

142 **第一四二段「卑しげなるもの」と第一四三段「胸つぶるるもの」……連続性あり**

・卑しげなるもの。式部丞の笏。黒き髪の筋わろき。（第一四二段冒頭）

・胸つぶるるもの。競馬、見る。元結、縒《よ》る。（第一四三段冒頭）

両段は「卑しげなるもの」と「胸つぶるるもの」という負の連想であるが、傍線部「黒き髪の筋わろき」「元結、縒る（＝髪を束ねた根元を結う）[28]」のとおり、髪繋がりとなっている。「筋わろき（＝筋がよくない）」髪は、「元結、縒る」のに苦労し、ハラハラするからである。

「胸つぶるるもの」は、第一四〇段「恐ろしげなるもの」からの連想でもある。

143 **第一四三段「胸つぶるるもの」と第一四四段「うつくしきもの」……連続性あり**

・胸つぶるるもの。……まだ、もの言はぬ**稚児**《ちご》の泣き入りて、乳も飲まず、乳母の抱くにも止《や》まで久しき。……（第一四三段）

・うつくしきもの。瓜に描きたる**稚児**の顔。（第一四四段冒頭）

「胸つぶるるもの」と「うつくしきもの」は「繊細なもの、未熟なものもまた、傷つきやすい点で」（**集成**）似通う。両段は「稚児」繋がりでもある。

144 **第一四四段「うつくしきもの」と第一四五段「人映えするもの」……連続性あり**

・うつくしきもの。瓜に描きたる稚児《ちご》の顔。……（第一四四段）

・人映えするもの（＝人がいるところで調子づくもの）。異なる事なき（＝これといって、よい所もない）人の子の、さすがに、愛《かな》しうし習はしたる。……（第一四五段）

「うつくしきもの（＝可愛らしいもの）」から、可愛らしい者として扱われ馴れて、図に乗った憎たらしい子供へ。「可愛らしい乳幼児と反対に憎らしい子供を類想」（**集成**）。

「うつくしきもの」段には、二、三歳ばかりの稚児（＝二つ、三つばかりなる稚児）が、小さなゴミを見つけて、可愛らしい指にとらえ、大人一人一人に見せる仕草が描かれている。これに対して、「人映えするもの」段では、近所の四、五歳の子（＝四つ、五つなる）が、散らかし放題にして、母親にも

「あれを見せて」といい気になって、せがむ姿が描かれている。この二つの場面は、特に対照的である。

145　第一四五段「人映えするもの」と第一四六段「名、恐ろしきもの」……連続性あり

・あなた、こなたに住む人の子の、四つ、五つなるは、あやにくだちて（＝いたずら盛りで）、物、取り散らし損なふを、……。……えはしたなしうも言はで（＝間《ま》が悪くも言えず）見るこそ、心もとなけれ。（第一四五段末尾）

・名、恐ろしきもの。（第一四六段冒頭）

「人映えするもの（＝人がいるところで調子づくもの）」段終盤では、近所の四、五歳の子が、母親が居るのをいいことに、散らかし放題に壊したりするのを（傍線部「物、取り散らし損なふを」）、傍観せざるを得ないのは、「気が気でない」とある。この第一四五段末尾「心もとなけれ」の不安感は、第一四六段冒頭「名、恐ろしきもの」に通ずる。「名、恐ろしきもの」は、必ずしも本当に恐ろしいわけでない。一方、子供の悪さも、実質的には、それほどの怖さではない。しかし、「名、恐ろしきもの」同様、心理的な圧迫感は大きい。このように、両者は〈表層的な恐怖感〉で相通ずるものがある。

146　第一四六段「名、恐ろしきもの」と第一四七段「見るに異なる事なきものの」……連続性あり

・碇《いかり》、名よりも、**見る**は恐ろし。（第一四六段末尾）

・**見る**に異なる事なきものの、文字に書きて事々《ことごと》しきもの。（第一四七段冒頭）

第一四六段末尾「名よりも、見るは恐ろし」から、次段冒頭「見た目には代わり映えしないけれど、文字に書くと仰々しく感じるもの」へ。また、両段冒頭は内容的にも似通う。

147　第一四七段「見るに異なる事なきものの」と第一四八段「むつかしげなるもの」……連続性あり

・見るに異《こと》なる事なきものの、文字に書きて事々《ことごと》しきもの。（第一四七段冒頭）

・むつかしげなるもの。（第一四八段冒頭）

「事々しきもの（＝仰々しいもの）」から、「むつかしげなるもの（＝むさ苦しい感じのするもの）」へ。

148　第一四八段「むつかしげなるもの」と第一四九段「えせ者の、所得る折」……連続性あり

・いと深うしも心ざしなき妻《め》の、心地、悪《あ》しうして、久しう悩みたるも、男の心地は、むつかしかるべし（＝鬱陶《うっとう》しいであろう）。（第一四八段末尾）

・えせ者の、所得る（＝幅を利《き》かせる）折。（第一四九段冒頭）

第一四八段の最後に引き合いに出されている、「いと深うしも心ざしなき妻（＝それほど深くも愛していない妻）」を持つ「男」は、まさに「えせ者（＝一流でない者。つまらぬ者）」である（**集成**）[29]。

149　第一四九段「えせ者の、所得る折」と第一五〇段「苦しげなるもの」……連続性あり

・えせ者の、所得る（＝幅を利《き》かせる）折。（第一四九段冒頭）

・苦しげなるもの。夜泣きと言ふわざする稚児の乳母。思ふ人、二人持ちて、こなた、かなた、ふすべらるる（＝焼き餅を焼かれる）男。（第一五〇段冒頭）

第一五〇段「苦しげなるもの」は、前々段「むつかしげなるもの（＝鬱陶しげなもの）」を受けるが、前段「えせ者の、所得る折」も受ける。すなわち、「苦しげなるもの」の二番目の例として挙げられている傍線部「愛人を二人持って、両方から焼き餅を焼かれる男」は、「えせ者の所得る」〈二流の者が幅を利かせる〉ことの結果にほかならない。たまたま二人の女からもてた男が、その両方から、嫉妬され、結果的に苦しむという自業自得の結末は、「えせ者」の証しである。

150 第一五〇段「苦しげなるもの」と第一五一段「うらやましげなるもの」……連続性あり

・苦しげなるもの。……こはき物の怪に預かりたる験者《げんざ》。験《げん》だに、いち早からば、よかるべきを、さしもあらず、さすがに、「人笑はれならじ」と念ずる、いと苦しげなり。……心いられしたる人。（第一五〇段）

・うらやましげなるもの。経など習ふとて、いみじう、たどたどしく忘れがちに、返す返す同じ所を読むに、法師は、ことわり、男も女も、くるくると（＝スラスラと）やすらかに読みたるこそ、「あれがやうに、いつの世にあらむ」と覚ゆれ。（第一五一段冒頭）

「苦しげなるもの」から「うらやましげなるもの」へ。特に、第一五〇段末尾「心いられしたる人（＝いらいらしている人）」の苛立《いらだ》ちは、「うらやましげなるもの」の羨望《せんぼう》感、手に届かないものへの苛立ちに通ずる。

また、手強い物の怪に関わった「験者」が、世間の物笑いになるまいと必死に頑張る苦しげな様子（第一五〇段）は、お経をスラスラと読む「法師」（第一五一段）と対照的である。

151 第一五一段「うらやましげなるもの」と第一五二段「疾《と》く、ゆかしきもの」……連続性あり

・上の女房（＝天皇付きの女房）の、御方々、いづこも、おぼつかなからず（＝不案内でなく）参り通ふ。（第一五一段末尾）

・疾く、ゆかしきもの。（第一五二段冒頭）

どこへでも、知らない所なく出入りする（第一五一段末尾）ことが出来るのは、「疾く、ゆかしきもの（＝一刻も早く、見たい・知りたい・聞きたいもの）」に近づく最善策である。このように、第一五一段末尾は、第一五二段冒頭に直結する。

152 第一五二段「疾《と》く、ゆかしきもの」と第一五三段「心もとなきもの」……連続性あり

・疾く、ゆかしきもの。（第一五二段冒頭）

・心もとなきもの。人のもとに、とみの物、縫ひにやりて、今、今と、苦しう居入りて、あなたを、まもらへたる心地。（第一五三段冒頭）

〈じれったいもの。急ぎの物を縫いにやらせて、「今か、今か」と苦しい思いで座り込んで、遠くの方をじっと見つめている気持ち。〉

「疾く、ゆかしきもの」のうち、「ゆかしきもの（＝知りたいもの）」は傍線部「心もとなきもの（＝じれったいもの）」を、「疾く（＝早く）」は波線部「とみの物（＝急ぎの物）」「今、今（＝今か、今か）」を受ける。

153 第一五三段「心もとなきもの」と第一五四段「故殿の御服の頃」……連続性あり

・心地の悪《あ》しく、ものの恐ろしき折、夜の明くる程、いと心もとなし。（第一五三段末尾）

・故殿（＝道隆）の御服の頃、六月の晦《つごもり》の日、大祓といふ事にて、宮（＝定子）の出でさせ給ふべきを、職の御曹司を「方、悪《あ》し」とて、官の司の朝所《あいたどころ》に渡らせ給へり。その夜さり、暑く、わりなき闇にて、何とも思えず狭《せば》く、おぼつかなくて明かしつ。翌朝《つとめて》、見れば、（第一五四段冒頭）

傍線部のとおり、「おぼつかなくて（＝気がかりで）明かしつ」は、「夜の明くる程、いと心もとなし（＝じれったい）」（第一五三段末尾）を受ける。また、破線部「朝所に渡らせ給へり」は、なかなか明けなかった夜を過ごした後、翌朝、「朝所」に渡ったという洒落的な繋がりとなる。波線部についても「心地の悪しく、ものの恐ろしき折」は、「御服の頃」「大祓《おほはらへ》」「方、悪し」に通ずるものがあろう。

154　**第一五四段「故殿の御服の頃」と第一五五段「弘徽殿とは」……連続性あり**

・（宣方様は）物狂ほしかりける君とこそ思えしか。　（第一五四段末尾）

・弘徽殿とは、閑院の左大将の女御をぞ聞こゆる。その御方に、打臥《うちふし》といふ者の女《むすめ》、左京と言ひて候ひけるを、「源中将（＝宣方）、語らひてなむ」と人々、笑ふ。　（第一五五段冒頭）

第一五五段冒頭では、宣方は、素性の卑しい打臥《うちふし》の娘、左京と懇ろとなり、皆に笑われたとある。この宣方の奇人的な行動の紹介からの始まりは、前段末尾の「物狂ほしかりける君（＝尋常でない方）」を受ける。

155　**第一五五段「弘徽殿とは」と第一五六段「昔おぼえて不用なるもの」……連続性あり**

・（宣方と）その後は、絶えて止み給ひにけり。　（第一五五段末尾）

・昔おぼえて不用なるもの。　（第一五六段冒頭）

第一五五段は、宣方との絶交を告げる「その後は、絶えて止み給ひにけり」の一文でもって閉じられる。清少納言にとって嘲笑の対象でしかなかった宣方との思い出は、まさに「昔おぼえて不用なるもの（＝昔が思い出されて役に立たないもの）」であったろう。

ちなみに、宣方と絶交に至ったこの逸話は、義子が女御となった長徳二年八月九日以降（第一五五段冒頭には「弘徽殿とは、閑院の左大将の女御をぞ聞こゆる」とある）、宣方が没した長徳四年八月二十三日以前で、この絶交の後、一～二年以内で宣方は死去したことになる。宣方との絶交は結果的に、無くもがなのものであった。

156　**第一五六段「昔おぼえて不用なるもの」と第一五七段「頼もしげなきもの」……連続性あり**

・昔おぼえて不用なるもの。……色好みの老いくづほれたる。……（第一五六段）

・頼もしげなきもの。……七、八十ばかりなる人の、心地、悪しうて、日頃になりたる。（第一五七段）

「昔おぼえて、不用なるもの」から「頼もしげなきもの」へ。特に、第一五七段末尾「七、八十ばかりなる人の、心地、悪《あ》しうて、日頃になりたる」は、老人繋がりで、第一五六段中の「色好みの老いくづほれたる（＝老い衰えているの）」との関連が窺われる。

157　**第一五七段「頼もしげなきもの」と第一五八段「読経は」……連続性あり**

・七、八十ばかりなる人の、心地、悪《あ》しうて、日頃になりたる。（第一五七段末尾）

・読経は不断経。（第一五八段全文）

「不断経」とは、死者の冥福などのため、昼夜間断なく読まれる経典である。「前段末章の老人の病気から、危篤、臨終、往生極楽と連想して、読経に及ぶ」（**集成**）。

158　**第一五八段「読経は」と第一五九段「近うて遠きもの」……連続性あり**

・読経は不断経。　（第一五八段全文）
・近うて遠きもの。宮咩祭《みやのべのまつり》。　（第一五九段冒頭）
「不断経」から、「宮咩祭」へ。「宮咩祭」は長寿・家内安全・立身出世を祈る俗祭。第二四〇段にも「言葉なめげなるもの（＝言葉遣いが、ひどいもの）。宮咩の祭文、読む人」とあり、そのにぎやかさは、多数の僧侶により交代で昼夜を通して読まれる「不断経」と共通するところがある。

159 **第一五九段「近うて遠きもの」と第一六〇段「遠くて近きもの」……連続性あり**

・**近うて遠き**もの。　（第一五九段冒頭）
・**遠くて近き**もの。　（第一六〇段冒頭）
「近うて遠きもの」から「遠くて近きもの」へ。

160 **第一六〇段「遠くて近きもの」と第一六一段「井は」……連続性あり**

・人の仲。　（第一六〇段末尾）
・井は、　（第一六一段冒頭）
第一六〇段末尾「人の仲」から、「井」へ。「男女の仲から連想、『伊勢物語』の筒井《つつい》説話を始め恋愛譚《たん》に縁の深い井泉を類想」（**集成**）。

161 **第一六一段「井は」と第一六二段「野は」……連続性あり**

・井（＝泉水や湧水を汲み取る所）は、ほりかねの井。　（第一六一段冒頭）
・野は、　（第一六二段冒頭）

「ほりかねの井」とは、「武蔵野の　ほりかねの井も　あるものを　うれしく水の　近づきにける」(『千載集』)等に代表される歌枕。この「武蔵野の　ほりかねの井」により、「ほりかねの井」から「野」へと連想される。

162　第一六二段「野は」と第一六三段「上達部は」……連続性あり

・紫野。　(第一六二段末尾)
・上達部は、　(第一六三段冒頭)

第一六二段末尾「紫野」から、高貴な紫色繋がりで「上達部」へ。「前段末の紫野から紫を位袍《いほう》の色とする上達部の中の好もしい官職を類想」(**集成**)。

163　第一六三段「上達部は」と第一六四段「君達は」……連続性あり

・上達部は、　(第一六三段冒頭)
・君達は、　(第一六四段冒頭)

「上達部(＝三位以上の貴族)」から「君達(＝摂関・大臣家の貴公子たち)」へ。

164　第一六四段「君達は」と第一六五段「受領は」[30]……連続性あり

・君達は、　(第一六四段冒頭)
・受領は、　(第一六五段冒頭)

「君達」から「受領(＝任国へ赴く国司)」へ。

165 **第一六五段「受領は」と第一六六段「権守は」……連続性あり**

・受領は、（第一六五段冒頭）

・権守は、（第一六六段冒頭）

「受領」から「権守」へ。「国司の正守から権守に移る受領の類想」（**集成**）。

166 **第一六六段「権守は」と第一六七段「大夫は」……連続性あり**

・権守は、（第一六六段冒頭）

・大夫は、（第一六七段冒頭）

「前段の受領から連想して、叙爵（五位昇叙）した六位蔵人が国司に任官される場合に対するいま一つの生き方、地下の大夫の場合を類想する。大夫は五位に叙せられた者の称」（**集成**）。

167 **第一六七段「大夫は」と第一六八段「法師は」……連続性あり**

・大夫は、（第一六七段冒頭）

・法師は、律師。（第一六八段冒頭）

「大夫」から「法師は、律師」へ。五位に準ずる「律師」は、六位相当でありながら、五位に叙せられた者の称である「大夫」と対応する。

168 **第一六八段「法師は」と第一六九段「女は」……連続性あり**

・法師は、律師。**内供**。（第一六八段全文）

・女は、典侍。**内侍**。（第一六九段全文）

男の「法師は、律師。内供《ないぐ》」に対して、優れた者、また「内（ない）」繋がりで「女は、典侍《ないしのすけ》。内侍《ないし》」とある。

169　第一六九段「女は」と第一七〇段「六位の蔵人などは」……連続性あり

・女は、典侍。内侍。（第一六九段全文）

・六位の蔵人などは、思ひかくべき事にもあらず。冠《かうぶり》得て、何の権守、大夫など言ふ人の……。（第一七〇段冒頭）

第一七〇段冒頭は、「権守」「大夫」とあることから、第一六六段「権守は」・第一六七段「大夫は」を受けるが、第一六九段全文「女は、典侍。内侍」も受ける。すなわち、傍線部「思ひかくべき事にもあらず（＝望むべき事でもない）」は、「女は、典侍（＝内侍司の次官）。内侍（＝内侍司の三等官）」と結びつく。これは、「内侍」への昇進を「はるかなるもの」とした101の場合と同様な繋がり方である。ちなみに典侍・内侍は、事実上、一般の女房としては最高の階級となる。

170　第一七〇段「六位の蔵人などは」と第一七一段「女一人、住む所は」……連続性あり

・六位の蔵人などは、……。……「**門、強く鎖せ**」など……心づきなし（＝気にくわない）。……いつしか、よき所、尋ね取りて**住み**たるこそよけれ。（第一七〇段）

・女一人、**住む**所は、……寂しげなるこそ、あはれなれ。……**門、いたく固め**、きはぎはしきは（＝きちっとしているのは）、いと、うたてこそ思ゆれ。（第一七一段）

第一七一段冒頭「女一人、住む所は」は、〈住む所〉繋がりで、第一七〇段末尾「住みたるこそよけれ」を受ける。また、波線部のとおり、第一七一段末尾「門、いたく固め……」は、第一七〇段中の「門、強く鎖《さ》せ……」に対応している。

「女一人、住む所は」は、前々段「女は」も受ける。

171　第一七一段「女一人、住む所は」と第一七二段「宮仕へ人の里なども」……連続性あり

・女一人、住む所は、……寂しげなるこそ、あはれなれ。……門、いたく固め、きはぎはしきは（＝きちっとしているのは）、いと、うたてこそ思ゆれ。（第一七一段）

・宮仕へ人の里なども、親ども二人あるは、いとよし。（第一七二段冒頭）

第一七二段冒頭では「宮仕へ人の里なども、親ども二人あるは」とある。

また、第一七二段は、「大御門は鎖《さ》しつや」「疾く鎖せ。この頃、盗人いと多かなり」「御門、危ふかなり」「門も、いと心かしこうも、もてなさず」等、門の戸締まりに関する条が多くを占める。これは、第一七一段末尾「門、いたく固め……」と対応する。

172　第一七二段「宮仕へ人の里なども」と第一七三段「雪の、いと高うはあらで」……連続性あり

・宮仕へ人の里なども、親ども二人あるは、……。……

有明などは、まして、いと、めでたし。……急ぎても寝られず、人の上ども言ひ合はせて、歌など語り聞くままに、寝入りぬるこそ、をかしけれ。

ある所に……心ばせなどある人の、……有明の、いみじう霧り満ちて、おもしろきに……「今は去ぬらむ」と遠く見送る程、えも言はず艶《えん》なり。……「有明の月のありつつも」と忍びやかに、うち言ひて……月の光、もよほされて、驚かるる心地しければ、やをら出でにけり、とこそ語りしか。

・雪の、いと高うはあらで、薄らかに降りたるなどは、いとこそ、をかしけれ。また、雪の、いと高う降り積もりたる夕暮より、端近う、同じ心なる人、二、三人ばかり、火桶を中に据ゑて、物語などする程に、暗うなりぬれど、こなたには火も灯さぬに、大方の雪の光、いと白う見えたるに、……あはれなるも、をかしきも、**言ひ合はせたるこそ**、をかしけれ。……明け暮れの程に帰るとて、「雪、某《なに》の山に満てり」と誦したるは、いと、をかしきものなり。「女の限りしては、さも、え居明かさざらましを。……など、**言ひ合はせたり**。（第一七三段）

両段は、傍線部のとおり、「とこそ語りしか」（第一七二段末尾）と「物語などする程に」（第一七三段）に象徴される〈「物語（＝雑談）」繋がり〉で結びつく。「言ひ合はせて」（第一七二段）に対して「言ひ合はせたるこそ」（第一七三段）「言ひ合はせたり」（同段末尾）とあるのも、そうした〈「物語（＝雑談）」繋がり〉を示している。(31)

また、両段は、二重傍線部のとおり、「月の光」（第一七二段）に対して、「雪の光」（第一七三段）とある。この「光」繋がりは、「有明の月のありつつも」（第一七二段）の口ずさみに対して、「雪、某の山に満てり」（第一七三段）の吟誦からも窺われる。すなわち、第一七二段は明け方、「有明の月のありつつも」と口ずさみながら帰っていく男の姿を映し出して閉じられる。これに対して、第一七三段では、まだほの暗い夜明け時、「雪、某の山に満てり」（この一句は、『和漢朗詠集』の「月、千里ニ明ラカナリ」の対句を踏まえる）を吟誦して帰る男に焦点が当てられている。

両段からは、数字的な繋がりも窺われる。破線部「同じ心なる人、二、三人ばかり」（第一七三段）は、第一七二段冒頭「宮仕へ人の里なども、親ども二人あるは」を受けると思われる。これは「女一人、住む所は」（第一七一段冒頭）を踏まえるならば（171、参照）、「**一人**」→「**二人**」→「**二、三人**」という面白さとなろう。ちなみに、この数字的繋がりは、さらに続く（175、参照）。

173　第一七三段「雪の、いと高うはあらで」と第一七四段「村上の先帝《せんだい》の御時に」……連続性あり？

第一七四段冒頭「村上の先帝の御時に、雪の、いみじう降りたりけるを」は、大雪繋がりで、第一七三段冒頭「雪の、いと高うはあらで」等との対応が窺われる。

しかし、第一七三段以上に、第一七四段との強い繋がりが見られるのが、章段を隔てた第一三七段「正月十余日の程」である（第一三七段は、第一三八段「清げなる男《をのこ》の、双六を日一日、打ちて」に連続しない。137、参照）。

• 正月十余日の程、……桃の木の若だちて、いと楚《しもと》がちに（＝よく茂った小枝が伸びがちに）差し出でたる、……童の……登りたれば、……男子《をのこご》……木の元に立ちて、「我に毬打切りて」など乞ふに、……（女童が）三、四人来て、「卯槌の木の、よからむ、切りて下ろせ。……」など言ひて（桃の木の枝を切って）下ろしたれば、（皆が）奪《ば》ひしらがひ取りて、さし仰ぎて、「我に多く」など言ひたるこそ、をかしけれ。……男《をのこ》の……（木の枝を要求して）木の元を引き揺るがすに、（木の上の童は）危ふがりて、猿のやうに、かいつきて、をめく（＝わめく）も、をかし。**梅**などのなりたる折も、さやうにぞするかし。（第一三七段）

• 村上の先帝の御時に、雪の、いみじう降りたりけるを、様器《やうき》に盛らせ給ひて、**梅**の花を挿して、月の、いと明かきに、「これに歌詠め。いかが言ふべき」と、兵衛の蔵人に賜はせたりければ、「雪、月、花の時」と奏したりけるをこそ、いみじう賞《め》でさせ給ひけれ。（第一七四段冒頭）

第一三七段は、波線部「我に毬打《ぎちやう》切りて」「卯槌《うづち》の木の、よからむ、切りて下ろせ」とあるように、桃の木に少年が登って若枝を切る際、子供たちや男が群がって、あれこれ要求する場面が描かれている。末尾「さやうにぞするかし（＝そのようにするものだよ）」とは、その直前の「木の元を引き揺るがすに……」を受けると同時に、こうして皆で騒ぎながら、木を揺さぶったりして、枝を切ることを意味する。すなわち、傍線部のとおり、第一七四段冒頭の「梅の花（の枝）を挿して」は、〈梅の切り取った木の枝〉繋がりで、第一三七段末尾「梅などのなりたる折も、さやうにぞするかし」を受ける。

174 **第一七四段「村上の先帝《せんだい》の御時に」と第一七五段「御形《みあれ》の宣旨の、主上《うへ》に」……連続性あり**

・村上の先帝の御時に、雪の、いみじう降りたりけるを、様器《やうき》に盛らせ給ひて、梅の花を挿して、月の、いと明かきに、「これに歌詠め。いかが言ふべき」と、兵衛の蔵人に賜はせたりければ、「雪、月、花の時」と奏したりけるをこそ、**いみじう賞《め》でさせ給ひけれ**。（第一七四段冒頭）

・御形の宣旨の、主上《うへ》に、五寸ばかりなる殿上童の、いと、をかしげなるを作りて、……「ともあきらの大君」と書いたりけるを、**いみじうこそ興ぜさせ給ひけれ**。（第一七五段）

第一七四段は、女房「兵衛の蔵人」が「村上の先帝」に奏上した「雪、月、花の時」の秀句や「わたつ海の……」の秀歌を紹介した章段である。「雪、月、花の時」の秀句に、村上天皇は「いみじう賞でさせ給ひけれ」とある。これに対して、第一七五段は、女房「御形の宣旨」が「主上《うへ》（＝村上天皇、もしくは花山天皇）」に「ともあきらの大君」と記した人形を献上し、「いみじうこそ興ぜさせ給ひけれ」（末尾）とある。[32] このように両段は、〈天皇が賞賛した女房の逸話に関する打聞〉で共通する。

175 **第一七五段「御形《みあれ》の宣旨の、主上《うへ》に」と第一七六段「宮に初めて参りたる頃」……連続性弱し**

「前々段・前段と気心の通じた主従の逸話を受けて、自己の場合を回想」（集成）といった程度以外、両段に連想の糸は特に見いだせない。

第一七六段と直結するのは、左記のとおり、第一七三段「雪の、いと高うはあらで」である（第一七三段が第一七四段「村上の先帝の御時に」に直結するかは、疑問の余地がある。173、参照）。

・**雪**の、いと高うはあらで、薄らかに降りたるなどは、**いとこそ、をかしけれ**。また、雪の、いと高う降り積もりたる夕暮より、端近う、同じ心なる人、二、三人ばかり、火桶を中に据ゑて、物語などする程に、……大方の**雪**の光、いと白う見えたるに、……。……（訪問客の男は）「今日、来む」などやうの筋をぞ言ふらむかし。……明け暮れの程に帰るとて、「**雪**、某《なに》の山に満てり」と誦したるは、**いと、をかしきものなり**。「女の限りしては、さも、え居明かさざらましを。ただなるよりは、をかしう好きたる有様」など、言ひ合はせたり。（第一七三段）

・宮に初めて参りたる頃、物の恥づかしき事の数知らず、涙も落ちぬべければ、夜々、参りて、三尺の御几帳の後ろに候ふに（ある晩）……。……（夜も明けるが）物など問はせ給ひ、宣はするに、久しうなりぬれば……。（私が）居ざり隠るるや遅きと、（格子を）上げ散らしたるに、**雪**、降りにけり。登花殿の御前は、立蔀《たてじとみ》近くて狭し。**雪、いと、をかし**。……（昼頃、御前に再び参上すると）三、四人さし集ひて、絵など見るもあり。……（伊周様が参上なさり）「雪の、いたく降り侍りつれば、おぼつかなさになむ」と申し給ふ。（定子様は）「道もなしと、思ひつるに、いかで」とぞ御答へある。……（第一七六段）

第一七三段末尾の「女の限りしては、さも、え居明かさざらましを」〈女だけでは、そうも座って語り明かすなどできないだろうに〉を受け、第一七六段冒頭の「夜々、参りて、三尺の御几帳の後ろに候ふに」とある。すなわち、そうそう夜な夜な、几帳の後ろに隠れてばかりいて、夜を明かすことはできないだろうに（「え居明かさざらましを」）というニュアンスをもった繋がりとなる。

第一七六段冒頭では、清少納言にとって忘れがたい出仕当初の定子中宮との一夜が語られている。

御前で定子と共に夜を明かし、あまりに遅くなる朝方まで過ごした（「物など問はせ給ひ、宣はするに、久しうなりぬれば」）。そして、やっとの思いで定子のもとから局に戻る際、目にした印象的な雪の光景（「雪、降りにけり。登花殿の御前は、立蔀、近くて狭し。雪、いと、をかし」）は、その一夜の緊張感から解放された際に見た、今後の宮仕えに対する期待と不安の入り交じった心象風景でもある。それは、第一七三段において「雪の、いと高うはあらで」「雪の、いと高う降り積もりたる」「雪の光、いと白う見えたるに」「雪、某《なに》の山に満てり」と、雪が重要な役割を果たしている状況と対応する。

両段の連続性は、波線部「今日、来む」（第一七三段）「道もなし」（第一七六段）からも窺われる。すなわち、この二つの言葉は、共に次の和歌を踏まえ、雪の降る中、わざわざ来訪する熱意を伝えている（**集成**）。

山里は　雪降り積みて　道もなし　今日来む人を　あはれとは見む　（『拾遺和歌集』）

さらに、両段には、第一七一段から続く数の面白さも添えられている。破線部「二、三人ばかり」（第一七三段）「三、四人さし集ひて」（第一七六段）は、「女一人」（第一七一段）「親ども二人あるは」（第一七二段）を踏まえる（171・172、参照）。すなわち、「**一人**」→「**二人**」→「**二、三人**」→「**三、四人**」となる。

176　第一七六段「宮に初めて参りたる頃」と第一七七段「したり顔なるもの」……連続性あり

・（定子様は）物など仰せられて、「我をば思ふや」と（私に）問はせ給ふ。御答《いら》へに、「いかがは」と啓するに合はせて、台盤所の方に、**鼻**を、いと高う**ひたれば**、「あな心憂《こころう》。嘘言《そらごと》を言ふなりけり。よし、よし」とて、奥へ入らせ給ひぬ。……「うたて（＝まあ、嫌だ）。折しも、などて、さはた、ありけむ」と、いと嘆かし。（第一七六段）

・したり顔なるもの。正月一日に、最初に鼻ひたる人。（第一七七段冒頭）

第一七六段終盤では、「私を大切に思うか」という定子様の問いに、清少納言が「どうして（思わないことがございましょう）」と申し上げると同時に、大きなくしゃみをした者がいたので、定子様が「嘘を言った」として、奥に入ってしまわれたとある。くしゃみは不吉な前兆ともされた。以下、これに関する二人の遣り取りが語られて、この段は閉じられる。第一七七段冒頭の「鼻ひたる人（＝くしゃみをした人）」は、第一七六段の「鼻を、いと高うひたれば」、そして傍線部の末尾『まあ、嫌だ。折も折、どうして、あんな風に、くしゃみをしたのだろう』と、大層、嘆かわしい」を受ける。定子から清少納言の忠誠心が問われた際、これ以上ないタイミングで、くしゃみをした人は、さぞかし「したり顔なるもの（＝してやったり顔の者）」であったに違いない。

177　第一七七段「したり顔なるもの」と第一七八段「位こそ、なほ、めでたきものはあれ」……連続性あり

・したり顔なるもの。……受領したる人の、宰相になりたるこそ、もとの君達の、成り上がりたるよるも、したり顔に、け高う、いみじうは思ひためれ。（第一七七段）

・位こそ、なほ、めでたきものはあれ。……ほどほどにつけては、受領なども皆、さこそはあめれ。

……（第一七八段）

昇進した時等の「したり顔なるもの」から「位こそ、なほ、めでたきものはあれ」へ。第一七八段中の「ほどほどにつけては、受領なども皆、さこそはあれ」は、第一七七段末尾「受領したる人の……」と対応する。

178　第一七八段「位こそ、なほ、めでたきものはあれ」と第一七九段「かしこきものは、乳母の夫《をとこ》こそあれ」……連続性あり

・位こそ、なほ、めでたきものはあれ。……内裏わたりに、御乳母は、典侍、三位などになりぬれば……　（第一七八段）

・かしこきものは、**乳母**の夫《をとこ》こそあれ。　（第一七九段冒頭）

「めでたきもの（＝素晴らしいもの）」に対して「かしこきもの（＝たいしたもの）」。第一七九段冒頭「かしこきものは、乳母の夫こそあれ」は、第一七八段中の「内裏わたりに、御乳母は、典侍、三位などになりぬれば……」を受ける。

179　第一七九段「かしこきものは、乳母の夫《をとこ》こそあれ」と第一八〇段「病は」……連続性あり

・（乳母は幼い子供の）親の前に臥すれば、（乳母の夫は）一人、局に臥したり。……強ひて呼びおろして臥したるに、「先ず、先ず」と呼ばるれば、（乳母は）冬の夜など、……いと、わびしきなり。それは、よき所も同じ事、今少し、わづらはしき事のみこそあれ。　（第一七九段末尾）

・病は、　（第一八〇段冒頭）

集成には「承前関係のない新たな起筆か」とあるが、一八〇段冒頭「病は」は、第一七九段末尾「わづらはしき事（＝やっかいな事）のみこそあれ」を受ける。「わづらはし」は「わづらふ（＝病気になる）」に通ずる。こうした「病」への連想は、破線部「臥すれば」「臥したり」「臥したるに」からも窺われる。

180　第一八〇段「病は」と第一八一段「好き好きしくて、人、数見る人の」……連続性あり

・主上《うへ》にも聞こし召して、御読経の僧の、声よき賜はせたれば、几帳、引き寄せて据ゑたり。程もなき狭さなれば、とぶらひ人あまた来て、経聞きなどするも、隠れなきに、目を配りて読み居たるこそ「**罪や得らむ**」と思ゆれ。（第一八〇段末尾）

・好き好きしくて、人、数見る人の、夜は、いづくにかありつらむ。……（使いの者の合図に）ふと読みさして（＝誦経を止めて）、返事《かへりごと》に心移すこそ「**罪、得らむ**」と、をかしけれ。（第一八一段）

第一八〇段末尾は、帝から遣わされた御読経の僧が、見舞いに来た女房たちに目をやって経を読んでいるのは、「仏罰が下るか」と思われる（傍線部「目を配りて読み居たるこそ『罪や得らむ』と思ゆれ」）とある。この僧の所行は、まさに第一八一段冒頭「好き好きしくて」とある行為である。第一八一段末尾でも、女からの手紙が届き、同じように経読みが疎かになる男の場合が描かれており、両段の繋がりは明らかである。

こうした両段の不可分な関係は、両段に共通して見られる「白き単衣」「事無しび」からも窺われる。[33]

181 **第一八一段「好き好きしくて、人、数見る人の」と第一八二段「いみじう暑き昼中に」……連続性あり**

・六の巻、そらに読む。……ありつる使《つかひ》、うち気色ばめば、ふと読みさして、返事《かへりごと》に心移すこそ、「罪得らむ」と、をかしけれ。（第一八一段末尾）

・書きつらむ程の暑さ、心ざしの程、浅からず推し量られて、かつ使ひつるだに飽かず思ゆる扇も、うち置かれぬれ。（第一八二段末尾）

第一八一段末尾では、男が経をそらんじている最中、戻ってきた使者の合図に経を読むのを中断して（「ふと、読みさして」）、女の返事に気を取られた場面が描かれている。これに対して第一八二段末尾では、男は恋人からの手紙を受け取るが、それを書いた時の暑さが推し量られて、暑さしのぎの扇も、つい手離してしまった（「うち置かれぬれ」）とある。両段は、恋人からの手紙に一瞬、心奪われ、その時していた行為を中断する状況で共通する。

また、第一八二段冒頭「いみじう暑き昼中に、いかなるわざをせむと……」は、第一八一段冒頭「好き好きしくて、人、数見る人の、夜は、いづくにかありつらむ、暁に帰りて、やがて起きたる」と対応する。**集成**には「初夏の後朝《きぬぎぬ》を受けて、盛夏の日中に見る風物詩」とある。

182　第一八二段「いみじう暑き昼中に」と第一八三段「南ならずは、東の廂《ひさし》の板の」……連続性あり

・書きつらむ程の暑さ、心ざしの程、浅からず推し量られて、かつ使ひつるだに飽かず思ゆる扇も、**うち置かれぬれ。**（第一八二段末尾）

・南ならずは、東の廂の板の、影見ゆばかりなるに、鮮やかなる畳を、**うち置きて、**（第一八三段冒頭）

第一八二段末尾「扇も、うち置かれぬれ」を受けて、第一八三段冒頭の「畳を、うち置きて」とある。ちなみに、この〈物事の中断〉繋がりは、第一八一段末尾部の「ふと、読みさして」より始まる（181、参照）。

また、真夏の昼に対して、涼しい夏の宵の風情が描かれる。すなわち、第一八二段冒頭「いみじう暑き昼中に」は、第一八三段中の「帷子いと涼しげに見えたるを」「宵うち過ぐる程に」へと引き継がれている。ちなみに、第一八三段冒頭に「南ならずは、東の」とあるのは、夏の南東は午後に涼しく翳り、風通しがいいからである（塩田評釈）。

183　**第一八三段「南ならずは、東の廂《ひさし》の板の」と第一八四段「大路近《ぢか》なる所にて聞けば」……連続性あり**

・かたはらに、いと、よく鳴る琵琶の、をかしげなるがあるを、物語の暇々《ひまひま》に、音《ね》も立てず、爪弾《つまび》きに掻《か》き鳴らしたるこそ、をかしけれ。（第一八三段末尾）

・大路近なる所にて聞けば、（第一八四段冒頭）

第一八三段末尾から第一八四段冒頭へ。この両段の繋がりによって、「いと、よく鳴る琵琶」を「音も立てず（＝音も大きくたてず）」「爪弾きに掻き鳴らしたる」（以上、第一八三段末尾）のを、「大路近なる所にて聞けば」（第一八四段冒頭）となる。すなわち「（よく響く琵琶の、音を押さえたつま弾きが、近隣から聞こえ、それを）大路に近い家の中で聞いていると……」というニュアンスが生まれる。

また、第一八四段は、次のとおり、「有明」の月が美しい夜明け頃が語られている。

大路近なる所にて聞けば、車に乗りたる人の、有明の、をかしきに、簾、上げて「遊子、なほ残りの月（＝有明の月）にゆく」といふ詩を、声よくて誦したるも、をかし。（第一八四段冒頭）

この夜明け頃は、第一八一段から第一八三段の、「**暁**」→「**昼中**」→「**宵うち過ぐる程**」という連続した時間を受ける（181・182、参照）。

184　**第一八四段「大路近《ぢか》なる所にて聞けば」と第一八五段「ふと心劣りとかするものは」……連続性あり**

・大路近なる所にて聞けば、車に乗りたる人の、……声よくて誦したるも、をかし。……さやうの所にて聞くに、……「いかなる者ならむ」と、するわざも、うち置きて見るに、あやしの者を見つけたる、いと妬《ねた》し。（第一八四段）

・ふと心劣りとかするものは、男も女も、言葉の文字、卑しう使ひたるこそ、よろづの事より勝りて、わろけれ。ただ文字一つに、あやしう、貴《あて》にも卑しうもなるは、いかなるにかあらむ。

（第一八五段冒頭）

第一八四段は、大路を通り過ぎる牛車に乗った人の風情を語った後、そうした風情を期待して、やりかけの仕事も差し置いて、通りに目をやると、見えたのは身分の卑しい者で、大層しゃくに障った、とある。この身分の卑しい者に抱いた、期待はずれの幻滅感（末尾「あやしの者を見つけたる、いと妬し」）は、まさに第一八五段冒頭「ふと心劣りとかするもの（＝急に、がっかりとかするもの）」にほかならない。

「ふと心劣りとかするもの」の第一例として挙げられている波線部「卑《いや》しう使ひたる」言葉遣いも、この「あやしの者」から連想としてとらえられる。また、破線部「文字一つで、不思議と（「あやしう」）上品にも下品にもなる」のは、「あやしの者を見つけたる」だけで、それまでの風情が台無しとなる状況（第一八四段末尾）と通ずるものがある。

さらに、第一八五段末尾近くの『一《ひと》つ車に』と言ひし人もありき」とある牛車に対する言及は、牛車がらみの前段の内容との関連が指摘しうる。

185　第一八五段「ふと心劣りとかするものは」と第一八六段「宮仕へ人のもとに来などする男の」……

連続性あり

・ふと心劣りとかするものは、男も女も、言葉の文字、卑しう使ひたるこそ、よろづの事より勝り

て、**わろけれ**。（第一八五段冒頭）

・宮仕へ人のもとに来などする男の、そこにて物食ふこそ、いと、**わろけれ**。（第一八六段冒頭）

傍線部のとおり、第一八五段冒頭の「男女を問わず、会話で下品な言葉遣いをしたのは、何事にもまして、よくないことだ」は、〈下品〉繋がりで、第一八六段冒頭「宮仕えしている女房の部屋に来たりする男が、そこで食事をするのは、大層よくないことだ」に対応する。

186　第一八六段「宮仕へ人のもとに来などする男の」と第一八七段「風は」……連続性無し

両段は連続しない。「承前連想の脈絡なく、新しく起筆した部分か」（**集成**）。第一八七段「風は」が受ける段を強いて求めるならば、第一二〇段「無徳なるもの」中の「大きなる木の、風に吹き倒されて、根をささげて、横たはれ臥せる」の一文まで遡らなければならない。しかし、その場合も、単に「風」の接点があるだけで、両段の結びつく必然性は不明。

187　第一八七段「風は」と第一八八段「野分の又の日こそ」……連続性あり

・風は嵐。（第一八七段冒頭）

・野分の又の日こそ、……。……むべ山風を、……。……（第一八八段）

第一八七段冒頭「風は嵐」は、第一八八段冒頭「野分」、そして同段中の「山風」に結びつく。

188　第一八八段「野分の又の日こそ」と第一八九段「心憎きもの」……連続性あり

・十七、八ばかりにやあらむ、小さうはあらねど、わざと大人とは見えぬが、……童べ、若き人々の……（前栽の草木を）起こし立てなどするを、うらやましげに（簾を）押し張りて、簾《す》に添ひた

る後手《うしろで》（＝後ろ姿）も、をかし。（第一八八段末尾）

・心憎きもの。物隔てて聞くに、（第一八九段冒頭）

第一八八段は、十七、八歳の、まだ大人とも見えぬ女性が、風で倒れた草木を童女たちが整備したりするのを、羨《うらや》ましそうに簾に寄り添って見ている後ろ姿も、風情があるとして閉じられる。外に出て駆け寄っていきたい思いを抑えて、簾越しに、じっと庭を見ている、その乙女の姿は、まさに「心憎きもの（＝奥ゆかしいもの）」であろう。また、簾に、つと寄り添い、邸内から「うらやましげ」に見た童女たちの姿も、女にとって「心憎きもの（＝心ひかれるもの）」にほかなるまい。「心憎し」とは、本来、相手が憎いと思われるほど、心がそそられる意である。波線部「物隔てて」は、彼女の〝簾を隔てて〟庭を見る状況（「押し張りて（＝簾を押しやって）、簾に添ひたる」）と対応している。

189　第一八九段「心憎きもの」と第一九〇段「島は」……連続性無し

両段は連続しない。**集成**には「新たに起筆した一群の類想段が、まず島嶼《とうしょ》の地名連想から始まる」とあるが、第一九〇段「島は」は、左記のとおり、第一七四段「村上の先帝の御時に」を受ける（第一七四段は、第一七五段「御形の宣旨の、主上《うへ》に」と連続するが、第一七五段は、第一七六段「宮に初めて参りたる頃」と直結しない。174・175、参照）。

・　わたつ海の　沖に漕がるる　もの見れば　海士《あま》の釣《つり》して　帰るなりけり

と奏しけるこそ、をかしけれ。蛙の飛び入りて、焼くるなりけり。（第一七四段末尾）

・島は八十島。（第一九〇段冒頭）

小段の第一七五段を挟んで、第一七四段の「わたつ海の……」歌は、かの小野篁の名歌「わたの原八十島かけて　漕ぎ出でぬと　人には告げよ　海士の釣船《つりぶね》」（『古今和歌集』）を想起させる。「わたの原」の八十島めがけて「漕ぎ出でぬ」と、人には告げておくれ、「海士の釣船」よ——これを受けて、「わたつ海」の沖に「漕がるる」ものを見ると、「海士の釣して」帰るのであった、とある。この小野篁歌を介して「八十島」繋がりで、第一七四段末尾は第一九〇段冒頭に結びつき、第一七四・一七五段は第一九〇段に連続する。

190　**第一九〇段「島は」と第一九一段「浜は」……連続性あり**

・島は、　（第一九〇段冒頭）
・浜は、　（第一九一段冒頭）

「島」から「浜」へ。

191　**第一九一段「浜は」と第一九二段「浦は」……連続性あり**

・浜は、　（第一九一段冒頭）
・浦は、　（第一九二段冒頭）

「浜」から「浦」へ。

192　**第一九二段「浦は」と第一九三段「森は」……連続性あり**

・浦は、　（第一九二段冒頭）
・森は、　（第一九三段冒頭）

海の「浦」から陸の「森」へ。ちなみに第一九三段「森は」は、第一〇七段「森は」と重複するが、より詳しくなっている。すなわち第一九三段は、第一〇七段の全四例中、三例を含んだ全十例を挙げ、最後の「ようたての森」に関しては随想が加わる。

193 **第一九三段「森は」と第一九四段「寺は」……連続性あり**

・ようたての森と言ふが、耳に止まるこそ、あやしけれ。森など言ふべくもあらず。ただ一木《ひとき》あるを、何事につけけむ。（第一九三段末尾）

・寺は壺坂。笠置。（第一九四段冒頭）

第一九四段冒頭「寺は壺坂。笠置」は、第一九三段末尾「ようたて[34]の森と言ふが……」を受ける。『蜻蛉日記』の長谷寺参詣の条、宇治から奈良に向かう途中に「ようたての森に車とどめて」とある等、「ようたての森」は山城国相楽郡木津町南部と推定される。一方、「壺坂」寺は長谷寺と同じ大和国、「笠置」寺は山城国相楽郡にある。「前段「ようたての森」にかかわる伯瀬詣の思い出から、大和・山城・近江・紀伊諸寺の類想に移る」（集成）。

194 **第一九四段「寺は」と第一九五段「経は」……連続性あり**

・寺は、（第一九四段冒頭）

・経は、（第一九五段冒頭）

「寺」から「経」へ。

195 **第一九五段「経は」と第一九六段「仏は」……連続性あり**

・経は、（第一九五段冒頭）

・仏は、（第一九六段冒頭）

「経」から「仏」へ。

196　第一九六段「仏は」と第一九七段「文《ふみ》は」……連続性あり

・文殊。不動尊。普賢。　（第一九六段末尾）

・文は文集。文選。新賦《しんぷ》。　（第一九七段冒頭）

「仏」の尊さを説く「経」（第一九五段）を介して、文字繋がりで「文（＝漢籍）」へと結びつくが、より積極的な繋がりも見落としてはならない。第一九六段末尾の「文殊《もんじゅ》」は、「文」繋がりで「文」「文集《もんじふ》」「文選《もんぜん》」へと連続する。破線部「不《ふ》動尊」「普《ふ》賢」も、「ふ」繋がりで「文《ふみ》」「新賦《ぶ》」と関連する。

197　第一九七段「文《ふみ》は」と第一九八段「物語は」……連続性あり

・文は、　（第一九七段冒頭）

・物語は、　（第一九八段冒頭）

「文（＝漢籍）」から「物語」へ。

198　第一九八段「物語は」と第一九九段「陀羅尼は」……連続性あり

・物語は、　（第一九八段冒頭）

・陀羅尼は暁。経は夕暮。　（第一九九段全文）

第一九九段全文「陀羅尼は暁。経は夕暮」は、第一九五段「経は」を受けるが、「陀羅尼」は第一九八段「物語は」も受ける。「陀羅尼」とは、梵語（サンスクリット語）で、原語のままで唱えた。これに対して「物語」とは、本来、不特定一般の「物」を「語る」、すなわち雑談の意である。また、「物語」は皆の前で音読して享受するものでもあった。このように、声を出したりして様々な話を展開する「物語」と、同じく声に出すものの、有難いが意味不明な「陀羅尼」とは、共通性と対照性がある。**集成**は「狂言綺語《きご》の物語から移って、厳密な宗教行為としてでなく読経諷誦《ふうじゅ》の声楽的効果を随想」とする。

199 **第一九九段「陀羅尼は」と第二〇〇段「遊びは」……連続性あり**

・陀羅尼は暁。経は夕暮。（第一九九段全文）

・遊びは夜。人の顔、見えぬ程。（第二〇〇段全文）

第二〇〇段の「夜。人の顔、見えぬ程」は、第一九九段の「暁」「夕暮」を受ける。すなわち「**暁**」「**夕暮**」→「**夜**」となる。「陀羅尼」から「遊び」への連想については、**集成**に「声楽的効果からさらに進んで、器楽演奏の効果を随想」とある。

200 **第二〇〇段「遊びは」と第二〇一段「遊びわざは」……連続性あり**

・**遊び**は、（第二〇〇段冒頭）

・**遊び**わざは、（第二〇一段冒頭）

「遊び」から「遊びわざ」へ。

201 **第二〇一段「遊びわざは」と第二〇二段「舞は」……連続性あり**

・さま悪しけれど、鞠《まり》も、をかし。（第二〇一段末尾）

・舞は、　（第二〇二段冒頭）

「遊びわざ」の中でも最後に挙げられた「鞠」は、身体全体の動きを伴い、「舞」に通ずる。しかし、動き自体は、波線部「さま悪《あ》しけれど」とあるように、「鞠」を蹴ったり追ったりする不格好な動きから、優雅な「舞」へと変わる。

202　**第二〇二段「舞は」と第二〇三段「弾くものは」……連続性あり**

・舞は、　（第二〇二段冒頭）
・弾くものは、　（第二〇三段冒頭）

「舞」から、その伴奏に欠かせない「弾くもの（＝弦楽器）」へ。

203　**第二〇三段「弾くものは」と第二〇四段「笛は」……連続性あり**

・弾くものは、　（第二〇三段冒頭）
・笛は、　（第二〇四段冒頭）

弦楽器「弾くもの」から管楽器「笛」へ。

204　**第二〇四段「笛は」と第二〇五段「見物《みもの》は」……連続性あり**

・篳篥《ひちりき》は、……いと憎きに、**臨時の祭**の日、……吹き昇りたるこそ、ただ、いみじう、うるはし髪、持たらむ人も、皆、立ち上がりぬべき心地すれ。やうやう琴、笛に合はせて、歩み出でたる、いみじう、をかし。　（第二〇四段末尾）
・見物は**臨時の祭**。　（第二〇五段冒頭）

「臨時の祭」繋がりで、第二〇四段末尾から第二〇五段冒頭へ。また、破線部「ただ、この上なく端麗な髪を持っていよう人も、皆、逆立ってしまいそうな気持ちがすることだ」――この、髪の毛が逆立つほどの感動をもたらすものは、第二〇五段冒頭「見物（=見るべき価値のあるもの、壮観なもの〈全講〉）」にほかならない。

205 第二〇五段「見物《みもの》は」と第二〇六段「五月ばかりなどに」……連続性あり

・異方《ことかた》の道より帰れば、まことの**山里**めきて、あはれなるに、卯つ木**垣根**と言ふ物の、……差し出でたる**枝ども**など多かるに、花は……つぼみたるがちに見ゆるを**折らせ**て、**車**のこなた、かなたに挿したるも、蔓などの萎みたるが口惜しきに、をかしう思ゆ。いと狭う、えも通るまじう見ゆる行《ゆ》く先を、近う行《い》きもて行《い》けば、さしも、あらざりけるこそ、をかしけれ。

（第二〇五段末尾）

・五月ばかりなどに、**山里**に歩《あり》く、いと、をかし。……左右にある**垣**にある、**物の枝など**の、**車**の屋形などに差し入るを、急ぎてとらへて、**折ら**むとする程に、ふと過ぎて、はづれたるこそ、いと口惜しけれ。蓬の、車に押しひしがれたりけるが、輪の廻りたるに、近う、うち掛かりたるも、をかし。

（第二〇六段）

第二〇六段冒頭の「山里に歩く（=出かける）」は、第二〇五段末尾の、牛車で本当の「山里」風な道を通った体験を受ける。特に傍線部「行きもて行けば」は、「歩く」に結びつく。

また、この第二〇六段の波線部には、「垣根の枝が車の屋形に入ってくるのを、急いで折ろうとするが、通り過ぎてしまって、失敗するのは、とても残念だ（「口惜しけれ」）」とある。これは、第二〇五段末尾部の波線部「卯木垣《うつぎ》根から突き出ている枝が多くて、つぼみがちな卯の花を折らせ、車のあちこちに挿してあるのは、葵蔓《あおいかずら》などの萎んでしまったのが残念なのに比べて、趣深く思われる」とある記述に対応する。すなわち、第二〇五段の「垣根」「枝ども」「折らせて」「車」「口惜しきに」に対して、第二〇六段では「垣」「物の枝など」「折らむとする程に」「車」「口惜しけれ」とある。

206　**第二〇六段「五月ばかりなどに」と第二〇七段「いみじう暑き頃」……連続性あり**

・五月ばかりなどに、山里に歩《あり》く、いと、をかし。草葉も水も、いと青く見えわたりたるに、上は、つれなくて、草、生ひ茂りたるを、長々と縦《たた》ざまに行けば、下は、えならざりける水の、深くはあらねど、人などの歩むに、走り上がりたる、いと、をかし。左右にある垣にある、**物の枝など**の、車の屋形などに差し入るを、急ぎてとらへて、折らむとする程に、ふと**過ぎて**、はづれたるこそ、いと**口惜しけれ**。蓬の、車に押しひしがれたりけるが、輪の廻りたるに、近う、うち掛かりたるも、をかし。

（第二〇六段全文）

・いみじう暑き頃、夕涼みと言ふ程、……男車の……後《しり》の簾、上げて、二人も一人も乗りて、走らせゆくこそ、涼しげなれ。まして、琵琶、掻い調べ、笛の音など聞こえたるは、**過ぎて**去ぬるも、**口惜し**。さやうなるに、牛の鞦《しりがい》の香の、なほ、あやしう嗅ぎ知らぬものなれど、をかしきこそ、物狂ほしけれ。……

（第二〇七段）

第二〇七段冒頭「いみじう暑き頃、夕涼みと言ふ程」、男車を後ろの簾を上げて、二人でも一人でも乗せて「走らせゆくこそ、涼しげなれ」――これは、第二〇六段冒頭「五月ばかりなどに、山里に歩く」際、「草葉も水も、いと青く見えわたりたる」所を、どんどん行くと、下は何とも言えぬ、きれいな水（「えならざりける水」）が深くはないけれど、人などが歩くと、「走り上がりたる」おもしろさに通ずる。両段冒頭は、〈清涼感・スピード感〉繫がりとなっている。

また、車外から聞こえてくる琵琶の弾き鳴らしや笛の音を、そのまま通り過ぎてしまうのも「口惜しけれ」(第二〇七段)は、車の中から垣根の枝を折ろうするが、通り過ぎ、失敗して「口惜し」とある箇所(第二〇六段)に対応する。「口惜し」は、第二〇五段「見物は」末尾部にも見られる(205、参照)。

さらに、破線部「牛の鞦(=牛などの尾から鞍に掛けて締める革具)の香」の「あやしう嗅ぎ知らぬもの」(第二〇七段)は、破線部「蓬の、車に押しひしがれたりけるが……」(第二〇六段末尾)という、蓬を押しつぶした時に出る特有の刺激臭からの連動であろう。(35)

207 第二〇七段「いみじう暑き頃」と第二〇八段「五月四日の夕つ方」……連続性あり

・いみじう暑き頃、**夕**涼みと言ふ程、物のさまなども、おぼめかしきに(=周囲が薄暗く、ぼんやりする頃合いに)男車の……走らせ**ゆくこそ**、涼しげなれ。(第二〇七段冒頭)

・五月四日の**夕**つ方、青き草、多く、いと、うるはしく切りて、左右、担ひて、赤衣、着たる男《をのこ》の**ゆくこそ**、をかしけれ。(第二〇八段全文)

「夕涼みと言ふ程」「男車」を「走らせゆくこそ」涼しいことだ(第二〇七段冒頭)は、「夕つ方」「男のゆくこそ」おもしろい(第二〇八段冒頭)へと引き継がれている。

また、第二〇八段冒頭「五月四日の夕つ方、青き草、多く」は、第二〇六段冒頭「五月ばかりなどに」「草葉も水も、いと青く見えわたりたるに」を受ける。

208 第二〇八段「五月四日の夕つ方」と第二〇九段「賀茂へ参る道に」……連続性あり

・五月四日の夕つ方、青き草(=菖蒲)、多く、いと、うるはしく切りて、左右、担ひて、赤衣、着たる男《をのこ》の**ゆく**こそ、をかしけれ。(第二〇八段全文)

・賀茂へ参る道に、田植うとて、女の、新しき折敷《をしき》（＝角型のお膳）のやうなる物を笠に着て、いと多う立ちて、歌を唄ふ。折れ伏すやうに、また何事するとも見えで、後ろざまに**ゆく**。

（第二〇九段冒頭）

端午の節句の前日、菖蒲を大層多く、きちんと切りそろえて、左右に担いで赤い着物を着た「男」が「ゆく」のに対して、田植えの「女」が新しいお膳のような笠をかぶって、並んで歌を唄いながら、後ろ向きに「ゆく」とある。「前段、菖蒲を担う下種男との連想で、田植えに従事する下種女を随想」（**集成**）。ちなみに、「ゆく」繋がりは、第二〇七段より始まる（207、参照）。

209　第二〇九段「賀茂へ参る道に」と第二一〇段「八月 晦《つごもり》、太秦に詣づとて」……連続性あり

・**賀茂へ**参る道に、田植うとて、女の、……いと多う立ちて、

（第二〇九段冒頭）

・八月晦、太秦に詣づとて、見れば、穂に出でたる田を、人いと多く見騒ぐは、稲刈るなりけり。早苗取りしか、いつの間に、まことに先つ頃、**賀茂へ**詣づとて、見しが、あはれにも、なりにけるかな。

（第二一〇段冒頭）

八月の末、太秦寺参詣の途中、大勢の人が騒いでいるので、見ると稲刈りをしているのだった。つい先だって、賀茂神社参詣の折に見た早苗が、こんなにも成長したかと感慨深かった――この第二一〇段冒頭は、第二〇九段冒頭の、賀茂神社への参詣途中で見た、多くの女たちが田植えをしている風景（「賀茂へ参る道に、田植うとて、女の、……いと多う立ちて……」）を踏まえている。「賀茂」神社参詣から「太秦」寺参詣でもある。

また、第二一〇段の田植えの風景に続く「これは男《をのこ》どもの、いと赤き稲の、本《もと》ぞ青きを、持たりて刈る」は、前々段「五月四日の夕つ方」における、菖蒲（「青き草」）を刈る、赤い着物を着た男（「赤

衣、着たる男《をのこ》」）の姿（207、参照）を連想させる。

210　第二一〇段「八月晦《つごもり》、太秦に詣づとて」と第二一一段「九月二十日余りの程、初瀬に詣でて」……連続性あり

・八月晦、太秦に詣づとて、……。……庵のさまなど。（第二一〇段）

・九月二十日余りの程、初瀬に詣でて、いと、はかなき家に泊まりたりしに、（第二一一段冒頭）

冒頭繋がりで「八月晦、太秦に詣づとて」から「九月二十日余りの程、初瀬に詣でて」へ。〈詣で〉繋がりは、第二〇九段「賀茂へ参る道に」を受ける。

また、波線部のとおり、「いと、はかなき家（＝取るに足らない家）に泊まりたりしに」（第二一一段冒頭部）は、「庵《いほ》（＝仮小屋）のさまなど」（第二一〇段末尾）を受ける。

211　第二一一段「九月二十日余りの程、初瀬に詣でて」と第二一二段「清水などに参りて」……連続性あり

・九月二十日余りの程、初瀬に詣でて、……。夜更けて、月の、窓より洩《も》りたりしに、人の、臥したりしどもが、衣の上に、白う映りなどしたりしこそ、「いみじう、あはれ」と思えしか。さやうなる折ぞ、人、歌詠むかし。（第二一一段）

・清水などに参りて、坂もと、登る程に、柴焚《た》く香の、いみじう、あはれなるこそ、をかしけれ。（第二一二段全文）

「初瀬」寺詣で（「初瀬に詣でて」）から「清水」寺詣で（「清水などに参りて」）へ。〈詣で〉繋がりは、左記のとおり、第二〇九段より始まる。

「賀茂」神社（第二〇九段）→「太秦」寺（第二一〇段）→「初瀬」寺（第二一一段）→「清水」寺（第二一二段）

また、第二一一段末尾では、夜更けに、窓から差し込んだ月の光が、寝ている人の夜着の上に、白く照り映えていたのは、「いみじう、あはれと思えしか」とある。第二一二段末尾、柴を焚く煙の香りが「いみじう、あはれなるこそ、をかしけれ」は、これに対応する。

212 第二一二段「清水などに参りて」と第二一三段「五月の菖蒲の」……連続性あり

・柴焚く香の、いみじう、あはれなるこそ、をかしけれ。（第二一二段末尾）

・五月の菖蒲の、秋冬、過ぐるまであるが、いみじう白み枯れて、あやしきを、引き折り開けたるに、その折の香の、残りて、かかへたる（＝漂っている）、いみじう、をかし。（第二一三段全文）

第二一三段冒頭「五月の菖蒲」は、第二〇八段冒頭「五月四日の夕つ方、青き草（＝菖蒲）、多く」を受けるが、第二一二段との繋がりも見られる。すなわち、傍線部「その折の香」は、「香」繋がりで、第二一二段末尾「柴焚《た》く香の……」との対応がある。

第二一二・二一三段には、季節的連続性も窺われる。第二〇八段以降の季節的連続性は、次のとおりである。

「五月四日の夕つ方、青き草（＝菖蒲）多く」（第二〇八段冒頭）
「賀茂へ参る道に、田植うとて」※1（第二〇九段冒頭）
「八月 晦《つごもり》」（第二一〇段冒頭）
「九月二十日余りの程」（第二一一段冒頭）

「柴焚く香の、いみじう、あはれなるこそ、をかしけれ」※2　（第二一二段末尾）
「五月の菖蒲の、秋冬、過ぐるまであるが」　（第二一三段冒頭）
※1……田植えの五月雨頃
※2……「べつに季節はわからないが、……柴を焚く匂いがいみじうあはれという感じから見ると、やはり秋の感じではないかと思われる。……秋から冬にかけて澄んだ空気のたたずまいからいえば、この香りは、やはり秋ととるのがふさわしい。」（塩田評釈）

213

第二一三段「五月の菖蒲の」と第二一四段「よく焚きしめたる薫物の」……連続性あり

・五月の菖蒲の、秋冬、過ぐるまであるが、いみじう白み枯れて、あやしきを、**引き折り開けたるに**、その折の**香の**、**残りて**、かかへたる（＝漂っている）、いみじう、をかし。　（第二一三段全文）

・よく焚きしめたる薫物の、昨日、一昨日、今日などは忘れたるに、**引き開けたるに**、煙《けぶり》の**残りたるは**、ただ今の香よりも、めでたし。　（第二一四段全文）

第二一三段では、五月の菖蒲で、秋冬を越したものを、引き開けたところ、残り香が漂ったのは趣深い、とある。これに対して、第二一四段では、よく焚きしめた薫物で二、三日、忘れていたものを、引き開けてみると、煙（の香）が（ほんのり）残っているのは、たった今、焚いたものよりも素晴らしい、とある。「五月の菖蒲の、秋冬、過ぐるまである」に対して、「よく焚きしめたる薫物の、昨日、一昨日、今日などは忘れたる」。「引き折り開けたるに」「その折の香の、残りて、かかへたる（＝漂っている）」に、それぞれ「引き開けたるに」「煙の残りたる」が対応する。

214　第二一四段「よく焚きしめたる薫物の」と第二一五段「月のいと明《あ》かきに、川を渡れば」……連続性あり

・よく焚きしめたる薫物の、昨日、一昨日、今日などは忘れたるに、引き開けたるに、煙《けぶり》の残りたるは、ただ今の香よりも、めでたし。（第二一四段全文）

・月のいと明かきに、川を渡れば、牛の歩むままに、水晶などの割れたるやうに、水の散りたるこそ、をかしけれ。（第二一五段全文）

両段を代表するものは、薫物の「煙の残りたる」（第二一四段）と、「水晶などの割れたるやう」な水しぶき（第二一五段）である。これらは共に、〈はかない時間の中で消えゆく美しい存在〉という、くくりで結びつく。

第二一五段は、第二〇六・二一一段も受ける。すなわち、「水の散りたるこそ、をかしけれ」（第二一五段末尾）は、第二〇六段中の「水の、……人などの歩むに、走り上がりたる、いと、をかし」と、同じ水しぶきで共通する。そして、明るい月（「月のいと明かき」）に照らされた「水晶などの割れたるやう」な水しぶきの輝きは、第二一一段における、寝ている人の夜着の上を白く映し出す、窓から差し込んだ月光（「月の、窓より洩りたりしに、人の、臥したりしどもが、衣の上に、白うて映りなどしたりし」）と、月光の照り映えの美しさで共通する。

215　第二一五段「月のいと明《あ》かきに、川を渡れば」と第二一六段「大きにて、よきもの」……連続性無し

「前段と無関係に新たに書き起したか」（集成）。

第二一五段「月のいと明かきに、川を渡れば」・第二一六段「大きにて、よきもの」と一本二三段

「松の木立、高き所の」の強い繫がりについては、320〔一本23〕、参照。

216　第二一六段「大きにて、よきもの」と第二一七段「短くて、ありぬべきもの」……連続性あり

・大きにて、よきもの。（第二一六段冒頭）
・短くて、ありぬべきもの。（第二一七段冒頭）

「大きにて、よきもの（＝大きいのが、よいもの）」から「短くて、ありぬべきもの（＝短いのが、望ましいもの）」へ。

217　第二一七段「短くて、ありぬべきもの」と第二一八段「人の家に、つきづきしきもの」……連続性あり

・短くて、ありぬべきもの。（第二一七段冒頭）
・人の家に、つきづきしきもの。（第二一八段冒頭）

「ありぬべきもの（＝あってほしいもの）」から「つきづきしきもの（＝似つかわしいもの）」へ。ただし、第二一八段冒頭「人の家に」は、第二一六段冒頭「大きにて、よきもの。家」を受ける。

218　第二一八段「人の家に、つきづきしきもの」と第二一九段「物へ行く道に、清げなる郎等《をのこ》の」……連続性弱し

第二一九段「物へ行く道に、清げなる郎等の……。また、清げなる童べなどの……」は、第二一八段中の「大きやかなる童女《どうぢよ》。よき、はした者（＝下女）」に、使用人繫がりでの対応が窺われる。また、第二一九段後半における「屐子《けいし》」や「箱の蓋」への言及は、第二一八段で多く採り上げられている

「折敷」「棚厨子」等の調度類の影響も考えられる。

しかし、第二一九段が直結するのは、左記のとおり、第一八九段「心憎きもの」末尾である（第一八九段は、第一九〇段「島は」に連続しない。189、参照）

・少し乗り馴らしたる車の、いと、つややかなるに、……**細やかなる郎等《をのこ》**の、……沓《くつ》の、いと、**つややかなる**、筒《どう》のもと近う走りたるは、なかなか心憎く見ゆ。（第一八九段末尾）

・物へ行く道に、清げなる**郎等《をのこ》の細やかなる**が、立文、持ちて、急ぎ行くこそ、「いづちならむ」と見ゆれ。また、清げなる童べなどの、……屐子《けいし》の、**つややかなる**が、……箱の蓋《ふた》に草子どもなど入れて、持て行くこそ、いみじう呼び寄せて見まほしけれ。……（第二一九段）

「郎等《をのこ》の細やかなる」（第二一九段）に対して「細やかなる郎等《をのこ》」（第一八九段）、「屐子《けいし》（＝塗下駄）の、つややかなるが」（第二一九段）に対して「沓《くつ》の、いと、つややかなる」（第一八九段）、とある。

219　第二一九段「物へ行く道に、清げなる郎等《をのこ》の」と第二二〇段「よろづの事よりも、わびしげなる車に」……連続性あり

・……いみじう**呼び寄せて**見まほしけれ。門近なる所の前渡りを**呼び入るるに**、愛敬《あいぎやう》なく答《いら》へもせで行く者は、使ふらむ人こそ、推し量らるれ。（第二一九段末尾）

・よろづの事よりも、わびしげなる車に、装束わるくて物見る人、いと、もどかし（＝気にくわない）。……まいて、いかばかりなる心にて、さて見るらむ。……また、鄙《ひな》び、あやしき下衆など、絶えず**呼び寄せ**、出だし据ゑなどしたるも、あるぞかし。（第二二〇段）

破線部「門近くの前を通るのを呼び入れても、ぶっつらして（「愛敬なく」）返事もせずに行き過ぎる者は、それを召し使う主人の人柄までが推し量られるものだ」（第二一九段末尾）――この主人側の人柄に対する〈推し量り〉は、そのまま第二二〇段冒頭「どんな事よりも、みすぼらしい車に乗り、ひどい装束で見物する人は大変、気にくわない」「まして、どういう料簡で、そうして見物するのだろう」という人物評価へと繋がる。すなわち、両段は、傍線部「推し量られ」（第二一九段末尾）「いかばかりなる心にて」（第二二〇段）のとおり、人柄を否定的に〈推し量る〉という繋がりで連続する。

また、第二一九段末尾は、第二二〇段末尾「また、田舎びた卑しい身分の者などを、しょっちゅう呼び寄せ、よく見える所に座らせる車もあることだ」とも対応する。すなわち、「いみじう呼び寄せて」「呼び入るるに」（第二一九段）に対して、「絶えず呼び寄せ」（第二二〇段）とある。(36)

220 第二二〇段「よろづの事よりも、わびしげなる車に」と第二二一段「細殿《ほそどの》に便《びん》なき人なむ」……

連続性あり

・よろづの事よりも、わびしげなる車に、装束わるくて物見る人、いと、もどかし（＝気にくわない）。……また、鄙《ひな》び、あやしき下衆《げす》など、絶えず呼び寄せ、出だし据ゑなどしたるも（＝見張りに出しなどしている車も）(37)、あるぞかし。（第二二〇段）

・「細殿に便なき人なむ、暁に傘さして出でける」と言ひ出でたるを、よく聞けば、我が上なりけり。地下《ぢげ》など言ひても……「あやしの事や」と思ふ程に、（第二二一段冒頭）

第二二一段冒頭部の「便なき人（＝場違いな人）」は、第二二〇段冒頭の、どんな事よりも気にくわない「みすぼらしい車に乗り、ひどい装束で見物する人」との対応が窺われる。両段冒頭は、共に〈その場にふさわしくない人〉という点で繋がる。

また、第二二一段は、清少納言が「便なき人」、殿上人ならぬ「地下《ぢげ》（人）など」を、細殿に呼び込んで泊まらせた噂が広まったところから語り出される。これは第二二〇段末尾「また、鄙《ひな》び、あやしき下衆など、絶えず呼び寄せ……」を受ける。両段は、身分の低い者を「呼び寄せ」る点で連続する。ちなみに、この「呼び寄せ」繋がりは、第二一九段末尾に始まる（219、参照）。

さらに、第二二〇段末尾「出だし据ゑなどしたるも、あるぞかし」は、「出だす」「出づ」繋がりで、第二二一段冒頭部の「出でけると言ひ出でたるを」に対応する。

221

第二二一段「細殿《ほそどの》に便《びん》なき人なむ」と第二二二段「三条の宮に、おはします頃」……連続性あり

・「細殿に便なき人なむ、暁に傘さして出でける」と言ひ出でたるを、……。……（定子様は）大傘の絵を描きて、人は見えず、ただ手の限りを、とらへさせて（＝持たせて）、下に「山の端明けし朝より」と書かせ給へり。……異紙《ことかみ》に、雨を、いみじう降らせて、下に「ならぬ名の　立ちにけるかな。さてや、濡れ衣には、なり侍らむ」と啓したれば、右近の内侍などに語らせ給ひて、笑はせ給ひけり。（第二二一段）

・三条の宮に、おはします頃、五日の菖蒲の輿《こし》など持て参り、薬玉、参らせなどす。……（定子は和歌を）この紙の端を引き破らせ給ひて、書かせ給へる、いと、めでたし。（第二二二段）

第二二一段末尾の傍線部「濡れ衣」については、**塩田評釈**に「無實の罪。簑がなくて濡れる、すなわち簑なき（實のなき）意になつたという（本居宣長説）」とある。一方、第二二二段冒頭にある傍線部「五日の菖蒲の輿」とは、屋形に脚をつけた輿状のもので、薬玉等に用いる菖蒲が盛られた（**全集**の挿入図、参照）。その垂れた菖蒲の束は、簑の形状を連想させる。輿の特徴である屋根、そして細長い脚は、簑をかぶった者の笠と足に見立てることもできよう（「濡れ衣」の言葉を導いたのは、定子と清少納言による掛け合いの歌「御笠《みかさ》山　山の端明けし　朝《あした》より　雨ならぬ名の　立ちにけるかな」で、「御笠」を意識させる）。また、前日、刈り取られ、重ねられた菖蒲は、「濡れ衣」同様、いまだ濡れていたはずである。

また、両段は波線部のとおり、〈定子の自筆〉繋がりでもある。

222 **第二二二段「三条の宮に、おはします頃」と第二二三段「御乳母の大輔の命婦、日向へ下るに」……**

連続性あり

・（定子は和歌を）この紙の端を引き破らせ給ひて、**書かせ給へる**、いと、めでたし。

（第二二二段末尾）

・（定子は和歌を）御手にて**書かせ給へる**、いみじう、あはれなり。さる君を見置き奉りてこそ、え行《ゆ》くまじけれ。

（第二二三段末尾）

第二二三段末尾の「御手にて書かせ給へる」は、〈定子の自筆〉繋がりで、第二二二段末尾「この紙の端を引き破らせ給ひて、書かせ給へる」に対応する。ちなみに、この〈定子の自筆〉繋がりは、第二二一段より見られる（221、参照）。

223 **第二二三段「御乳母の大輔の命婦、日向へ下るに」と第二二四段「清水に籠《こ》もりたりしに」……**

連続性あり

・（定子は和歌を）御手にて**書かせ給へる**、いみじう、あはれなり。さる君を見置き奉りてこそ、え行《ゆ》くまじけれ。

（第二二三段末尾）

・清水に籠もりたりしに、わざと御使して賜はせたりし、唐の紙の赤みたるに、草にて、

「山近き　入相の鐘の　声ごとに　恋ふる心の　数は知るらむ

ものを、こよなの長居や」とぞ**書かせ給へる**。紙などの、なめげならむも、取り忘れたる旅にて、紫なる蓮の花びらに、書きて参らす。

（第二二四段全文）

第二二四段では、清少納言が清水寺に長く参籠していた時、定子が特別に使者を立てて、和歌を「書かせ給へる」とある。これは、乳母の大輔命婦の日向下向に際して、定子が自筆の和歌（＝御手にて書かせ給へる）を贈ったとある第二二三段末尾に対応する。

ちなみに「書かせ給へる」繋がりは、第二二一段より連続し（221・222、参照）、この四段は色彩的にも、次のような関連が見られる。

・「『山の端明けし朝より』と書かせ給へり」（第二二一段）
・「（＝青き薄様」の）紙の端を引き破らせ給ひて、書かせ給へる」（第二二二段）
・「『茜さす　日に向かひても……』と御手にて書かせ給へる」（第二二三段）
・「唐の紙の赤みたるに、草にて、『山近き　入相の鐘に……』とぞ書かせ給へる」（第二二四段）

すなわち、破線部のとおり、赤と対照的な第二二二段の「青き薄様」を除けば、「赤みたる」色、及びそうした色を連想させる和歌の内容となっている。

224　第二二四段「清水に籠《こ》もりたりしに」と第二二五段「駅《むまや》は」……連続性あり

・「　**山近き**　入相の鐘の　声ごとに　恋ふる心の　数は知るらむ

ものを、こよなの長居《ながゐ》や」とぞ書かせ給へる。紙などの、なめげならむも、取り忘れたる旅にて、紫なる蓮の花びらに、書きて参らす。（第二二四段末尾）

・駅は、梨原。望月の駅。**山の駅**は、あはれなりし事を聞きおきたりしに、またも、あはれなる事のありしかば、なほ、取り集めて、あはれなり。（第二二五段全文）

第二二五段冒頭「駅《むまや》（馬屋）」は、移動手段の「馬」を介して、第二二四段末尾の「こよなの（＝この上ない）長居《ながゐ》や」「旅にて」を受ける。

また、第二二五段末尾における「山の駅」は、定子が特別に使者を立ててまで贈った「山近き……」歌（第二二四段）の「山」との関連が窺われる。そして、「山の駅は……」で繰り返される「あはれ」は、この「山近き……」歌も含む、悲哀感漂う定子の和歌が詠まれている第二二三・二二四段（第二二三段には「御手にて書かせ給へる、いみじう、あはれなり」とある）に通ずる。

225　第二二五段「駅《むまや》は」と第二二六段「社《やしろ》は」……連続性あり

・駅は、　（第二二五段冒頭）

・社は、布留の社。生田の社。旅の御社（＝神社の御旅所）。　（第二二六段冒頭）

「駅《むまや》」から「社」への連想の糸は、第二二六段の「旅の御社（＝神社の御旅所）」に見いだされる。すなわち、「旅」（第二二四段末尾）から「駅《むまや》」（224、参照）とは反対に、「駅《むまや》」から「旅の御社」へという繋がりとなる。

また、第二二六段の主要部分を占める蟻通し明神説話の語り出し「蟻通しの明神、貫之が馬の患ひけるに」にも、「駅（馬屋）」との繋がりが見られる。

226　第二二六段「社《やしろ》は」と第二二七段「一条の院をば今内裏《いまだいり》とぞ言ふ」……連続性あり

・「中将は、上達部、大臣になさせ給ひてなむありける。さて、その人の、神になりたるにやあらむ。その神の御もとに詣でたりける人に、夜、現れて、宣へりける、

七曲《ななわだ》に　曲がれる　玉の緒を貫《ぬ》きて　蟻通しとは　知らずや　あるらむ

と宣へりける」と、人の語りし。　（第二二六段末尾）

・一条の院をば今内裏とぞ言ふ。（主上が）おはします殿《でん》は清涼殿にて、その北なる殿に（定子様は）おはします。西、東は渡殿にて、渡らせ給ひ、まうのぼらせ給ふ道にて、前は壺なれば、前栽、植ゑ、笆《ませ》、結《ゆ》ひて、いと、をかし。……輔尹は木工の允（＝木工寮の三等官）にてぞ、蔵人にはなりたる。……

（第二二七段）

第二二六段末尾の和歌「七曲に　曲がれる　玉の緒を貫きて……」を受け、第二二七段冒頭「一条の院をば……」とある。すなわち、「蟻通し」の「七曲に曲がれる玉の緒を貫」くのは、「一条」の糸であり、「蟻通し」から「一条」へ。また、第二二七段の破線部では、一条天皇が「清涼殿」、定子が「その北なる殿」におられ、お二人は「前栽」が植えられ、「笆《ませ》（＝竹や柴で作られた荒い垣根）」が編まれた「壺」（＝建物に囲まれた中庭）のある「西、東」の「渡殿」の「道」を「渡らせ給ひ、まうのぼらせ給ふ」とある。その「北なる殿」「西、東」の「渡殿」の行き来は、あたかも破線部「七曲に曲がれる」道を通るかのごときである。

一方、第二二七段の波線部「輔尹《すけただ》は木工《もく》の允《じょう》（＝木工寮の三等官）にてぞ、蔵人にはなりける」は、第二二六段の波線部「中将は、上達部、大臣になさせ給ひてなむありける。さて、その人の、神になりたるにやあらむ」を受ける。七位官位相当の「木工の允」が六位「蔵人」を兼ねるのは異例。この特異な経歴は、神にまでなった中将の特異さに通ずる。ちなみに、第八三段「めでたきもの」では、雑色等から「蔵人」への出世を「どこから降った天人であろうと見えることだ（＝『いづこなりし天降《あまくだ》り人ならむ』とこそ見ゆれ）」と評している。雑色から蔵人となるのを、天人の天下りに比すならば、「木工の允」から「蔵人」は、まさに人が神になる程の驚くべき出世となろう。

また、第二二七段前半、一条天皇が臣下と二人、笛で長生楽「高砂」を吹くのを評した「なほ、いみじう、めでたしと言ふも、世の常なり」は、第二二六段中の唐土の帝の言葉「なほ、日の本の国は、賢かりけり」を受けるか。

第二二七段では、春の「うらうらと、のどかに照りたる」日に、一条天皇が笛の師である高遠兵部卿と二人で、催馬楽「高砂」を繰り返し吹くのを、「やはり大変、素晴らしいと言うのも、ありきたりである（「めでたしと言ふも、世の常なり」）。笛の事などを高遠が天皇に奏上するのも素晴らしい（「めでたし」）」と絶賛している。この太平の世を思わせる、平和な宮中の日常場面からは、笛を愛し、臣下との麗しい関係を保つ一条天皇の、帝王としての資質が窺われる。これに対して、第二二六段では、唐土の帝の日本征服の企みが、臣下の助言（実は、その老父の智恵）によって阻止され、唐土の帝は「なほ、日の本の国は、賢かりけり」として、この後、そのような企てもしなくなったとある。日本国の賢さは、日本を治める帝の賢さを意味する。このように、唐土の帝の言葉は、第二二七段においては、一条天皇の逸話によって受け継がれていると思われる。

227　**第二二七段「一条の院をば今内裏《いまだいり》とぞ言ふ」と第二二八段「身を変へて天人などは」……連続性あり**

・一条の院をば今内裏とぞ言ふ。……二月二十日ばかりの、うらうらと、のどかに照りたるに、……主上の、御笛、吹かせ給ふ。高遠の兵部卿、御笛の師にて物し給ふを、御笛二つして、「高砂」を折り返して吹かせ給ふは、「なほ、いみじう、めでたし」と言ふも、世の常なり。……輔尹《すけただ》は木工《もく》の允《じよう》（＝木工寮の三等官）にてぞ、**蔵人にはなりたる**。……「なほ、高く吹かせおはしませ。え聞き候はじ」と（女房が）申せば、「いかが。さりとも聞き知りなむ」とて、みそかにのみ吹かせ給ふに、あなたより渡りおはしまして、「かの者なかりけり。ただ今こそ吹かめ」と仰せられて、吹かせ給ふは、いみじう、めでたし。

（第二二七段）

・「身を変へて天人などは、かうやあらむ」と見ゆるものは、ただの女房にて候ふ人の、御乳母になりたる。……雑色の、**蔵人になりたる**、めでたし。……（第二二八段）

第二二八段冒頭「身を変へて天人などは、かうやあらむ」の「天人」は、前段の「高遠」が「高砂」を笛で吹き、一条天皇が笛を吹くのを受ける。すなわち、第二二七段では、一条天皇の笛の師「高遠の兵部卿」が一条天皇と共に「高砂」を繰り返し吹き、さらに「高く吹かせおはしませ」という女房の薦めに、一条天皇が応じて笛を吹くとある。「高遠」「高砂」の「高」は「天人」が居る天空の高さに通ずる。笛を「高く」吹く行為も同様である。第二二七段末尾で繰り返される「吹かせ給ふ」は、「天人」の風に舞う姿にも通じよう。

また、第二二八段冒頭「『生まれ変わって天人になるなどと言うのは、こうした場合か』と見えるのは、普通の女房として伺候する人が、高貴な方の乳母になったとき」は、第二二七段後半の口火を切る「輔尹は木工の允にてぞ、蔵人にはなりたる」を受ける。七位官位相当の「木工の允」が六位「蔵人」を兼ねるのは異例。「雑色の、蔵人になりたる、めでたし」（第二二八段）とあるように、「雑色」から「蔵人」は、素晴らしい出世として見なされていた。「木工の允」から「蔵人」となるのは、それ以上の出世であり、両段は〈目を見張る出世〉繋がりで結びつく。ちなみに、この〈目を見張る出世〉繋がりは、第二二六段「社は」より見られる（226、参照）。

228　第二二八段「身を変へて天人などは」と第二二九段「雪高う降りて、今も、なほ降るに」……連続性あり

・「身を変へて天人などは、かうやあらむ」と見ゆるものは、ただの女房にて候ふ人の、御乳母になりたる。……雑色の、蔵人になりたる、めでたし。去年の霜月の臨時の祭に、御琴持たりしは、人とも見えざりしに、君達と連れ立ちて歩《あり》くは、「いづこなる人ぞ」と思ゆれ。ほかよりなりたるなどは、いと、さしも思えず。
（第二二八段）

・雪高う降りて、今も、なほ降るに、五位も四位も、色うるはしう若やかなるが、
（第二二九段冒頭）

第二二八段冒頭「身を変へて天人などは」の「天人」を受け、第二二九段冒頭「雪高う降りて」の「高う降りて」とある。「天人」は、空より舞い降りる。この〈高さ〉繋がりは、第二二七段の「高遠」「高砂」等より始まる(38)（227、参照）。

また、第二二八段末尾「雑色の、蔵人になりたる、めでたし。去年の霜月の臨時の祭に……」を受け、第二二九段冒頭「雪高う降りて、今も、なほ降るに、五位も四位も……」とある。すなわち、「霜月」から「雪高う降りて、今も、なほ降るに」へ、「雑色の、（六位の）蔵人になりたる」から「五位も四位も」へとなる。「霜」から本格的な冬の「雪」へと季節が移ろい、「雑色」の「（六位）蔵人」から「五位」「四位」と位が上がる――この面白さに着目したい。

ちなみに「雑色の、蔵人」と「五位も四位」の密接な関係については、第八三段「めでたきもの」に「雑色が侍所で、四位・五位の官職ある者の下に控えている時は、何の存在感もないのに、一度、蔵人になってしまうと、言いようのないくらい驚く変わり様だ」とある。六位「蔵人」に対するこだわりは、第二二七段に見られる（227、参照）。

229　第二二九段「雪高う降りて、今も、なほ降るに」と第二三〇段「細殿《ほそどの》の遣戸《やりど》を」……連続性あり

・雪高う降りて、今も、なほ降るに、五位も四位も……革の帯の形《かた》つきたるを、宿直姿に、ひきはこへて、……袙……出だして、
（第二二九段冒頭）

・細殿の遣戸を、いと疾《と》う押し開けたれば、御湯殿の馬道より（宿直を終えて）下りて来る殿上人、萎えたる直衣、指貫の、いみじう綻《ほころ》びたれば、色々の衣どもの、こぼれ出でたるを押し入れなどして、……歩みゆくに、……　（第二三〇段）

第二二九段では、「五位」「四位」の殿上人が「宿直《とのゐ》姿」で、石帯の跡のついた直衣の後ろを指貫の中に、たくし込み（「ひきはこへて」）、直衣の下の衵《あこめ》を出衣《いだしぎぬ》にしている様子が描かれている。これを受けて第二三〇段では、着崩れて、はだけた「直衣、指貫」の中から、様々な色の衵などが、こぼれ出て、出衣状態になっているのを押し込んだりして（「押し入れなどして」）、宿直を終え退出する「殿上人」の姿が描かれる。両段は、「宿直姿」の「五位」「四位」の殿上人に対して、宿直を終えて戻る（当然ながら「宿直姿」の）「殿上人」、そして「ひきはこへて（＝たくし込んで）」に対して、「押し入れなどして」という関連で結びつく。

230　第二三〇段「細殿《ほそどの》の遣戸《やりど》を」と第二三一段「岡は」……連続性あり

・細殿の遣戸を、（朝に）いと疾《と》う押し開けたれば、御湯殿の馬道より（宿直を終えて）下りて来る殿上人、萎えたる直衣、指貫の、いみじう綻《ほころ》びたれば、色々の衣どもの、こぼれ出でたるを押し入れなどして、北の陣ざまに歩みゆくに、開きたる戸の前を過ぐとて、纓《えい》を引き越して（＝前に垂らして）、顔に、ふたぎて去ぬるも、をかし。　（第二三〇段全文）

・岡は船岡。片岡。鞆岡は、笹の生ひたるが、をかしきなり。語らひの岡。人見の岡。
（第二三一段全文）

「（腰に）ひきはこへて」（第二二九段）「（腰に）押し入れなどして」（第二三〇段）と、二段続けて焦点に当てられた腰の部分（229、参照）は、第二三一段の「鞆《とも》岡は、笹の生ひたるが、をかしきなり」へと引き継がれる。「鞆《とも》」とは弓を射る時、左手に巻き付ける丸い革製の具。腰と岡の関係は、「舎人らが　腰に下がれる　鞆岡の笹（＝舎人たちの腰に、ぶら下がっている鞆岡の笹）」（神楽歌）から知られる。

また、第二三一段末尾「人見の岡」は、第二三〇段との関連でとらえられる。第二三〇段では、宿直を終えた殿上人が、朝早くに細殿の戸の前を通る際、女房たちが覗《のぞ》いているのを意識して、寝起きの顔を見せまいと、纓《えい》（＝冠の後部に垂れている羅《うすぎぬ》）で顔を隠して行ってしまうのは、面白い（傍線部「纓を引き越して、顔に、ふたぎて去ぬるも、をかし」）とある。この、そそくさとした様子で女房たちの前を通過する姿は、「人見の岡」の引歌と思われる「手も触れで　今日はよそにて　帰りなむ　人見の岡の　松（待つ）のつらさよ」（『住吉物語』）との関連が指摘しうる。すなわち、「人見の岡」を女房たちが見ている細殿の局に見立て、（女房たちの）「手も触れで　今日はよそにて　帰りなむ」とする殿上人の姿を重ね合わせたと思われる。ちなみに、細殿の局の中から、このように人の出入りを窺う例は、第七二段「内裏の局、細殿いみじう、をかし」に描かれている。

231　第二三一段「岡は」と第二三二段「降るものは雪」……連続性あり

・人見の岡。　（第二三一段末尾）
・降るものは雪。　（第二三二段冒頭）

第二三二段「降るものは雪」は、第二二九段「雪高う降りて、今も、なほ降るに、……雪の、いと白うかかりたるこそ、をかしけれ」を受ける。しかし第二三二段「降るものは雪」は、前段「岡は」も受ける。第二三一段末尾「人見の岡」は、嵯峨野の岡で、正月子の日の野遊びを詠んだ「手も触れで　今日はよそにて　帰りなむ　人見の岡の　松のつらさよ」（『住吉物語』）とある。同じ子の日を詠んだ、かの光孝天皇の名歌「君がため　春の野に出でて　若菜摘む　我が衣手に　雪は降りつつ」を介して、「雪」は嵯峨野の「岡」と結びつく。すなわち、「人見の岡」（嵯峨野の岡）→「春の野に出でて若菜摘む……雪は降りつつ」→「降るものは雪」の連想が窺われる。

232　**第二三二段「降るものは雪」と第二三三段「雪は檜皮葺《ひはだぶき》」……連続性あり**

・降るものは**雪**。（第二三二段冒頭）

・**雪**は、（第二三三段冒頭）

「降るものは雪」から「雪は」へ。

233　**第二三三段「雪は檜皮葺《ひはだぶき》」と第二三四段「日は」……連続性あり**

・雪は檜皮葺、いと、めでたし。少し消えがたになりたる程。まだ、いと多うも降らぬが、瓦の目ごとに**入りて**、黒う丸《まろ》に見えたる、いと、をかし。……（第二三三段）

・日は**入り日**。**入り果て**ぬる山の端に、光なほ止《と》まりて、赤う見ゆるに、薄《うす》黄ばみたる雲の、たなびき渡りたる、いと、あはれなり。（第二三四段全文）

両段は「入り」繋がりとなっている。また、第二三三段では、雪が瓦と瓦の継ぎ目に入って、どの瓦も黒く丸に見える（「黒う丸に見えたる」）のに対して、第二三四段は、夕日が沈み切った山の尾根に、光がまだ留まって赤く見える（「赤く見ゆるに」）とある。すなわち、両段は、白い雪に包まれた多くの丸く黒い瓦と、丸い夕陽の赤い残光とが対比的である。

234　**第二三四段「日は」と第二三五段「月は」……連続性あり**

・日は入り日。入り果てぬる（西の）山の端に……**いと、あはれなり。**（第二三四段）

・月は有明の、東の山際に、細く出づる程、**いと、あはれなり。**　（第二三五段全文）

「日」から「月」へ。「入り日」の「入り果てぬる」に対して、「有明」が「細く出づる程」。「（西の）山の端」に対して「東の山際」が、共に「いと、あはれなり」とある。

235　第二三五段「月は」と第二三六段「星は」……連続性あり

・月は、　（第二三五段冒頭）

・星は、　（第二三六段冒頭）

「月」から「星」へ。

236　第二三六段「星は」と第二三七段「雲は」……連続性あり

・星は昴。彦星。太**白**星。よばひ星、少し、をかし。尾だに無からましかば、まいて。　（第二三六段全文）

・雲は**白き**。　（第二三七段冒頭）

空繋がりで「星」から「雲」へ。「太白星《ゆふづつ》」の「白」は「白き」に結びつく。

第二三七段末尾「月のいと明《あ》かき面《おもて》に、薄き雲、あはれなり」は、第二三五段「月は」との関連が窺われる。

237　第二三七段「雲は」と第二三八段「騒がしきもの」……連続性あり

・雲は白き。紫。黒きも、をかし。風吹く折の雨雲。明け離るる程の黒き雲の、　（第二三七段冒頭）

・騒がしきもの。（第二三八段冒頭）

「風吹く折の雨雲」、そして、その「黒き（雲）」「黒き雲」は、次段「騒がしきもの」へと繋がる。

238　第二三八段「騒がしきもの」と第二三九段「ないがしろなるもの」……連続性あり

・騒がしきもの。（第二三八段冒頭）

・ないがしろなるもの。（第二三九段冒頭）

騒然とした「騒がしきもの」から、雑然とした「ないがしろなるもの（＝無造作なもの）」へ。

239　第二三九段「ないがしろなるもの」と第二四〇段「言葉なめげなるもの」……連続性あり

・ないがしろなるもの。（第二三九段冒頭）

・言葉なめげなるもの。（第二四〇段冒頭）

「ないがしろなるもの（＝無造作なもの）」から「言葉なめげなるもの（＝言葉が、ぞんざいなもの）」へ。

240　第二四〇段「言葉なめげなるもの」と第二四一段「さかしきもの」……連続性あり

・言葉なめげなるもの。（第二四〇段冒頭）

・さかしきもの。今様の三歳児。（第二四一段冒頭）

「今様（＝今時）の三歳児」といった「さかしきもの（＝小賢《こざか》しいもの）」の止めどないお喋りは、「言葉なめげなるもの（＝言葉が、ぞんざいなもの）」に通ずる。

241　第二四一段「さかしきもの」と第二四二段「ただ過ぎに過ぐるもの」……連続性あり

・さかしきもの。今様の三歳児。（第二四一段冒頭）

・ただ過ぎに過ぐるもの。（第二四二段冒頭）

「今様（＝今時）の三歳児」といった「さかしきもの（＝小賢しいもの）」の止めどないお喋りは、「ただ過ぎに過ぐるもの」でもある。

242　第二四二段「ただ過ぎに過ぐるもの」と第二四三段「殊《こと》に人に知られぬもの」……連続性あり

・ただ過ぎに過ぐるもの。帆かけたる舟。人の齢《よはひ》。春、夏、秋、冬。（第二四二段全文）

・殊に人に知られぬもの。凶会日《くゑにち》。人の女親の老いにたる。（第二四三段全文）

「ただ過ぎに過ぐるもの」から「殊に人に知られぬもの（＝とりわけ、人に忘れられてしまうもの）」へ。特に、破線部のとおり、第二四二段の「人の齢《よはひ》」は、第二四三段末尾「人の女親の老いにたる」と結びつく。

243　第二四三段「殊《こと》に人に知られぬもの」と第二四四段「文《ふみ》言葉なめき人こそ」……連続性あり

・殊に人に知られぬもの。凶会日《くゑにち》。人の女親の老いにたる。（第二四三段全文）

・文《ふみ》言葉なめき人（＝手紙の言葉が失礼な人）こそ、いと憎けれ。……「愛敬な（＝何と愛想がないこと）。など、かう、この言葉は、なめき」と（私が）言へば、聞く人も言はるる人も、笑ふ。かう思ゆればにや、「あまり見そす（＝あまりに、お節介が過ぎる）」など（人が）言ふも、人わろきなるべし（＝体裁がよくないからであろう）。……（第二四四段）

「凶会日《くゑにち》」とは、陰陽道で万事につけて凶事の起こる日で、大凶日。「くゑ」は「くえ」、すなわち「垢穢《くえ》（＝あかの汚れ）」にも通ずる。忌み憚られる「凶会日」は、第二四四段冒頭の、避けるべき「なめき」「文言葉」へと繋がる。

また、波線部「あまりに、お節介が過ぎるなど（人が私に）言う」から窺われるように、言葉に一際、敏感な清少納言にとって、世間一般の言葉遣いに対する無関心は、「殊に人に知られぬもの」の範疇に入れられるべき事柄であったと思われる。

このように、両段は連続するが、第二四四段冒頭「文言葉なめき人」は、第二四〇段「言葉なめげなるもの（＝言葉がぞんざいなもの）」とも直結する。また、この第二四四段冒頭に続く「世を、なのめに書き流したる言葉の憎きこそ（＝世の中を見くびって書き流した言葉が憎らしいことといったらない）」からは、第二四一段「さかしきもの（＝小賢しいもの）」の影響も窺われよう。

244　第二四四段「文《ふみ》言葉なめき人こそ」と第二四五段「いみじう汚きもの」……連続性あり

・文言葉なめき人こそ、いと憎けれ。世を、なのめに書き流したる言葉の憎きこそ。（第二四四段冒頭）

・いみじう汚きもの。なめくぢ。（第二四五段冒頭）

第二四四段冒頭「文言葉なめき人こそ……」から、第二四五段冒頭「いみじう汚きもの。なめくぢ」へ。「なめし」の語は、冒頭以外にも、第二四四段中に「なめきは」「なめく言ふ」「この言葉は、なめき」と三例、見られる。**集成**には「前段に頻発《ひんぱつ》した「なめし」の語からあるいは「なめくじ」を連想したか」とある。

〈手紙の言葉の下品さ・汚さ〉から「汚きもの」への連想だが、同時に、傍線部「なめくぢ」は、傍線部「なめき（＝不作法な）」以外にも、破線部「なのめに書き流したる」も受ける。すなわち、「なめし」「なのめ」は「なめくぢ」に通じ、「なのめに（＝いい加減に）書き流したる」は、くねっと曲がっている「なめくぢ」を連想させる。

245 **第二四五段「いみじう汚きもの」と第二四六段「せめて恐ろしきもの」……連続性あり**

・いみじう汚きもの。（第二四五段冒頭）

・せめて恐ろしきもの。（第二四六段冒頭）

「いみじう汚きもの」から「せめて（＝とても）恐ろしきもの」へ。

246 **第二四六段「せめて恐ろしきもの」と第二四七段「頼もしきもの」……連続性あり**

・せめて恐ろしきもの。（第二四六段冒頭）

・頼もしきもの。（第二四七段冒頭）

「恐ろしきもの」から、その恐怖心を和らげてくれる「頼もしきもの」へ。

247 **第二四七段「頼もしきもの」と第二四八段「いみじう仕立てて婿取りたるに」……連続性あり**

・頼もしきもの。（第二四七段冒頭）

・いみじう仕立てて婿取りたるに、程もなく住まぬ婿の、（第二四八段冒頭）

「頼もしきもの」の反例として、「いみじう仕立てて婿取りたるに（＝この上ない程の支度をして婿を取ったのに）、程もなく住まぬ婿」を最初に挙げる。

248 **第二四八段「いみじう仕立てて婿取りたるに」と第二四九段「世の中に、なほ、いと心憂きものは」……連続性あり**

・いみじう仕立てて婿取りたるに、程もなく住まぬ婿。……なほ、男は、物のいとほしさ、人の思はむ事は、知らぬなめり。（第二四八段）
・世の中に、なほ、いと心憂きものは、人に憎まれむ事こそあるべけれ。（第二四九段冒頭）

第二四九段冒頭「世の中で、やはり、つくづく嫌になるものは、人に憎まれる事（「人に憎まれむ事」）に相違あるまい」は、第二四八段で語られる、破線部「程もなく住まぬ婿」に対する女側の気持ち（同段末尾には「人の思はむ事」とある）を受ける。

249　**第二四九段「世の中に、なほ、いと心憂きものは」と第二五〇段「男こそ、なほ、いと、ありがたく」……連続性あり**

・世の中に、なほ、いと心憂きものは、人に憎まれむ事こそあるべけれ。誰てふ物狂ひか、「我、人に、さ思はれむ」とは思はむ。されど自然に、宮仕へ所にも、親、兄弟《はらから》の中にても、**想は**るる、**想は**れぬがあるぞ、いと、わびしきや。……見るかひあるは、ことわり、「いかが**想は**ざらむ」と覚ゆ。……人に**想は**れむばかり、めでたき事は、あらじ。（第二四九段）
・男こそ、なほ、いと、ありがたく、あやしき心地したるものはあれ。いと清げなる人を捨てて、憎げなる人を持たるも、あやしかし。……あるが中に、よからむをこそは、選《え》りて**想ひ**給はめ。……死ぬばかりも**想ひ**かかれかし。……わろしと思ふを**想ふ**は、いかなる事にかあらむ。……（第二五〇段）

一般的な好悪（「世の中に、なほ……」）から、男の心（「男こそ、なほ……」）へ。また、波線部のとおり、第二四九段冒頭部の「誰てふ物狂ひか」は、次段冒頭部の「いと、ありがたく（＝めったになく）、あやしき心地（＝訳の分からぬ思い）したるものはあれ」「あやしかし」に、〈理不尽〉繋がりで連続する。

さらに、第二四九段の「想はるる、想はれぬがあるぞ、わびしきや」「いかが想はざらむと覚ゆ」、そして「人に想はれむばかり、めでたき事は、あらじ」（末尾）に対して、第二五〇段では「選りて想ひ給はめ」「死ぬばかりも想ひかかれかし」「わろしと思ふを想ふは、いかなる事にかあらむ」とある。ここから窺われるように、両段は「想ふ（＝愛する）」繋がりでもある。

なお、第二五〇段は第二四八段とも連続する。すなわち、第二五〇段冒頭「男こそ、なほ……」は、第二四八段末尾「なほ、男は……」を受ける。

250 第二五〇段「男こそ、なほ、いと、ありがたく」と第二五一段「よろづの事よりも情けあるこそ」……連続性あり

・男こそ、なほ、いと、ありがたく、あやしき心地したるものはあれ。……らうたげに、うち嘆きて居たる（妻）を見捨てて、（他の女のもとへ）行きなどするは、あさましう、公け腹立ちて（＝義憤を感じて）、見証《けんそ》の心地も（＝傍目からも）、心憂く（＝辛く）見ゆべけれど、身の上にては、つゆ心苦しさを思ひ知らぬよ。（第二五〇段）

・よろづの事よりも情けあるこそ、男は、さらなり、女も、めでたく思ゆれ。（第二五一段冒頭）

通いのないのを嘆く、可愛らしい妻を見捨てて、他の女のもとに走る男には、呆れて義憤を感じ、傍目《はため》からも辛く見えるが、当の本人は、（妻に対して）ほんの少しの心苦しさも感じないことだよ（傍線部「身の上にては、つゆ心苦しさを思ひ知らぬよ」）――この第二五〇段末尾に対して、第二五一段冒頭は「何よりも思いやりこそが、男女に関係なく、素晴らしく思われることだ」とある。薄情な男に対する非難から、思いやりの大切さを力説する。

また、第二五一段冒頭の波線部「男は、さらなり（＝言うまでもなく）、女も」は、第二五〇段冒頭

の「男こそ、なほ（＝やはり）」を受ける。

251　**第二五一段「よろづの事よりも情けあるこそ」と第二五二段「人の上《うへ》、言ふを腹立つ人こそ」……連続性あり**

・よろづの事よりも情けあるこそ、男は、さらなり、女も、めでたく思ゆれ。無げの言葉なれど（＝何でもない言葉であるけれど）、……伝へて聞きたるは、差し向かひて言ふよりも、うれし。「いかで、この人に『思ひ知りけり』とも見えしがな」と常にこそ思ゆれ。……（第二五一段）

・人の上、言ふを、腹立つ人こそ、いと、わりなけれ（＝理不尽なことだ）。**いかでか言はではあらむ。**（第二五二段冒頭）

それほど心がこもっていない言葉でも、人から聞いた時は、面と向かって言われたよりも、うれしい。「何としても、本人に感謝の気持ちをわかってほしいものだ」と常に思われる――この第二五一段冒頭における「伝へて聞きたる」時ならではの喜びは、第二五二段冒頭「人の噂を言うのを聞いて腹を立てる人は、どうしようもない。どうして言わずにはおれようか」とある、「人の上、言ふ」ことへの押さえがたい欲求に通ずる。両段は〈人聞き〉繋がりで連続する。

また、第二五二段冒頭「人の上、言ふを、腹立つ人こそ、いと、わりなけれ」は、前々段末尾「公け腹、立ちて……心憂く見ゆべけれど、身の上にては、つゆ心苦しさを思ひ知らぬよ」との関連も窺われる。

252　**第二五二段「人の上《うへ》、言ふを腹立つ人こそ」と第二五三段「人の顔に、とりわきて、よしと見ゆる所は」……連続性あり**

・人の上、　（第二五二段冒頭）

・人の顔に、　（第二五三段冒頭）

「人の上（＝人についての事柄、噂）」から「人の顔」へ。

253　第二五三段「人の顔に、とりわきて、よしと見ゆる所は」と第二五四段「古体《こたい》の人の、指貫、着たるこそ」……連続性あり

・人の顔に、……。……人の容貌《かたち》は、をかしうこそあれ。憎げなる調度の中にも、一つ、よき所の目守《まも》らるるよ。「醜きも、さこそはあらめ」と思ふこそ、わびしけれ。　（第二五三段）

・古体の人の、指貫、着たるこそ、いと、たいだいしけれ（＝まだるっこしい）。　（第二五四段冒頭）

「人の顔」から「古体の人」へ。「古体」（もしくは「古代」[39]）は、古風・時代遅れの意だが、連想的には、文字通り「古体」で、「顔」から「体」という面白さがある。ちなみに、こうした繋がり方は、次のとおり、第二五〇段末尾より始まる（250〜252、参照）。

・身の上にては、つゆ心苦しさを思ひ知らぬよ。　（第二五〇段末尾）

・人の上、言ふを、腹立つ人こそ、いと、わりなけれ。　（第二五二段冒頭）

・人の顔に、とりわきて、よしと見ゆる所は……　（第二五三段冒頭）

・古体の人の、指貫、着たるこそ……　（第二五四段冒頭）

また、第二五四段冒頭「古体の人の、指貫、着たるこそ、いと、たいだいしけれ」は、前段末尾の「憎げなる（＝見た目のよくない）」「醜き」を受ける。古風な人が指貫袴をはく緩慢な動作は、「醜い一つのケースを捉えたもの」（塩田評釈）。

254　**第二五四段「古体《こたい》の人の、指貫、着たるこそ」と第二五五段「十月十余日の月の、いと明《あ》かきに」……連続性あり**

・古体の人の、指貫、着たるこそ、いと、たいだいしけれ（＝まだるっこしい）。……猿の、手結はれたるやうに（＝手を縛られたように）、ほどき立てるは、とみの事（＝急の事）に出で立つべくも（＝役に立ちそうにも）見えざめり。（第二五四段）

・十月十余日の月の、いと明かきに、「歩《あり》きて見む」とて、女房十五、六人ばかり、皆、濃き衣を上に着て、引き返しつつありしに、中納言の君の、紅《くれなゐ》の張りたるを着て、頸《くび》より髪を、かき越し給へりしが、あたらし（＝惜しむらくは）、卒塔婆に、いと、よくも似たりしかな。「雛《ひひな》の典侍《すけ》」とぞ、若き人々つけたりし。後《しり》に立ちて笑ふも、知らずかし。（第二五五段全文）

第二五四段における「古体の人の、指貫、着たる」、その「猿」に譬えられる姿（「猿の、手結《ゆ》はれたるやうに」）に対して、第二五五段は「中納言の君の、紅の張りたるを着て」、若い女房たちに「雛の典侍」とあだ名を付けられた「卒塔婆《そとば》に、いと、よく似たりし」姿が語られる。両段は〈人の姿形の醜態〉繋がりで連続する。

255　**第二五五段「十月十余日の月の、いと明《あ》かきに」と第二五六段「成信の中将こそ」……連続性あり**

・「雛《ひひな》の典侍《すけ》」とぞ、若き人々（＝女房たち）つけたりし。（彼女たちが中納言の君の）後《しり》に立ちて笑ふも、（当の本人は）知らずかし。（第二五五段末尾）

・成信の中将こそ、人の声は、いみじう、よう聞き知り給ひしか。（第二五六段冒頭）

「雛の典侍」とあだ名を付けられて、若い女房たちから、すぐ後ろで笑われているのも気づかない中納言の君に対して、人の声をよく聞き取る成信中将の耳のよさが語られる。

256　第二五六段「成信の中将こそ」と第二五七段「大蔵卿ばかり耳敏《と》き人はなし」……連続性あり

・成信の中将こそ、人の声は、いみじう、よう聞き知り給ひしか。同じ所の人の声などは、常に聞かぬ人は、さらに、え聞き分かず、殊《こと》に男は、人の声をも手（＝筆跡）をも、見分き聞き分かぬものを、いみじう、みそかなるも（＝極めて微かな声も）、かしこう（＝しっかりと）聞き分き給ひしこそ（＝聞き分けなさったことだ）。（第二五六段全文）

・大蔵卿ばかり耳敏き人はなし。（第二五七段冒頭）

両段は「耳敏き人」繋がりで連続する。ちなみに〈聴覚〉繋がりは、第二五五段末尾より始まる（255、参照）。また、第二五六段冒頭「成信の中将」は、第二五七段にも「大殿の新中将」として紹介されており、両段は成信繋がりともなっている。

257　第二五七段「大蔵卿ばかり耳敏《と》き人はなし」と第二五八段「うれしきもの」……連続性弱し

両段の連続性は特に見いだされない。強いて言えば、第二五七段末尾「あさましかりしか」から次段冒頭「うれしきもの」への連想か。

第二五八段が強く結びつくのは、かの「夜をこめて　鶏《とり》の空音《そらね》は　はかるとも」歌の逸話が語られる、第一二九段「頭弁の、職に参り給ひて」である（第一二九段は、第一三〇段「五月ばかり、月もなう、いと暗きに」に直結しない。129、参照）。

・経房の中将おはして、「頭弁は、いみじう褒め給ふとは知りたりや。……想ふ人の、人に褒めらるるは、いみじう、**うれしき**」など、まめまめしう宣ふも、をかし。「**うれしき**事、二つにて。

かの褒め給ふなるに、また、想ふ人のうちに侍りけるをなむ」と言へば、「それ珍しう、今の事のやうにも、喜び給ふかな」など宣ふ。（第一二九段末尾）

〈経房の中将様がいらして、「行成様が（あなたを）大層、褒めなさっていることを、ご存じか。愛する人が人に褒められるのは、とても、うれしい」などと、まじめに仰るのも、おもしろい。……「うれしい事が二つになりまして。あの方がお褒めになっているのに加えて、（あなた様の）愛する人の中に（私が）入っておりましたのですから」と言うと、「それを珍しく、今の事のようにも喜びなさることよ」と仰る。〉

・**うれしき**もの。……想ふ人の、人に褒められ、やむごとなき人などの、口惜しからぬ者に、思し宣ふ。……（第二五八段）

右のとおり、傍線部「いみじう、うれしき」「うれしき事、二つにて」「喜び給ふかな」は、第二五八段冒頭「うれしきもの」に直結する。

また、第二五八段中には破線部「想ふ人の、人に褒められ」、高貴な方などが、なかなかの者に思い、それを口にお出しになる、とある。これは、第一二九段末尾の破線部「いみじう褒め給ふ」「想ふ人の、人に褒めらるるは」「褒め給ふなるに、また、想ふ人」に対応する。

258 第二五八段「うれしきもの」と第二五九段「御前にて人々とも」……連続性あり

・うれしきもの。……**陸奥紙、ただのも**（＝普通の紙でも）、よき得たる。……（中宮様の）**御前に人々**、所もなく居たるに、今のぼりたるは、少し遠き柱もとなどに居たるを、とく御覧じつけて、「こち」と仰せらるれば、道あけて、いと近う召し入られたるこそ、うれしけれ。（第二五八段）

・（中宮様の）**御前にて人々とも**、また、もの仰せらるるついでなどにも、「世の中の腹立たしう、むつかしう、片時あるべき心地もせで、『ただ、いづちも、いづちも行きもしなばや』と思ふに、**ただの紙**の、いと白う清げなるに、よき筆、白き色紙、**陸奥紙**など得つれば、こよなう慰みて、『さばれ、かくて、しばしも生きてありぬべかんめり』となむ思ゆる。……」と申せば、……（中宮様は）笑はせ給ふ。……思ひ忘れたりつる事を、思しおかせ給へりけるは、なほ、直人《ただびと》にてだに、をかしかべし。……　（第二五九段）

第二五九段冒頭「御前にて人々とも……」は、前段末尾の傍線部「御前に人々、所もなく居たるに」と対応する。

また、第二五九段冒頭において、清少納言は定子の御前で「どんなに腹が立つ時でも、普通の紙（＝ただの紙）なら白くて綺麗なのに上質な筆、白い色紙、陸奥紙《みちのくがみ》などを手に入れたならば（＝陸奥紙など得つれば）、すっかり慰められる（＝こよなう慰みて……）と述べている。これは、前段「うれしきもの」の具体例であり、同段中にも破線部「陸奥紙、ただのも（＝普通の紙でも）、よき得たる」として挙げられている。[40]

第二五九段は、内容的にも、「うれしきもの」の実例となっている。第二五九段波線部「（＝当人が）忘れていた事を、定子様が覚えていらしたのは、例え普通の者であっても素晴らしかろう」とある。この清少納言の思いに象徴されるように、この段は、清少納言が漏らした、先の陸奥紙等の言葉を定子が光栄にも覚えてくれていて、結果、清少納言が慰められる感動秘話である。

259　第二五九段「御前にて人々とも」と第二六〇段「関白殿、二月二十一日に」……連続性あり

・御前にて、人々とも……。……さて後、程経て、心から思ひ乱るる事ありて、里にある頃、めでたき紙**二十**を包みて、賜はせたり。……（定子様は）「わろかめれば、寿命経も、え書くまじげに

こそ」と仰せられたる、いみじう、をかし。……二日ばかりありて、……。……二日ばかり音もせねば、……。……（第二五九段）

・関白殿（＝道隆）、二月二十一日に、法興院の積善寺といふ御堂にて、一切経供養せさせ給ふに、女院も、おはしますべければ、二月朔日の程に、二条の宮へ出でさせ給ふ。……されど、その折、「めでたし」と見奉りし御事どもも、今の世の御事どもに見奉り比ぶるに、全て一つに申すべきにもあらねば、物憂くて、多かりし事どもも、皆、止《とど》めつ。（第二六〇段）

清少納言が深刻な心配事のせいで里下がりした頃、定子から素晴らしい「紙二十」枚を頂戴した。その際、「紙の質がよくないから、寿命経も、書けそうもないが」と冗談で仰った、とある。そして波線部「二日ばかりありて」「二日ばかり音もせねば」と、その後の顛末が語られている（第二五九段）。ここで繰り返されている「二」の数字は、次段冒頭の「二月二十一日に」「二月朔日《ついたち》の程に、二条の宮へ」へと引き継がれている。

また、この第二五九段の条で譬えに出されている傍線部「寿命経」とは、「一切如来金剛寿命陀羅尼経」の略称で、第二六〇段中の「一切経（＝大蔵経）」に通ずる。『枕草子』中、最も長い章段である第二六〇段が、いかに、この「一切経」にこだわっているかは、「一」という数字の多さから窺われる。[41] 冒頭の「二月二十一日」と「二月朔日《ついたち》（「一日」に通ずる）」を除いても、左記のとおり、列挙される。

「桜の一丈ばかりにて」「一人、悪き容貌なしや」「下ろしの御衣一つ賜はらず」「一の御車は」「一度《ひとたび》に」「一尺余」「御几帳一双《よろひ》」「畳一枚《ひら》」「いま一人は」「法服の一つ足らざりつるを」「一言として、めでたからぬ事ぞなきや」「一切経を、蓮の花の赤き一花づつに入れて」

そして同段末尾には、傍線部「全て一つに申すべきにもあらねば」とある。この「全て一つ」は、

「一切経」の「一切」を言い換えた言葉にほかならない。この末尾の条は、定子崩御後のみならず道長全盛時における執筆を強く印象づける一文ゆえに、従来、その衝撃性のみに着目される傾向が強く、結果、追記の可能性まで検討されるに至っている。しかし、本来、このように末尾は冒頭と強く結ぶつくものとして理解されるべきである。

ちなみに、第二六〇段には、第二五八・二五九段に続く、「うれしきもの」の一挿話と見なしうる箇所が見られる（第二五九段が第二五八段「うれしきもの」の実例の段となっていることについては、258、参照）。また、第二六〇段の中盤では、定子の御前に清少納言が遅れて参上するまでの一幕が語られるが、この逸話は、第二五八段末尾、女房たちの居並ぶ中、遅れてきた清少納言を定子が、特別に呼び入れる箇所（258、参照）を想起させる。すなわち、第二六〇段において、早くに到着していた定子は、清少納言を「ここに呼べ」と仰せになり、「右京」等の若い女房たちが彼女を探しに行き、やっと清少納言が姿を見せると、「どうして、いなくなってしまったかと探すまで来なかったのか」と待ちわびた言葉を掛けている。さらに、そこで名が挙げられている「右京」とは、第二五九段末尾に登場する、定子に関する情報を引き出す下﨟女房であり（「右京の君のもとに……」）、ここにおいても前段との繋がりが確認される（集成）。ちなみに、右京の君の名が見えるのは、全章段中、この二章段のみである。

260 第二六〇段「関白殿、二月二十一日に」と第二六一段「尊きこと」……連続性あり

・関白殿、二月二十一日に、法興院の積善寺といふ御堂にて、一切経供養せさせ給ふに……。……事（＝一切経供養）始まりて、一切経を、蓮の花の赤き一花づつに入れて、僧俗、上達部、殿上人、地下、六位、何くれまで持て続きたる、いみじう尊し。……今の世の御事どもに見奉り比ぶるに、全て一つに申すべきにもあらねば、物憂くて、多かりし事ども、皆、止《とど》めつ。

・尊きこと、九条の錫杖《さくぢやう》。念仏の回向《ゑかう》。（第二六〇段）
（第二六一段全文）

第二六一段は第二六〇段全文を受ける。極陰の「一」から極陽の「九」へ。

「九条の錫杖」とは錫杖経とも言い、全一巻で、九条より成る。一条を唱え終えるごとに錫杖を振り、その音を聞いた一切衆生は菩提心を起こし、諸仏も成仏するという。「念仏の回向」とは、念仏の後に唱える回向文《えこうもん》で、回向文は読経の終わりに、その功徳を一切衆生に回向するために唱えられる。これらは共に「一切」経と結びつく。また破線部「一切経を……」のとおり、「一切経」は「尊きこと」（第二六一段冒頭）でもある。

261　第二六一段「尊きこと」と第二六二段「歌は」……連続性あり

・尊きこと、九条の錫杖《さくぢやう》。念仏の回向《ゑかう》。（第二六一段全文）
・歌は、（第二六二段）

「九条の錫杖。念仏の回向」から「歌」へ（「念仏の回向」「九条の錫杖」については260、参照）。経を唱えることから「歌（＝謡《うた》い物）」へと繋がる。

262　第二六二段「歌は」と第二六三段「指貫は」……連続性あり

・今様歌は、長うて曲《くせ》づいたり。（第二六二段末尾）
・指貫は、……。……夏は二藍。いと暑き頃、夏虫の色したるも、涼しげなり。（第二六三段）

第二六二段末尾「長うて曲づいたり」に対して、第二六三段冒頭「指貫」とある。すなわち、「長うて」に対して、ずんぐりむっくりの「指貫」の袴姿。「曲《くせ》づいたり」に対して、直線となる「差し貫（抜き）」という言葉遊び的な連想に拠る。

また、「今様歌は、長うて曲《くせ》づいたり」からは、歌詞を長く小節を利かせて唄う男性の姿が彷彿とされるか。「今様歌」とは、神楽などの古い謡物に対して、当世風な歌を指し、平安中期に起こり、平安末期には隆盛を極めた。**集成**には「歌謡を唱歌《しょうが》する男性の姿からの連想であろうか」とある。

263　第二六三段「指貫は」と第二六四段「狩衣は」……連続性あり

・指貫は、紫の濃き。（第二六三段冒頭）
・狩衣は、香染の薄き。（第二六四段冒頭）

「指貫は、紫の濃き」から「狩衣は、香染の薄き」へ。裾口に紐を指し貫いて、裾をくくる「指貫」に対して、「狩衣」は袖口に紐がある。〝狩衣姿〟（一般的に「指貫」をはく）からの連想も大きい。

264　第二六四段「狩衣は」と第二六五段「単衣は」……連続性あり

・狩衣は、……。……男は、何の色の衣をも着たれ。（第二六四段）
・単衣は白き。……なほ、白きを。……なほ、単衣は白うてこそ。（第二六五段）

「狩衣」から「単衣」へ。第二六四段末尾「男は、何の色の衣をも着たれ（＝男は、どの色の狩衣も着るものだ）」に対して、第二六五段冒頭では「単衣は白き」と言い切り、以下も、「なほ、白きを（＝やはり、白いのがよい）」「なほ、単衣は白うてこそ」（末尾）とあり、単衣の〈白さ〉へのこだわりを強調する。

265　第二六五段「単衣は」と第二六六段「下襲は」……連続性あり

・単衣は、（第二六五段冒頭）
・下襲は、（第二六六段冒頭）

「単衣」から、その上に着る「下襲」へ。

第二六六段末尾「夏は二藍、白襲」は、第二六三段「指貫は」の「夏は二藍」、及び第二六五段で一貫して主張されている「白」（264、参照）を受ける。

266　第二六六段「下襲は」と第二六七段「扇の骨は」……連続性あり

・下襲は、冬は躑躅、桜、掻練襲、蘇芳襲。夏は二藍、白襲。（第二六六段全文）
・扇の骨は、（第二六七段冒頭）

衣服の「下襲」から、所持の装飾品「扇の骨」へ。第二六七段冒頭「扇」は夏に用いる〝蝙蝠《かわほり》扇〟であり、第二六六段末尾の「夏は」を受ける。

267　第二六七段「扇の骨は」と第二六八段「檜《ひ》扇は」……連続性あり

・扇の骨は、（第二六七段冒頭）
・檜扇は、（第二六八段冒頭）

「扇（＝蝙蝠扇）」から「檜扇」へ。「実用性の強い蝙蝠《かわほり》の扇から、純然たる装身具としての檜扇に移る」（集成）。

268　第二六八段「檜《ひ》扇は」と第二六九段「神は」……連続性あり

・檜扇は無紋。唐絵。（第二六八段全文）

・神は松の尾。八幡、この国の帝にて、おはしましけむこそ、めでたけれ。……平野は、いたづら屋のありしを、……。斎垣《いがき》に、蔦などの、いと多く掛かりて、紅葉の色々ありしも、「秋には、あへず（＝堪えられず）」と、貫之が歌、思ひ出でられて、つくづくと久しうこそ、立てられしか（＝車を駐めておいたことだ）。……

（第二六九段）

第二六八段末尾「唐絵」の「唐」は、第二六九段の「八幡、この国の帝にて、おはしましけむこそ、めでたけれ」へと繋がる。すなわち、「唐（＝中国）」に対して「この国（＝日本）」とある。

また、第二六九段中の平野神社の条は「無紋。唐絵」を受ける。波線部「蔦《つた》などの、いと多く掛かりて、紅葉の色々ありし」は、「無紋（＝模様のない無地）」に対応する。蔦が多く絡まり、色とりどりの紅葉が混ざっているのは、まさに「無紋」とは対照的である。また、破線部「いたづら屋（＝空き屋）」は「唐《から》絵」の「から」に通ずる。[42]

269　第二六九段「神は」と第二七〇段「崎は」……連続性あり

・賀茂、さらなり。稲荷。　（第二六九段末尾）

・崎は唐崎。みほが崎。　（第二七〇段全文）

第二七〇段冒頭「崎は唐崎」は、第二六九段末尾部の「賀茂、さらなり」を受ける。下鴨神社の境内を流れる瀬見の小川（高野川に注ぎ、鴨川に合流）、その二キロ程奥の水源には、「唐崎」同様、〝七瀬《ななせ》の祓《はらえ》〟の名所として知られる「松ヶ崎」がある。第九四段にも「賀茂の奥に、何崎とかや、七夕の渡る橋にはあらで、憎き名ぞ聞こえし」とあり、この「賀茂の奥」の「何崎」は「松ヶ崎」を指す。また、そこで引き合いに出されている「七夕の渡る橋」とは、かの「鵲《かささぎ》の　渡せる橋に　置く霜の……」歌の「カササギの渡せる橋」を意味し、「カササギ」から「カラサキ」への連想を導いている（以上、

集成）。すなわち、「**賀茂**」→「**松ヶ崎**」（七瀬祓の名所）→「**鵲**《カササギ》」→「**唐崎**《カラサキ》」（七瀬祓の名所）という連想の糸で、両段は結びつく。

また、第二七〇段冒頭「崎は唐崎」は、前々段末尾「唐絵」を受ける。「唐」に対するこだわりは、第二六九段にも見られた（268、参照）。

270　第二七〇段「崎は」と第二七一段「屋は」……連続性あり

・崎は唐崎。みほが崎。（第二七〇段全文）

・屋は丸屋《まろや》。東屋。（第二七一段全文）

第二七〇段末尾「みほが崎」から第二七一段全文「屋は丸屋。東屋」へ。「丸屋」とは、芦や茅などを、そのまま屋根に葺いた粗末な家で、「みほが崎」の「美穂《みほ》」（出雲の美保崎は「みほが崎」の有力候補[43]）に通ずる。稲穂から芦・茅へと繋がり、その田舎風なイメージは「東屋」とも合致する。

271　第二七一段「屋は」と第二七二段「時《とき》奏する、いみじう、をかし」……連続性あり

・屋は丸屋《まろや》。東屋。（第二七一段全文）

・時奏する、いみじう、をかし。いみじう寒き夜中ばかりなど、こぼこぼと、こぼめき、沓《くつ》すり来て、弦《つる》うち鳴らして、「何名の某、時、丑三つ。子四つ」など、遙かなる声に言ひて、時の杭さす音など、いみじう、をかし。（第二七二段冒頭）

催馬楽「東屋」（第二七一段末尾）から、声と楽器繋がりで、「時奏する（＝時刻を奏上する）」（第二七二段冒頭）へ。笏拍子を打って歌う〈催馬楽〉に対して、「時奏する」は、破線部「弦、打ち鳴らして」「遙かなる声（＝遠くに聞こえるような声）」で唱える。また、**集成**が指摘するように、雰囲気的に第二七

一段の「仮屋のわびしさ」は次段の「夜半時の奏のわびしげな物音」に通ずるものがあろう。

272　**第二七二段「時奏《とき》する、いみじう、をかし」と第二七三段「日の、うらうらとある昼つ方」……連続性あり**

・時奏する、いみじう、をかし。いみじう寒き**夜中ばかり**など、……「何名の某、時、丑三つ。**子**四つ」など、……いみじう、をかし。……（第二七二段）

・日の、うらうらとある昼つ方、また、いと、いたう更けて、**子**の時など言ふ程にも、なりぬらむかし、「大殿ごもりおはしましてにや」など思ひ参らする程に、「男《をのこ》ども」と召したるこそ、いと、めでたけれ。**夜中ばかり**に、御笛の声の聞こえたる、また、いと、めでたし。

（第二七三段全文）

第二七二段冒頭「時奏する」を受けて、第二七三段冒頭部では「子の時など言ふ」とある。第二七二段の「夜中ばかりなど」「時、丑三つ（＝午前二時頃）。子四つ（＝午前零時半頃）など」に対して、「夜中ばかり」繋がりで、第二七三段では「いと、いたう更けて、子の時など言ふ程」「大殿ごもりおはしましてにや（＝お休みになられたのでは）など思ひ参らす程に」、そして「夜中ばかりに」とある。

273　**第二七三段「日の、うらうらとある昼つ方」と第二七四段「成信の中将は」……連続性無し**

両段の連続性は特に見られない。[44]

第二七四段「成信の中将は」が受けるのは、左記のとおり、第二五七段「大蔵卿ばかり耳敏き人はなし」である（第二五七段が第二五八段「うれしきもの」に直結しないことは、257、参照）。

・大蔵卿ばかり耳敏《と》き人はなし。……大殿の新中将（＝成信）、宿直にて物など言ひしに、そばにある人の、「この中将に、扇の絵の事、言へ」と、ささめけば、「今、かの君（＝大蔵卿）の立ち給ひなむにを」と、いと、みそかに言ひ入るるを、……遠く居て、「憎し。さ宣はば、今日は立たじ」と宣ひしこそ、「いかで聞きつけ給ふらむ」と、あさましかりしか。　（第二五七段）

・成信の中将は、　（第二七四段冒頭）

「成信の中将」が、「大蔵卿」と同じく「耳敏《と》き人」であることは、第二五六段冒頭に「成信の中将こそ、人の声は、いみじう、よう聞き知り給ひしか」とある。この「耳敏《と》き人」繋がりで、両段は連続する（もしくは、「耳敏《と》き人」繋がりで第二五六段と直結する第二五七段を介して、再び「成信の中将」の話題に戻る）。また、「成信の中将」は、第二五七段中にも、破線部「大殿の新中将」と紹介されており、第二七四段と第二五六・二五七段は、「成信」繋がりとなっている。

274　第二七四段「成信の中将は」と第二七五段「常に文おこする人の」……連続性あり

・月の、いみじう明かき夜、紙のまた、いみじう赤きに、ただ「あらずとも」と書きたるを、廂に差し入りたる月に当てて、人の見しこそ、をかしかりしか。**雨、降らむ折は**、さは、ありなむや。　（第二七四段末尾）

〈月のとても明るい夜、紙がまた大層、赤いのに、「あらずとも」とだけ書いてある手紙を、廂に差し込んだ月光に当てて、人が見ていたのは、誠に風流だった。雨の降る時には、そうは、いくまいね。〉

・常に文おこする人の、「何かは。言ふにも、かひもなし。今は」と言ひて、又の日、音もせねば、さすがに、「明け立てば、差し出づる文の見えぬこそ寂々《さうざう》しけれ」と思ひて、「さても、際々《きはぎは》しかりける心（＝きっぱりと未練のない人の心）かな」と言ひて暮らしつ。又の日、**雨**の、いたく**降**る。……

持て来たる文を、常よりも疾く開けて見れば、ただ「水増す雨の」とある、いと多く詠み出だしつる歌どもよりも、をかし。……空の、いと暗う、かき曇りて、雪の、かき暗し降るに……白う積もりて、なほ、いみじう降るに、……いと白き陸奥紙、白き色紙の、結びたる上に引きわたしける墨の、ふと凍りにければ、……墨の、いと黒う……書き乱りたるを、……。……黒き文字などばかりぞ、「さなめり」と思ゆるかし。……　（第二七五段）

雨の降る時は、そう風流であるようには、いくまい（「雨、降らむ折は、さは、ありなむや」）——この第二七四段末尾に対して、第二七五段冒頭部では「雨の、いたく降る」日に寄こした風情ある手紙の例（「いと多く詠み出だしつる歌どもよりも、をかし」）が紹介されている。まさに両段は〈反例〉繫がりで直結する。

また、第二七五段後半では、波線部のとおり、空が「いと暗う」、雪が「白う積もりて」降る中、白と黒の対照「白き陸奥紙、白き色紙」に書かれた「墨」の「黒き文字」が印象的に語られている。これは、第二七四段末尾の波線部「月の、いみじう明《あ》かき夜、紙のまた、いみじう赤きに」とある、月明かりの夜に送られてきた手紙の「赤き」色と対照的である。

275　第二七五段「常に文おこする人の」と第二七六段「きらきらしきもの」……連続性あり

・火桶の火を挟み上げて、たどたどしげに（手紙を）見居たるこそ、をかしけれ。　（第二七五段末尾）

・きらきらしきもの。　（第二七六段冒頭）

「きらきらしきもの」は、前段末尾「火桶の火を挟み上げて……」を受ける。「火桶の火」は「挟み上げ」たとき、真っ赤な炭火が冷やされ、パチパチと小さな音を立てて、キラキラと輝いたりするものである。

276 第二七六段「きらきらしきもの」と第二七七段「神の、いたう鳴る折に」……連続性あり

・きらきらしきもの。……熾盛光《しじやうくわう》（＝熾盛光法）の御読経。（第二七六段）

・神（＝雷）の、いたう鳴る折に、神鳴りの陣こそ、いみじう恐ろしけれ。（第二七七段冒頭）

「きらきらしきもの」である「熾盛光の御読経」（第二七六段末尾）を受けて、第二七七段冒頭は「神の、いたう鳴る折に、神鳴りの陣こそ、いみじう恐ろしけれ」とある。「熾盛光」とは、燃え上がるような光明を意味し、「神鳴り」の稲光と通ずる。

277 第二七七段「神の、いたう鳴る折に」と第二七八段「坤元録《こんげんろく》の御屏風こそ」……連続性あり

・神の、いたう鳴る折に、（第二七七段冒頭）

・坤元録の御屏風こそ、（第二七八段冒頭）

「神（＝雷）」から「坤元（＝大地）」へ。雷は天空から大地に落ちる。

278 第二七八段「坤元録《こんげんろく》の御屏風こそ」と第二七九段「節分違《たが》へなどして」……連続性あり

・月次《つきなみ》の御屏風も、をかし。（第二七八段末尾）

・節分違へ（＝節分の方違え）などして、（第二七九段冒頭）

「節分違へなどして」は、前段末尾「月次の御屏風も、をかし」を受ける。「節分」は立春・立夏・立秋・立冬の前日の称。「月次」は毎月で、「月次の御屏風」とは、一年十二ヵ月、各月を代表する景色や行事を描いた「月次の絵」の屏風を意味する。

また、第二七九段の主要な部分を占める、炭火についての詳細な描写や見解（「火桶、引き寄せたるに、火の大きにて、つゆ黒みたる所もなく……」等）は、第二七五段末尾「火桶の火を挟み上げて……」から第二七六段冒頭「きらきらしきもの」への連想（275、参照）を受ける。

279　第二七九段「節分違《たが》へなどして」と第二八〇段「雪の、いと高う降りたるを」……連続性あり

・節分違へ（＝節分の方違え）などして、夜深く帰る、寒き事、いと、わりなく、頤《おとがひ》なども、皆、落ちぬべきを、からうじて来、着きて、火桶、引き寄せたるに、火の大きにて、つゆ黒みたる所もなく、……。……また、物など言ひて、火の消ゆらむも知らず居たるに、異人《ことひと》の来て、炭、入れて、おこすこそ、いと憎けれ。……皆、ほかざまに火を掻きやりて、炭を重ね置きたる頂きに、火を置きたる、いと、むつかし（＝むかっとくる）。（第二七九段）

・雪の、いと高う降りたるを、例ならず御格子、参りて、炭櫃に火おこして、物語などして、集まり候ふに、「少納言よ、香炉峰の雪、いかならむ」と仰せらるれば、（第二八〇段冒頭）

第二八〇段冒頭部の「炭櫃に火おこして」は、第二七九段における、傍線部「炭、入れて、おこすこそ」に代表される、炭火についての詳細な描写や見解を受ける。

280　第二八〇段「雪の、いと高う降りたるを」と第二八一段「陰陽師のもとなる小童べこそ」……連続性あり

・「なほ、この宮の人には、さべきなめり」と言ふ。（第二八〇段末尾）

・陰陽師のもとなる小童べこそ、いみじう物は知りたれ。……「さらむ者がな。使はむ」とこそ思ゆれ。（第二八一段）

第二八〇段末尾の「やはり、この中宮様にお仕えする人としては、ふさわしい人であるようだ」を受け、第二八一段「陰陽師のもとで使われている小さな子供は、大層、何でも知っていることだ」、以下、その気働きが語られている。すなわち、第二八一段末尾『そうした者がいたらなあ。使おう』と思われることだ」とあるように、職場で使える者、いてほしい者からの連想で、両段は繋がる。

281　第二八一段「陰陽師のもとなる小童べこそ」と第二八二段「三月ばかり、物忌みしにとて」……

連続性あり

・陰陽師のもとなる小童べこそ、いみじう物は知りたれ。祓へなどしに出でたれば、……。……「さらむ者がな。使はむ」とこそ思ゆれ。（第二八一段）

・三月ばかり、物忌みしにとて、……。……「昨日の返し、……いと、憎し。いみじう（皆で）誹りき」と仰せらるる、いと、わびし。まことに、さることなり（＝もっともである）。（第二八二段）

「陰陽師」の「祓へ」（第二八一段）からの連想で、「物忌み」に関する逸話（第二八二段）へと繋がる。また、第二八二段末尾で、定子より返歌の出来を非難され、清少納言当人も、それを受け入れている（波線部「いみじう誹《そし》りきと仰せらるる、いと、わびし。まことに、さることなり」）。これは、第二八一段末尾『さらむ者がな。使はむ』とこそ思ゆれ」と対応する。すなわち、配下が使える者の第二八一段に対して、使えない配下の例となっている。さらに言うならば、第二八〇段「雪の、いと、高う降りたるを」で、大いに面目を施し、「この宮の人には、さべきなめり（＝ふさわしいようだ）」と賞賛を浴びた場合の反例となっている。章段の流れからすれば、使える者となった自らの場合（第二八〇段）→使える者の好例（第二八一段）→使えない者となった自らの反例（第二八二段後半）となる。

282 第二八二段「三月ばかり、物忌みしにとて」と第二八三段「十二月二十四日、宮の御仏名の」……

連続性あり

・三月ばかり、物忌みしにとて、かりそめなる所に、人の家に行きたれば、……「柳」と言ひて、例のやうに、なまめかしうはあらず、広く見えて、憎げなるを、……

さかしらに　柳の眉の　広ごりて　春の面《おもて》を　伏する宿かな

とこそ見ゆれ。

その頃、また、同じ物忌みしに、さやうの所に出で来るに、二日といふ日の昼つ方、いと、つれづれ勝りて、……（定子様より）

いかにして　過ぎにし方を　過ぐしけむ　暮らしわづらふ　今日昨日かな

……仰せ言のさまは、おろかならぬ心地すれば、

雲の上も　暮らしかねける　春の日を　所からとも　ながめつるかな……（第二八二段）

・十二月二十四日、宮の御仏名の、半夜の導師、聞きて出づる人は、夜中ばかりも過ぎにけむかし。日頃、降りつる雪の、今日は止みて、風など、いたう吹きつれば、垂氷いみじうしたり。……「水晶の滝」など言はましやうにて、長く短く、ことさらに懸け渡したると見えて、言ふにも、あまり、めでたきに、……。……「凛々《りんりん》として氷、鋪《し》けり」といふ言を、かへすがへす誦して、おはするは、いみじう、をかしうて、夜一夜も歩《あり》かまほしきに、行く所の近うなるも、口惜し。（第二八三段）

「物忌み」から「御仏名」へ。「御仏名（仏名会）」とは、通例、十二月十九日から三日間、三夜にわたり諸仏の名号を唱えて罪障を懺悔する法会で、連夜、他所への外出が制限される点で、「物忌み」

に通ずる。この〈籠もり〉関連で、物忌み二日目、昼間の「暮らしかねける」退屈さ（第二八二段）に対して、御仏名、退席後の移動途中の「夜一夜も歩かまほしき」風情が描かれている。

また、第二八二段前半の中心となっている「柳」に対して、次段では「垂氷《たるひ》（＝氷柱《つらら》）」が中心的に描かれている。「長く短く」とある「垂氷」の形状は、「柳」を連想させる。加えて、普通の場合とは異なった「広ごりて」「憎げなる」柳の葉（第二八二段）に対して、「水晶の滝」とも形容されている氷柱の素晴らしさ（第二八三段）は対照的である。

283　第二八三段「十二月二十四日、宮の御仏名の」と第二八四段「宮仕へする人々の、出で集まりて」……連続性あり

・行く所の近うなるも、口惜し。（第二八三段末尾）

・宮仕へする人々の、出で集まりて、（第二八四段冒頭）

第二八三段末尾「行く所の近うなるも、口惜し」から、第二八四段冒頭「宮仕へする人々の、出で集まりて」へと続く。すなわち、目的の場所が近くなり、皆が一ケ所に集まるというニュアンスが加わり、両段は繋がる。

ちなみに、この外出・集合に関する章段の流れは、左記のとおり、第二七九段に始まり、第二八四段まで連続している。

・節分違へなどして、夜深く帰る、（第二七九段冒頭）

・雪の、いと高う降りたるを、例ならず御格子、参りて、炭櫃に火おこして、物語などして、集まり候ふに、（第二八〇段冒頭）

・陰陽師のもとなる小童べこそ、いみじう物は知りたれ。祓へなどして出でたれば、

・三月ばかり、物忌みしにとて、かりそめなる所に、人の家に行きたれば、（第二八一段冒頭）

その頃、また、同じ物忌みしに、さやうの所に出て来るに、（第二八二段冒頭）

（同段）

・十二月二十四日、宮の御仏名の、半夜の導師、聞きて出づる人は（＝途中退出する人は）、（第二八三段冒頭）

行く所の近うなるも、口惜し。（同段末尾）

・宮仕へする人々の、（それぞれの奉公先から）出で集まりて、（第二八四段冒頭）

284　第二八四段「宮仕へする人々の、出で集まりて」と第二八五段「見習ひするもの」……連続性あり

・宮仕へする人々の、（それぞれの奉公先から）出で集まりて、……。……さべき折は、一所に集まり居て、物語し、……（第二八四段）

・見習ひするもの（＝見てうつるもの）。あくび。稚児ども。（第二八五段全文）

第二八五段冒頭の「見習ひする（＝見てうつる）」「あくび」は、宮仕えする女房たちが里下がり先で集まって話をするという前段の設定（「宮仕へする人々の、出で集まりて」（冒頭）、「一所《ひとところ》に集まり居て、物語し……」）においては、普通に起こりうる現象である（**集成**）。

285　第二八五段「見習ひするもの」と第二八六段「うちとくまじきもの」……連続性あり

・見習ひするもの。あくび。稚児《ちご》ども。（第二八五段全文）

・うちとくまじきもの。（第二八六段冒頭）

「あくび。稚児ども」から、次段「うちとくまじきもの（＝気を許すまじきもの）」へ。「あくび」は伝染性があり、気を緩めると、つい出てしまうものである。また、幼い子供は、目を離すと何かしでかしたりして、気を許せない存在である。(45)

286

第二八六段「うちとくまじきもの」と第二八七段「衛門尉《ゑもんのぞう》なりける者の」……連続性あり

・（海中に海女を）**落とし入れ**て、ただよひ歩く男《をのこ》は、目もあやに、あさましかし。（第二八七段末尾）

・衛門尉なりける者の、……（男親を）波に**落とし入れ**けるを、（第二八八段冒頭）

第二八七段末尾と第二八八段冒頭は、海に人を「落とし入れ」る点で繋がる。

287

第二八七段「衛門尉《ゑもんのぞう》なりける者の」と第二八八段「傅《ふ》の殿の御母上とこそは」……連続性あり

・道命阿闍梨、

わたつ海に　親おし入れて　この主《ぬし》の　盆する見るぞ　あはれなりける

と詠み給ひけむこそ、をかしけれ。（第二八七段末尾）

・傅の殿の御母上（＝『蜻蛉日記』の作者、藤原道綱母）とこそは、……

薪《たきぎ》樵《こ》る　事は昨日に　尽きにしを　いざ斧の柄《え》は　ここに朽《く》たさむ

と詠み給ひたりけむこそ、いと、めでたけれ。ここもとは打聞になりぬるなめり。（第二八八段）

傍線部「親」「御母上」の親繋がりに、波線部「傅の殿」(46)（藤原道綱）「道命阿闍梨」（道綱の一男）の親子関係が加わる。

両段の共通性は、各章段が「傳の殿の御母上」「道命阿闍梨」の詠んだ歌（「わたつ海に」歌と「薪樵る」歌）を中心としていることからも窺われる。また、第二八七段末尾「このあたりは、聞いた話になってしまったようだ」では、二章段続いて聞書になったことを作者自ら弁明しており、両段の連続性は、ここにおいても明らかである。

288　第二八八段「傳《ふ》の殿の御母上とこそは」と第二八九段「また、業平の中将のもとに」……連続性あり

・傳の殿の御母上とこそは、普門と言ふ寺にて、八講しける聞きて、又の日、小野殿に、人々、多く集まりて、……。……ここもとは打聞になりぬるなめり。（第二八八段）

・また、業平の中将のもとに、母の皇女の、（第二八九段冒頭）

第二八九段冒頭「また」は、第二八八段末尾「ここもとは打聞になりぬるなめり（＝このあたりは、聞いた話になってしまったようだ）」を踏まえていよう（**塩田評釈・集成**）。

両段は、「御母上」「母」のとおり、「母」繫がりともなっている（**塩田評釈**）。また、第二八九段冒頭に「業平の中将」が挙げられたのは、波線部「小野」との関係で、業平と縁の深い「小野宮」惟喬親王との連想による（**集成**）。

289　第二八九段「また、業平の中将のもとに」と第二九〇段「をかしと思ふ歌を」……連続性あり

・また、業平の中将のもとに、母の皇女（＝桓武天皇皇女・伊登内親王）の、「いよいよ見まく」と宣へる、いみじう、あはれに、**をかし**。引き開けて見たりけむこそ、思ひやらるれ。（第二八九段全文）

・「をかし」と思ふ歌を、草子などに書きて置きたるに、　（第二九〇段冒頭）

第二九〇段冒頭「をかしと思ふ歌」は、前段の、業平のもとに母・伊登内親王が贈った『いよいよ見まく』と宣へる」「をかし」き歌を踏まえる。「いよいよ見まく」は、伊登内親王の御歌「老いぬれば　さらぬ別れも　ありと言へば　いよいよ見まく　ほしき君かな」（『伊勢物語』）を意味する。

290 第二九〇段「をかしと思ふ歌を」と第二九一段「よろしき男を」……連続性あり

・「をかし」と思ふ歌を、草子などに書きて置きたるに、言ふかひなき下衆《げす》（＝下衆女）の、うち歌ひたるこそ、いと心憂けれ。　（第二九〇段全文）

・よろしき男を、下衆女などの褒《ほ》めて、「いみじう、なつかしう、おはします」など言へば、やがて思ひ落とされぬべし。誹《そし》らるるは、なかなか、よし。下衆に褒めらるるは、女だに、いと、わろし。また、褒むるままに、言ひ損なひつるものは。　（第二九一段全文）

両段は、傍線部のとおり「下衆」繋がりとなっている。

また、両段の内容も、「下衆」によって本来の価値が減ずるという点で、共通する。すなわち、第二九〇段では、よいと思う歌を下賤の者が歌っているのは、「いと心憂けれ（＝大層、不快だ）」（末尾）とあり、一方、第二九一段は「やがて思ひ落とされぬべし」、「女だに、いと、わろし」、「言い損なひつるものは」（末尾）のとおり、それ相応の男女が下衆に褒められることで、かえって評判を落とすとある。

291 第二九一段「よろしき男を」と第二九二段「左右の衛門尉《ゑもんのぞう》を」……連続性あり

・よろしき男を、下衆女などの褒めて、「いみじう、なつかしう、おはします」など言へば、やが

て思ひ落とされぬべし（＝すぐに評判が落ちてしまうはずだ）。　（第二九一段冒頭）

・左右の衛門尉を、判官と言ふ名つけて、いみじう恐ろしう、かしこきものに思ひたるこそ。夜行し、細殿などに入り臥したる、いと見苦しかし。　（第二九二段冒頭）

〈左右の衛門尉を「判官」と名付けて、大変、恐ろしく大層なものに思っていることだ。夜回りし、細殿などに入って横になっている姿は、とても見苦しいものだよ。〉

第二九一段冒頭「そこそこの身分の男を、下衆女などが褒めて、『大層、親しみやすく、おいでです』などと言うと、すぐに評判が落ちてしまうはずだ」に対して、第二九二段冒頭では、恐ろしく大層なものに思われている「左右の衛門尉」も、夜回り姿のまま女のもとで寝ていたりすると醜態をさらす、とある。こうした〈本来、評価されているものが、場合によっては、おとしめられる〉という内容は、第二九〇段からの流れである（290、参照）。

また、第二九〇・二九一段の各冒頭「をかしと思ふ歌を」「よろしき男を」に続いて「左右の衛門尉を」とあるのも、この三段の連続性を示している。

292　第二九二段「左右の衛門尉《ゑもんのぞう》を」と第二九三段「大納言殿、参り給ひて」……連続性無し

両段に強い連続性は見られない。

第二九三段冒頭が受けるのは、第二七三段「日の、うららとある昼つ方」である（第二七三段は、第二七四段「成信の中将は」に直結しない。273、参照）。

・日の、うららとある昼つ方、また、いと、**いたう更けて**、子の時など言ふ程にもなるぬらむかし、「（一条天皇は）大殿ごもりおはしましてにや」など思ひ参らする程に、　（第二七三段冒頭）

・大納言殿（＝伊周）、参り給ひて、（一条天皇に）書《ふみ》（＝漢詩文）の事など、奏し給ふに、例の、夜**い**

たく更けぬれば、……「丑四つ」と奏すなり。（第二九三段冒頭）

「例の、夜いたく更けぬれば」に対して、「また、いと、いたう更けて」とあるとおり、両段は、共に一条天皇がおられる深夜の日常的場面より語り出される。

また、第二九三段は、第二七二段「時奏する、いみじう、をかし」も受ける。すなわち、第二九三段の波線部「『丑四つ』と奏すなり」は、第二七二段冒頭「時奏する（＝時刻を奏上する）、いみじう、をかし。いみじう寒き夜中ばかりなど……時、丑三つ、子四つなど、……」を受ける（第二七二・二七三段の連続性については、272、参照）。

293　第二九三段「大納言殿、参り給ひて」と第二九四段「僧都の御乳母のままなど」……連続性弱し

兄・伊周（「大納言殿（＝伊周）、参り給ひて」）から弟・隆円（「僧都（＝伊周の同母弟・隆円）の御乳母のままなど」）といった関係以外は、特に両段の連続性は見いだせない。

第二九四段「僧都の御乳母のままなど」が受けるのは、左記のとおり、第二九二段「左右の衛門尉を」である（第二九二段は第二九三段に直結しない。292、参照）。

・左右の衛門尉を、判官と言ふ名つけて、いみじう恐ろしう、かしこきものに思ひたるこそ。夜行し、細殿などに入り臥したる、いと見苦しかし。（第二九二段冒頭）

・僧都の御乳母のままなど、御匣殿の御局に居たれば、男《をのこ》のある、板敷のもと、近う寄り来て、「辛《から》い目を見候ひて、誰にかは憂へ申し侍らむ」とて、泣きぬばかりの気色にて、（第二九四段冒頭）

第二九二段は、検非違使の役人を兼ねる衛門尉が、夜回り姿のまま女のもとで寝ていたりする醜態についてのコメントが語られている章段である。これに対して第二九四段は、僧都の乳母「まま」が御匣殿の御局に座っていると、下男が近くに寄って来て、「ひどい目にあった」と泣きそうな気配で訴えるところから始まる。以下、家を焼かれた、その男の言動が、おもしろ可笑しく語られるが、その傍線部「泣きぬばかりの気色」は、まさに第二九二段の傍線部「いと見苦しかし」である。

また、この下男の逸話は、第二九〇・二九一段の「下衆《げす》」繫がり（290、参照）ともなっている（第二九〇～二九二段の連続性については、290・291、参照）。

294　第二九四段「僧都の御乳母のままなど」と第二九五段「男は、女親《めおや》、亡くなりて」……連続性あり

・僧都の御乳母のままなど、（第二九四段冒頭）

・男は、女親、亡くなりて、男親《をおや》の一人ある、いみじう思へど、心わづらはしき北の方、出で来て後は、内にも入れ立てず、装束などは、乳母、また故上の御人どもなどして、せさす。（第二九五段冒頭）

〈男は母親が亡くなって、父親だけいる（状態で、父親は男を）非常に愛しているが、面倒な継母が現れてからは、（男を）部屋にも入れることなく、衣類などは、乳母、あるいは故母に仕えていた女房たちなどに（命じて）世話をさせる。〉

「僧都の御乳母のままなど」の「まま」から、次段は「男は、女親、亡くなりて……」のとおり、「まま」繫がりで、〈継《まま》〉息子の話へと移る。

この第二九五段について、不審とする注釈も多い中、**塩田評釈・白子全釈**は、継子譚的な章段の本質を見抜き、的確に人物関係をとらえている。[47] **「まま」→〈継子《ままこ》〉**という繫がりは、その見方の妥当性を裏づけるものでもある。

295　第二九五段「男は、女親《めおや》、亡くなりて」と第二九六段「ある女房の、遠江の子なる人を」……連続性あり

・男は、女親、亡くなりて、男親《をおや》の一人ある、いみじう思へど、心わづらはしき北の方、出で来て後は、内にも入れ立てず、装束などは、乳母、また故上の御人どもなどして、せさす。……（その男は）なほ常に物嘆かしく、世の中、心に合はぬ心地して、好き好きしき心ぞ、かたはなるまで（＝半端でないまでに）あべき。……（第二九五段）

・ある女房の、（私の息子の）遠江の子なる人（＝遠江権守・橘則光の子である橘則長）を語らひてあるが、同じ宮人をなむ、忍びて語らふと聞きて、恨みければ、（第二九六段冒頭）

両段は、女親が死別した場合と両親が離婚した場合の違いはあるが、共に親子関係を前提とする。すなわち、第二九五段の「男」「女親」「男親」に、第二九六段の「遠江の子なる人（＝橘則長）」と両親（＝清少納言と橘則光）の親子三人が対応している。ちなみに、諸註は、「遠江」を橘則光とすること（**集成**）に及び腰であるが、そうしなければならないことは、この両段の繋がり方から、改めて確認されよう。

また、第二九六段は、清少納言のもとに「遠江の子なる人」と恋仲となった「ある女房」から、〈同じ宮に仕えている女房を、こっそり口説いているから、どうしたらよいか〉という相談を持ちかけられ、清少納言が、それに和歌で答えるという内容である。この逸話の発端となる「遠江の子なる人」の好色さは、第二九五段末尾近くの波線部「好き好きしき心ぞ、かたはなるまであべき」〈好色な心は、半端でないまでにあるようだ〉との対応が窺われる。

296　第二九六段「ある女房の、遠江の子なる人を」と第二九七段「便《びん》なき所にて、人に物を言ひけるに」……連続性あり

・ある女房の、（私の息子の）遠江の子なる人（＝遠江権守・橘則光の子である橘則長）を語らひてあるが、同じ宮人をなむ、忍びて語らふと聞きて、恨みければ、　（第二九六段冒頭）

・便なき所にて、人に物を言ひけるに、胸の、いみじう走りけるを、「など、かくある」と言ひける人に、

逢坂は　胸のみつねに　走り井の　見つくる人や　あらむと思へば　（第二九七段全文）

第二九六段の、「遠江の子なる人」が恋人と同じ宮に仕えている女房を、こっそり口説く（〔同じ宮人をなむ、忍びて語らふ〕）のは、まさに次段冒頭「便なき所にて、人に物を言ひける」〈不都合な所で、人に話しかけた〉場合である。実際、第二九七段末尾「見つくる人や　あらむと思へば」といった心配のとおり、「遠江の子なる人」は恋人に浮気がばれるという事態を招いている。

297　第二九七段「便《びん》なき所にて、人に物を言ひけるに」と第二九八段「まことにや、やがては下る」……連続性あり

・逢坂は　胸のみつねに　走り井の　見つくる人や　あらむと思へば　（第二九七段末尾）

・「まことにや、やがては下る」と言ひたる人に、

思ひだに　かからぬ山の　させも草　誰か伊吹の　さとは告げしぞ　（第二九八段全文）

第二九八段冒頭「まことにや、やがては下る（＝本当ですか、ほどなく下向するというのは）」は、前段末尾「見つくる人や　あらむと思へば（＝見つける人がいるだろうかと思うと）」を受ける。すなわち、見つけられる心配のある隠し事を受け、次段では、そうした人の信用に関わる事を耳にして、本人にそ

の噂の真偽を問うという、〈隠し事〉繋がりとなっている。

ちなみに、章段の流れからすると、諸註の指摘するとおり、第二九六〜二九八段の三段は、清少納言自作の歌が続く。

298〔一本1〕　第二九八段「まことにや、やがては下る」と一本一段「夜まさりするもの」……連続性無し

両段は、それぞれ別々の章段群の最後と最初の段となっていることからも明らかなように、当然ながら連続しない。

一本一段が結びつくのは、第一一〇段「常より異《こと》に聞こゆるもの」である（第一一〇段は第一一一段「絵に描き劣りするもの」に直結しない。110、参照）。

・常より異《こと》に聞こゆるもの。正月の車の音。また、鶏《とり》の声。暁の咳《しはぶ》き（＝咳払い）。物の音《ね》は、さらなり（＝何かの楽器の音は言うまでもない）。（第一一〇段全文）

・夜まさりするもの。濃き掻練《かいねり》の艶《つや》。むしりたる綿。女は額、はれたるが、髪うるはしき。琴《きん》の声。容貌《かたち》わろき人の、気配よき。郭公《ほととぎす》。滝の音。（一本一段全文）

「常より異に（＝格別に）聞こゆるもの」から「夜まさりするもの（＝夜になって、その魅力が引き立つもの）」へ。「夜まさりするもの」は、普段よりも格別に聞こえる、夜明け時の「鶏の声」「咳き（＝咳払い）」「物の音（＝何かの楽器の音）」より導き出される。そして「常より異に聞こゆる」音は、夜まさりする「琴の声」、「郭公。滝の音」（末尾）へと受け継がれている。

ちなみに、一本全二七段の前には、「一本、清しと見ゆるものの次に」の一文が付されている。「清しと見ゆるもの」とは、第一四一段を指す。それでは、この第一四一段と一本一段との連続性はどう

か。

清しと見ゆるもの。土器《かはらけ》。新しき鋺《かなまり》。畳に刺す薦《こも》。水を物に入るる透影《すきかげ》。（第一四一段全文）

第一四一段における清涼感は、「艶《つや》」「髪うるはしき」等、一本一段における一連のものに通ずる所があろう。そうした点に、三巻本の編者が一本全二七段を第一四一段の前に位置すると見なした根拠が見いだされる。すなわち、「一本、清しと見ゆるものの次に」は「清しと見ゆるもの」段の次に「夜まさりするもの」段以下の章段が続くという意味に解釈すべきであろう。しかし、両段に積極的な繋がりは見いだせないのも事実である。

299 〔一本2〕 一本一段「夜まさりするもの」と一本二段「灯影《ひかげ》に劣るもの」……連続性あり

・夜まさりするもの。（一本一段冒頭）
・灯影に劣るもの。（一本二段冒頭）

「夜まさりするもの」から、夜劣りする「灯影に劣るもの（＝灯の光に照らされて劣るもの）」へ。

300 〔一本3〕 一本二段「灯影《ひかげ》に劣るもの」と一本三段「聞きにくきもの」……連続性あり

・灯影に劣るもの。（一本二段冒頭）
・聞きにくきもの。（一本三段冒頭）

視覚の負の感覚「灯影に劣るもの」から、聴覚の負の感覚「聞きにくきもの」へ（集成）。聴覚への転換は、第一一〇段「常より異に聞こゆるもの」・一本一段「夜まさりするもの」末尾「郭公。滝の音」との関連（298、参照）が指摘しうるか。

301 〔一本4〕　一本三段「聞きにくきもの」と一本四段「文字に書きて、あるやうあらめど」……連続性あり

・聞きにくきもの。（一本三段冒頭）

・文字に書きて、あるやうあらめど、心得ぬもの。（一本四段冒頭）

「聞きにくきもの」から「文字に書きて、あるやうあらめど（＝それなりの理由はあろうが）、心得ぬもの（＝合点できないもの）」へ。すなわち、「聞きにくきもの」から、文字に書くと、それなりに意味は通ずるだろうが、言葉だけでは「心得ぬもの」へ。「文字に書きて……心得ぬもの」は、「聞きにくきもの」でもある。

302 〔一本5〕　一本四段「文字に書きて、あるやうあらめど」と一本五段「下の心、かまへて、わろくて」……連続性あり

・泔《ゆする》（＝米のとぎ汁）。桶《をけ》。槽《ふね》（＝水槽）。（一本四段末尾）

・下の心、かまへて（＝必ず）、わろくて、清げに見ゆるもの。（一本五段冒頭）

一本四段末尾「泔。桶。槽」は、いずれも、表面はきれいそうで、中身は、わからないものである。米のとぎ汁（「泔」）は白濁していて、きれいそうだが、異物が入っているかもしれないし、「桶」「水槽」も、たとえ外目はよくとも、中は汚いかもしれない。こうした点で、一本四段は、一本五段冒頭「下の心、かまへて、わろくて、清げに見ゆるもの」〈下地は必ず、よくなくて、（表面だけは）きれいそうに見えるもの〉に通ずる。

303 〔一本6〕　一本五段「下の心、かまへて、わろくて」と一本六段「女の表着《うはぎ》は」……連続性あり

・下の心、かまへて（＝必ず）、わろくて、清げに見ゆるもの。……河尻《かうじり》の遊女《あそび》。　（一本五段）
・女の表着は、　（一本六段冒頭）

「河尻の遊女」（一本五段末尾）の「女の表着」（一本六段冒頭）は、破線部「下の心、かまへて、わろくて、清げに見ゆるもの」（一本五段冒頭）の好例である。遊女は、目を引くため派手な表着は着ていても、下の衣までは、なかなか行き届かず、汚いまま着古す場合が多かったであろう。

304 〔一本7〕　一本六段「女の表着《うはぎ》は」と一本七段「唐衣《からぎぬ》は」……連続性あり

・女の表着は、　（一本六段冒頭）
・唐衣は、　（一本七段冒頭）

「女の表着」から「唐衣」へ。

305 〔一本8〕　一本七段「唐衣《からぎぬ》は」と一本八段「裳は」……連続性あり

・唐衣は、　（一本七段冒頭）
・裳は、　（一本八段冒頭）

「唐衣」から「裳」へ。

306 〔一本9〕　一本八段「裳は」と一本九段「汗衫《かざみ》は」……連続性あり

・裳は、　（一本八段冒頭）
・汗衫は、　（一本九段冒頭）

婦人の「裳」から童女の「汗衫」へ。

307〔一本10〕　一本九段「汗衫《かざみ》は」と一本一〇段「織物は」……連続性あり
・汗衫は、（一本九段冒頭）
・織物は、（一本一〇段冒頭）
「汗衫」から「織物」へ。

308〔一本11〕　一本一〇段「織物は」と一本一一段「綾の紋《もん》は」……連続性あり
・織物は、（一本一〇段冒頭）
・綾の紋は、（一本一一段冒頭）
「織物」から「綾の紋（＝綾織物の模様）」へ。

309〔一本12〕　一本一一段「綾の紋《もん》は」と一本一二段「薄様《うすやう》、色紙は」……連続性あり
・綾の紋は、（一本一一段冒頭）
・薄様、色紙は、（一本一二段冒頭）
「綾の紋」から「薄様、色紙」へ。

310〔一本13〕　一本一二段「薄様《うすやう》、色紙は」と一本一三段「硯《すずり》の箱は」……連続性あり
・薄様、色紙は、（一本一二段冒頭）
・硯の箱は、（一本一三段冒頭）
文房具繋がりで「薄様、色紙」から「硯の箱」へ。

311〔一本14〕　一本一三段「硯《すずり》の箱は」と一本一四段「筆は」……連続性あり

・硯の箱は、（一本一三段冒頭）

・筆は、（一本一四段冒頭）

「硯の箱」から「筆」へ。

312〔一本15〕　一本一四段「筆は」と一本一五段「墨は」……連続性あり

・筆は、（一本一四段冒頭）

・墨は、（一本一五段冒頭）

「筆」から「墨」へ。

313〔一本16〕　一本一五段「墨は」と一本一六段「貝は」……連続性あり

・墨は丸《まろ》なる。（一本一五段全文）

・貝は、（一本一六段冒頭）

一本一五段全文「墨は丸なる」の「丸なる」形から、丸っぽい「貝」へ。

314〔一本17〕　一本一六段「貝は」と一本一七段「櫛の箱は」……連続性あり

・貝は、虚貝《うつせがひ》。蛤《はまぐり》。いみじう小さき梅の花貝。（一本一六段全文）

・櫛の箱は、（一本一七段冒頭）

「貝は」で挙げられている「虚貝（＝貝殻）。蛤。いみじう小さき梅の花貝」は、いずれも女子供の玩具類である（「蛤」は貝合せで用いる最適な貝殻。「梅の花貝」は梅の花弁に似た小さな貝殻で、女子供に喜ばれた）。これらが入れられている箱から、女性の「櫛の箱」へと連想は繋がる。

315 〔一本18〕 **一本一七段「櫛の箱は」と一本一八段「鏡は」……連続性あり**

・櫛の箱は、　（一本一七段冒頭）

・鏡は、　（一本一八段冒頭）

「櫛の箱」に「鏡」は収められたりする。

316 〔一本19〕 **一本一八段「鏡は」と一本一九段「蒔絵《まきゑ》は」……連続性あり**

・鏡は、　（一本一八段冒頭）

・蒔絵は、　（一本一九段冒頭）

「鏡」には「蒔絵」が施されたりする。

317 〔一本20〕 **一本一九段「蒔絵《まきゑ》は」と一本二〇段「火桶《ひをけ》は」……連続性あり**

・蒔絵は、　（一本一九段冒頭）

・火桶は、　（一本二〇段冒頭）

「火桶」には「蒔絵」が施されたりする。

318 〔一本21〕 **一本二〇段「火桶《ひをけ》は」と一本二一段「畳は」……連続性あり**

・火桶は赤色。青色。白きに造り絵も、よし。　（一本二〇段全文）

・畳は高麗縁《かうらいばし》。また、黄なる地の縁《はし》。（一本二一段全文）

両段は「火桶」「畳」が共に室内に置かれる物である点で繋がるが、「畳は高麗縁」（一本二一段冒頭）は、「白きに造り絵も、よし」（一本二〇段末尾）の「白き」も受ける。「高麗縁」とは、白地に雲形などの文様を黒糸で織り出した綾で縁どりした畳で、地塗りをしない白木の「火桶」に対して、白地の「高麗縁」となっている。章段全体としては「赤色。青色。白き」（一本二〇段）に対して、「高麗縁」「黄なる地の縁」の白と黄（一本二一段）とある。

319 〔一本22〕　一本二一段「畳は」と一本二二段「檳榔毛《びらうげ》は」……連続性弱し

「檳榔毛」とは、檳榔の葉で飾り覆《おお》った車で、貴人の正式な車。その重々しさ・高級感は「高麗縁」（一本二一段。318〔一本21〕、参照）に通ずるが、畳から車への転換を促す、両段の強い繋がりは見いだせない。

一本二二段「檳榔毛は」と関連が深いのは、左記のとおり第二九段「檳榔毛は」である。

・**檳榔毛は、のどかに遣《や》りたる。**急ぎたるは、わろく見ゆ。**網代は、走らせたる。**人の門の前などより渡りたるを、ふと見やる程もなく過ぎて、供の人ばかり走るを、「誰ならむ」と思ふこそ、をかしけれ。ゆるゆると久しく行《ゆ》くは、いと、わろし。（第二九段全文）

・**檳榔毛は、のどかに遣《や》りたる。網代は、走らせ来る。**（一本二二段全文）

一本二二段全文「檳榔毛は、のどかに遣りたる。網代は、走らせ来る」は、第二九段冒頭の太字の部分と酷似している。この重複は、諸註が指摘するように、第二九段の断片が紛れ込んだためと思われる。

320〔一本23〕　一本二二段「檳榔毛《びらうげ》は」と一本二三段「松の木立、高き所の」……連続性無し

両段は全く繋がらない。

一本二三段「松の木立、高き所の」が収まるべき位置は、第二一五段「月のいと明かきに、川を渡れば」と第二一六段「大きにて、よきもの」の間である。（第二一五段は第二一六段に連続しない。215、参照）

・**松の木立**、高き所の……。……清げなる童べの、髪うるはしき、また**大き**なるが……**法師**も、あらまほしげなるわざなれ。　（一本二三段）

・**大き**にて、よきもの。家。餌袋《ゑぶくろ》。**法師**。果物《くだもの》。牛。**松の木**。　（第二一六段冒頭）

第二一六段「大きにて、よきもの」は、一本二三段の冒頭「松の木立」と末尾「大きなるが……法師も、あらまほしげなるわざなれ」を受ける。すなわち、「松の木立」「法師」に対して、「松の木」「法師」があり、「大きなるが」「あらまほしげなるわざなれ（＝望ましい感じの有様であることだ）」に対して、「大きにて、よきもの」とある。ちなみに、第二一六段に「なぜ「法師」があげられているか不明」（全集）とされているが、その不審は、このように一本二三段を前提とすることによって解消される。

一方、一本二三段「松の木立、高き所の」は、左記のとおり、第二一五段「月のいと明かきに、川を渡れば」を受ける。

・月のいと明かきに、川を渡れば、牛の歩むままに、水晶などの割れたるやうに、水の散りたるこそ、をかしけれ。　（第二一五段全文）

・松の木立、高き所の、東、南の格子、上げわたしたれば、涼しげに透きて見ゆる母屋《もや》に、……　（一本二三段冒頭）

傍線部のとおり、「水晶などの割れたるやうに、水の散りたる」（第二一五段）状態は、まさに「涼しげに透きて見ゆる」（一本二三段）ものである。

このように、一本二三段は、第二一五段の直後、第二一六段の直前に見事に収まる。一本二二段が第二九段の断片であったのに対して(319)（一本22）、一本二三段は、本来、第二一五段と第二一六段の間にあったものが、何らかの事情で切り離され、所在がわからなくなって、一本として処理された経緯が窺われる。

321〔一本24〕　一本二三段「松の木立、高き所の」と一本二四段「宮仕へ所は」……連続性無し

両段は全く繋がらない。

322〔一本25〕　一本二四段「宮仕へ所は」と一本二五段「荒れたる家の、蓬深く」……連続性無し

両段は繋がらない。

一本二五段「荒れたる家の、蓬深く」が踏まえるのは、三巻本の第二類本傍注に「あはれなるものの下に」とあるように、第一一四段「あはれなるもの」である。

・**あはれなる**もの。……衛門佐宣孝《のぶたか》と言ひたる人は、……三月晦《つごもり》に……詣でたりけるを、……四月朔《ついたち》に帰りて、六月十日の程に、筑前守の辞せしになりたりしこそ、……。これは、**あはれなる**事にはあらねど、御嶽のついでなり。

男も女も、若く清げなるが、いと黒き衣、着たるこそ、**あはれなれ**。九月晦、十月朔の程に……蟋蟀《きりぎりす》の声。……山里の雪。思ひ交はしたる若き人の仲の、塞《せ》く方《かた》ありて、心にも任せぬ。

（第一一四段）

・荒れたる家の、蓬深く、……。……池ある所の五月、長雨の頃こそ、いと、**あはれなれ**。……曇りたる空を、つくづくと眺め暮らしたるは、いみじうこそ、**あはれなれ**。いつも、全て池ある所は、**あはれに**、をかし。……全て月影は、いかなる所にても、**あはれなり**。　（一本二五段）

一本二五段には、「あはれなれ」「あはれに」「あはれなり」に示されるとおり、「あはれ」が頻出し、一本二五段が「あはれなるもの」段の一部であったことを示唆する。また、「あはれなるもの」段には、破線部のとおり、「三月晦」「四月朔」「六月十日」、「九月晦、十月朔の程」「山里の雪」という一連の季節的連続性が認められる。一方、一本二五段には「五月、長雨の頃」とあり、一本二五段が「あはれなるもの」段末尾「九月晦、十月朔の程の……」以下の条と、その直前の「男も女も、若く清げなるが、いと黒き衣、着たるこそ、あはれなれ」の一文との間に挿入されるべきものであったことが窺われる。

この一本二五段は本来、「あはれなるもの」段の一部でありながら、一本二三段同様（320〔一本23〕）、落丁等の事情で切り離され、所在がわからなくなって、一本として処理されたものと見なすべきである。

323〔一本26〕　一本二五段「荒れたる家の、蓬深く」と一本二六段「初瀬に詣でて」……連続性無し

両段は繋がらない。

一本二六段「初瀬に詣でて」が踏まえるのは、諸註の指摘があるように、第九〇段「ねたきもの」である。

・**ねたき**もの。……受領などの家にも、ものの下部などの来て、なめげに言ひ、「さりとて、我をば、いかがはせむ」など思ひたる、いと、**ねたげなり**。

見まほしき文などを、人の奪《と》りて、庭に下りて、見立てる、いと、わびしく、**ねたく**思ひて、

行けど、簾のもとに止《と》まりて、見立てる心地こそ、飛びも出でぬべき心地すれ。（第九〇段）

・初瀬に詣でて、局に居たりしに、あやしき下臈《げらふ》どもの、後ろを、うち任せつつ、居並《な》みたりしこそ、**ねたかり**しか。……蓑虫などのやうなる者ども集まりて、……つゆばかり所も置かぬ気色なるは、まことにこそ、**ねたく**覚えて、押し倒しもしつべき心地せしか。いづくも、それは、さぞあるかし。やむごとなき人などの参り給へる御局などの前ばかりをこそ、払ひなどもすれ、よろしきは制し煩ひぬめり。さは知りながらも、なほ、さし当たりて、さる折々、いと、**ねたきなり**。祓ひ得たる櫛、閼伽《あか》に落とし入れたるも、**ねたし**。（一本二六段）

一本二六段には、「ねたかりしか」「ねたく」「ねたきなり」「ねたし」に示されるとおり、「ねたし」が頻出し、一本二六段は、第九〇段「ねたきもの」の一部であったことを示唆する。

また、一本二六段と第九〇段「ねたきもの」は、傍線部「ものの下部（＝しかるべき権勢家の下僕）」（第九〇段）、「あやしき下臈ども」「蓑虫などのやうなる者ども」（一本二六段）のとおり、身分の低い者繋がりとなっている。そして、破線部のとおり、身分の低い者の傲慢な態度という点で共通する。すなわち、第九〇段「ねたきもの」では、しかるべき権勢家の下僕などが、無礼げに口をきき、「そうはいっても、自分を、どうしようもできまい」などと思っている（破線部「なめげに言ひ……」）とあるのに対して、一本二六段は、蓑虫などのような者たちの、破線部「つゆばかり（＝ほんの少しも）所も置かぬ（＝遠慮しない）気色なる」を語っている。

このように、一本二六段は本来、第九〇段「ねたきもの」の一部であったとするのが妥当である。

それでは、一本二六段は、第九〇段「ねたきもの」の、どの位置にあったのか。「ねたきもの」段は、左記のように、三つに大別しうる。

1　冒頭「ねたきもの」から「南の院に、おはします頃」の早縫い競争の条（「……縫ひ給ひしを、見やりて居たりしこそ、をかしかりしか」まで。

2　「おもしろき萩、薄などを植ゑて見る程に」以下、「受領などの家にも、ものの下部などの来て……いと、ねたげなり」までの、身分の低い者がらみの条。

3　「見まほしき文などを、人の奪《と》りて、庭に下りて……見立てる心地こそ、飛びも出でぬべき心地すれ」の末尾の条。

右のうち、一本二六段が挿入しうるのは、1と2、2と3の間、3の後であるが、3は、次段「かたはらいたきもの」に直結し（90）、3の後の可能性は除外されるべきである。残る1と2、2と3の間のうち、より可能性が高いのは、2と3の間である。裁縫という屋内での事から庭への流れは、いきなり裁縫から初瀬詣でに移り、再び日常的光景に戻るより、違和感は少ないからである。以上のように、一本二六段は本来、第九〇段「ねたきもの」の一部として、その末尾「見まほしき文などを、……」前にあった。それが一本二三・二五段同様（320〔一本23〕・322〔一本25〕）、何らかの事情で切り離され、所在がわからなくなって、一本として処理されたと見なすべきである。

ちなみに、一本二六段と第九〇段「ねたきもの」の不可分な関係は、一本二六段末尾「祓ひ得たる櫛、閼伽に落とし入れたるも、ねたし」からも窺われる。この一本二六段末尾は、第九二段冒頭「あさましきもの（＝驚き呆れるもの）。刺櫛《さしぐし》、すりて磨く程に……」との関係が指摘される。すなわち、〈お祓いを終えた櫛を閼伽（仏に供える水）に落としてしまう〉という「あさましき」事態は、櫛繋がりで、「あさましきもの。刺櫛」に直結する。第九二段「あさましきもの」は、第九一段「かたはらいたきもの」と同様に、一本二六段末尾と深く結びついているのである（第九〇～九二段の連続性については、90・91、参照）。

324〔一本27〕　一本二六段「初瀬に詣でて」と一本二七段「女房の参り、まかでには」……連続性あり？

両段は、「あやしき下臈ども」（一本二六段）に対して「牛飼童」「郎等《をのこ》ども」（一本二七段）と、身分の低い者繋がりとなっている。また、一本二六段末尾「祓ひ得たる櫛、閼伽に落とし入れたるも、ねたし」の「落とし入れたるも」は、一本二七段末尾「女車の、深き所に落とし入れて……」の「落とし入れて」との対応が窺われる。

しかし、一本二七段「女房の参り、まかでには」と第七〇段「懸想人にて来たるは」は、一本二六段「初瀬に詣でて」以上に強く結びつく。

・懸想人にて来たるは、言ふべきにもあらず、ただ、うち語らふも、また、さしもあらねど、おのづから来などもする人の、簾の内に、人々あまた、ありて、物など言ふに、居入りて（＝座り込んで）、とみに帰りげも無きを、供なる**郎等《をのこ》**、**童**など、……「斧《をの》の柄《え》も朽ちぬべきなめり」と、……「密《みそ》かに」と思ひて言ふらめど、「あな、わびし。煩悩苦悩かな。……」と言ひたる、いみじう心づきなし（＝気にくわない）。かの言ふ者は、ともかくも覚えず、この居たる人こそ、「をかし」と見え聞こえつる事も、失《う》するやうに覚ゆれ。……いと、よき人の御供人などは、さもなし。君達などの程は、よろし。それより下れる際は、皆さやうにぞある。あまた、あらむ中にも、心ばへ見てぞ、率《ゐ》て歩《あり》かまほしき。（第七〇段）

・女房の参り、まかでには、人の車を借る折もあるに、いと快う言ひて貸したるに、牛飼**童**、……いたう走り打つも「あな、うたて」と覚ゆるに、**郎等《をのこ》**どもの、物むつかしげなる気色にて（＝いかにも仏頂面で）、「疾《と》う、やれ。夜更けぬ先に」など言ふこそ、主の心、推し量られて、「また言ひ触れむ（＝声を掛けよう）」とも覚えね。

業遠の朝臣の車のみや、夜中、暁分《わ》かず、人の乗るに、いささか、さる事なかりけれ。ようこそ教へ習はしけれ。それ（＝業遠から借りた車）に、道に遇《あ》ひたりける女車の、深き所に落とし入れて、え引き上げで、牛飼の腹立ちければ、従者《ずさ》して打たせさへしければ、まして、戒めおきたるこそ。

（一本二七段）

この両段は、「供なる郎等、童など」（第七〇段）に対して「牛飼童」「郎等ども」（一本二七段）とあり、一本二六段の「あやしき下臈ども」より対応性が強い。

内容についても同様である。第七〇段では、主人が恋人である女の家に座り込んで、すぐにも帰りそうもないのを、供人の下男や童が、こっそりと不平を漏らすのはよいとしても、あからさまに文句を言うのは、主人の評判を落とす（波線部「この居たる人こそ、『をかし』と見え聞こえつる事も、失《う》するやうに覚ゆれ」）とある。そして、身分教養のある方の供の者には、そうした不心得者はいないとして、最後に「大勢の中から気立てのよい者を選んで連れていきたいものだ」と締めくくっている。これに対して、一本二七段では、車を人から借りた時に、牛飼童や下男が、仏頂面をしたりして明らかな不満の態度を見るにつけても、その主人の心が推し量られて、もう二度と借りようなどとは思われない（波線部「主《しゅう》の心、推し量られて、『また言ひ触れむ（＝声を掛けよう）』とも覚えね」）とある。両段は共に〈使用人の不作法〉を語り、それは、そのまま主人の責任ともなるという主張も一致する。

一本二七段後半「業遠の朝臣……」の条も、前半に引き続いて、こうした主人と使用人との関係を端的に示す内容が語られる。すなわち、業遠の車を借りた場合は、少しも不快な思いをしたことがなく、よくも教えてしつけたものだ（破線部「ようこそ教へ習はしけれ」）とある。そして途中で女車と遭遇し、相手の車輪が深い所に、はまり込んで、引き上げられなくなった際、業遠の従者が手際よく処理したのは、普段の訓戒の賜物だと賞賛している（破線部「まして、戒めおきたるこそ」）。これは、第七〇段の破線部「いと、よき人の御供人などは、さもなし」との対応が窺われる。また、この一本二七段末尾は、まさに第七一段冒頭「ありがたきもの（＝めったにないもの）」の事例となっている。

このように、一本二七段は、第七〇段と強く結びつくのみならず、第七一段「ありがたきもの」とも直結している。これは一本二七段が、本来、第七〇段と第七一段の間にあったことを窺わせる。第七〇・七一段の繋がりは自然であるが（70）、一本二七段との繋がりが、それを凌ぐのは、その証左となっている。

以上のように、一本二六・二七段には連続性が見られるものの、第七〇段と一本二七段の繋がりは、それ以上の強さであることが確認された。一本二七段は、本来、第七〇段と第七一段の間にあったが、一本二三・二五・二六段同様（320〔一本23〕・322〔一本25〕・323〔一本26〕）、何らかの事情で切り離され、所在がわからなくなって、一本として処理されたと見なすべきである。一本二六段の後という現在の位置におかれたのは、一本二七段が、最初に述べたように、偶然ながら一本二六段と結ぶつく要素が強かったからにほかならない。

325〔跋文〕　一本二七段「女房の参り、まかでには」と跋文「この草子、目に見え、心に思ふ事を」……

連続性無し

両段は全く繋がらない。

跋文が受けるのは、左記のとおり、第一八六段「宮仕へ人のもとに来などする男の」である（第一八六段は、第一八七段「風は」に連続しない。186、参照）。

・宮仕へ人のもとに来などする男の、そこにて物食ふこそ、いと、わろけれ。……いみじう酔ひて、わりなく夜更けて泊まりたりとも、（私なら）さらに湯漬をだに食はせじ。「**心**も無かりけり」とて、来ずは、さてありなむ。**里**などにて、北面より（召し使う者が）**出だし**ては、いかがはせむ。それだに、なほぞある。（第一八六段）

・この草子、目に見え、**心**に思ふ事を、「人やは見むとする」と思ひて、つれづれなる**里**居の程に書き集めたるを、あいなう、人のために、便なき言ひ過ぐしも、しつべき所々もあれば、「よう隠しおきたり」と思ひしを、**心**よりほかにこそ、漏り出でにけれ。……

左中将、まだ「伊勢守」と聞こえし時、**里**に、おはしたりしに、端の方なりし畳を差し**出でし**ものは、この草子、載りて**出で**にけり。惑ひ取り入れしかど、やがて持ておはして、いと久しくありてぞ、返りたりし。それより、歩《あり》き初《そ》めたるなめり。[48]（跋文）

跋文冒頭は、第一八六段末尾を受ける。すなわち、第一八六段末尾では、宮仕えの女房のもとに通う男が、女の所で食事をするのは、よくないとして、〈自分であったら、湯漬さえ出さない。たとえ、それを「愛情がない（「心も無かりけり」）」として男が来なくなっても、しかたない〉とある。そして〈私宅などで（「里などにて」）、召し使う者が台所で出した場合なら、どうしようもないが、それでさえ憎らしい（傍線部「いかがはせむ。それだに、なほぞある」）〉と語る。これに対して、跋文冒頭では〈この草子は、目に見え、「心に思ふ事」を、人は見るまいと思って、里下がりの間に（「里居の程に」）書き集めておいたが、思いの外に、漏れ出てしまった（傍線部「心よりほかにこそ、漏り出でにけれ」）〉とある。両段は、「里などにて」（第一八六段）に対して「里居の程に」「里に」（跋文）とあるように、共に「里」がらみの話である。また、傍線部のとおり、「どうしようもないが、それでさえ、憎らしい」（第一八六段末尾）に対して、「心外にも、漏れ出てしまったことだ」（跋文）と、〈意のままにならない不可抗力〉繋がりとなっている。また、「心も無かりけり」（第一八六段）と「心に思ふ事」（跋文）の対比関係も見いだされる。両段は〈本来、出すべきものでないものを、思いがけず出してしまった〉繋がりでもある。

さらに両段は、波線部においても連続性が窺われる。すなわち、第一八六段冒頭「宮仕へ人のもとに来などする男」に対して、跋文末尾部では「左中将、……里におはしたりしに」とあり、〈普段は「宮仕へ人のもとに来などする男」である「左中将（＝源経房）」が、私が里下がりしている時にいらして〉という繋がりとなる。また、「宮仕へ人のもとに来などする男」が、図々しく女のもとで食事し、泊まったりするのに対して、左中将への接待は、あくまで簾越しでのものであるのも対照的となっている。

このように、第一八六段と跋文は、連続する。従来、孤立的に扱われていた跋文さえも、他段との関連でとらえられることは、『枕草子』全体の性格を考える上において、極めて示唆的であると言わねばなるまい。

第二節　章段前後の接続関係（二）――章段群の整理

前節の考察から浮かび上がる、章段前後の連続性に問題がある番号（連続性無し・連続性あり？・連続性弱し）を列挙するならば、左記のとおりである。

6・9・33・41・46・52・57・59・60・66・71・73・78・82・93・98・102・105・109・110・118・120・121・123・127・128・129・134・137・173・175・186・189・215・218・257・273・292・293・298〔一本1〕・319〔一本22〕・320〔一本23〕・321〔一本24〕・322〔一本25〕・323〔一本26〕・324〔一本27〕・325〔跋文〕

（右のうち、連続性あり？は60・118・173・324〔一本27〕、連続性弱しは78・93・110・128・129・175・218・257・293・319〔一本22〕。これら以外は連続性無し。）

また、章段を超えた連続性について各段の接続は、左記のとおりである。

1→10・2→7・6→42・9→34・19→47・33→60・41→72・46→53・52→58・57→130・59→61・
60→67・70→一本27・71→74・78→83・93→110・98→103・102→106・105→119・109→111・110→一本1・
118→121・120→122・121→124・123→128・127→129・128→135・129→258・134→138・137→174・173→176・174→190・
186→跋文・189→219・215→一本23・257→274・273→293・292→294・一本23→216・一本27→71

（ただし、断章である一本25・26段と不審の孤立段である一本22・24段は除く。）

右の二つの一覧を踏まえて、全章段の連続性を整理する、すなわち、連続性ありの番号を連続性に問題がある番号に優先させるならば、左記のとおりとなる。

① 1→10〜19→47〜52→58・59→61〜66
② 1→2〜6→42〜46→53〜57→130〜134→138〜173→176〜186→跋文
③ 2〜6→7〜9→34〜41→72・73→79〜82→94〜98→103〜105→119・120→122・123→128→
135〜137→174・175→190〜215→一本23→216〜218
④ 1→10〜19→20〜33→60→67〜70→一本27→71→74〜78→83〜93→110→一本1〜21
⑤ 99〜102→106〜109→111〜118→121→124〜127→129→258〜273→293
⑥ 187〜189→219〜257→274〜292→294〜298

（ただし、断章である一本25・26段と不審の孤立段である一本22・24段は除く。）

この①〜⑥のうち、重複するのは①〜④の　である。この重複は、左記のとおり、初段が第二・一〇段、第二段が第三・七段、そして第一九段が第二〇・四七段と、他段と異なって二つの段に繋がることに拠る。

❶ 初段「春は曙」は、第二段「頃は」と第一〇段「山は」に連続する（前節の1と9、参照）。

❷　第二段「頃は」は、第三段「同じ言なれど」と第七段「正月一日、三月三日は」に連続する（前節の2と6、参照）。

❸　第一九段「家は」は、第二〇段「清涼殿の丑寅の隈の」と第四七段「馬は」に連続する（前節の19と46、参照）。

まず、❶の場合であるが、初段と第二段との繫がりは、初段の「春は」「夏は」「秋は」「冬は」に対して、第二段が最初に「頃は、正月、三月……十一月、二月」と、一年を通観・列挙した上で、「正月」「三月」「四月」に焦点を当てて詳しく述べるという点に求められる。一方、第一〇段「山は」との繫がりは、初段冒頭「春は曙。やうやう白くなりゆく山際、……」（及び同段「秋は夕暮。夕日のさして、山の端いと近うなりたるに……」）にある。この両段の繫がり方を比較したとき、共に連続性は見られるが、より強く結びつくのは、傍線部のとおり「山」繫がりとなる第一〇段であろう。第一〇段は、第二段が随想的章段ともなっているのに対して、初段同様、純粋な「もの尽くし」的章段でもある。

次に❷の場合はどうか。第二段末尾と第三段冒頭は、同一の者でも異なるという連想の糸で繫がっている（前節の2、参照）。これに対して、第七段「正月一日、三月三日は」は、第二段「頃は正月、三月、……。正月一日は、まいて……。……三月三日は……」との対応が見られる。このような両段の繫がり方を比較したとき、共に連続性は見られるが、偶然の一致の域を超えているのが第三段である。第三段は第二段を前提とすることで、単なる並列的段に止どまることなく、連想の段としての面白みも増している。

最後に❸についてであるが、第一九段「家は」から第二〇段「清涼殿の丑寅の隅の」は、建物繫がりとは言え、やや強引な解釈と言えよう。一方、第一九段「家は」から第四七段「馬は」も同様な飛躍の傾向が見られないでもないが、同じ短い「もの尽くし」的章段という点からして（第二〇段は長い日記回想的章段）、違和感は少ない。

以上のように、❶～❸は、二つの段に連続するとは言え、その繋がり方には強弱が窺われた。すなわち、❶～❸は、それぞれ初段「春は曙」と第一〇段「山は」、第二段「頃は」と第三段「同じ言なれど」、第一九段「家は」と第四七段「馬は」が優先されるべき繋がり方とすべきことが示唆された。この結果を踏まえて、①～⑥の章段群を改めて列挙するならば、次のとおりとなる。

Ⅰ　1→10～19→47～52→58・59→61～66

Ⅱ　2～6→42～46→53～57→130～134→138～173→176～186→跋文

Ⅲ　7～9→34～41→72・73→79～82→94～98→103～105→119・120→122・123→128→135～137→
　　174・175→190～215→一本23→216～218

Ⅳ　20～33→60→67～70→一本27→71→74～78→83～93→110→一本1～21

Ⅴ　99～102→106～109→111～118→121→124～127→129→258～273→293

Ⅵ　187～189→219～257→274～292→294～298

（ただし、断章である一本25・26段と不審の孤立段である一本22・24段は除く。）

以上、章段前後の接続関係から、『枕草子』は右のⅠ～Ⅵの章段群に分類される。この妥当性は、例えば、左記のとおり、Ⅰ～Ⅵの初段が全て春に始まるといった初段を飾るに、ふさわしい特徴からも窺われる。

・「春は曙」……第一段（Ⅰ初段）冒頭
・「頃は正月」……第二段（Ⅱ初段）冒頭
・「正月一日、三月三日は」……第七段（Ⅲ初段）冒頭

•「清涼殿の丑寅の隅の……。……高欄のもとに、青き瓶《かめ》の大きなるを据ゑて、桜の、いみじう、おもしろき枝の」……………第二〇段（Ⅳ初段）冒頭

•「淑景舎、春宮に参り給ふ程の事など……。正月十日に参り給ひて、……二月十余日、宮の御方に渡り給ふべき御消息あれば」……………第九九段（Ⅴ初段）冒頭

•「風は嵐。三月ばかりの夕暮に」……………第一八七段（Ⅵ初段）冒頭

次章では、このⅠ～Ⅵの章段群に基づき、跋文等を踏まえて、『枕草子』の構成を総合的に検証したい。

【註】

（1）『小右記』には「人々云ク、未ダ御輿ノ板門屋ヲ出テ入ルヲ聞カズト云々」とある。

（2）**集成**には「生昌の母は、備中《びっちゅう》国青河郡司《あがぐんじ》の女《じょ》（『尊卑分脈』）ということであるが、「うはおそひ」とは、今日でも「うわっぱり」の中国方言である」とある。

（3）三巻本の古写本や能因本は、第九段を第八段に続けている（**白子全釈**）。本来、第八・九段は一つの章段であった可能性もあろう。

（4）ちなみに、第一一段末尾「をふさの市。飾磨の市。飛鳥の市」は、同段冒頭「市は、辰の市」との関連が認められる。すなわち、「辰《たつ》の市」の「竜《たつ》」と「をふさの市。飾磨《しか》の市。飛鳥の市」の「尾《を》」「鹿《しか》」「飛鳥」は、〈動物〉繋がりとなっている。この「竜」「飛鳥」を重視するならば、第一一段と第一二段「峰は……いや高の峰」は、「竜」「飛鳥」が「峰」を「いや高」に飛ぶ連想からも結び付く。

（5）第一九段冒頭は「家は、近衛の御門。二条。みかゐ」とある。「二条」は「二条宮」であれば、中宮定

子の里邸（**全集**）。「みかゐ」は未詳であるが、**集成**は「宮居」の誤りとして「二条」と続けて「二条宮居」、すなわち定子の御所とする。このように、「二条。みかゐ」は定子の御所である可能性があり、その場合、第二〇段冒頭の「清涼殿」への連想は、より強まると言えよう。ちなみに**集成**では、さらに「近衛《このゑ》の御門」は「九重《ここのへ》の御門」の誤りとし、「常の内裏即ち皇后定子の御所」と見なして、この「清涼殿」へ連想をより強固なものとしてとらえている。

（6）**集成**には「前段「にくきもの」に対する反作用的連想」とある。

（7）このほかには、第三二段末尾における世の無常を譬えた「置くを待つ間の」と、第三三段中の「朝顔の露、落ちぬ先に」の関連も可能性もあろうか。**集成**は「前段「置くを待つ間の朝顔」からの連想で、初秋後朝別離《しょしゅうこうちょうべつり》の情を随想」とする。

（8）第三四段「木の花は」以前の章段で、「木」の用例は、この第九段を除けば、左記の二例に止どまる。

・思はむ子を法師になしたらむこそ、心苦しけれ。ただ木の端などのやうに思ひたるこそ、いと、いとほしけれ。（第四段「思はむ子を法師に」冒頭）

・三位中将（＝道隆）、「いと直《なほ》き木（＝まっすぐな木）をなむ、押し折りためる」と聞こえ給ふに、……
（第三二段「小白川と言ふ所は」）

この二例は、「梨の木」という具体例とは異なり、共に譬えとしての「木」一般の意で用いられている（しかも第三二段の道隆の言葉は、諺的に「直き木」を引き合いに出したもので、この段の中心となるような秀句ではない）。また、「梨」繋がりとなる第九段のような、第三四段に結びつく要因も、全く見当たらない。

（9）三巻本は「男《をとこ》」。能因本に拠る。

（10）大橋清秀「枕草子の構造」（『帝塚山学院大学研究論集』11、昭51・12）では、「一つの章段と次の章段のみに特に見出される語句に注目」して、「黒」と共に、この繋がりを指摘している。

（11）註10の論、参照。

（12）註10の論、参照。

（13）「かどかどしげなる」の本文は、一般的に〈才気ある〉の意だが、「角々しげなる」と解すべきである。**全集**には次のようにある。

ここでは前の小舎人童との対比から「かど」があって気が強いたくましさを言ったと見るほうが適当か。

（14）このほか、第六四段には「かにひの花。……春秋と咲くが、をかしきなり」とある。

（15）三巻本は「卯杖の法師」「神楽の振幡」。能因本・堺本に基づく**集成**の解釈「卯杖の捧持」「御霊会の振旗」に拠る。

（16）「妄語戒」は、主として嘘をつくことに対する戒めである。「妄語」＝「空言」の嘘の噂を信じて悪口を触れ回る頭中将の悪言も、この戒めに当てはまろう。

（17）田畑千恵子「枕草子「かへる年の二十余日」の段の位相」（『国文学研究』第80集、昭58・6）には、次のようにある。

「かへる年」（翌年）という表現は、日記的章段の冒頭のあり方としては、特異な形として注目されるが、それは、この前段にあたるのが、この段と同じく頭中将藤原斉信が登場し、彼との交流を主題とした「草の庵」の段であることから、その年時を長徳元（九九五）年とし、その「翌年」であることを意識しての表現――前年との対比意識をもつ表現――と解すべきであろう。

（18）「うちふりて」については「うち古りて」と採る注釈が多いが、これについて、**全集**では次のようにある。

この一文何について言うのかは不審。仮に「うちふる」は「うち古る」と見る。あるいは「うち振る」で「あさぼらけ」のけしきを捨てて顧みないことを言うか。または、左衛門の陣に出かけて行きながらすぐ逃げ帰ったことを言うか。

本書では、傍線部の説を採る。**80**で論証するとおり、それによって、この不審とされる「うちふりて……」

の一文のみならず、この章段全体の意図が明確となるからである。

(19) この「別れは知りたりや」の言葉の解釈について、**集成**では次のようにある。

諸註は「半遮面」の上文に「別《ルル》時茫茫《トシテ》江浸《ス》レ月《ヲ》」の句を引いたとするが、それでは「知りたりや」が無意味。むしろ下文に「別《レテ》有《リ》二幽愁暗恨《ノ》生《ズル》一。此《ノ》時無《シ》レ声勝《まさル》レ有《ルニ》レ声」を引いて、琵琶を弾かず把持するわけが清少納言には「わかってるのか」と反問されたと見る。

(20) 小林美和子「たはぶれに書く――三巻本枕草子の章段排列に関する考察を中心に――」(『比治山女子短期大学紀要』第28号、平5・3)には、次のようにある。

両章段は、定子の問いに、清女が漢詩文を踏まえて答えるという構成上の類似性も見られるが、連想のキイになっているのは、両章段に共通して見られる「廂の柱に寄りかかりて」という清女の動作であろう。……勿論、清女が廂の柱に寄りかかるのは、この両章段にしか見られない。

(21) 註20の小林論文、参照。

(22) 『源氏物語』『枕草子』等から窺われる梅花の盛りの時期は、正月下旬から二月初旬である。拙著『源氏物語の誕生』(笠間書院、平25) 97頁、参照。

(23) 「けしからず」について、**全集**には次のようにある。

「けしからず」は「怪(異)けしく有らず」で、悪くはない、の意になりそうだが、その意の場合は「けしうはあらず」といい、「けしからず」は意味が反転して「けし」を強めた語として、はなはだ怪しい・異様である、などの意に用いられる。

(24) **集成**には「前段の格別さを承《う》けて、絵画として表現して、格の下がるものを類想」とある。

(25) 『全訳古語辞典　第三版』(旺文社、平15)。『新選古語辞典　新版』(小学館、昭57)には次のようにある。

「生めかし」が本義と考えられる。未成熟の若々しい美しさを表す語で、現代語の「なまめかしい」とはちがい、平安時代中期では、みずみずしい、初心な、洗練された美しさを表した。

『古語大辞典』（小学館、昭58）には「清新でみずみずしい美、しなやかでしっとりした美、自然のままで巧まない美を表し、……」とあり、まさに第一二四段の美そのものと言えよう。

(26) **全集**には次のようにある。

「つゆ（まったく）をかしからじ」にも「露」をきかせてあろう。

(27) ちなみに、**塩田評釈**には次のようにある

「なほめでたき」の「なほ」がなぜ附け加えられているか不明である。これはどうしても、前になにかめでたい事物をうけたとしか考えられない（ただし、八十段の「めでたきもの」とは關係ないようである）。

本考察は、こうした疑問に対する解答ともなっている。

(28) 諸註の多くは「元結、縒る」を、こよりを縒るときのハラハラ感とするが、髪の「元結」が本来の意図であろう。

(29) **集成**では「前段の愛情の欠けた夫婦も一種の似而非者《えせ》といえよう」とある。

(30) この段は、「第一類本は本段を脱落しているので、第一類本によって補った」（**集成**）。

(31) 第一七二段は、**集成**を除けば一般的に二段に分けられている。すなわち、「ある所に、何の君とかや言ひける人のもとに」以下を別段とする。本書も、その見方に特に異を唱えるものではないが、一応、**集成**の章段の分け方に従っておく。しかし、たとえ第一七二段を両段としても、その連続性は次のように明らかである。

有明などは、まして、いと、めでたし。……急ぎても寝られず、人の上ども言ひ合はせて、歌など語り聞くままに、寝入りぬるこそ、をかしけれ。

「ある所に、何の君とかや言ひける人のもとに、君達にはあらねど、その頃、いたう好いたる者に言はれ、心ばせなどある人の、九月ばかりに行きて、有明の、いみじう霧り満ちて、おもしろきに、『名残、思ひ出でられむ』と、言葉を尽くして出づるに、『いまは、去ぬらむ』と、遠く見送る程、

えも言はず艶なり。……」とこそ語りしか。（第一七二段終盤）

「ある所に……」以下は、波線部「急ぎても寝られず、人の上（=人の噂）ども言ひ合はせて」の具体例として語られている。波線部「とこそ語りしか」（第一七二段末尾）は、その証左である。また、傍線部のとおり「有明の、いみじう霧り満ちて、おもしろきに」は、「有明などは、まして、いと、めでたし」を受ける。

(32) 註10の論、参照。

(33) ・八月ばかりに、**白き単衣**なよらかなるに、……胸を、いみじう病めば、友だちの女房など、……あまた来て「いと、いとほしきわざかな。……」など**事無しびに**言ふもあり。（第一八〇段）

・暁に帰りて、……**事無しびに**、筆に任せてなどはあらず、……。……**白き単衣**の、いたう、しぼみたるを、……（第一八一段）

(34) 三巻本は「よこたて」。前田本に拠る。「ようたて」が有力であることについては、**角川文庫**の補注、参照。

(35) **集成**には「車輪にへばりついた蓬《よもぎ》の香りと、牛の鞦《しりがい》の臭いと、いずれも思いもかけぬ嗅覚《きゅうかく》を連繋節《れんけいせつ》として、夕涼み車の風情を随想」とある。

(36) こうした前段との繋がりを踏まえないと、第二二〇段末尾「鄙び、あやしき下衆など……」は、「全く蛇足になる。文としては無いがよい。なれども記事としては、また捨難い」（**金子評釈**）といった、どっちつかずのものとなろう。

(37) 「出だし据ゑなどしたるも」については「よくわからない」（**全集**）とされるが、**白子全釈**の解釈・訳に拠る。

(38) 仰ぎ見る身分の〈高さ〉も入れるならば、第二二六段「社は」からとなろう（**226**、参照）。

(39) 「古体」について**集成**では、「諸注これに「古代」の字を宛《あ》てるものの多いことは遺憾《いかん》である」とある。

詳細については**解環**、参照。

(40) 池田亀鑑著『研究枕草子』（至文堂、昭38）第十章「枕草子小二条宮を主題とする諸段について」338頁、参照。

(41) なお、第二六〇段は「二」（そして「二二」）以外にも、「二人、三人、三、四人」「四位、五位、六位」「大納言二所、三位の中将……。……殿上人、四位、五位」「八、九日」「九度」等、数に対するこだわりが窺われる。数字の面白さが、この段の特徴となっている証しである。

(42) 「から」は「殻《から》（＝外殻、ぬけがら）」の意があり、『古今和歌集』には「空蝉の　殻は木ごとに　止《とど》むれど……」とある。無人の「いたづら屋」は「殻」同様、中がガランとしている。

(43) 「美保が崎」には、古来、出雲大社と併称される美保神社がある点からしても、「唐崎」同様、第二六九段「神は」との関連が見いだされる。

(44) **集成**では「遠くに聞える物の音から聴覚のすぐれた成信を回想し、その成信と兵部との挿話から、雨の夜の訪問者をよしとする兵部の意見を徹底的に批判する随想に移る」とある。

(45) **集成**では「すぐ真似をされるので油断がならないというところから不安感を類想」とある。

(46) 三巻本は「小原《をはら》の殿」とあるが、「この段の和歌は道綱の母の歌であるから「傅の殿」とあるのが正しい。三巻本の誤写と思われる」（**文庫**）。「「ふ」「小」は誤りやすい」（**全集**）。

(47) **白子全釈**には、次のようにある。

　継母と継子との問題を主題とした一文。この種の問題を扱った物語は、多く継娘を主人公にしている。しかるに、この章段は継息子を中心にしている点で、特色がある。……継息子の心理的陰影と行動とを描き得て妙、まことに心にくいばかりの筆の冴えではある。

(48) この「歩き初めたるなめり」に続いて、書写者の注記として「とぞ本に」とある。

第二章　章段の構成（二）――跋文を踏まえての検証

第一節　『枕草子』の発表時期――跋文の検証

一　『枕草子』執筆までの経緯

清少納言は、『枕草子』を書き始めた経緯について、跋文で次のように語っている。

宮（＝定子中宮）の御前に、内の大臣（＝伊周）の奉り給へりけるを、「これに何を書かまし。主上《うへ》（＝一条天皇）の御前には、史記といふ書《ふみ》をなむ、書かせ給へる」など宣はせしを、（私が）「枕にこそは侍らめ」と申ししかば、「さば、得てよ」とて、賜はせたりしを、あやしきを、「こよや」「何や」と、尽きせず多かる紙を書き尽くさむとせしに、いと、物おぼえぬ事ぞ多かるや。

〈中宮様に、内大臣伊周様が献上なさった紙を、「これに何を書いたら、よいでしょうね。帝は史記という書物を、お写しなさいましたよ」などと、おっしゃられたので、（私が）「枕が、きっとよろしいでしょう」と申し上げたところ、（中宮様が）「それなら（お前が）もらってしまいなさい」と下されたので、妙なつまらぬことを「あれも、これも」と、あれほど多かった紙を書

き尽くそうとした結果、全く訳の分からぬ事が多いことです。〉

定子中宮のもとに、一条天皇と同様、兄である内大臣伊周から多量の紙が献上された。その用途について、中宮が皆に問うたところ、傍線部のとおり、清少納言は「枕が、きっとよろしいでしょう」と答え、下賜されたので、『枕草子』執筆とあいなったとある。清少納言が口にした「枕」とは、日常の話題、口癖の言葉を意味する「枕言」であろう。(1)『万葉集』には「敷き妙への枕」という慣用句が多く見られる。一条天皇側では『史記』の書写に使ったという中宮の言葉を受けて、清少納言は、この「敷き妙への枕」に「〝史記、堪へ〟の枕」を重ねた。すなわち、一条天皇が中国の代表的史書で、帝王学にふさわしい漢文『史記』の写本に使用したのに対して、「中宮様は女性らしく肩肘を張らず、仮名で日常の話題、口癖の言葉を綴った程度の書写に使用したら如何でしょう」といった助言・提言を、「〝史記、堪へ〟の枕」（史記に堪えうる、見劣りしない枕言）と、彼女得意のウィットに富んだユーモアを交えてした。それに賛同した中宮が「それなら、お前が書きなさい」と即決し、結果的に言い出しっぺの清少納言が、その役回りを引き受けることになったと思われる（**集成・解環**、参照）。

それでは、この伊周から献上された多量の紙が清少納言に下賜されたのは、いつか。それを知る手がかりは伊周が「内の大臣（＝内大臣）」と呼ばれた時期で、その期間は、正暦五年（九九四）八月～長徳二年（九九六）四月である。父道隆は伊周が内大臣となった同年十一月に発病し、翌長徳元年四月に逝去している。道隆は摂関家継承をより確実なものにするため、嫡男である伊周の昇進を強引なまでに推し進めていた。伊周の内大臣着任は、健康面に不安を抱えていた道隆が、その切り札として打った一手である。一条天皇・定子中宮への紙の献上は、この父の期待に添うべく行った、摂関家の長としての伊周の振る舞いにほかならない。

その時期をさらに限定するならば、道隆の逝去以前であろうか。逝去後、中関白家の危機・混乱の最中に紙を献上するといった余裕ある行動は、考えにくいからである。[2] もっとも、道隆という大黒柱を失った焦りからの示威的行動とするならば、逝去後の可能性もありうる。しかし、政権の行方の決した、道長が内覧の宣旨を賜った九九五年五月（道隆逝去の翌月）以降は、除外すべきであろう。少なくとも伊周・隆家兄弟の従者が花山院を射た九九六年正月以降は、ありえまい。この事件により中関白家失墜は決定的となり、同年四月には、伊周兄弟の左遷が決定し、翌五月には定子は落飾するからである。

このように下賜された多量の紙を使って、『枕草子』は執筆された。その執筆状況については、『枕草子』跋文冒頭に次のようにある。

この草子、目に見え、心に思ふ事を、「人やは見むとする」と思ひて、つれづれなる里居の程に書き集めたるを、あいなう、人のために便なき言ひ過ぐしも、しつべき所々もあれば、「よう隠し置きたり」と思ひしを、心よりほかにこそ漏り出でにけれ。

〈この本は目に見え、心に思う事を「人が見ることは、よもやあるまい」と思って、退屈な里下がりの時に書き集めておいたのを、あいにく他人にとって都合の悪い言わずもがなの事も、書いてしまったような箇所もあるので、「うまい具合に隠しておいた」と思ったのに、心外にも外に漏れてしまったことであるよ。〉

傍線部にあるように、「この草子」は退屈な里下がりの時に書き集めたとある。この里下がりの時期として、最も可能性が高いのが、道長方へ通じているとの噂を立てられ、長い里下がりを強いられた、定子中宮が小二条殿に滞在した時期、すなわち、長徳二年（九九六）六月九日～翌年六月二十二日である。この時期、清少納言は定子のもとを去りかねない切迫した状況に追い込まれていた。そのような事態に至った経緯を、清少納言自ら次のように赤裸々に語っている。

殿（＝道隆）などの、おはしまさで後、世の中に事出で来、騒がしうなりて、宮（＝定子）も参らせ給はず、小二条殿といふ所に、おはしますに、何ともなく、うたてありしかば、久しう里に居たり。御前わたりの、おぼつかなきにこそ、なほ、え堪へてあるまじかりけれ。……げに、「いかならむ」と思ひ参らする。御気色にはあらで、候ふ人たちなどの、「左の大殿（＝道長）方の人、知る筋にてあり」とて、さしつどひ、物など言ふも、下より参る見ては、ふと、言ひ止み、放ち出でたる気色なるが、見慣らはず、憎ければ、「参れ」など、度々ある仰せ言をも過ぐして、げに久しくなりにけるを、また、宮の辺には、ただ、あなた方に言ひなして、そら言なども出で来べし。（第一三六段）

道隆逝去後、伊周・隆家兄弟が花山院に矢を射る不敬事件等が起こり、中関白家没落は決定的となる中、定子中宮は参内を控え、小二条殿に引きこもっていた。そうした折、清少納言は、嫌なことがあったので長期の里下がりをしていたとある。その原因について清少納言本人は、中宮の機嫌を損ねたのではなく、同僚の女房たちとの事だとしている。すなわち、同僚たちは彼女が「左大臣道長方と内通している」として、集まって何か話している時も、自室より参上するのを見ると、パッと話を止めて、のけ者にしている感じが憎らしかったので、「参上せよ」という何度もの中宮からの命令も聞き過ごして、長いこと経ってしまった。そして、それはそれで中宮周辺では、ただもう左大臣側の人間に言い立てて、根も葉もない噂も立っているようだとある。

この後、清少納言の不安な心理を突いた、定子中宮の絶妙な駆け引きが功を奏して、結局、清少納言は元の鞘に収まることになるが[3]、この長期の里下がりの間に、『枕草子』執筆がなされていたことは、次の第二五九段「御前にて人々とも」からも知られる。

心から思ひ乱るる事ありて、里にある頃、めでたき紙二十を包みて、（中宮様が）賜はせたり。仰せ言には、「とく参れ」など宣はせて、……。まことに、この紙を冊子に造りなど、もて騒ぐに、むつかしき事も、紛るる心地して、「をかし」と、心のうちにも思ゆ。（第二五九段）

「心から思ひ乱るる事（＝心底、思い乱れる事）ありて、里にある頃」とあるから、この折も、道長方との内通の噂を立てられて里下がりした時期と見なすべきである。「すぐに参上せよ」という御命令とともに定子中宮より賜った立派な紙二十枚で、「冊子に造りなど」しているうちに、不愉快な事も紛れる気がしたとある。

『枕草子』執筆の経緯は、以上のとおりである。それでは、このようにして発表された『枕草子』は、いかにして流布したか。

二　『枕草子』の発表時期はいつか

『枕草子』跋文は、次のように、この書が世間に流布した経緯を記して終わる。

左中将（＝源経房）、まだ「伊勢守」と聞こえし時、里（＝清少納言の里邸）に、おはしたりしに、端の方なりし畳を差し出でしものは、この草子、載りて出でにけり。惑ひ取り入れしかど、やがて持《も》ておはして、いと久しくありてぞ、返りたりし。それより、歩き初めたるなめり。

「左中将」源経房がまだ「伊勢守」であった頃、清少納言の里邸を訪れた際、端の方にあった畳を差し出したところ、たまたま、その上に置かれていた「この草子」も一緒に出てしまった。慌てて取ろうとしたが、経房はそのまま持っていって、随分、後になって返却した。それ以来、世（＝定子中宮サロン外）に広まり始めたようだとある。この跋文によって、『枕草子』は一挙に発表されたものでないことが知られる。すなわち、波線部「それより、歩《あり》き初《そ》めたるなめり」とあるように、少なくとも、この跋文が添えられた『枕草子』と、それ以前、経房によって広まった『枕草子』の存在が認められる。

それでは「この草子」が経房の手に渡ったのは、いつか。経房が「伊勢守」であったのは、長徳元年（九九五）正月〜同三年（九九七）正月。(4) 第一三六段で語られていた長期の里居は、長徳二年（九九六）六月〜同三年（九九七）六月中の出来事であるから、この「伊勢守」の期間と矛盾せず、『枕草子』最初の流布は、長徳二年（九九六）六月〜同三年（九九七）正月となる。一方、経房が「左中将」であった時期は、長徳四年（九九八）十月〜長和四年（一〇一五）二月、その下限をより限定するならば蔵人頭となった長保三年（一〇〇一）八月までで、(5) 跋文の執筆は、『枕草子』最初の流布から少なくとも二年近く離れていることとなる。

この跋文執筆の推定期間には、定子崩御（一〇〇〇年一二月一六日）という重大事が含まれている。経房によって流布した『枕草子』に加えて、新たな『枕草子』を執筆する契機として、この定子崩御は無視できまい。その場合、最も高い可能性として考えられるのが、崩御に伴う清少納言の辞去である。**一**で述べたとおり、中関白家没落により定子生前においても、同僚たちとの不協和音が生じ、長期の里居に至った清少納言である。その没後、もはや、そのサロンに引き留める術はなかったというのが実情ではなかったか。今回の里下がりは、前回の長期の里居とは異なり、そのまま辞去を意味していたと思われる。跋文執筆の上限は、少なくとも定子崩御の翌年正月二九日に催された故定子の法会に狭められよう。

しかし、跋文の執筆は『枕草子』完成を意味していない。『枕草子』には、左記のとおり、明らかに長保三年（一〇〇一）八月以降の執筆と考えざるをえないような章段が存在するからである。

・大夫殿（＝道長）の（道隆様の前に）居させ給へるを（＝跪《ひざまず》きなされたことを）、かへすがへす（定子様に）聞こゆれば、「例の思ひ人」と笑はせ給ひし。まいて、この後の御有様を見奉らせ給はまし

かば、「ことわり」と思し召されなまし。（第一二三段「関白殿、黒戸より出でさせ給ふとて」末尾）

・されど、その折、「めでたし」と見奉りし御事どもも、今の世の御事どもに見奉り比ぶるに、全て一つに申すべきにもあらねば、物憂くて、多かりし事どもも、皆、止《とど》めつ。

（第二六〇段「関白殿、二月二十一日に」末尾）

波線部「まして、この後の（道長様の）御様子を（定子様が）御覧申し上げたならば、『もっともだ』とお思いなされたことであろう」「今の世の中の御事と見比べ申し上げると」――この中関白家盛時に対する道長摂関家の繁栄ぶりを強調する、時勢の移ろいを前提とした言い方は、そうした証左にほかならない。

また、左記の人名からは、長保年間を過ぎた寛弘年間での執筆が窺われる。

・式部丞忠隆（第八二段「職の御曹司におはします頃、西の廂に」）

・殿（＝道隆）、大納言（＝伊周）、山の井（＝道頼）も、三位の中将（＝隆家）、内蔵頭など候ひ給ふ。（第九九段「淑景舎、春宮に参り給ふ程の事など」）

・道命阿闍梨（＝藤原道綱の長男）（第二八七段「衛門尉なりける者の」）

・傳の殿[6]（＝藤原道綱）（第二八八段「傳の殿の御母上とこそは」）

それぞれの説明は、次のとおりである。

「式部丞忠隆」……「忠隆」なる人物が「式部丞」となったのは、寛弘元年（一〇〇四）正月。[7]

「内蔵頭」…………道隆五男である頼親が「内蔵頭」となったのは、寛弘二年（一〇〇五）六月。この「内蔵頭」が頼親であるのは、中関白家の兄弟である伊周・道頼・隆家の次に紹介されていることから窺われる。

「道命阿闍梨」……「道命」が「阿闍梨」となったのは、寛弘元年（一〇〇四）十二月。

「傳の殿」…………「傳の殿」道綱は、寛弘四年（一〇〇七）正月二十八日、大納言で東宮「傳」を兼ねた。

右のうち、「式部丞忠隆」（第八二段）が示す〈寛弘元年正月〉は、第四期執筆の上限を示唆する。そして具体的な執筆の最下限を示す章段は、第二八八段「傳の殿の御母上とこそは」となる。この段の執筆の上限は〈寛弘四年正月〉。その翌年十一月には、御冊子作り、すなわち彰子中宮御前における『源氏物語』の豪華清書本制作がなされている（『紫式部日記』）。『枕草子』完結が『源氏物語』の一部成立時期と重なる可能性さえ完全に否定できまい。

以上の結果を整理するならば、『枕草子』の成立は左記のとおりとなる。

第一次成立（源経房による流布）…長徳二年（九九六）六月〜同三年（九九七）正月
第二次　〃（跋文の執筆）………長保三年（一〇〇一）正月〜八月
第三次以降（跋文後）…………寛弘元年（一〇〇四）正月?〜寛弘四年（一〇〇七）正月以降?

このように、『枕草子』は、少なくとも三段階にわたって発表された事が知られる。(8)

第二節　『枕草子』の構成——総合的検証

『枕草子』は、第一次（源経房による流布）・第二次（跋文の執筆）・第三次以降（跋文後）と、最低、三段階に分かれる——この前節から導き出された結果は、第一章で提示された左記のⅠ〜Ⅵの章段群と、どのように重ね合わされるのであろうか。

Ⅰ　[1]→[10〜19]→[47〜52]→[58・59]→[61〜66]

Ⅱ　[2〜6]→[42〜46]→[53〜57]→[130〜134]→[138〜173]→[176〜186]→[跋文]

III　7〜9 → 34〜41 → 72・73 → 79〜82 → 94〜98 → 103〜105 → 119・120 → 122・123 → 128 → 135〜137 →
　　174・175 → 190〜215 → 一本23 → 216〜218
IV　20〜33 → 60 → 67〜70 → 一本27 → 71 → 74〜78 → 83〜93 → 110 → 一本1〜21
V　99〜102 → 106〜109 → 111〜118 → 121 → 124〜127 → 129 → 258〜273 → 293
VI　187〜189 → 219〜257 → 274〜292 → 294〜298

（ただし、断章である一本25・26段と不審の孤立段である一本22・24段は除く。）

まず、I〜VIの中で、跋文が含まれるIIは、そのまま第二次（跋文の執筆）と見なすべきである。IIを除いた残りのI・III〜VIは、第一次（源経房による流布）・第二次以降（跋文後）である可能性が高い。

次に重要な指標となるのが、章段から示される史実年次・執筆年次である。Iは全て「もの尽くし」的章段で、年次を示す章段がないことから、年次からの考察の対象となるのは、残るIII〜VIとなる。このうち、左記のとおり、IVには、他のIII・V・VIとは異なって、第二次（跋文の執筆）が成立した一〇〇一年以降の年次を示す章段がない。したがって、IVは第一次（源経房による流布）となる。

《年次が示されるIVにおける主な章段と、その年次》
第七六段……正暦四年（九九三）十二月頃（「御仏の又の日」）
第七七段……長徳二年（九九六）四月（斉信が「頭中将」と呼ばれた下限）
第七八段……長徳二年（九九六）二月下旬（「返る年の二月二十余日」）
第八五段……正暦四年（九九三）十一月（「宮の、五節、出でさせ給ふに」）
第八八段……長徳二年（九九六）二月〜三月（定子、御曹司滞在期間）？
第八九段……正暦五年（九九四）秋？

第九〇段……長徳元年（九九五）四月（「南の院に、おはします頃」）

このように、Ⅱは第二次（跋文の執筆）、Ⅳは第一次（源経房による流布）。未確定は、残りのⅠ・Ⅲ・Ⅴ・Ⅵの四章段群となる。このうち、「もの尽くし」的章段のⅠを除くⅢ・Ⅴ・Ⅵは、そのまま第二次以降（跋文後）とするのが妥当であろう。Ⅱは跋文を除けば、第二〜一八六段までで、Ⅲ・Ⅴ・Ⅵは、それぞれ第一九〇〜二一八段、第二五八〜二七三・二九三段、第一八七〜一八九・二一九〜二五七・二七四〜二九二・二九四〜二九八段と、Ⅱの下限である第一八六段以降の章段をいずれも有しているからである。ちなみに、第一次（源経房による流布）のⅣは、第一一〇段止まりとなっている。

それでは、残りのⅠは、いずれの段階に属するのか。ここで新たに浮上するのが、第一次成立（源経房による流布）以前に『枕草子』が存在した可能性である。そもそも、『枕草子』が当初、「枕言《まくらごと》（＝日常の話題、口癖）」を記した、いわゆる「もの尽くし」的章段を大前提としていたことは、初段「春は曙」からも窺われる。また、それは跋文に「世間で認知されている洒落た言葉とか、誰もが素晴らしいと思うような名を選り好んで、和歌なども、木・草・鳥・虫も、書き出したならば、期待していたよりも、よくないと誹られようが、……」[9]とあることからも知れよう。前節「『枕草子』執筆までの経緯」で述べたように、〈内大臣伊周より定子中宮のもとに献上された大量の紙が、清少納言に下賜される〉という『枕草子』を書き始めた経緯は、それを後押しする。たとえ清少納言個人に託されたとは言え、定子サロンへと献上された最高級な大量の紙の用途が、いきなり外部での発表では、体面上、余りに不都合と思われるからである。こうした状況を鑑みるならば、初段「春は曙」を含み、全て「もの尽くし」的章段であるⅠこそ、まさに『枕草子』原初の章段群としてふさわしい。

このように、「もの尽くし」的章段として独立したⅠの存在、そして第一次成立以前の段階で予想される発表事情を考慮するならば、第一次成立（源経房による流布）の前に、源経房による流布以前の発表を想定せざるを得ない。経房による流布以前の発表の時期の上限は、大量の紙が清少納言に下賜された時期の上限、九九四年八月。下限は、第一次成立の上限に重なるが、さらに限定するならば、中関白家失墜を決定的とした九九六年正月であろう（前節の214頁、参照）。したがって、〈第一次・第二次・第二次以降〉の三段階に代わる新たな成立時期の区分を示すならば、次のとおりとなる。

第一期（源経房による流布以前）…正暦五年（九九四）八月～長徳二年（九九六）正月
第二期（源経房による流布）…長徳二年（九九六）六月～同三年（九九七）正月
第三期（跋文の章段群）……長保三年（一〇〇一）正月～八月
第四期（跋文後）…………寛弘元年（一〇〇四）正月？～寛弘四年（一〇〇七）正月以降？

以上の考察を踏まえて、I～VIを改めて並び直すと、左記のとおりとなる。

第一期　1→10～19→47～52→58・59→61～66
第二期　20～33→60→67～70→一本27→71→74～78→83～93→110→一本1～21
第三期　2～6→42～46→53～57→130～134→138～173→176～186→跋文
第四期①　7～9→34～41→72・73→79～82→94～98→103～105→119・120→122・123→128→135～137→174・175→190～215→一本23→216～218
第四期②　99～102→106～109→111～118→121→124～127→129→258～273→293
第四期③　187～189→219～257→274～292→294～298

（ただし、断章である一本25・26段と不審の孤立段である一本22・24段は除く。右の結果の詳細は、巻末所収の「枕草子全章段表」「第一期～第四期③章段表」で示した。）

なお、前節の218～219頁で述べた、跋文以降の執筆を示唆する第八二・九九・一一三・二六〇・二八七・二八八段は、いずれも第四期に属する。これは右の区分の妥当性を窺わせる。また、右の六段のうち、第九九段は第四期②に属することから、第四期②の執筆の上限は、第九九段の示す寛弘二年（一〇〇五）六月となろう。

【註】

（1）『源氏物語』には、最愛の桐壺更衣を亡くした桐壺帝が、その悲しみを紛らわすために、次のように『長恨歌』関連のものを「枕言」にしたとある。

この頃、明け暮れ御覧ずる長恨歌の御絵、……大和の言の葉をも、唐土の歌をも、ただ、その筋をぞ、枕言にせさせ給ふ。（「桐壺」巻）

（2）集成における跋文の頭注には、次のようにある。

新参意識も薄れた清少納言が積極的に発言するようになり、中宮周辺にも未だ斜陽の影がささぬ頃として、正暦五年冬から長徳元年四月道隆薨去《こうきょ》までの、中宮が登花殿《とうかでん》におわした頃が最もふさわしい。

（3）定子中宮は、帰参の催促を一旦、間を置いた後、下女の長を使者に立て、直々の手紙の風を装い、山吹の花びら一枚を「言はで思ふぞ」とのみ書いた紙に包ませるという意表を突く作戦に出て、見事、清少納言を帰参させている（第一三六段）。

（4）源経房は長徳元年正月、左近少将で伊勢守を兼任、翌々年正月に兼備中守に転じた。池田亀鑑・岸上慎二校注『枕草子』（日本古典文学大系19、岩波書店、昭33）頭注、参照。

（5）源経房は長和四年二月に権中納言となっているが、長保三年八月、蔵人頭に任ぜられている。これについて、増田繁夫校注『和泉古典叢書1　枕草子』（和泉書院、昭62）解説には、次のようにある。

当時の呼称法では蔵人頭の中将は「頭中将」……と呼ぶのが普通であるから、経房が「左中将」の呼称をもっとすれば長徳四年十月から長保三年八月までの約三年間ということになる。

（6）三巻本では「小原《をはら》の殿」とあるが、「この段の和歌は道綱の母の歌であるから、「傅の殿」とあるのが正しい。三巻本の誤写と思われる」（文庫）。「﹇ふ」「小」は誤りやすい」（全集）。

（7）忠隆について三巻本勘物に「寛弘元年正月式部丞」、『権記』寛弘元年三月十八日の条に「式部丞忠隆」とある。ただし、第八二段で忠隆が語られているのは長徳四年末頃で、式部丞となる約五年前。三巻本勘物にも「不審」とある。「作者の記憶違いか、後の官位を記したものか」（全集）と思われる。

（8）『枕草子』の成立について、例えば田中重太郎氏は「枕冊子成立試論」（『立命館文学』第七七号、昭26・2）において、次のように結論づけている。

未完のかたちで長徳二年（九九六）頃で一旦流布し、さらに長徳三年以後加筆長保三年（一〇〇一）に一応擱筆成立したのではなからうか。そして、さらに数年以上後まですこしの補訂があつたものらしい。

（9）「大方、これは、世の中に、をかしき言、人のめでたしなど思ふべき名を選《え》り出でて、歌などをも、木、草、鳥、虫をも、言ひ出だしたらばこそ、『思ふ程よりは、わろし。心見えなり』と、誹られめ、……」（跋文）

考究篇

第一章　連想の文芸——見落とされていた章段の連続性

第一節　連想のパターン（一）——章段の繋がり方の基本的特徴

基礎篇第一章第一節から窺われた章段の繋がり方で顕著なのは、前段を受けて次段へ続くという在り方である。この原則に反するのは、全章段中、唯一、第四期①の第一九〇段「島は」に過ぎない。第一九〇段は前段となる第一七五段「御形《みあれ》の宣旨の、主上に」を受けず、前々段の第一七四段「村上の先帝の御時に」を受ける（119～120頁の**189**、及び、巻末所収の「枕草子全章段表」参照）。ただし、第一七五段は小段であり、この例外でさえ、甚だしい違和感はない。

しかし、当然ながら章段の繋がりは、前段だけではない。前々段、さらに遡った段を受ける場合も多々、見られる（巻末「第一期～第四期③章段表」の「前段の主な対応箇所」における太字、参照）。その中には、第三七段「木の花ならぬは」が第三六段「節は」より第三四段「木の花は」を受けるように、前段以上に強い結びつきを示す章段もある。

また、章段間の繋がりは、複数段に連なる場合も見られる。例えば左記のように、一連の章段からなる繋がりも、『枕草子』の魅力の一つである。

・「一人」→「二人」→「二、三人」→「三、四人」

（第三期第一七一〜一七三・一七六段の連続する四章段。(1) 106〜111頁の171・172・175、参照）

・「賀茂」神社→「太秦」寺→「初瀬」寺→「清水」寺

（第四期①の第二〇九〜二一一段の〈寺社詣で〉繋がり。128〜130頁の209〜211、参照）

・「五月四日の夕つ方」（冒頭）→「賀茂へ参る道に、田植うとて」（冒頭）→「八月晦《つごもり》」（冒頭）→「九月二十日余りの程」（冒頭）→「柴焚く香の、いみじう、あはれなるこそ、をかしけれ」（末尾）→「五月の菖蒲の、秋冬、過ぐるまであるが」（冒頭）

（第四期①の第二〇八〜二一三段の季節的連続性。130頁の212、参照）

・「『山の端明けし朝より』と書かせ給へり」→「（「青き薄様」の）紙の端を引き破らせ給ひて、書かせ給へり」→「『茜さす　日に向かひても……』と御手にて書かせ給へる」→「唐の紙の赤みたるに、……とぞ書かせ給へる」

（第四期③の第二二一〜二二四段の色彩と「書かせ給へり（る）」繋がり。137頁の223、参照）

・「高遠」「高砂」「高く」→「身を変へて天人などは」（冒頭）→「雪高う降りて」（冒頭）

（第四期③の第二二七〜二二九段の〈高さ〉繋がり。141〜143頁の227・228、参照）

・「身の上」（末尾部）「人の上」（冒頭）→「人の顔」（冒頭）→「古体の人」（冒頭）

（第四期③の第二五〇・二五二〜二五四段の〈人〉繋がり。155頁の253、参照）

・「二」→「一」→「九」

（第四期②の第二五九〜二六一段の数字繋がり。159〜162頁の259・260、参照）

・「夜深く帰る」→「集まり候ふに」→「出でたれば」→「行きたれば」→「出で来るに」→「出づる人は」→「行く所の近うなる」→「出で集まりて」

（第四期③の第二七九～二八四段各冒頭部の「帰る」「集まる」「出づ」「行く」「出で来る」「出で集まる」繋がり。174～175頁の233、参照）

このように、『枕草子』は基本、前段との繋がりを前提としつつ、時に前々段、さらに遡った段とも強く結びつき、一連の章段の流れも意識されたりする。そうした意味において、まさに自由自在な連想のパターンと言えよう。

それでは、そうした連想のパターンの中、基本となっている前段と次段の繋がり方には、どのような特徴が見られるのであろうか。

第二節　連想のパターン（二）――前段と次段の接続関係

前段と次段の接続の仕方は様々である。『枕草子』を連想の文学であるとした萩谷朴氏も、その「自由奔放な連想性」を指摘している。(2) しかし、その奔放さは、作者の一人よがりで勝手気ままな手法を意味しない。章段の繋がり方は、作者の創意工夫の見せ所の一つであり、その一端は、前節で示した複数段に連なる章段間の繋がりの例（前頁）からも窺われたとおりである。

前段と次段の接続パターンには、主として左記の三つの特徴が挙げられる。

❶　前段冒頭から次段冒頭へ
❷　前段末尾から次段冒頭へ
❸　キーワード繋がり

これらは、単独の場合もあれば、重なり合う場合もあり、多くは峻別もしがたいが、以下、順次、簡略ながら、その代表例を紹介しつつ解説したい。

❶ 前段冒頭から次段冒頭へ

章段の始まり（冒頭）は、先ず目を引く箇所である。したがって、この冒頭繋がりは、第四七段「馬は」から第四八段「牛は」のように、最も一般的なパターンと言える。類聚的章段に頻繁に見られるが、当然、類聚的章段に限定されない。例えば、日記回想的章段では、第二一〇段「八月晦、太秦に詣づとて」から第二一一段「九月二十日余りの程、初瀬に詣でて」とある。

❷ 前段末尾から次段冒頭へ

章段の終わり（末尾）も、章段の始まり（冒頭）に次いで目を引く箇所である。したがって、この末尾から冒頭繋がりの頻度も高い。第六二段「里は」の末尾「朝顔の里」から第六三段「草は」、第一六二段「野は」の末尾「紫野」から第一六三段「上達部は」等がある。詳細については、次節の末尾から冒頭への連想例、及び巻末所収「枕草子全章段表」の「前段の主な対応箇所」における「末尾」「末尾部」記載の段を参照されたい。

❸ キーワード繋がり

第五五段「若き人、稚児どもなどは」から第五六段「稚児は」のように、これは最も単純、明白な繋がり方と言える。ただし、キーワードが、この「稚児」のように同一語の場合もあれば、異なる関連語の場合、そしてそれも複数の場合がある。同一語の場合の詳細については、基礎篇第一章第一節における太字の引用本文、参照。

第三節　見落とされていた連続性（一）——三巻本の前後章段において

本章第一・二節「連想のパターン（一）（二）」で確認したように、章段の繋がりは、原則として直前の章段を前提とし、多くの場合、❶〜❸の末尾・冒頭・キーワードが、その連続性の目安となっている。ところで、こうした章段の連想性に焦点を当てた論は多く見られるものの、『枕草子』全章段にわたって解説を加えた論は存外、少ない。(3) そうした中、特筆に価すべきは、萩谷朴氏の**集成**・**解環**である。氏は『枕草子』が連想の文学であることを踏まえ、**集成**「頭注」・**解環**「論説」において、様々な新見を提唱し、従来、見過ごされていた繋がりを見いだしている。また、こうした氏の立場を継承したものとして、小林美和子「たはぶれに書く——三巻本枕草子の章段排列に関する考察を中心に——」（『比治山女子短期大学紀要』第28号、平5・3）等の論も見られる。❸のキーワードについては、小林氏の論で特に強調されているところである。

これらの卓見は、基礎篇第一章第一節でも参考にしており、その主要な例を列挙するならば、次のとおりとなる。

53（第五三・五四段）／**88**（第八八・八九段）／**94**（第九四・九五段）／**95**（第九五・九六段）／**99**（第九九・一〇〇段）／**101**（第一〇一・一〇二段）／**106**（第一〇六・一〇七段）／**136**（第一三六・一三七段）／**148**（第一四八・一四九段）／**149**（第一四九・一五〇段））／**160**（第一六〇・一六一段）／**193**（第一九三・一九四段）／**244**（第二四四・二四五段）／**269**（第二六九・二七〇段）

しかし、この萩谷・小林両者の考察、及び**講座**②③等を含めても、前後章段の連続性に対する従来の指摘は、必ずしも十全なものとは言いがたい。

以下、本節では、基礎篇第一章第一節で示した章段の中で、重複を厭わず、管見の及ぶところ、従来、見落とされていたと思われる着目すべき前段と次段の連続性について、簡略に列挙したい（太字の番号は、基礎篇第一章第一節で使用した番号）。ただし、四期構成から浮かび上がった連続章段については、次節に譲る。

2　第二段「頃は」と第三段「同じ言《こと》なれども」（12頁）

〈同一のもの（同じ青色の袍や同一の言葉）でも異なる〉という連想の繋がりで、第二段末尾から第三段冒頭へ。「法師」というキーワード繋がりでもある。

4　第四段「思はむ子を法師に」と第五段「大進《だいじん》生昌が家に」（13頁）

「心苦し」繋がりで、冒頭から冒頭へ。「大進生昌が家に、宮（＝定子）の出でさせ給ふに、東の門は四足《よつあし》になして、それより御輿は入らせ給ふ」――この第五段冒頭は、第四段冒頭「思はむ子を法師になしたらむこそ、心苦しけれ」を受ける。すなわち、生昌邸への出御時、本来、八脚門であるべきところ、定子の御輿が仮ごしらえの「四足（＝四脚門）」をくぐるという異例な事態は、まさに「心苦しき」状況にほかならない。

5　第五段「大進《だいじん》生昌が家に」と第六段「上に候ふ御猫は」（14頁）

意表を突く**「四足」と「猫」「馬」「犬」繋がり**で、冒頭から冒頭へ。すなわち、第五段冒頭「大進生昌が家に、宮の出でさせ給ふに、東の門は四足（＝四脚門）になして」から、第六段冒頭「上に候ふ御猫は」、そして「馬の命婦」の「馬」と「（犬の）翁丸」へ。「四足《よつあし》」歩行は、人間と畜生を区別する大きな特徴である。

11　第一一段「市は」と第一二段「峰は」（18頁）
第一一段の「海柘榴市」「をふさの市」を受け、第一二段冒頭「峰は、ゆづる葉」へ。植物の特徴を踏まえた連想。特に**「をふさ」「ゆづる葉」繋がり**は見逃すと、連想のおもしろさを著しく損なうことになる[4]。

14　第一四段「淵《ふち》は」と第一五段「海は」（19頁）
「淵《ふち》」「かはふちの海」の**「淵」繋がり**で、「淵は」段から次段末尾へ。第一四段末尾「かはふち（川淵）の海」は所在未詳ゆえか、能因本に拠れば「川口の海」となるが、三巻本に従うべきである。

25　第二五段「憎きもの」と第二六段「心ときめきするもの」（24頁）
「心ときめきするもの」繋がりで、第二五段末尾から第二六段冒頭へ。第二五段末尾部「開けて、出で入る所」は、恋人などが訪れたかと一瞬、ドキリとするものである。

39　第三九段「貴《あて》なるもの」と第四〇段「虫は」（31頁）
〈小さきもの〉繋がりで、第三九段末尾から第四〇段冒頭へ。「虫は」は、前々段「鳥は」を受けるが、前段末尾「いみじう、うつくしき稚児の、苺など食ひたる」も受ける。「うつくし」とは、『枕草子』中に「何も何も、小さきものは、みな、うつくし」（第一四四段）とあるように、〈小さなものに抱く感情〉である。

40　第四〇段「虫は」と第四一段「七月ばかりに、風いたう吹きて」（31頁）

〈軽やかさ〉繋がりで、末尾から冒頭へ。すなわち、第四〇段末尾の「蟻」「軽び」から、第四一段冒頭の「風」「汗の香」「綿衣の薄き」の連想へ。そこには、清少納言の鋭い感性が窺われる。

76　第七六段「御仏名の又の日」と第七七段「頭中将の、すずろなる空言《そらごと》を聞きて」（49頁）

「罪」繋がりで、末尾から冒頭へ。第七七段冒頭「頭の中将の、すずろなる空言（＝根拠のない作り話）を聞きて、いみじう言ひ落とし（＝ひどく悪い言い）」は、第七六段末尾「なほ、罪は恐ろしけれど……」を受ける。「空言（虚言）」は、五戒の一つ「妄語戒」に当たる。ウィットに富んだ連想。

89　第八九段「上の御局の御簾の前にて」と第九〇段「ねたきもの」（60頁）

「暗恨」「ねたきもの」繋がりで、末尾から冒頭へ。すなわち、第八九段末尾における定子の言葉「別れは知りたりや」で踏まえている白楽天「琵琶行」の一句「別レニ幽愁暗恨ノ生ズル有リ」の「暗恨（＝心に秘めた恨みごと）」から、次段冒頭「ねたきもの（＝妬《ねた》ましいもの。悔いが残るもの）」へ。この連想は、かなり高度な部類に属する。「お解り？」という清少納言の声が聞こえてきそうな繋がり方で、理解した者にニコリと微笑む作者の顔が浮かぶ。

96　第九六段「御方々、君達、殿上人など、御前に」と第九七段「中納言、参り給ひて」（65頁）

第九七段末尾の「一つな落としそ（＝一つも漏らすな）」は第九六段で連呼されている**「一」へのこだわり**（「第一ならずは」「一に思はれずは」「二、三にては、死ぬともあらじ。一にてを、あらむ」「一乗の法なり」

「第一の人に、また一に思はれむ」）を受ける。この連想は、89の場合と同様に、かなり高度な部類に属するが、第九七段末尾それ自体は、苦心の作である第九六段の面白さを、気づかせる効果もある。

135　第一三五段「なほ、めでたきこと」と第一三六段「殿などの、おはしまさで後」（90頁）
〈騒々しさ〉繋がりで、末尾から冒頭へ。すなわち、第一三五段末尾「物に当たるばかり騒ぐも、いと、いと物狂ほし。……」から、第一三六段「殿などの、おはしまさで後、世の中に事出で来、騒がしうなりて」へ。

174　第一七四段「村上の先帝《せんだい》の御時に」と第一七五段「御形《みあれ》の宣旨の、主上《うへ》に」（109頁）
〈天皇が賞賛した女房の逸話に関する打聞〉繋がりで、冒頭から冒頭へ。キーワードは、「いみじう賞《め》でさせ給ひけれ」（第一七四段）と「いみじうこそ興ぜさせ給ひけれ」（第一七五段末尾）である。

179　第一七九段「かしこきものは乳母の夫《をとこ》こそあれ」と第一八〇段「病は」（113頁）
〈病〉繋がりで、末尾から冒頭へ。すなわち、第一七九段末尾「わづらはしき事のみこそあれ」から、第一八〇段冒頭「病は」へ。「わづらはし」は「わづらふ（＝病気になる）」に通ずる。「病」が連想のキーワードであることは、第一七九段末尾部「臥すれば」「臥したり」「臥したるに」からも窺われる。

180　第一八〇段「病は」と第一八一段「好き好きしくて、人、数見る人の」（113頁）
〈好色な軽い罪〉繋がりで、末尾から冒頭へ。すなわち、第一八〇段末尾「（読経僧が女房たちに）目を配りて読み居たるこそ『罪や得らむ』と思ゆれ」から、第一八一段冒頭「好き好きしくて」へ。第一八一段末尾には「罪、得らむ」とあり、ここからも「罪」が連想のキーワードとなっていることが知られる。ユーモアに富む連想。

182 第一八二段「いみじう暑き昼中に」と第一八三段「南ならずは、東の廂《ひさし》の板の」（115頁）

「うち置く」繋がりで、末尾から冒頭へ。すなわち、第一八二段末尾「扇も、うち置かれぬれ」から、第一八三段冒頭「南ならずは、東の廂の板の、影見ゆばかりなるに、鮮やかなる畳を、うち置きて」へ。ちなみに、この〈物事の中断〉繋がりは、第一八一段末尾部の「ふと、読みさして」より始まる（114〜115頁の**181**、参照）。

184 第一八四段「大路近《ぢか》なる所にて聞けば」と第一八五段「ふと心劣りとかするものは」（116頁）

〈期待はずれの幻滅感〉繋がりで、末尾から冒頭へ。すなわち、第一八四段末尾「あやしの者を見つけたる、いと妬《ねた》し」から、第一八五段冒頭「ふと心劣りとかするもの（=急に、がっかりとかするもの）」へ。

196 第一九六段「仏は」と第一九七段「文《ふみ》は」（122頁）

「文」「ふ」繋がりで、末尾から冒頭へ。すなわち、第一九六段末尾「文殊。不《ふ》動尊。普《ふ》賢」から、第一九七段冒頭「文《ふみ》は文集。文選。新賦《ぶ》」へ。

224 第二二四段「清水に籠もりたりしに」と第二二五段「駅《むまや》は」（138頁）

「旅」「駅」繋がりで、末尾部から冒頭へ。

225 第二二五段「駅《むまや》は」と第二二六段「社《やしろ》は」(139頁)

「駅」「旅の御社」繋がりで、冒頭から冒頭部へ。

226 第二二六段「社は」と第二二七段「一条の院をば今内裏《いまだいり》とぞ言ふ」(139頁)

「蟻通し」「一条」繋がりで、末尾部から冒頭へ。「蟻通し」の「七曲に曲がれる玉の緒を貫」く(第二二六段末尾部)のは、「一条」(第二二七段冒頭)の糸である。また、第二二七段冒頭部で語られる「北なる殿」「西、東」の「渡殿」の行き来は、あたかも「七曲に曲がれる」道を通るかのごときである。

252 第二五二段「人の上《うへ》、言ふを腹立つ人こそ」と第二五三段「人の顔に、とりわきて、よしと見ゆる所は」(154頁)

「人の上」「人の顔」繋がりで、冒頭から冒頭へ。

253 第二五三段「人の顔に、とりわきて、よしと見ゆる所は」と第二五四段「古体《こたい》の人の、指貫、着たるこそ」(155頁)

「人の顔」「古体」繋がりで、冒頭から冒頭へ。「古体」(もしくは「古代」)は、古風・時代遅れの意だが、連想的には、文字通り「古体」で、「顔」から「体」という面白さがある。

255　第二五五段「十月十余日の月の、いと明かきに」と第二五六段「成信の中将こそ」（156頁）
〈声の聞き取りの有無〉繋がりで、末尾から冒頭へ。すなわち、第二五五段末尾「後《しり》に立ちて笑ふも、（当の本人は）知らずかし」から、第二五六段冒頭「成信の中将こそ、人の声は、いみじう、よう聞き知り給ひしか」へ。人から、すぐ後ろで笑われているのも気づかない場合に対して、人の声をよく聞き取る成信中将の耳のよさが語られる。

259　第二五九段「御前にて人々とも」と第二六〇段「関白殿、二月二十一日に」（159頁）
「二」「十」繋がり。主要なキーワードは「紙二十」（第二五九段）に対して「一切経」（第二六〇段）。

260　第二六〇段「関白殿、二月二十一日に」と第二六一段「尊きこと」（161頁）
「一」「九」繋がり。主要なキーワードは「一切経」（第二六〇段）に対して「九条」（第二六一段）。

262　第二六二段「歌は」と第二六三段「指貫は」（162頁）
「長うて曲《くせ》づいたり」（第二六二段末尾）に対して、「指貫」（第二六三段冒頭）とある。すなわち、「長うて」に対して、ずんぐりむっくりの「指貫」の袴姿。「曲づいたり」に対して、直線となる「差し貫（抜き）」という言葉遊び的な連想に拠る。

271　第二七一段「屋は」と第二七二段「時奏《とき》する、いみじう、をかし」（166頁）
催馬楽「東屋」と「時奏する」（＝時刻を奏上する）」繋がりで、末尾から冒頭へ。笏拍子を打って歌う催馬楽「東屋」（第二七一段末尾）に対して、「時奏する」（第二七二段冒頭）は、同段中にもあるように、「弦、打ち鳴らして」「遙かなる声（＝遠くに聞こえるような声）」で唱える。

275　第二七五段「常に文おこする人の」と第二七六段「きらきらしきもの」（169頁）

〈キラキラ〉繋がりで、末尾から冒頭へ。すなわち、第二五五段末尾「火桶の火を挟み上げて……」から「きらきらしきもの」へ。「火桶の火」は「挟み上げ」たとき、真っ赤な炭火が冷やされ、パチパチと小さな音を立てて、キラキラと輝いたりするものである。

294　第二九四段「僧都の御乳母のままなど」と第二九五段「男は、女親《めおや》、亡くなりて」（181頁）

「まま」から〈継子《ままこ》〉繋がりで、冒頭から冒頭へ。すなわち、第二九四段冒頭「僧都の御乳母のまま」の「まま」から、第二九五段冒頭「男は、女親、亡くなりて……心わづらはしき北の方、出で来て後は」へ。これもまた、言葉遊びを絡めた、平易ながら気づきにくくもある連想と言えよう。

296　第二九六段「ある女房の、遠江の子なる人を」と第二九七段「便なき所にて、人に物を言ひけるに」（183頁）

〈不都合な所で話しかける〉繋がりで、冒頭から冒頭へ。第二九六段冒頭部の「同じ宮人をなむ、忍びて語らふ（＝恋人と同じ宮に仕えている女房を、こっそり口説く）」のは、第二九七段冒頭「便なき所にて、人に物を言ひける（＝不都合な所で、人に話しかけた）」場合である。実際、第二九六段の男（則長）は、恋人に浮気がばれるという事態を招いている。

297　第二九七段「便なき所にて、人に物を言ひけるに」と第二九八段「まことにや、やがては下る」

（183頁）**〈隠し事〉繋がり**で、末尾から冒頭へ。第二九七段末尾「見つくる人や　あらむと思へば（＝見つける人がいるだろうかと思うと）」から、第二九八段冒頭「まことにや、やがては下る（＝本当ですか、ほどなく下向するというのは）」へ。すなわち、見つけられる心配のある隠し事（末尾）から、そうした人の信用に関わる事を耳にして、本人にその噂の真偽を問う（冒頭）という流れへ。

以上、説明しやすい繋がりの例を挙げたが、この他、左記の章段も、新見解もしくは従来、特に言及がなされなかったと思われる繋がりに加えられる（内容確認は、基礎篇第一章第一節、参照）。

64（第六四・六五段）／**79**（第七九・八〇段）／**80**（第八〇・八一段）／**97**（第九七・九八段）／**100**（第一〇〇・一〇一段）／**125**（第一二五・一二六段）／**130**（第一三〇・一三一段）／**131**（第一三一・一三二段）／**133**（第一三三・一三四段）／**145**（第一四五・一四六段）／**153**（第一五三・一五四段）／**154**（第一五四・一五五段）／**155**（第一五五・一五六段）／**161**（第一六一・一六二段）／**169**（第一六九・一七〇段）／**181**（第一八一・一八二段）／**188**（第一八八・一八九段）／**199**（第一九九・二〇〇段）／**206**（第二〇六・二〇七段）／**207**（第二〇七・二〇八段）／**219**（第二一九・二二〇段）／**220**（第二二〇・二二一段）／**221**（第二二一・二二二段）／**227**（第二二七・二二八段）／**228**（第二二八・二二九段）／**229**（第二二九・二三〇段）／**230**（第二三〇・二三一段）／**231**（第二三一・二三二段）／**233**（第二三三・二三四段）／**241**（第二四一・二四二段）／**243**（第二四三・二四四段）／**268**（第二六八・二六九段）／**270**（第二七〇・二七一段）／**283**（第二八三・二八四段）／**303**（一本五・六段）／**313**（一本一五・一六段）

このように、説明しやすい繋がりだけでも三二例、その他として挙げた右の三六例を含めれば計六八例に及ぶ。改めて前段と次段の繋がりが、いかに重要であるかを認識せざるを得まい。これらは、いずれも❶～❸を常に念頭に置いて、各章段の意図を考慮し、前段と次段の繋がりを見返した結果、浮かび上がったものである。

第四節　見落とされていた連続性（二）
――四期構成から浮かび上がる連続章段において

前節の列挙は、あくまで三巻本における現行章段の順序の範囲内のものである。したがって、基礎篇から導き出された四期構成は踏まえていない。本節では、残りの四期構成から浮かび上がった連続章段において、同じく重複を厭わず、管見の及ぶところ、従来、見落とされていたと思われる着目すべき前段と次段の連続性について、簡略に列挙したい（太字の番号は、基礎篇第一章第一節で使用した番号）。

【第一期】

＊初段「春は曙」と第一〇段「山は」（17頁の**9**）

「山」と**〈薄暗さ〉繋がり**で、冒頭から冒頭へ。すなわち、初段冒頭「春は曙。やうやう白くなりゆく山際」の「曙」「山」から、第一〇段冒頭「山は小倉（小暗《をぐら》）山」へ。「曙」は「小暗し（＝薄暗い）」に通ずる。ちなみに、この〈薄暗さ〉繋がりは、「小倉山」以外にも、第一〇段中の「木《こ》の暗《くれ》（＝暮《くれ》）山」「朝倉《くら》（＝朝暗《くら》）山」に見られる。

＊第五九段「川は」と第六一段「橋は」（41頁の**60**）

「川」「橋」繋がりで、冒頭から冒頭へ。また、「川は」段末尾「天の河原。……」は、「橋は」段中の「天彦の橋」へと繋がる。

【第二期】

＊第三三段「七月ばかり、いみじう暑ければ」と第六〇段「暁に帰らむ人は」（40頁の59）

両段は**〈夜明け方の帰宅〉繋がり**で、末尾から冒頭へ。すなわち、第三三段末尾「明かうなりて、人の声々し、日も射し出でぬべし。……立ち出でて……」から、第六〇段冒頭「暁に帰らむ人は」へ。また、両段は、**〈無造作な「烏帽子」〉繋がり**でもある。すなわち、「烏帽子の押し入れたる気色も、しどけなく（＝しまりなく）見ゆ」（第三三段）に対して、「烏帽子の緒、元結、固めずともありなむ」（第六〇段）とある。

＊第六〇段「暁に帰らむ人は」と第六七段「おぼつかなきもの」（44頁の66）

〈暗がりの心もとなき状況〉繋がりで、末尾から冒頭へ。すなわち、第六〇段末尾「暗ければ、いかでかは見えむ。『いづら、いづら（＝どこ、どこ）』と叩きわたし、……」から、第六七段冒頭「おぼつかなきもの（＝心もとないもの）。……闇なるに……火も灯さで」へ。

＊第七一段「ありがたきもの」と第七四段「あぢきなきもの」（48頁の73）

〈期待はずれ〉繋がりで、末尾から冒頭へ。すなわち、第七一段末尾「契り深くて語らふ人の、末まで仲よき人、かたし（＝滅多にない）」から、第七四段冒頭「あぢきなきもの（＝期待はずれなもの）」へ。深く付き合った者同士で、最後まで仲のよいのは、滅多にない（第七一段末尾）――こうした、よくある人間関係の結末は、いかにも「あぢきなきもの」である。

＊第七八段「返る年の二月二十余日」と第八三段「めでたきもの」（55頁の82）

「めでたし」繋がりで、第七八段全体から第八三段冒頭へ。第七八段の中心は、絵や物語に出て来るような「めでたき」斉信礼讃にある。

＊第九三段「口惜しきもの」と第一一〇段「常より異《こと》に聞ゆるもの」（72頁の109）

〈風変わり〉繋がりで、末尾から冒頭へ。すなわち、第九三段末尾「怪《け》しからず（＝異様だ、風変わりである）」から、第一一〇段冒頭「常より異に聞こゆるもの」へ。

【第三期】

＊第六段「上に候ふ御猫は」と第四二段「似げなきもの」（32頁の41）

「似げなきもの」繋がりで、末尾から冒頭へ。第六段末尾で語られる、人の情に身を震わせて啼いた翁丸の犬畜生らしからぬ振る舞いは、まさに「似げなきもの」である。

＊第四六段「職の御曹司の西面の立蔀のもとにて」と第五三段「殿上の名対面《なだいめん》こそ、なほ、をかしけれ」（37頁の52）

〈誰かと問う〉繋がりで、末尾から冒頭へ。すなわち、第四六段冒頭部「『それは誰ぞ』と言へば、『弁、候ふなり』と宣ふ」から、第五三段冒頭「殿上の名対面」へ。「名対面」では、点呼の際、「誰ぞ」と問い、呼ばれた者は、姓名を名のる。

＊第五七段「よき家の中門、開けて」と第一三〇段「五月ばかり、月もなう、いと暗きに」（86頁の129）

「……や候ふ」「候ひ給ふ」繋がりで、末尾から冒頭へ。すなわち、第五七段末尾「『某殿の人や候ふ』など言ふも、をかし」から、第一三〇段冒頭「五月ばかり、月もなう、いと暗きに、『女房や候ひ給ふ』と」へ。

＊第一八六段「宮仕へ人のもとに来などする男の」と跋文「この草子、目に見え、心に思ふ事を」（199頁の325〔跋文〕）

〈意のままにならない不可抗力〉繋がりで、末尾から冒頭部へ。すなわち、第一八六段末尾「いかがはせむ。それだに、なほぞある（＝どうしようもないが、それでさえ、憎らしい」から、跋文の冒頭部「心よりほかにこそ、漏り出でにけれ（＝心外にも、漏れ出てしまったことだ）」へ。キーワードの**「里」「心」繋がり**でもある。

【第四期①】

＊第九段「今内裏の東をば」と第三四段「木の花は」（28頁の33）

「木」繋がりで、冒頭から冒頭へ。すなわち、第九段冒頭「今内裏の東をば、北の陣と言ふ。梨の木の遙かに高きを」から、第三四段冒頭「木の花は」へ。第三四段には、「梨の花」についての詳しい条があり、両段は**「梨」繋がり**でもある。

＊第四一段「七月ばかりに、風いたう吹きて」と第七二段「内裏の局、細殿いみじう、をかし」（46頁の71）

「風いたう（いみじう）吹き」「涼し」繋がりで、冒頭から冒頭へ。すなわち、第四一段冒頭「七月ばかりに、風いたう吹きて、雨など騒がしき日、大方、いと涼しければ」から、第七二段冒頭「内裏の局、細殿いみじう、をかし。上の蔀、上げたれば、風いみじう吹き入りて、夏も、いみじう涼し」へ。

＊第七三段「職の御曹司におはします頃、木立などの」と第七九段「里に、まかでたるに」（51頁の78）

〈昼夜を問わない訪問〉繋がりで、末尾から冒頭へ。すなわち、第七三段末尾「昼も夜も、殿上人の絶ゆる折なし。……」から、第七九段冒頭部「殿上人などの来るをも、……。……また夜も昼も来る人を」へ。

＊第八二段「職の御曹司におはします頃、西の廂に」と第九四段「五月の御精進の程、職におはしま

す頃」（62頁の93）
「職（の御曹司）におはします頃」繋がりで、冒頭から冒頭へ。すなわち、第八二段冒頭「職の御曹司におはします頃」から、第九四段冒頭「五月の御精進の程、職におはします頃」へ。

＊第九八段「雨の、うちはへ降る頃」と第一〇三段「方弘は、いみじう人に笑はるる者かな」（68頁の102）
〈爆笑〉繋がりで、末尾から冒頭へ。すなわち、第九八段末尾「いみじう笑ひけるに、大きに腹立ちてこそ憎みしか」から、第一〇三段冒頭「方弘は、いみじう人に笑はるる者かな」へ。

＊第一〇五段「言ひにくきもの」と第一一九段「恥づかしきもの」（77頁の118）
「恥づかしき」繋がりで、末尾から冒頭へ。すなわち、第一〇五段末尾「恥づかしき人の……」から第一一九段冒頭「恥づかしきもの」へ。

＊第一二〇段「無徳なるもの」と第一二二段「はしたなきもの」（79頁の121）
「はしたなきもの」繋がりで、末尾から冒頭へ。すなわち、第一二〇段末尾「心と出で来たる」から第一二二段冒頭「はしたなきもの」へ。第一二〇段末尾で語られる、嫉妬して家出はしたものの、予想外に夫に、ほおっておかれ、「心と出で来たる（＝のこのこと出て来た）」妻の行動は、「はしたなきもの（＝気恥ずかしいもの）」にほかならない。

＊第一二三段「関白殿、黒戸より出でさせ給ふとて」と第一二八段「故殿の御ために」（84頁の127）
「関白殿」「故殿」の**道隆繋がり**で、冒頭から冒頭へ。また、**「この後」「故殿」繋がり**で、末尾から冒頭へ。すなわち、第一二三段末尾「この後の御繁栄を御覧になられたら、『もっとも』とお思いになられたでしょう」を受ける。

＊第一二八段「故殿の御ために」と第一三五段「なほ、めでたきこと」（89頁の134）
「めでたし」繋がりで、第一二八段中の「はた、いみじう、めでたし」「めでたしな」「なほ、い

と、めでたく」から第一三五段冒頭へ。第一二八段は、第一二二・一二三段に続く「めでた」きエピソード繋がりとなっており（**122**・**127**、参照）、第一三五段冒頭「なほ（=やはり）、めでたきこと」は、この流れを受けている。

＊第一三七段「正月十余日の程」と第一七四段「村上の先帝の御時に」（108頁の**173**）

〈梅の切り取った木の枝〉繋がりで、末尾から冒頭へ。すなわち、一三七段末尾「梅などのなりたる折も、さやうにぞするかし」から、第一七四段冒頭「村上の先帝の御時に……梅の花（の枝）を挿して」へ。

＊第二一五段「月のいと明かきに、川を渡れば」と一本二三段「松の木立、高き所の」（192頁の**320**〔**一本23**〕）

〈涼しげな透明感〉繋がりで、第二一五段末尾「水晶などの割れたるやうに、水の散りたるこそ、をかしけれ」から、一本二三段冒頭「松の木立、高き所の……涼しげに透きて見ゆる母屋に」へ。「水晶などの割れたるやうに、水の散りたる」（第二一五段）状態は、まさに「涼しげに透きて見ゆる」（一本二三段）ものである。

＊一本二三段「松の木立、高き所の」と第二一六段「大きにて、よきもの」（192頁の**320**〔**一本23**〕）

〈大きいのが、よい〉繋がりで、末尾から冒頭へ。すなわち、一本二三段末尾「大きなるが、……法師も、あらまほしげなるわざなれ（=望ましい感じの有様であることだ）」から、第二一六段冒頭「大きにて、よきもの」へ。両段は、キーワード**「松の木」**（一本二三段冒頭は「松の木立」）**「法師」繋がり**でもある。

【第四期②】

＊第一〇二段「はるかなるもの」と第一〇六段「関は」（70頁の105）
キーワード**「逢坂」繋がり**で、両段は連続する。
＊第一〇九段「卯月の晦方に、初瀬に詣でて」と第一一一段「絵に描き劣りするもの」（73頁の110）
「絵」繋がりで、末尾から冒頭へ。すなわち、第一〇九段末尾「屏風の絵に似て、いと、をかし」から第一一一段「絵に描き劣りするもの」へ。両段はキーワード**「菖蒲」繋がり**でもある。
＊第一一八段「暑げなるもの」と第一二二段「修法は」（78頁の120）
「修法」繋がりで、末尾から冒頭へ。すなわち、第一一八段末尾「六、七月の修法の、日中の時、おこなふ阿闍梨」から第一二二段「修法は」へ。
＊第一二九段「頭弁の、職に参り給ひて」と第二五八段「うれしきもの」（157頁の257）
「うれしきもの」繋がりで、末尾から冒頭へ。すなわち、第一二九段末尾部の「いみじう、うれしき」「うれしき事、二つにて」「喜び給ふかな」から、第二五八段冒頭「うれしきもの」へ。
＊第二七三段「日の、うらうらとある昼つ方」と第二九三段「大納言殿、参り給ひて」（179頁の292）
「いたう更け」繋がりで、冒頭から冒頭へ。すなわち、第二七三段冒頭「日の、うらうらとある昼つ方、また、いと、いたう更けて」から、第二九三段冒頭「大納言殿、参り給ひて、書《ふみ》の事など奏し給ふに、例の、夜いたく更けぬれば」へ。

【第四期③】

＊第一八九段「心憎きもの」と第二一九段「物へ行く道に、清げなる郎等《をのこ》の」（133頁の218）
「細やかなる郎等」「〈履き物〉の、つややかなる」繋がりで、末尾から冒頭へ。すなわち、第一八九段末尾部の「細やかなる郎等」「沓《くつ》の、いと、つややかなる」に対して、第二一九段冒頭部で

は「郎等の細やかなる」「屐子《けいし》（＝塗下駄）の、つややかなる」とある。

以上、説明しやすい繋がりの例を挙げたが、残りの左記の章段においても、新見解、もしくは従来、特に言及がなされなかったと思われる繋がりが見られる（内容確認は、基礎篇第一章第一節、参照）。

【第一期】第一九・四七段（46）／第五二・五八段（57）
【第二期】第三三・六〇段（59）／第七〇段・一本二七段（324〔一本27〕）／一本二七段・第七一段（324〔一本27〕）／第一一〇段・一本一段（298〔一本1〕）
【第三期】第一三四・一三八段（137）／第一七三・一七六段（175）
【第四期①】第一七四・一九〇段（189）
【第四期②】第一二一・一二四段（123）／第一二七・一二九段（128）
【第四期③】第二五七・二七四段（273）／第二九二・二九四段（293）

先に挙げた二九例に加えた右の残りの一三例、計四二例は、四期構成から浮かび上がった連続章段の全てである（巻末所収の「枕草子全章段表」「第一期～第四期③章段表」参照）。すなわち、四期構成から浮かび上がった連続章段の全てにおいて、新たな連続性が確認されたと言える。

第五節　連想の文芸

前節の四二例に前々節で示した六八例を加えれば、新たな章段の連続性として認定されるべきは、一一〇例となる。これは実に全章段の約三分の一という驚くべき数である（その他の細かな指摘を含めれば、その数は、さらに増える）[5]。

この数字は、従来、認識が徹底されていなかった〈連想の文芸〉という『枕草子』の特徴を示すものにほかなるまい。そもそも『枕草子』の各章段にはタイトルがない。そうである以上、その分、章段の繋がりに腐心し、そこに創意工夫を持たせることで、文芸的価値を高めようとするのは当然の行為である。それは、章段を生み出す契機・原動力にもなる。そこに『枕草子』が連続の文芸たる所以があり、事実、そうであった。第一期が初段「春は曙」に代表される「もの尽くし」的章段として始まっているのは、その証左である。そうした『枕草子』の特質も、この章段間の繋がりにおいて、大いに発揮されたと言うべきである。

〈連想の文芸〉――この『枕草子』全体を貫く特質は、『枕草子』という書名とも無縁ではない。その命名の由来は、跋文で語られているとおり、定子中宮の御前で清少納言が即興で答えた「枕にこそは侍らめ（＝枕が、きっとよろしいでしょう）」に拠り、慣用句「敷き妙への枕」に「〝史記、堪へ〟の枕」を重ねるユーモアを交えたものであった（基礎篇第二章の213頁、参照）。「枕」とは「枕言《まくらごと》（＝日常の話題、口癖）」である（213頁）と同時に、「歌枕」「枕詞」も意味する。「枕詞」とは、和歌に特に用いられる修辞法で、その好例として、『万葉集』の名歌「あしびきの　山鳥の尾の　しだり尾の　長々し夜を　一人かも寝む」が挙げられる。「あしびき」は「山鳥」の「山」を導き出す枕詞であり、「あしびきの　山鳥の尾の　しだり尾の」は、「長々し夜を」の「長々し」の序詞となっている。この連動性は、章段から章段へと引き継がれる『枕草子』の方法を想起させる。「敷き妙への枕」の「敷き」にしても、寝床の布を敷く動作から、白い布が流れるように波打つイメージがあり、次から次へと連動する章段との類似性が認められよう。名は体を表す。『枕草子』が〈「敷き妙への枕」の草子〉〈「歌枕」「枕詞」の草子〉であることを踏まえるならば、『枕草子』という書名には、この作品が〈連想の文芸〉であるというメッセージが込められていると言えはしないか。

それでは何故、このような『枕草子』の本質とも言うべき章段間の連続性の多くが、見落とされていたのか。章段の中には高度な謎かけ的なものがあり、単なる言葉遊びに止どまらない機知的レベルの高いものも少なくない。しかし、基本的に多くは平易なものと言える。第二節で挙げた、冒頭・末尾・キーワードに基づく三つの前段と次段の接続パターンも、わかりやすい常識的レベルのものであり、多くの研究者の目を逃れたにしては、あまりの数である。

この不可解な〝灯台もと暗し〟的現象――これを生み出した根本的原因は、これまでの考察から明らかである。それは、六つの章段群という『枕草子』本来の在り方から、かけ離れた順序に並び替えられた弊害に求められる。すなわち、清少納言が意図した章段順序が、多く改変され、冒頭・末尾・キーワードに基づく三つの前段と次段の接続パターンが目立たなくなったためであろう。そして、その結果、〈章段の書き出し＝タイトル〉といった読み方を、無意識的ながら推し進め、章段間の連想の繋がりを断ち切っていったと思われる。

一旦、章段の繋がりが断ち切られると、「連続性あり?」「連続性弱し」といった、現在の章段順序から窺われた偶然的な繋がり（基礎篇第一章第二節「章段前後の接続関係（二）」201頁の、章段前後の連続性に問題がある番号一覧、参照）に惑わされざるを得ない。章段の繋がりが前段だけでなく、前々段、さらに遡った段を受ける場合も多々、見られる（本章第一節「連想のパターン（一）」の227～229頁、参照）のも、この混迷を根深いものとしたことが予想される。

この見方に拍車を掛けたのが、類聚的章段・随想的章段・日記回想的章段の三つの本文様式に対する過剰な思い入れである。しかし、この区分が完全に当てはまるのは、第一期に過ぎず、第二期以降は、この三様式の混合形態から成る。また、各章段が三様式のいずれに属するかは必ずしも判然としないし、特に随想的章段と日記回想的章段の明確な線引きはできない。

この三様式に原本形態復元の糸口を求めることは、本質的に不毛な努力であるのに加え、新たな弊害も、もたらしている。三巻本に対する根深い不信感である。この不信感に基づき、三巻本の不備と思われる箇所を他の伝本、特に能因本から埋め合わせしようとする姿勢が、この章段間の繋がりを軽視する傾向を促進させたことは否めまい(6)。こうした点については、三巻本自体の性格も含めて、第三章で、さらに詳しく述べたい。しかし、その前に、次章で、基礎篇から導き出された四期構成につい て、その信憑性と特性を確認しておく。

【註】

（1）この四段は第三期の第五四〜五七番に当たり、連続する。

（2）**集成**「解説」には、「個々の章段内における主題・構想の連想的発展、各章段を結びつけている連想の約束」について、「一言を以って要約すると、『枕草子』は「連想の文学」であるというべきであろう」とある。また、「この自由奔放な連想性、そこにこそ、（中略）清少納言の作家としての新鮮かつ旺盛《おうせい》な開拓精神を見出すのである」とある。この見解自体は是とすべきであるが、氏と本書の主張する連想の文学（本書では「連想の文芸」と称する）との具体的な相違は、以下の本章の内容と第三章「三巻本の実態と能因本の位置づけ」参照。

（3）従来の研究については、大橋清秀「枕草子の構造」（『帝塚山学院大学研究論集』11、昭51・12）参照。

（4）ちなみに能因系統本では、「をふさ」は「おふ」に、「ゆづる葉」は「つる葉」となっている。こうした能因本における改変・省略についての詳細は、本篇第三章第三節「能因本の位置づけ」参照。

（5）**151**（第一五一・一五二段）・**183**（第一八三・一八四段）・**201**（第二〇一・二〇二段）のように、前段冒頭から次段冒頭の繋がりが明白な場合でも、前段末尾が、より限定的に次段冒頭を導く役割を果たす例などがある。

（6）例えば、三巻本を善本とする立場にある石田穣二氏においても、「書写の過程において生じた傷は全巻にわたって歴然たるものがある」（**角川文庫**）とし、左記のとおりに主張されている。

三巻本の優越性が主張されるあまりに、その本文が絶対視されることは危険であって、能因本以下他系統本の持つ本文校勘上の資料的価値も冷静に認められなくてはならぬであろう。（**角川文庫**）

他系統本との照合は、本文研究に有効であるが、三巻本に対する必要以上の猜疑心は、正しい本文を見誤りかねない。

第二章　四期構成の特性

第一節　第一期――原初『枕草子』の章段群

第一期は、左記の全二五段である。章段数で言うと、『枕草子』全三二一段の約八％に当たる。

第一・一〇～一九・四七～五二・五八・五九・六一～六六段

この第一期最大の特徴は、「もの尽くし」的（類聚《るいじゅ》的）章段に限定されるところにある。内大臣伊周《これちか》から多量の紙が定子中宮に下賜された。この紙の用途に対して、清少納言は「枕が、きっとよろしいでしょう」（「枕にこそは侍らめ」）と口を挟み、結果、彼女に託されたと跋文に記されている（212～213頁）。こうした経緯からするならば、まさに第一期は、そうして書かれた最初の章段群にふさわしい。「枕」とは、「枕言《まくらごと》（＝日常の話題、口癖）」「歌枕」であり（本篇第一章第五節の249頁、参照）、そうした日常でよく遣われる言葉等を思いつくままに列挙した「もの尽くし」は、当初の意図を有言実行したものと見なされるからである。それは、同じく跋文に「世間で認知されている洒落た言葉とか、誰もが素晴らしいと思うような名を選り好んで、和歌なども、木・草・鳥・虫も、書き出したならば……」とある条（224頁の註9）とも照応する。

このように、第一期の章段は、第二期以降と比して、初段の性格を、そのまま引き継いでいる、言わば『枕草子』の原点である。章段の内容からしても、原初の形態が窺われる。初段「春は曙」に続く「山は」「市は」「峰は」「原は」「淵は」「海は」、以下、最後の「滝は」「川は」「橋は」「里は」「草は」「草の花は」「集は」「歌の題は」に至るまで、一見してわかるように、第二期以降の章段に比べて、単純・明快なテーマとなっている。その内容も、ほとんどが単純な名称の並列であり、まさに「もの尽くし」的章段の中でも最も単純な形態と言えよう。ちなみに、最後を締めくくる章段は「集は」「歌の題は」であり、「枕言」「歌枕」として最も使用頻度の高い和歌となっている。

発表の場は当然ながら、定子中宮サロンとなる。伊周の内大臣着任以降、中関白家失墜以前という第一期の執筆想定期間（九九四年八月～九九六年正月）からも窺われるように、この原初『枕草子』は、定子サロンの華やかさを証明する文芸活動の一環として位置づけられたはずである。しかし、跋文に拠れば、世間一般への流布は第二期以降である（跋文には、源経房が持ち出して「それより歩《あり》き初《そ》めたるなめり」とある。基礎篇第二章第一節二、216頁、参照）。第一期の章段群が定子サロンで発表されたにもかかわらず、世間一般に広く流布するまでには至らなかったのは、おそらく、その発表時期のためであろう。すなわち、道長との主導権争いが激化する中での流布は、なかなか叶わなかったと思われる。少なくとも、道長周辺に公然と広まることはなかったのは、容易に想像しうる。

第二節　第二期——日記回想的章段初出の章段群

第二期は、左記のとおりの全五九段、章段数で言うと『枕草子』全三二三段の約一八％に当たる。

第二〇～三三・六〇・六七～七一・七四～七八・八三～九三・一一〇・一本一～二一・一本二七

段　　　　　　　　　　　　　　　　　　（一本二六段は、第九〇段の断章）

第二期における大きな特徴は〝日記回想的章段〟が初段に置かれていることである。類聚的章段のみで構成されていた第一期との繋がりを考えるならば、この日記回想的章段初出の意味は大きい。それでは、その意味するところは何か。

第二期初段となる第二〇段は、次のように始まる。

清涼殿の丑寅の隅の、北の隔てなる御障子は、荒海の絵、生きたる物どもの恐ろしげなる、手長、足長などをぞ描きたる。（弘徽殿の）上の御局の戸を押し上げたれば、常に目に見ゆるを、憎みなどして笑ふ。

高欄のもとに、青き瓶《かめ》の大きなるを据ゑて、桜の、いみじう、おもしろき枝の、五尺ばかりなるを、いと多く挿したれば、高欄の外《と》まで咲きこぼれたる昼つ方、大納言殿（＝伊周）、桜の直衣の少し、なよらかなるに、……参り給へるに、主上《うへ》の、こなたに、おはしませば、……（伊周様は定子中宮様と）物など申し給ふ。（第二〇段冒頭）

このように、第二〇段は、清涼殿の東北の隅にある「荒海の障子」について触れた上で、一条天皇がおいでの弘徽殿の上の御局（清涼殿内の局）に、傍線部のとおり、大納言伊周が参上し、定子中宮と話などをするところから語られる。段の語りだしが、波線部のとおり、恐ろしい「荒海の障子」であるのは、強烈な印象を与えずにはおかない。それは「荒海の障子」の条に続いて、高欄のもとにある大きな青瓶に挿された、見事な桜の条が、桜の直衣姿の伊周登場を引き立たせているのと、ある意味、対照的である。「荒海の障子」の条は、不自然とまでは言えないにせよ、その突出感は明らかである。

そこで語られている恐怖感は、少なくとも、この段の主眼と言うべき「主家中の関白家全盛期の追憶と中宮礼讃」（白子全釈）、段中の言を借りれば「げに、千歳も、あらまほしき御有様なるや」（259頁の引用本文、参照）へと収斂されることはない。「荒海の障子」について、以降、触れられていないこと、この段が第二期の初段であることを踏まえるならば、そこに何らかのメッセージが込められているとするのも、あながち穿った見方とは言えまい。

それでは、「荒海の障子」の条から、どのようなメッセージを読み取ることができるのか。その手掛かりは、第二期の執筆時期に求められる。第二期の執筆時期は、伊周の大宰府左遷の決定後、大赦・召還の宣旨が出されるまでの間にある。すなわち、伊周・隆家兄弟の左遷の決定は九九六年四月。これに対して、第二期の上限、定子の小二条殿への移御は翌々月。一方、伊周・隆家兄弟の大赦・召還の宣旨は、九九七年の四月。第二期の下限、源経房が備中守となったのは、その三ヵ月前の正月である。

九州に流されている伊周の境遇――この第二期執筆当時における中関白家《なかのかんぱくけ》の苦境を象徴する悲劇が、波線部「荒波」「生きたる物どもの恐ろしげなる、手長、足長など」に籠《こ》められてはいないか。特に「荒波」は、大宰府の途上の瀬戸内海や西の海を連想させよう。第二期の執筆に当たって、中関白家の現状に全く触れないのは不自然である。かといって正面から、それを語るのも憚《はばか》られる。このような微妙な立場を踏まえて、波線部「荒海の絵《かた》、……」で、暗に伊周の苦境を訴えたのではないかと思われる。当然ながら、第二期の初段、そして、その冒頭を飾るのが伊周登場であるのも、こうした観点から首肯される（ちなみに、こうした中関白家失墜がらみの暗喩は、第三期の第五・六段にも見られる。次節「第三期」264～266頁、参照）。

ところで第二期中、第二〇段と同様、間接的ながら中関白家の現状を反映する章段として、第三二段「小白川と言ふ所は」が挙げられる。この段は、花山天皇時代の九八六年六月、小一条大将殿（藤原済時）の小白川の山荘で盛大に催された法華八講の折の逸話が語られている。この段の中心人物は

「義懐の中納言」。彼を含めた「三位の中将（＝道隆）」「実方の兵衛佐《ひやうゑのすけ》」「藤大納言（＝藤原為光）」の四人と、美しい女車との交渉が、この段の主題となっている。[1] しかし、この風流な逸話は、段末尾に添えられた左記の条により、一転して世の無常を語る段と化す。

さて、その二十日余りに、中納言（＝義懐）、法師になり給ひにしこそ、あはれなりしか。桜など散りぬるも、なほ世の常なりや。「置くを待つ間《ま》の」とだに、言ふべくもあらぬ御有様にこそ、見え給ひしか。

（第三二段末尾）

小白川の法華八講から、わずか数日後、義懐は出家したとある。兼家一家の策謀による、かの有名な花山天皇突然の退位に伴う出家である。この末尾によって、それまで語られていた段の内容は、義懐の栄光、最後の輝きを書き留めたものとなる。

このようにして見ると、義懐以外の道隆・実方・為光についても、義懐ほどの衝撃ではないにせよ、何らかの悲劇性を連想させる人物となっていることに気づかされる。道隆逝去からは、この章段執筆まで少なくとも一年を経過しているし、そもそも、この法会の段が語られるのも、道隆追悼の念なくしてはありえまい。清少納言と恋愛関係があったと思われる実方[2]は、この段執筆の時点では陸奥国におり、陸奥国下向は、行成への狼藉から「歌枕、見て参れ」の勅勘をこうむって左遷されたとの伝承がある。また、為光は道隆が亡くなる三年前に死去しており、為光の女《むすめ》忯子は花山天皇の寵愛を受けたが産死。天皇退位の一因となったと言われている。こうした執筆時期から窺われる高度な感傷性は、この段を貫く特徴と言えよう。義懐出家直前の栄華が語られるのも、関白家の現状を踏まえ、伊周左遷以前の、さらなる過去の悲劇に遡《さかのぼ》ったためと思われる。義懐の悲劇が、中関白家の悲惨な現状を相対化し、緩和させる効果をもたらしているのである。『枕草子』の記事の中で事件年次のわかるものとしてはもっとも古い回想の記事である」（**大事典**）ことからも窺われるように、懐古色が強い章段であるのは、こうした理由があったからと推測される。

また、この過去に遡った第三二段とは対照的に、中関白家近況が窺われるのが、同じく第二期中の章段、第七八段「返る年の二月二十余日」である。この段は、定子が職曹司への出御した翌日、斉信から清少納言に「必ず言ふべき事あり」との連絡があった事から始まる。「夜明け前に行くから、待つように」という彼の指示があるも、御匣殿のお召しにより逢えず、一夜明けてから、しばし簾越しの対面。斉信は、そのまま定子のいる職曹司へ。暮れ方、清少納言が職曹司へ参上すると、話題は、やがて昼に訪れた斉信礼讃へと移り、女房たちが、うるさい程に、彼との遣り取りを聞かせてくれた、とある。

第七八段冒頭の「返る年の二月二十余日」は、定子が職曹司へ出御した長徳二年（九九六）二月二十三日（二十五日?）である。伊周・隆家兄弟の従者が花山院へ矢を射た、かの不敬事件は同年正月十六日で、第七八段の逸話の一ヵ月程前に過ぎない。伊周・隆家兄弟に左遷の決定が下されるのは四月二十四日。斉信が来訪した頃は、まさに、この不敬事件の審査中であった。第七八段の背景には、道隆亡き後の中関白家の存亡が掛かった緊迫した状況があったのである。そうした状況下、斉信からの強い対面要請となれば、政治絡みの情報収集といった生臭いものが予想される[3]。二月下旬時点は、定子妊娠一ヵ月の頃でもあった事を考慮するならば、なおさらである（**大事典**）。しかし、そこで語られているのは、そうした緊迫した状況とは無縁な、斉信の貴公子然とした素晴らしさに過ぎない。

以上のように、第二〇段「清涼殿の丑寅の隅の」には、第二期の初段として、その執筆時における中関白家の現状を踏まえた形跡が窺われた。第三二段「小白川と言ふ所は」、第七八段「返る年の二月二十余日」も、そうした延長線上にとらえられた。しかし、第二〇段に籠められた初段の意味は、これに止どまらない。第二〇段は冒頭の伊周登場後、左記のとおり、伊周の『万葉集』朗詠に端を発して、定子の発案のもと、女房たちの古歌記憶力テストへと展開する。

（定子様御前近くで、伊周様は）「月も日も　変はりゆけども　久《ひさ》にふる　三室の山の」といふ言《こと》を、いと、ゆるらかに、うち出だし給へる、いと、をかしう覚ゆるにぞ、げに、千歳も、あらまほしき御有様なるや。……（定子様は）「これに、ただ今、覚えむ古き言、一つづつ書け」と仰せらる る。……ついでに「円融院の御時に、『草子に歌一つ書け』と殿上人に仰せられければ、……

（第二〇段）

伊周は、破線部「月も日も……」という『万葉集』の句を朗詠した。それは「千歳も、あらまほしき御有様」であったという。この後、定子が女房たちに「古歌を一つずつ書け」と命じて、この章段の主要を占める内容、すなわち、円融院の御代、帝が殿上人に「草子に歌を一つ書け」とした逸話、続いて村上天皇の御代、帝が宣燿殿女御（藤原芳子）に『古今和歌集』の暗記テストを行った逸話へと移っていく。その定子による逸話紹介で目に付くのは、傍線部にもある「草子」、そして宣燿殿女御の逸話に象徴される「古今（＝『古今和歌集』）」というキーワードである。すなわち、「草子」という言葉は計四例（「草子」二例、「古今の草子」「御草子」各一例）使われている。『枕草子』中に使用されている「草子」全一五例のうち、これは突出している数である（複数例の段は、他に跋文の二例のみ）。また「古今」も計四例（「古今」二例、「古今の草子」「古今の歌二十巻」各一例）ある。「草子」は『枕草子』それ自体を連想させ、「古今」は、第一期の最後を締めくくる「集は」「歌の題は」段のうち、「集は」段末尾「古今」と重なる。特に「集は」段は、その全文が「集は、古万葉（＝『万葉集』）。古今」であり、第二〇段が伊周の『万葉集』朗詠に端を発しての逸話であることを踏まえると、この両段の繋がりの深さが窺われる。むしろ、第二〇段の着想として「集は」段を位置づけることも可能であろう。

以上、第二〇段の分析を通して、この段に籠められている初段の意味を探った。そこから垣間見られるのは、第二期の始発としての第二〇段の新たな側面である。すなわち、その冒頭を飾る「荒海の障子」の条には、九州に流されている伊周の悲運が暗示されていた。第二期の章段群が、源経房という道長摂関家ゆかりの人物の手を経て流布された経緯（262～263頁）を考慮するならば、この意味するところは明らかである。それは、中関白家の現状を示唆することで、定子中宮サロンとは異なる道長摂関家周辺という新たな発表の場での新たな章段群の始まりを可能としている。また、第二〇段は同時に、第一期を引き継ぐものでもあった。第二〇段のキーワードともなっている「草子」「古今」には、それが端的に示されていた。第一期の最後を締めくくる「集は」「歌の題は」段との繋がりは、第二〇段の着想的次元にまで及ぶ深いものであることを窺わせている。

第二〇段が第一期の類聚的章段を踏襲せず、『枕草子』中、最初の日記回想的章段となる意義も、以上、述べた道長摂関家周辺での発表という特殊事情を反映したものにほかなるまい。

第三節　第三期——跋文の章段群

第三期は、左記のとおり、全六八段、章段数で言うと『枕草子』全三二三段の約二一％に当たる。

第二～六・四二～四六・五三～五七・一三〇～一三四・一三八～一七三・一七六～一八六段・跋文

第三期最大の特徴は、最後に跋文が置かれている点にある。跋文を『枕草子』全体の跋文ではなく、第三期最終段としてとらえ直す時、その意味するところは変わらざるを得ない。それは如何なるものであったかを検証したい。

一　跋文に隠された意味――道長摂関家周辺での発表宣言

第三期の最終段として跋文をとらえ直した時、改めて浮かび上がる問題点は、跋文からは読み取り難い第一期の存在である。

この草子、目に見え、心に思ふ事を、「人やは見むとする」と思ひて、つれづれなる里居の程に書き集めたるを、あいなう、人のために、便なき言ひ過ぐしも、しつべき所々もあれば、「よう隠し置きたり」と思ひしを、心よりほかにこそ、漏り出でにけれ。（跋文冒頭）

「この草子」は、目に見え、心に思う事を、「人が見ることは、よもやあるまい」と思って、退屈な里下がりの時に書き集めておいたのを、あいにく他人にとって都合の悪い言わずもがなの事も、書いてしまったような箇所もあるので、「うまい具合に隠しておいた」と思ったのに、心外にも外に漏れてしまったことであるよ――この跋文冒頭からは、第一期の存在は窺われない。破線部「つれづれなる里居の程に書き集めたる」章段は第二期であるし、純粋な類聚的章段群である第一期（本章第一節「第一期」253～254頁、参照）は、波線部「あいなう、人のために……」とあるような、人が見て都合の悪いものでもない。傍線部「この草子」は明らかに日記回想的章段を前提としている。もっとも、跋文において第一期の存在が否定されているわけではない。

「枕にこそは侍らめ」と申ししかば、「さば、得てよ」とて、賜はせたりしを、あやしきを、「こよや」「何や」と、尽きせず多かる紙を書き尽くさむとせしに、いと、物おぼえぬ事ぞ多かるや。（跋文）

右のとおり、定子より下賜された大量の紙は、「枕が、きっとよろしいでしょう」と提案した清少納言に下賜され、「妙なつまらぬことを、あれも、これもと、あれほど多かった紙を書き尽くそうとした」とある。その中に、類聚的章段群の第一期も含まれていると見なすことも出来るからである。右の条に続く「世間で認知されている洒落た言葉とか、誰もが素晴らしいと思うような名を選り好んで、和歌なども、木・草・鳥・虫も、書き出したならば、期待していたよりも、よくないと誹られようが、……」（224頁の註9）は、それを窺わせる。

それでは、なぜ清少納言は跋文で、あえて第一期を否定するような、このような書き方をしたのであろうか。ここで改めて着目すべきは、左記の跋文末尾である。

左中将（＝源経房）、まだ「伊勢守」と聞こえし時、里（＝清少納言の里邸）に、おはしたりしに、端の方なりし畳を差し出でしものは、この草子、載りて出でにけり。惑ひ取り入れしかど、やがて持《も》ておはして、いと久しくありてぞ、返りたりし。それより、歩《あり》き初《そ》めたるなめり。（跋文末尾）

ここには、源経房によって流布した第二期の成立事情が語られている。しかし、破線部「それ以来、世間に流布し始めたようだ」は、必ずしも『枕草子』最初の発表を意味しない。それは文字通り、世間への『枕草子』最初の伝播を意味する。すなわち、第一期の存在を前提に解釈するならば、定子サロン以外への伝播を意味することになろう。

第二期を流布させた源経房（九六九～一〇二三）は、道長とは従兄弟にあたり、同母姉の明子は道長室（九八八年頃、婚姻）である。そうした関係からか、時期は確定されないものの、経房は道長の猶子扱いとなっていたらしい(4)。やがて道長の家司的役割を果たすようなこともあったようだ（『権記』九九八年三月五日の条）。一方、道隆との接点を直接示す資料は皆無に等しく、唯一、見られるのは、九九三年七月、相撲御覧の際、経房ら三人の少将が左方の審判役を固持して、道隆の怒りを買い、禁中を追い出されるという記事である（『小右記』『権記』）。清少納言の定子中宮のもとへの初出仕は、同年初冬の頃とされるから、経房とは当初より、道長方の人物として接していたと言えよう。こうした経房の政治的立場を考慮するならば、彼の手により流布された視線の先には、道長家があったとするのが自然である。

このように、「この草子」が経房の手により「歩き初めたる」世間とは、定子サロン外を意味する可能性が高い。「歩き初めたる」とは、あくまで定子サロン外にであって、その場所を、より限定するならば、道長家周辺となろう。こうした発表事情は、中関白家と道長摂関家との対立という当時の政治的状況を反映している。第二期成立は、伊周・隆家兄弟の左遷決定（九九六年四月）、定子落飾（同年五月）の後である。このとき既に、中関白家の没落は決定的となり、権勢は道長の手中にあった。中関白家は孤立し、名文の初段を含み、好評を博したであろう第一期『枕草子』も、公然と、もてはやすことが憚られる焚書坑儒的雰囲気であったと推測される。経房による流布は、結果的に、こうした逼塞的状況を打破する突破口的な役割を果したと言えよう。

第二期発表は道長周辺とは言え、いまだ定子のもとに戻る可能性を秘めた段階のことであった。これに対して、第三期発表は定子亡き後である。既に中宮亡き後のサロンを辞していた清少納言にとって、第二期発表時のような、定子側と道長側とを天秤にかける駆け引きの余地はない。清少納言にとって第三期披露の視線の先に見据えていたのは、第三期発表時以上の道長方との繋がりの強化である。第二期が経房を介しての変則的な発表であったのに対して、第三期では中関白家に遠慮することなく、堂々と披露の場に道長摂関家を前提として発表したはずである。しかし、そうは言うものの、これまでの複雑な『枕草子』の発表経緯に対する弁明は必要とされた。跋文において、その事情を自ら語ったのも、そのためにほかなるまい。

二　第五・六段挿入の背景——道長摂関家周辺での発表の痕跡

それでは第三期に、そうした公然と道長摂関家方での披露を前提とした痕跡は見いだせるのか。ここで着目されるのが、第三期における最初の日記回想的章段で、第三期第四・五段目に当たる、第五段「大進生昌が家に」と第六段「上に候ふ御猫は」である。

第五段「大進生昌が家に」では、長保元年（九九九）八月九日、定子中宮が御産のため生昌邸に行啓した際、生昌の受け入れ体制の不備や行動が、痛烈に批判・嘲笑されている。生昌邸へ出御の際、東門を四脚門に改造したが、門が小さいため、女房たちは筵道を歩いて、殿上人・地下人の目に晒されることとなり、その怒りを定子中宮に伝えたとある。(5) 以下、この門の一件で生昌を秀句でやり込めた話、生昌が清少納言に夜這《よば》いをしようとしたことを暴露し、その折、「候はむは、いかに。候はむは、いかに」と連呼した生昌の無粋な愚直ぶり等が語られている。(6) この生昌邸への出御時、定子中宮の御輿が仮ごしらえの四脚門をくぐるという異例な出来事は、当時、評判であった。「人々云ク、未ダ御輿ノ板門屋ヲ出テ入ルヲ聞カズト云々」（『小右記』）とある。定子中宮の御輿は、ここでは四脚門ではなく、さらに格下の板門屋から入ったとなっている。(7) こうした事態に至った背景には、道長の定子中宮に対する妨害行為があった。道長は、この出御の日に、あえて上達部たちを引き連れて宇治に赴いている（『権記』『小右記』）。結果、定子中宮の出御に随行する上達部は、ほとんどなく、藤原実資がその任に当たることになり、板門屋、もしくは仮ごしらえの四脚門からの入御という前代未聞の事を目の当たりにすることとなった。この定子中宮の存在を愚弄するかのような明白な牽制行為は、(8) 凋落する中関白家を容赦なく追い込んだものとして世に知らしめたと言ってよい。

そうした定子中宮の最大の汚点の一つともなった出来事を、あえて取り上げた第五段は、第三期における日記回想的章段の初出となる。第三期初段「頃は、正月」（第二段）「同じ言なれども、聞き耳、異なるもの。……」（第三段）「思はむ子を法師になしたらむこそ、心苦しけれ」（第四段）という差し障りのない類聚的章段・随想的章段の後、「大進生昌が家に……」と、この世間で評判となった出来事に、冒頭から切り込んだインパクトは、大きかったはずである。

第五段の挿入が、そうした対読者効果を充分、意識したものであったことは、続く第六段「上に候ふ御猫は、……」の内容からも窺われる。この段で語られるのは、一条天皇が可愛がっていた猫を追い回し、天皇の怒りを買って追放された翁丸という犬が、宮中に舞い戻り、畜生とも思われぬ忠義な振る舞いに、勅勘が解かれるまでの一件である。事の発端は、五位を授けられた「命婦のおとど」という一条天皇の愛猫を、「乳母の馬の命婦」の命令に従って、翁丸が追い回したことにある。[9] 翁丸は犬狩りの末、打擲《ちょうちゃく》、犬島へ追放。しかし、その三・四日後の昼頃、翁丸らしき犬が、宮中で啼き続け、打擲されるものの、夕方、みじめな姿となって現れる。犬は呼び名に答えず、餌も食べずに居続けたが、翌朝、定子中宮の御調髪に奉仕した清少納言が優しい言葉を投げかけるに及んで、身を震わせて涙をポロポロ流し、その素性を明らかとする。その後、一条天皇も聞きつけて、「犬なども、かかる心あるものなりけり」とお笑いになり、勅勘が解かれ、元の身の上となったとある。

宮中を我が物顔で歩いていた翁丸が、帝の勘気に触れて追放の憂き目に。しかし追放先から舞い戻り、度重なる打擲にも堪え、ひたすら恭順の意を示した結果、許されて元の境遇に収まる――このエピソードは、中関白家の長でありながら、大宰府に左遷された伊周を連想させる（金子評釈・解環、参照）。伊周は、長徳二年（九九六）正月、花山院に矢を射る不敬事件を起こし、同年四月、大宰府左遷が決定。十月、その往路の途中、密かに入京するといった愚挙に及ぶも、翌三年十二月、帰京を許されている。その間、母貴子の死去等、伊周を中心とする中関白家の悲劇・苦難は、筆舌を超えたものであった。前段が、中関白家凋落を象徴する出来事を語り、かつ、その中心的人物が伊周入京の密告者「生昌」であることを踏まえるならば、なおさら翁丸に伊周のイメージを重ね合わせざるをえない。

第三期における最初の日記回想的章段となる第五・六段が挿入された背景には、こうした道長方を第一読者とする事情が見え隠れする。この両段には、中関白家凋落という厳しい現実が横たわっていたが、その視線の先には共に、勝者道長方の存在が見据えられている。第五段では、清少納言が生昌を批判・愚弄する都度、定子中宮が彼女を笑って制止したり、生昌に同情したりする姿が印象的に語られている。(10)これは道長による屈辱的な生昌邸入御という世間の見方に対して、当の中宮本人は全く意に介していないというアピールともなる。生昌への個人攻撃・戯画化に終始することによって、本来、向けられるべき相手の目くらましとなっている。この段における異様な明るさは、こうした道長方への配慮の結果、生じていると言えよう。(11)また、第六段においては、帝の勘気に触れた翁丸が示した恭順の姿勢は、繰り返し強調されているところである。(12)翁丸を伊周に置き換えるならば、大宰府左遷は、あくまで一条天皇との問題であり、そこに道長側の介入の余地はない。

以上のように、第五・六段からは、道長摂関家周辺における発表の痕跡が窺われた。中関白家失墜がらみの暗喩は、第二期の第二〇・三二・七八段にも見られた（前節「第二期」255〜258頁、参照）。しかし、同じ暗喩とは言え、第三期の場合、次元の異なる、より積極的なものとなっている。それが跋文にも象徴された〈道長方周辺での発表〉という事情に拠ることは、もはや言うまでもあるまい。

第四節　第四期①〜③——跋文後の章段群

第四期は左記のとおり、①〜③に分かれ、全一七〇段、章段数で言うと『枕草子』全三二二段の約五三%に当たる。

① 第七～九・三四～四一・七二・七三・七九～八二・九四～九八・一〇三～一〇五・一一九・一二〇・一二二・一二三・一二八・一三五～一三七・一七四・一七五・一九〇～二一五・一本二三・二一六～二一八段　(全六五段、第四期の約三八%。全三二二段の約二〇%)

② 第九九～一〇二・一〇六～一〇九・一一一～一一八・一二一・一二四～一二七・一二九・二五八～二七三・二九三段　(全三九段、第四期の約二三%。全三二二段の約一二%)

③ 第一八七～一八九・二一九～二五七・二七四～二九二・二九四～二九八段　(全六六段、第四期の約三九%。全三二二段の約二〇%)

第四期において目を引くのは、『枕草子』全体の約半分という章段数の多さである。第一期の八%、第二期の一八%、第三期の二一%に対して、群を抜いて多い。第二・三期を足しても四割に届くかどうかの章段数であるから、いかに第四期が多いかがわかる。その最大の理由は、第一～三期に比べても長い執筆期間に求められよう。第四期の発表時期は、跋文執筆以降の一〇〇一年八月（一〇〇四年正月？）から、『枕草子』最下限の年次と思われる一〇〇七年正月以降であった（222頁）。この間、執筆は①～③の三回に及ぶ。それも、それぞれの独立性の強さから、おそらく連続した期間でなく、ある程度、間を置いたものであったことが予想される。そうした中、①～③には、それぞれ、どのような特徴が見られるであろうか。

一　第四期①――道長が語られる第一二三・一三六段の意味

『枕草子』において道長に対する言及がなされているのは、三段に過ぎない。いずれも第四期であり、そのうち、二段が第四期①となっている（他の一段は、第四期②の第二六〇段）。左記の第一二三段

「関白殿、黒戸より出でさせ給ふとて」は、その最初の章段である。

大夫殿（＝道長）の（道隆様の前に）居させ給へるを（＝跪《ひざまず》きなされたことを）、かへすがへす（定子様に）聞こゆれば、「例の思ひ人」と笑はせ給ひし。まいて、この後の御有様を見奉らせ給はましかば、「ことわり」と思し召されなまし。

（第一二三段末尾）

関白・道隆が弟の大納言・道長に沓を履かせた事を、清少納言が感激して繰り返し定子に申し上げたところ、定子は「いつもの贔屓《ひいき》の人」とお笑いになったが、まして、この後の（道長様の）御様子を（定子様が）御覧申し上げたならば、「もっともだ」とお思いなされたことであろう、とある。清少納言が道長を普段から贔屓にしていたことを、傍線部「例の思ひ人」とあるとおり、定子本人から言わせている点、着目される。道長に対する最初の言及が、このような道長絶賛の姿勢を前面に打ち出していることは、第二・三期以上に道長方周辺を意識した章段群であることの一証左となろう。ちなみに、この章段が定子崩御後であることは、波線部「まいて、この後の御有様を見奉らせ給はましかば……」からも推測される。

第一二三段に続いて道長が話題となるのは、左記の第一三六段「殿などの、おはしまさで後」である。

殿（＝道隆）などの、おはしまさで後、世の中に事出で来、騒がしうなりて、宮（＝定子）も参らせ給はず、小二条殿といふ所に、おはしますに、何ともなく、うたてありしかば、久しう里に居たり。御前わたりの、おぼつかなきにこそ、なほ、え堪へてあるまじかりけれ。……げに、「いかならむ」と思ひ参らする。御気色にはあらで、候ふ人たちなどの、「左の大殿（＝道長）方の人、知る筋にてあり」と、さしつどひ、物など言ふも、下より参る見ては、ふと、言ひ止み、放ち出でたる気色なるが、見慣らはず、憎ければ、「参れ」など、度々ある仰せ言をも過ぐして、げに久しくなりにけるを、また、宮の辺には、ただ、あなた方に言ひなして、嘘言《そらごと》なども出で来べし。

（第一三六段）

この段が語られているのは、その冒頭で「殿などの、おはしまさで後、世の中に事出て来、騒がしうなりて」とあるように、道隆逝去後、伊周・隆家兄弟が花山院に矢を射る不敬事件等が起こり、中関白家没落が決定的となる中での出来事である。そこでは、傍線部「左の大殿方の人、知る筋にてあり」として、道長方への内通を疑われ、長期の里下がりを余儀なくされた清少納言が、定子の機転によって帰参に至る経緯が主として描かれている。この定子崩御前の道長方との関係、ある意味、危険な話題に清少納言自ら切り込んだ段が第四期であるのは、偶然ではあるまい。この段で、清少納言自らの疑惑を晴らそうとしたのは間違いない。しかし、道長方からの引き抜きはなかったという意味では、道長摂関家の潔白性を暗に示そうとした意図が、そこからは見て取れる。

このように、第四期①の第一二三・一三六段には、道長の存在が明確に示されている。これは、第二・三期では中関白家失墜がらみの暗喩の次元に止どまり、道長摂関家の存在は、その更なる背後からでしか窺われなかった在り方とは、大いに異なると言わねばなるまい。すなわち、第二期の第二〇段「清涼殿の丑寅の隅の」、第二二段「小白川と言ふ所は」、第七八段「返る年の二月二十余日」の三段では、間接的に中関白家の現状を反映する章段に止どまっていた（本章第二節「第二期」参照）。そして第三期の第五段「大進生昌が家に」と第六段「上に候ふ御猫は」では、定子最大の汚点の一つともなった出来事を敢えて取り上げる等、第二期以上の積極的な踏み込みはあるものの、いまだ道長摂関家それ自体についての言及はなされていなかった（本章第三節「第三期」参照）。これに対して第四期①では、第一二三段において定子の口から「例の思ひ人」と言わせ、清少納言が道長の熱烈な支持者であることを表明している。そして第一三六段に至っては、道長方への内通を疑われ、定子サロンに居づらくなった事情まで打ち明けるまでとなっている。この変化は、既に第二・三期の章段が道長摂関家側で発表され、第四期がその実績に基づいての章段であるという自信に裏打ちされたものにほかなるまい。

二　第四期②——第四期②初段「淑景舎、春宮に参り給ふ程の事など」の意味

第九九段（第四期②初段）は、左記のとおり、「淑景舎（＝藤原原子。定子の同母妹）」の「春宮（＝居貞親王。後の三条天皇）」参入の慶事より語り出される。

淑景舎、春宮に参り給ふ程の事など、いかが、めでたからむ事なし。正月十日に参り給ひて、（定子中宮様と）御文などは繁う通へど、まだ御対面は無きを、二月十余日、宮（＝定子）の御方に渡り給ふべき御消息あれば、常よりも御しつらひ、心殊《こと》に磨きつくろひ、女房など、皆、用意したり。（第九九段冒頭）

原子の春宮参入は、長徳元年（九九五）正月。本段では、その翌月の二月、姉君の定子中宮のもとを訪れた折が回想されている。この訪問には、定子と共に道隆夫妻が出迎え、やがて伊周・隆家・道頼兄弟、伊周の幼い長男・松君等も加わっている。道隆逝去は、この訪問のわずか二ヵ月後で、中関白家最後の輝きを映し出した章段である。

この段の主役とも言うべき「淑景舎」原子は、春宮の深い寵愛を得たが、長保四年（一〇〇二）八月三日、「御鼻口より血あえさせ給ひて、ただ、にはかに失せ給へるなりけり」（『栄花物語』）という非業《ひごう》の死を遂げた。[13] もし第九九段が、この「淑景舎」の死後に書かれたとするならば、第四期②初段としての印象は、大いに異なってくる。そこからは、単に春宮への参入という中関白家の栄華を象徴する慶事を描くに止どまらない、政治がらみの意図が見え隠れする。

「淑景舎」の頓死《とんし》は、道長摂関家を讃える『栄花物語』には、先に参入して寵を得ていた宣耀殿女御〈藤原娀子〉による毒殺かと噂されたとある。(14)しかし当然ながら、中関白家と対立する道長方の関与も疑われたはずである。この「淑景舎」怪死事件の、わずか二ヵ月前、「淑景舎」同母妹の御匣殿《みくしげどの》〈道隆四女〉も没している。定子亡き後、一条天皇の寵愛を受け、御子を身ごもったままの急死であった。中関白家の期待を無情に奪い去った御匣殿・淑景舎姉妹の死は、当時、世の人に鮮明に記憶されたことであろう。第九九段が淑景舎死後に執筆されたならば、その冒頭「淑景舎、……」に、大きな衝撃性を伴ったことは想像に難くない。それは、「あくまで道長方は、この悲劇とは一切、無関係」というアピールともなる。(15)

第四期②成立が「淑景舎」怪死の前か後かは、不明である。しかしながら、第四期の上限〈第三期下限〉が「淑景舎」怪死の一年前であり、その間に第四期①が存在することを踏まえるならば、第四期②成立が「淑景舎」怪死後である可能性は高い。第九九段中の「内蔵頭」から窺われる執筆の下限は、寛弘二年〈一〇〇五〉六月であり、それを支持する〈基礎篇第二章第一節二の218頁、参照〉。そして何より、「淑景舎」怪死後とすることで、この悲劇の女御から第四期②が語り出される必然性が浮かび上がる。ちなみに、第四期②が定子崩御後であることは、中関白家盛時に対する道長摂関家の繁栄ぶりを強調する、同期の第二六〇段「関白殿、二月二十一日に」の末尾「今の世の御事どもに見奉り比ぶるに……」から知られる〈218頁〉。

三　第四期③――『枕草子』最終章段群

第四期③には、『枕草子』最終章段群としての性格を示す章段が幾つか存在する。何より、〈寛弘四年正月〉という具体的な執筆の最下限を示す第二八八段「傳の殿の御母上とこそは」〈218頁〉は、この第四期③に属する。寛弘年間の執筆を示唆する第二八七段「衛門尉なりける者の」（同頁）も、第四期③である。

また、晩年の定子の心痛が読み取れる一連の章段も、この第四期③にある。第二二二段「三条の宮に、おはします頃」、第二二三段「御乳母の大輔の命婦、日向へ下るに」、第二二四段「清水に籠もりたりしに」である。この三段は〈定子の自筆の歌〉繋がりで（137頁の222・223、参照）、左記のとおり、その歌からは悲哀感が滲み出ている。

・みな人の　花や蝶やと　急ぐ日も　我が心をば　君ぞ知りける　（第二二二段）
・茜さす　日に向かひても　思ひ出でよ　都は晴れぬ　ながめすらむと　（第二二三段）
・山近き　入相の鐘の　声ごとに　恋ふる心の　数は知るらむ　（第二二四段）

第二二二段の歌は、定子崩御の半年程前の長保二年（一〇〇〇）五月五日、清少納言が青ざしという菓子を献上した折の歌。第二二三・二二四段の時期は不明ながら、第二二三段は、乳母が日向へ下向する際に贈った歌、第二二四段は、清少納言が清水寺に参籠した折の歌である。この三段のうち、第二二二段「三条の宮に、おはします頃」は、日記回想的章段中、事件年次として最後を記す章段でもある。加えて、定子の御子たち、敦康親王（当時、生後六ヵ月）・脩子内親王（三才）への言及がなされている珍しい章段であることも、『枕草子』最終章段群ならではの特異さと思われる。[16]

右の三段に近接する第二二七段「一条の院をば今内裏とぞ言ふ」は、一条天皇の御笛に関する逸話で、定子の登場はないものの、晩年の定子の一時期が描かれているという観点からすれば、第四期③にふさわしい章段と言える。すなわち、この「一条の院をば今内裏とぞ言ふ」時期とは、一条院を「今内裏」として使用していた長保二年（一〇〇〇）二月十一日〜三月二十七日で、かの前代未聞の彰子との二后並立は、この期間内の二月二十五日である。[17]

以上のように、第四期③には、『枕草子』最終章段群として特筆すべき第二二二〜二二四・二二七・二八七・二八八段といった章段が見られた。そうした『枕草子』最終章段群としての性格は、第四期③最終三段である、左記の第二九六〜二九八段によって象徴されている。

・第二九六段「ある女房の、遠江の子なる人を」末尾

　誓へ君　遠江の　神かけて　むげに浜名の　橋見ざりきや

（息子の則長と恋仲となった女房からの相談に答えた自詠歌）

・第二九七段「便なき所にて、人に物を言ひけるに」末尾

　逢坂は　胸のみつねに　走り井の　見つくる人や　あらむと思へば

（人目を憚る恋に対する不安を述べた自詠歌）

・第二九八段「まことにや、やがては下る」末尾

　思ひだに　かからぬ山の　させもぐさ　誰か伊吹の　さとは告げしぞ

（下向の噂に対する自詠歌）

これら三段は、清少納言の自作の歌を書き留めた章段であり、極めて個人的な内容である点、着目される。その歌集的な性格は、ある意味、『枕草子』の最後を飾る章段として、ふさわしい。

こうした『枕草子』最終章段群としての特質を踏まえるならば、第四期③初段（第一八七段）のテーマが「風」であるのも、最終章段群となることを意識した可能性が考えられる。その冒頭は「風は嵐。三月ばかりの夕暮に」と、他の章段群と同様、春に始まる（基礎篇第一章第二節の204〜205頁、参照）。しかし「風は嵐」は、他の章段群の各冒頭「春は曙」「清涼殿の丑寅の隅の」「頃は正月」「正月一日、三月三日は」「淑景舎、春宮に参り給ふ程の事など」とは、異質な唐突感があろう（第二期・第四期②が、それぞれ「清涼殿の丑寅の隅の」「淑景舎、春宮に参り給ふ程の事など」で始まる必然性については、本章第二節と第

四節二の考察、参照）。

「風は」段の主な内容は、八〜十月の「風」「嵐」であり、次段「野分の又の日こそ」を踏まえるならば、第四期③の執筆（もしくは発表）が、この八〜十月の時期であったことも考えられる。(18)しかし、それにしても、新たな章段群の初段としての意味が、それなりに込められているとするのが自然であろう。その冒頭「風は嵐」は、中関白家を含めた定子中宮の波乱の運命とも重ね合わされる。「風」は、現代においても時折、人の世の無常を象徴するものとして詩的に表現されるが、それは時代を超えたとらえ方であろう。「風」というテーマの選択には、今回の章段群をもって『枕草子』の最後とする清少納言の決意が窺われるのである。

このように第四期③は、その初段、最終三段、共に『枕草子』最終章段群としての性格を有する。既に述べた定子晩年の姿を垣間見させる章段の存在も、そうした最終章段群としての性格を示している。第四期③では、第二期以降に窺われた道長摂関家に対する配慮は影を潜め、作者の心の命ずるところに従って執筆された傾向が強い。それを可能としたのは、これまで第二期から第四期②まで、コツコツと積み上げて勝ち得た『枕草子』に対する信頼と実績にほかなるまい。それは、紫式部が『源氏物語』終盤の第三部（「橋姫」巻〜「夢浮橋」巻）に至って、ようやく彼女の内的関心を直截的に表現し得たのとも似通う。第四期③からは、他の章段群とは一線を画する、定子中宮追悼と自己の人生回想という私的な内容の深化を読み取ることができるのである。

第五節　四期構成の特性

これまで述べた四期構成における各期の章段数と、その割合を一覧するならば、次のとおりとなる。

第一期（定子サロンでの発表）……全二五段（8％）
第二期（源経房による流布）………全五九段（18％）
第三期（跋文の章段群）　…………全六八段（21％）
第四期（跋文後）　………………全一七〇段（53％）
第四期①……………………全六五段
第四期②……………………全三九段
第四期③……………………全六六段

（ちなみに、各期の発表時期は左記のとおりである。
第一期（定子サロンでの発表）……正暦五年（九九四）八月～長徳二年（九九六）正月
第二期（源経房による流布）………長徳二年（九九六）六月～同三年（九九七）正月
第三期（跋文の章段群）…………長保三年（一〇〇一）正月～八月
第四期（跋文後）………………寛弘元年（一〇〇四）正月？～寛弘四年（一〇〇七）正月以降？）

右から先ず目を引くのは、定子中宮サロン発表の第一期が『枕草子』全体の一割にも満たないことである。これは『枕草子』の大半が、定子サロン外（道長摂関家、もしくはその周辺）で発表されたことを意味する。『枕草子』＝定子中宮サロンという図式は、発表の場、章段数からするならば、必ずしも当てはまらない。

次に着目されるのは、跋文後の執筆が半分を占めるという意外性である。作品の終わりを告げる跋文（第二期）の存在や、『枕草子』＝定子中宮サロンという先入観のためか、一般的に、跋文後の章段は少ない印象が強い。しかし、実際は、寛弘年間の執筆が『枕草子』全体の章段の半分を占めており、いかに『枕草子』が道長摂関家全盛時代と深く関わっているかが確認される。

このように『枕草子』は、日記回想的章段に象徴される『枕草子』＝定子中宮サロンという図式に収まりきれない性格をもつ。そこには道長摂関家の影響が色濃く反映されている。四期の特性は、道長摂関家との接点の有無や距離の取り方によって決定づけられていると言っても過言ではあるまい。その相違は、第一～四節の考察に基づくならば、左記のとおりとなろう。

【第一期】道長摂関家とは無関係な定子サロンにおける発表。

【第二期】源経房を介しての変則的な道長摂関家周辺での発表。

【第三期】定子薨去後の、道長摂関家との距離を更に縮めた上での発表。

【第四期】道長摂関家を前提としての発表。

右の結果は、『枕草子』が世に広まった謎とも呼応する。定子中宮讃美の精神が主題とも言える『枕草子』は、道長摂関家が権勢を誇った時代では、本来、焚書坑儒的扱いを受けてしかるべき作品である。(19) それが、何ら抵抗なく世に受け入れられたのは、道長摂関家公認のものであったからに、ほかなるまい。

【註】

(1) 第三二段について、**塩田評釈**には次のようにある。

この段は、その小一條師尹一家の繁榮を背景として、現天皇外縁にあたる義懐《よしちか》を大寫しにしたものである。……そのなかで、義懐・道隆・實方は、年齢も相近く、花形であったろう。義懐は今上外伯父として、道隆は大臣嫡子として、實方は年齢は不詳であるが、おそらく廿代であったろう、青春の氣を負うた歌人である。この三人と、美しい女車との交渉が、この段の主題である。

(2) 関みさを「歌人としての清少納言」(『解釈と鑑賞』至文堂、昭31・1)参照。

(3) 田畑千恵子「枕草子「かへる年の二月二十余日」の段の位相」(『国文学研究』第八〇集、昭58・6)には、次のようにある。

主家の存亡をかけた危機的状況を背景に、中宮が退出した後も、内裏に(おそらく連絡役・情報収集係)として留まった信任厚い女房と、対立する政治勢力にも近い頭中将との会見——この章段の描くシチュエーションは、現実レベルにおいては、極めて公的で政治的な意味を持つはずである。

(4) 『権記』には「是用父子例」(寛弘八年(一〇一一)十二月十七日の条)、『栄花物語』にも「年頃、大殿(=道長)の御子のやうに(経房様を)思ひ聞こえ給へりければ……」(巻第十六「もとのしづく」)とある。

(5) 「大進生昌が家に、宮(=定子中宮)の出でさせ給ふに、東の門は四足になして、それより御輿は入らせ給ふ。……(女房の)檳榔毛の車などは門、小さければ、障りて、え入らねば、例の、筵道敷きて下るるに、いと憎く腹立たしけれども、いかがはせむ。殿上人、地下なるも、陣に立ち添ひて見るも、いと、ねたし。御前に参りて、ありつるやう啓すれば、『ここにても、人は見るまじうやは。などかは、さしも打ち解けつる』と、笑はせ給ふ」(第五段)

(6) 「(皆、就寝後)あやしく、嗄《か》ればみ、騒ぎたる声にて、『候はむは、いかに。候はむは、いかに』と、あまたたび言ふ声にぞ、おどろきて見れば、几帳の後ろに立てたる燈台の光は、あらはなり。……傍らなる人を押し起こして、……いみじう笑ふ。……『開けむとならば、ただ入りねかし。消息を言はむに、よかなりとは誰かは言はむ』と、げにぞ、をかしき。……」(第五段)

(7) 同じ『小右記』に、この生昌邸行啓より二ヵ月後の長保元年十月十二日、権大進道貞邸への冷泉天皇皇后昌子の入御に関して「板門屋ヲ改メテ四足門ヲ造ル」とある。

(8) 定子中宮出御の日における道長の宇治行きについて、実資は「行啓ノ事を、妨グルニ似タリ。(道長に)

上達部、憚ル所有リテ参内セザルカ」（『小右記』長保元年八月九日の条）とある。

（9）「上（＝一条天皇）に候ふ御猫は、冠にて、『命婦のおとど』とて、いみじう、をかしければ、かしづかせ給ふが、……乳母の馬の命婦、……おどすとて、『翁丸、いづら。命婦のおとど、食へ』と言ふに、『まことか』とて痴れ者は、走りかかりたれば、（猫は）おびえ惑ひて、御簾のうちに入りぬ。」（第六段冒頭）

（10）註5、参照。このほか、次のようにある。

・「彼を、はしたなう言ひけむこそ、いとほしけれ」とて、笑はせ給ふ。

・「これ、なかく、な言ひ笑ひそ。いと勤公なるものを」と、いとほしがらせ給ふも、をかし。

そして、この段は、生昌を弁護なさる「御気色も、いと、めでたし」で閉じられている。

（11）**講座②**には、次のようにある。

前代未聞の板門よりの入御（中略）というお粗末さも、そういうみじめなものとしては描かず、むしろ諧謔・笑いの種にして、興がってさえいるのである。現実の状況の暗さと、清少納言が残した『枕草子』の異様な明るさという不可解な齟齬を、どう判断したらよいだろうか。

（12）第六段は、次の一文が添えられて終わる。

なほ、あはれがられて（＝同情されて）、震ひ啼き出でたりしこそ、世に知らず、をかしく、あはれなりしか。人などこそ、人に言はれて、泣きなどはすれ。

（13）「八月二十余日に、聞けば淑景舎女御（＝原子）、失せ給ひぬと、ののしる。『あな、いみじ。……日頃、悩み給ふとも聞こえざりつるものを』など、おぼつかながる人々、多かるに、『まことなりけり。御鼻口より、血あえさせ給ひて、ただ、にはかに失せ給へるなり』と言ふ。……『宣耀殿、ただにもあらず、し奉らせ給へりければ、かくならせ給ひぬる』とのみ、聞きにくきまで申せど、……」（『栄花物語』巻第七「鳥辺野」）

（14） 註13、参照。

（15） ちなみに、この淑景舎・御匣殿姉妹の悲劇は、長姉定子の悲劇と共に『源氏物語』「桐壺」巻の題材となっている。拙論「『源氏物語』始発のモデルと准拠――成立論からの照射――」（森一郎他編『源氏物語の展望』第5輯、三弥井書店、平21・3）〈拙著『源氏物語の誕生――披露の場と季節』（笠間書院、平25）第二章第二節「「桐壺」巻――敦康親王と光る君」に再録〉参照。

（16） 第二二二段について、**大事典**には次のようにある。

この段でもう一つ注目すべきことは、「姫宮」（脩子内親王・三才五ヶ月）と「若宮」（敦康親王・生後六ヶ月）への言及である。容姿などの詳しい描写はないものの、これが枕草子において、唯一の登場である意味は重い。

（17） 森本元子著『古典文学論考――枕草子　和歌　日記――』（新典社、平元）「日記的章段の世界――執筆の時期にふれて――」参照。

（18） こうした王朝文学における執筆・発表時期と季節との関連については、拙著『源氏物語の誕生――披露の場と季節』（笠間書院、平25）参照。

（19） ちなみに、焚書坑儒的扱いを受けた可能性のある王朝文学作品には、継子物語の傑作『落窪物語』が挙げられる。この物語成立の背景には、男主人公「道頼」のモデルである「道頼」（道隆の長男）と異母弟・伊周との嫡男争いがあった。『落窪物語』発表は、道頼を寵愛した祖父兼家の生前、道頼の理想性を標榜して援護射撃的になされたと思われる。貴子腹の伊周を寵愛し、道頼を疎んじた父道隆の代では、この作品が公然と読まれることは無かったことが予想される。詳細は註18の拙著『源氏物語の誕生』第三章第一節二「主人公のモデル――『落窪物語』の場合」一九二頁～一九五頁、同章第二節五「『枕草子』における発表の場への配慮」二三一頁～二三二頁、参照。

第三章　三巻本の実態と能因本の位置づけ

第一節　一本全二七段の実態

三巻本の実態を語る前に、『枕草子』中、特異な章段群である一本全二七段が如何なるものであるか、確認しておきたい。一本全二七段の実態をとらえることが、三巻本全体の実態を解き明かす有力な手掛かりとなるからである。

一本全二七段については、章段前後の接続関係から、基礎篇第一章第一節の298〔一本1〕～325〔跋文〕で考察した。そして同章第二節、同篇第二章の結果から、一本全二七段は左記のとおり三つに分けることができる。

❶　連続する一本一段～一本二二段
❷　独立した章段である一本二三・二七段と、断章である一本二五・二六段
❸　不審の孤立段である一本二一・二四段

本節では、右の❶～❸を踏まえ、一本全二七段の実態が如何なるものであるかを明らかにしたい。

❶　連続する一本一段～一本二一段

この全二一段は、第二期最終段の第一一〇段の後に位置する（一本一段は第一一〇段を受ける。184頁の298〔一本1〕、参照）。この章段群は、いずれも短い類聚的章段である。したがって、性格的には同じく類聚的章段群の第一期に通ずる。この二一段が、他の第三期・第四期①～③でないのは、第二期が第一期に続いて執筆された事情を反映していると思われる。すなわち、第二期は、日記回想的章段の初出となる章段群であるものの、第一期の類聚的章段の性格を引き継ぎ、第二期の締めくくりとして、この二一段が置かれたと推定される。少なくとも、❶の類聚的章段群で終わることにより、第一期で示された『枕草子』本来の体裁が幾らかでも保たれることになろう。

ちなみに、第二期の最終段が「畳は高麗縁。また、黄なる地の縁」（一本二一段全文）であるのは、清少納言の個人的な思い入れに拠るところが大きい。清少納言が「高麗縁」に特別な愛着を抱いていたことは、『枕草子』中にも記されているとおりである。(1)

❷　独立した章段である一本二三・二七段と、断章である一本二五・二六段

この四段の実態は左記のとおりである（192～199頁の320〔一本23〕・322〔一本25〕～324〔一本27〕、参照）。

・一本二三段……第二一五段「月のいと明かきに、川を渡れば」と第二一六段「大きにて、よきもの」の間に位置する、第四期①の独立した一段。
・一本二五段……第一一四段「あはれなるもの」前半部末尾「男も女も……あはれなれ」に続く、第三期の断章。
・一本二六段……第九〇段「ねたきもの」末尾「見まほしき文などを……」前に位置する、第二期の断章。

・一本二七段……第七〇段「懸想人にて来たるは」と第七一段「ありがたきもの」の間に位置する、
第二期の独立した一段。

この四段の属する章段群は、それぞれ第四期①・第三期・第二期・第二期で、第二期が四段中、二段を占めるが、そこに何らかの必然性があるとも思われない。この四段から窺われるのは、雑然性である。

❸ 不審の孤立段である一本二二・二四段

この一本二二段と一本二四段の両段は、共に他の章段に見られた連続性のない、極めて異例な孤立段である。

一本二二段「檳榔毛は」は、第二九段「檳榔毛は」冒頭と一致する。すなわち、一本二二段全文「檳榔毛は、のどかに遣りたる。網代は、走らせ来る」は、第二九段冒頭部分「檳榔毛は……」と重複する（191頁）。この重複は、諸註が指摘するように、第二九段の断片が紛れ込んだためと思われる。

一方、一本二四段「宮仕へ所は」は、その執筆時期に疑問の余地がある。この段の冒頭「宮仕へ所は内裏《うち》。后の宮。その御腹の一品《いっぽん》の宮など申したる」の「一品の宮」は、定子腹の脩子内親王と見なすべきである。脩子内親王は寛弘四年（一〇〇七）正月二十日、一品に叙せられた。したがって、この段の執筆時期は、これ以降となる。もっとも、『枕草子』には、この寛弘四年正月以降の執筆を示す章段がないわけではない。第二八八段「傳の殿の御母上とこそは」の執筆の上限は、同じ寛弘四年正月である（基礎篇第二章第二節の219頁、参照）。しかし一本二四段は、一本として処理された、あくまで異例な孤立段である。一本二二段という明らかな重複段が前々段に紛れ込んでいることを重視するならば、後人による創作段の可能性も否定できまい。

以上、一本全二七段について述べた。その実態は、第二期の最終章段群（❶）、所在が分からなくなった二段と二つの断章（❷）、そして不審の二段、すなわち重複の一段と後人による創作の可能性がある一段（❸）であった。これらは、いずれも次章で考察する三巻本の実態を考える上で重要な示唆を与えてくれるものであるが、❸は❶と❷と別次元で考える必要がある。❶と❷は、あくまで『枕草子』原本の範囲内で解釈可能であるが、❸は後人による追加という視点を考慮しなければならないからである。

第二節　三巻本の実態

前節までの本書の考察結果を踏まえるならば、本書が本文として選んだ三巻本、その実態は、左記のとおりの計三二四段である。

・第一段〜第二九八段と跋文（一本二五・二六段の断章を含む）……………二九九段
・一本一〜二一・二七段（第二期）と一本二三段（第四期①）……………二三段
・不審の一本二二・二四段……………………………………………………二段

このうち、不審の一本二二・二四段を除く三二二の章段は、本来、成立時期が異なる六つの章段群から成っていた。この六章段群こそ、ほぼ『枕草子』の原本と言ってよいものであったと推定される。一見、複雑に絡み合っていた三二二段もの章段が、六章段群に整然と分かれるのは、偶然とは考えられない。これこそ、三巻本が単語レベルを除けば、『枕草子』原本に極めて近い事実を雄弁に物語っている。それでは、三巻本は、いかにして生まれ、現行の形態となったのか。

そもそも、三巻本とは、安貞二年（一二二八）三月、「耄及愚翁（＝老いぼれた愚かな老人）と自称した藤原定家が伝えたもので、[2] その事情は、その奥書に次のようにある。

往事所持之荒本紛失年久。更借出一両之本令書写之。依無証本不散不審。但管見之所及勘合旧記等、注付時代年月等。是亦謬案歟。

〈かつて所持していた荒本を紛失して長い年月が経った。そこで上下二冊の伝本を借り出して、これを書写させた。証拠とすべき本がないため不審な点が少なくない。ただ、私の乏しい知識の及ぶ範囲で、古い書物等と勘合して、時代・年月等に註を付けた。これもまた、間違った考えか。〉

右のうち、注目すべきは、三巻本それ自体が既に「証本、無キニ依リテ、不審ヲ散ゼズ」という信頼度のものであった点である。そして、かつて定家が所持していた『枕草子』の伝本も、「荒本」すなわち、三巻本同様、もしくはそれ以上に『枕草子』原本として信頼に足るものではなかった。そこからは、定家の時代には、『枕草子』本来の形態を保った伝本は、既に入手困難となっていた状況が読み取れよう。

『枕草子』原本の正しい形態が伝わらなくなった原因――それは、跋文からも窺われた複雑な発表状況（基礎篇第二章第一節、考究篇第二章、参照）に求められる。定子サロンと道長摂関家周辺という異なる発表の場。複数回に渡って執筆された章段群。これらは、その背景を知らない場合、戸惑いの元となる。清少納言自身、よもや苦心して紡ぎ上げた章段の繋がりがズタズタに引き裂かれる事態が起こるとは、想定できなかったであろう。本書で証明された強い章段間の繋がりが、そうした事態を防ぐ何よりの保険であったに違いない。書名に込めた思い（249頁）もあったろう。複雑な成立事情に関しては、機会ある毎に、その裏事情を語っており（考究篇第二章「四期構成の特性」参照）、清少納言からすれば、惻隠の心をもって、彼女の苦しい立場は理解してほしいと願ったと思われる。

しかし、そうした清少納言の思い・淡い期待は、見事に裏切られることとなる。おそらく彼女が死去し、『枕草子』の成立事情を知る者もいなくなった、ある時点で、彼女の意に反する改編が起こったことが予想される。複雑な成立事情と無関係に、『枕草子』を一つのシンプルな作品として享受したいという自然な要求は、生前からもあったであろうし、作者の死去によって『枕草子』完結が確定した以上、それを押し止める理由は、もはや存在しないからである。(3)

その改編の最初の作業は、容易に想像しうる。『枕草子』成立の過程が忘れ去られた時点で、まず行われたことは、跋文の位置の移動である。すなわち、跋文は、一章段群の跋文から、『枕草子』全体の跋文として位置づけられ、同時に初段「春は曙」は、そのまま『枕草子』全体の第一段に据えられたはずである。この行為により、『枕草子』の運命は決せられたと言ってよい。以下の作業は、各章段群の統一を図りつつ、この初段と跋文の間を新たな章段配置で埋めることであり、それは原本の原形を崩し、連想の文芸としての価値を損なう以外の何ものでもない。

三巻本の場合、その初段「春は曙」と跋文の間を埋める最初の作業は、第三期初段「頃は」を第二段として置くことであった。そして、「頃は」段に次いで「春は曙」段に似通うところのある、第四期①初段「正月一日、三月三日は」も、第七段目という位置に挿入されている。こうした三巻本における初段「春は曙」から第四二段「似げなきもの」までの流れを辿るならば、以下のとおりである（巻末所収の「枕草子全章段表」参照）。

第三期初段「頃は」（第二段）挿入の後、第三期五段「上に候ふ御猫は」（第六段）までの五段は、本来の繋がりが保たれたが、続く第三期六段「似げなきもの」（第四二段）への繋がりは断ち切られ、第四期①初段「正月一日、三月三日は」（第七段）が挿入されている。しかし、この流れも第四期①二・

三段「慶び奏するこそ、をかしけれ」「今内裏の東をば」（第八・九段）の後は、第四期①四段「木の花は」（第三四段）とはならず、第一期二段「山は」（第一〇段）と、第一期の流れに戻り、以下、第一期一一段「家は」（第一九段）まで続く。そして〈建物〉繋がりで、今度は第二期初段「清涼殿の丑寅の隅の」（第二〇段）へと変わり、第二期一四段「七月ばかり、いみじう暑ければ」（第三三段）まで続くが、唐突に第四期①四段「木の花は」（第三四段）へと四期①の流れに戻る。そして第四期①一一段「七月ばかりに、風いたう吹きて」（第四一段）まで続いて、三期六段「似げなきもの」（第四二段）へと第三期の繋がりに戻る。

本来、第二期が優先されるべきところ、第二期を通り越して、第三期・第四期①が先に位置するのは、ひとえに第一期初段「春は曙」との繋がりが最優先されたためである。この例外を除けば、右の流れから窺われるのは、章段群の順序は尊重されるという基本的な姿勢である。しかし、時に章段群の枠を越えた繋がりに飛びつき、結果、行き詰まって脈絡無く続くといった繰り返しになっている。こうした繋がり方は、三巻本全体に通ずるものと言えよう。その結果、原本の章段の繋がりは大いに損なわれ、中には一〇〇段以上、隔たるといった場合（第一二九段「頭弁の、職に参り給ひて」と第二五八段「うれしきもの」。157〜158頁の**257**、参照）も起こっている。

ちなみに、不審の孤立段である一本二二・二四段を除いた、一本全二五段の成立についても、この流れの延長線上で理解される。これらは、元来、『枕草子』本体の章段群に属していたが、ある時点で所在がわからなくなった章段と断章であった（前節、参照）。この一本全二五段が定家により書写された時点で既にあったか否かは定かでないが、いずれにせよ、ある書写の段階で、元の所在が不明になったことに変わりない。

なお、三巻本は第一類と第二類に分けられる。第一類は、初段「春は曙」から第七四段「あぢきなきもの」までを欠くことから、三巻本の本文を採用する場合、通常、この欠落した部分の章段は、第二類によって補われる。しかし、三巻本としての第二類の純粋さは、第一類より劣り、堺本の影響が見られるとされる。したがって、第七四段までの本文に疑問の余地がないわけでもないが、本書の結果から鑑みると、この第一類欠損段においても大勢に変わりないと見てよかろう[4]。第二類採用の最終段「あぢきなきもの」と、第一類採用の初段「心地よげなるもの」との間には、何ら変わった点も見られない（49頁の**74**、参照）のは、その証左となろう。

原本（六つの章段群から成る雑纂形態）

←

三巻本

このように『枕草子』原本の形態は崩され、三巻本が生み出されることとなる。定家が三巻本を「不審ヲ散ゼズ」としたのも、こうした意味において正鵠を射ていたと言える。定家自身、『枕草子』原本の形態に忠実な伝本は入手できず、『枕草子』の成立事情もわからない以上、三巻本の真価を見抜くことが出来なかったのは、無理からぬことであったからである。それでも、三巻本が定家の時代における最善の伝本であったことに変わりはない。定家が残した『枕草子』に対する最大の功績は、たとえ元の章段群は解体されたにせよ、いまだ、その名残を留め、『枕草子』の原形が復元可能な、当時における最善本、三巻本を後世に残した点にある。

しかし、それにしても、『枕草子』の原本が有していた三二一もの章段全て、一段も欠けることなく、今日に伝わったことは、驚嘆に値すべきことである。六回の多岐にわたる発表の経緯を鑑みるならば、なおさらである。跋文を含んだ章段群が発表された段階では、源経房の手によって持ち出された折、「それより歩《あり》き初《そ》めたるなめり」（216頁）という頼りない状況もあった。清少納言の手元を離れた時点で、一章段も散逸することなく伝わる確かな保証はあるまい。『枕草子』の元の形態が甚だしく崩されたのに対して、この章段数の正確さは、奇跡的とも言えよう。

なぜ『枕草子』全章段は保全されたか——この素朴な疑問に対する有力な解答は、清少納言自身が、完本として『枕草子』を保持しており、それが伝本（少なくとも三巻本）の祖本となったという考え方である。各章段群を発表した時点で、その都度、その写本（または原本）は手元に置かれていたはずである。[5]それが、おそらく清少納言の死去後のある時点、世に広まったとすべきであろう。彼女の娘・小馬命婦が、上東門院・彰子の元に出仕していたという事実は、この推定を裏づける。内閣文庫本『後拾遺和歌抄』第十六の小馬命婦に付せられた注記には「上東門院女房」とある。[6]小馬命婦が初出仕した際、手土産として、この『枕草子』の完本が彰子のもとに献上されたと予想される。これは、紫式部の娘・賢子の手によって公にされた『紫式部日記』の場合を想起させる。すなわち、『紫式部日記』は、小馬命婦同様、彰子のもとに賢子が初出仕する際、献上された可能性が高い。[7]彰子サロンへ正式に『枕草子』の完本が伝えられることによって、これまで、バラバラに流布していた章段群は、改めて一つとなった。それ以前も、特に第二期以降は、彰子サロンのもとに正確に伝えられていたであろうから、章段が散逸していた可能性は低かったと思われる。しかし、この完本によって、そうした伝本事情は、さらに改善されることとなった。

『源氏物語』は、そのほとんどが彰子サロンで発表され、御冊子作りまでなされている。そして、一条天皇にまで読まれ、その公認を得たこともあり、『宇津保物語』『落窪物語』とは比較にならぬ程の正確さで後世に伝えられた。[8]『枕草子』は、これ程ではないにせよ、彰子サロンのもとで一元化された意味は大きかったと思われる。定子中宮讃美の精神を主題とし、本来、焚書坑儒的扱いを受けてしかるべき作品が、その形態は崩されたとは言え、ここまで正確に世に広まったのは、道長摂関家公認のものであったという理由のほかにも、このような伝本事情が幸いしたと言うべきであろう。

第三節　能因本の位置づけ

『枕草子』の原本は、六つの章段群から成る〝雑纂〟形態であった。したがって、類纂本に対して、三巻本を「雑纂本（雑纂形態本）」と呼ぶのは皮肉であるが、原本の有していた形態を壊して再構築したという意味においては正しい。しかし、『枕草子』伝本の歴史からすると、三巻本の登場も、原本崩壊の第一歩に過ぎなかった。三巻本によって置き換えられた章段の順序は、本来の章段の繋がりを多く損なうと共に、新たな章段間の断絶といった矛盾も引き起こしている。そして何より、原形を止どめている分だけ、〈複数章段群の統一〉という合理化の欲求に対する処置は不徹底なものとなっている。能因本の登場は、そうした流れに添うものにほかならない。

能因本における章段の配列には、「時に大幅な位置の異同や章段の出入り」（角川文庫）が見られる。三巻本にあって能因本にない章段は、左記のとおりである。

一八・九五・一〇八・一八二〜一八四・一九三・二一一・二一二・二四九〜二五二・二五四・二五六・二九二・一本一〜六・一本九・一本一二〜二一・一本二五　（ただし、重複と思われる不審の段である一本二二段を除く。）

このように能因本では、右の計三四段等が省略された分、『枕草子』原本から遠くなり、三巻本において可能であった原本の形態復元も不可能となる。

また、能因本では、本文レベルにおいても、難解な部分を平易に読み解こうとする傾向があり、増補もなされている。その違いは、本篇第一章第三・四節「見落とされていた連続性（一）（二）」で指摘した、新たな章段の連続性から見ても顕著である。以下、その主要な違いを生み出す本文の箇所を抜き出して比較し、列挙するならば、左記のとおりとなる。

章段	三巻本	能因本
第三段（12頁の2）	同じ言なれども、聞き耳、異なるもの	言、異なるもの
*第九段（28頁の33）	梨の木	楢の木
第一一段（18頁の11）	をふさの市	おふの市
第一二段（18頁の11）	ゆづる葉	つる葉
第一五段（19頁の14）	かはふちの海	かはぐちの海
*第六〇段（44頁の66）	暗ければ、いかでかは見えむ	
第八九段（60頁の89）	別れは知りたりや	われは知りたりや
第一〇〇段（67頁の99）	早く落ちにけり	
*第一二七段（85頁の128）	夜一夜こそ	宵一時こそ
第一五四段（99頁の153）	おぼつかなくて明かしつ	
*第一八九段（133頁の218）	沓の、いと、つややかなる	
第二二六段（139頁の225）	旅の御社	
第二二八段（141頁の227）	身を変へて天人などは	身を変へたらむ人は
*第二五七段（167頁の273）	大殿の新中将	大殿の四位少将
第二七五段（169頁の275）	火桶の火を挟み上げて	
第二九四段（181頁の294）	僧都の御乳母のままなど	僧都の君の御乳母

＊一本二三段（192頁の320〔一本23〕）松の木立　　前の木立

＊跋文（199頁の325〔跋文〕）心よりほかにこそ漏り出でにけれ　　涙、塞きあへずこそなりにけれ

（＊は考究篇第一章第四節「見落とされていた連続性（二）」の章段）

右に挙げた三巻本の本文は、いずれも前後の章段の連続性を保障する、生命線とも言うべき重要な語句である（具体的説明は、基礎篇第一章第一・二節の各太字番号の考察、参照）。これが能因本においては、改変、または省略されている。そこからは、いかに能因本が改竄本であるかが端的に読み取れる。

堺本・前田家本の登場は、こうした流れを、形態的に言えば、さらに徹底させたものであると言えよう。能因本における配列の改変も「大局的に観察すると、その章段の排列は、大筋において一致する」（角川文庫）程度に止どまる。しかし、堺本・前田家本においては、類聚的章段・随想的章段・日記回想的章段の区別を前面に打ち出した類纂本として、大胆な改変がなされている。類聚的章段は、『枕草子』の出発点であり、その形式は『枕草子』全体にちりばめられている。それを一括するのは、本来、複数章段群から成る雑纂形態であった『枕草子』を新たに統一するには最も適した方法である。まさに類纂本は改竄本の究極型とも見なし得る。

最後に、能因本との関連で、三巻本において不審の段とした一本二四段「宮仕へ所は」（本章第一節、参照）について付言しておきたい。能因本でも採られている、この章段は、三巻本から能因本に向かう流れとしても着目される。

宮仕へ所は、内裏《うち》。后の宮。その御腹の一品の宮など申したる。斎院、罪深かなれど、をかし。まいて、余《よ》の所は。また、春宮の女御の御方。（一本二四段全文）

一方、右の傍線部「一品の宮」脩子内親王について、能因本奥書には、次のようにある。

枕草子は、人ごとに持たれども、まことに善き本は世に有難きものなり。……なほ、この本も、いと心よくも覚え候らず。先の一条院（＝一条天皇）の一品の宮の本とて見しこそ、めでたかりしか、と本に見えたり。

そこには、この伝本も善本ではないが、「一品の宮」脩子内親王（定子中宮の遺児）のもとにあったのは、素晴らしかったとある。このように能因本奥書では、『枕草子』と脩子内親王の密接な関係が強調されている。この両者の関係を考慮するならば、後人による追加も疑われる一本二四段に、脩子内親王の事が記されているのは、興味深い。三巻本が書写されたある段階で、能因本的な改変の影響も考え得るからである。

いずれにせよ、三巻本が成立した時点で、『枕草子』の原形は崩され、その他の伝本も、この流れに沿うものであった。『枕草子』は、章段間の繋がりを前提とした連想の文芸である。この事実を忘れ去った段階で、その流れを避けられなかったことは、もはや繰り返すまでもあるまい。

【註】

（1）第二五九段「御前にて人々とも」には次のようにある。

高麗縁の筵、青う、こまやかに厚きが、縁《へり》の紋《もん》、いと鮮やかに黒う白う見えたるを、引き広げて見れば、「何か、なほ、この世は、さらにさらに、え思ひ捨つまじ」と、命さへ惜しくなむなる……

（2）**集成**「解説」には次のようにある。

「耄及愚翁」が、安貞二年（一二二八）三月当時、六十七歳にして正二位前参議であった藤原定家であろうという池田博士の推定は、既に定説として認められている。

(3) ちなみに、こうした発表の場に対する無理解・忘却は、『源氏物語』でもなされている。帚木三帖(『源氏物語』五十四帖の起筆巻。具平親王家周辺で発表)・蓬生・関屋・玉鬘十帖・夕霧・紅梅・竹河の全十八巻は、現行巻序と異なる。もっとも、『源氏物語』の場合、それを紫式部は、あえて積極的に利用している節も見られる。拙著『紫式部伝』『源氏物語の誕生』『源氏物語のモデルたち』(笠間書院、平17・25・26)参照。

(4) この第一類と第二類の関係について、**全集**「解説」には次のようにある。

一類本の方が、より純粋で、二類本は、一類本を堺本で部分的に校訂した本文だといわれる。ただし何から何まで二類本が不純だというわけではなく、岸上慎二氏などによれば、二類本文から、堺本本文によって汚染された部分を注意ぶかく除去すれば、残りの本文には、一類本の本文よりも、時にはより純粋な本文を伝えていると思われる部分も少なくないという。

(5) 少なくとも、源経房を介して流布した第二期の章段群については、跋文に「いと久しくありてぞ、返りたりし」(216頁)とあり、清少納言の手元に残されたことが知られる。

(6) 前摂津守藤原棟世朝臣女、母清少納言、上東門院女房、童名狛、俗称小馬。

増淵勝一「評伝・清少納言」(『解釈と鑑賞』昭52・11)参照。また、『範永朝臣集』にも「女院にさぶらふ清少納言がむすめこま」とある。

(7) こうした『紫式部日記』と賢子の不可分な関係についての詳細は、拙著『源氏物語の誕生』第三章第三節「『紫式部日記』――『枕草子』の影響」を参照されたい。

それにしても、このような『枕草子』『紫式部日記』を介して垣間見られるのは、紫式部と清少納言、そして賢子と小馬命婦、二世代にわたる宿命的な関係である。今後、こうした観点からの見直しが期待されよう。

(8) 註3の拙著三冊、参照。『宇津保物語』『落窪物語』の伝本事情については、拙著『源氏物語の誕生』第三章「王朝文学は如何にして発表されたか」参照。

主要参考文献

金子元臣『枕草子評釈（増訂版）』　**金子評釈**　明治書院　昭27

塩田良平『枕草子評釈』　**塩田評釈**　学生社　昭30

池田亀鑑『全講枕草子』　**全講**　至文堂　昭32

池田亀鑑・岸上慎二校注『枕草子』（日本古典文学大系19所収）　岩波書店　昭33

岸上慎二『清少納言』（人物叢書）　吉川弘文館　昭37

松村博司監修『枕草子総索引』　右文書院　昭42

塩田良平編『諸説一覧　枕草子』　明治書院　昭45

白子福右衛門『枕草子全釈』　**白子全釈**　加藤中道館　昭46

田中重太郎『枕草子全注釈』一～五　**全注釈**　角川書店　昭47～平7

枕草子講座編集部編『枕草子講座』2枕草子とその鑑賞Ⅰ　**講座②**　有精堂出版　昭50

〃　3枕草子とその鑑賞Ⅱ　**講座③**　有精堂出版　昭50

萩谷朴校注『枕草子』上・下（新潮日本古典集成）　**集成**　新潮社　昭52

石田穣二訳注『新版　枕草子』上・下（角川文庫）　**角川文庫**　角川書店　昭54・55

萩谷朴『枕草子解環』一～五　**解環**　同朋舎出版　昭56～58

下玉利百合子『枕草子周辺論』　笠間書院　昭61

渡辺実校注『枕草子』（新日本古典文学大系）　岩波書店　平3

下玉利百合子『枕草子周辺論　続篇』　笠間書院　平7
松尾聰・永井和子校注・訳『枕草子』（新編日本古典文学全集）**全集**　小学館　平9
枕草子研究会編『枕草子大事典』**大事典**　勉誠出版　平13
角田文衞監修『平安時代史事典』　角川学芸出版　平18
松尾聰・永井和子訳・註『枕草子［能因本］』（笠間文庫）　笠間書院　平20
斎藤正昭『源氏物語の誕生』第二章第二節「『枕草子』――女房文学発表の場」
〃　第三節「『紫式部日記』――『枕草子』の影響」　笠間書院　平25
（太字は、本書における略称）

枕草子年表

【執筆・発表時期】

←― 第一期 ―→（長徳元年〈九九五〉以降）

年号	西暦	清女推定年齢	関連章段	事項	関係事項
康保三	九六六	1		清女、誕生（父元輔五十九歳）？	道長、誕生。
天延二	九七四	9	286	元輔、周防守（正月）。清女、同行（四月頃）？	紫女、誕生（翌年）？
	九七六	11		定子、誕生。	
天元元	九七八	13		元輔、任期終了に伴い、清女、帰京？	
四	九八一	16		清女、橘則光と結婚？	懐仁親王（一条天皇）、誕生（前年）。
五	九八二	17		清女、則長を出産。	
寛和二	九八六	21		一条天皇、即位（六月二十三日）。	
正暦元	九九〇	25		定子、入内（正月二十五日）。	
四	九九三	28	176	清女、初出仕（初冬）。	
五	九九四	29		伊周、内大臣となる（八月二十八日）。 道隆、病む（十一月十三日）。	
長徳元	九九五	30		源経房、伊勢権守となる（正月十三日）。 原子（定子同母妹）、東宮参入（正月十九日）。 伊周、大饗（正月二十八日）。 道隆、辞表提出（二月五日）。 道隆、薨去（四月十日）。 道長、内覧の宣旨を賜う（五月十一日）。	道兼、薨去（五月八日）。 藤原実方、陸奥国下向にあたり禄を賜う（九月二十七日）。

←――第二期――→

長徳二	九九六	31		伊周・隆家兄弟の従者、花山院を射る（正月十六日）。	
				伊周・隆家兄弟、左遷決定（四月二十四日）。	
				定子、落飾（五月一日）。	
			136	定子、小二条殿へ移御（六月）。	藤原義子、入内（七月二十日）。
				伊周、入京露見（十月八日）。高階貴子、没（同月十一日頃）。	
				定子、脩子内親王を出産（十二月十六日）。	
長徳三	九九七	32		源経房、備中守となる（正月二十八日）。	
				伊周・隆家兄弟、大赦・召還の宣旨（四月五日）。	
				隆家、入京（四月二十一日？）。	
				定子、職御曹司へ移御（六月二十二日）。	
				伊周、入京（十二月）。	
長徳四	九九八	33	94	清女、賀茂に同僚たちと郭公の声を聞きに行く（五月）。	藤原元子、入内（二月二十三日）。
			82	職御曹司で雪山作り（十二月十日？）。	藤原実方、陸奥国で没（十二月）。
長保元	九九九	34	5	定子、職御曹司から平生昌第へ移御（八月九日）。	
			6	内裏で猫の産養（九月十九日）。	
				彰子、入内（十一月一日）。	
				定子、平生昌第で敦康親王を出産（十一月七日）。	
二	一〇〇〇	35		定子は皇后、彰子は中宮となる（二月二十五日）。	
				定子、媄子内親王を出産（十二月十五日）、翌日、崩御。	

第三期	三	一〇〇一	36		法興院にて故定子の法会（正月二十九日）。 源経房、蔵人頭となる（八月二十五日）。	源成信、出家（二月）。
第四期 →	四	一〇〇二	37		法興院にて故定子の周忌法会（十二月四日）。 御匣殿、没（六月三日）。 淑景舎原子、頓死（八月三日）。 媄子内親王、著袴（十二月二十七日）。	
	寛弘二	一〇〇五	40		伊周、昇殿を許される（三月二十六日）。 敦康親王、読書始（十一月十三日）。	
	四	一〇〇七	42	24一本	脩子内親王、一品に叙される（正月二十日）。	
	五	一〇〇八	43		媄子内親王、没（五月二十五日）。	彰子、敦成親王を出産（九月十一日）。 御冊子作り（十一月）。
	六	一〇〇九	44			和泉式部、彰子に出仕（初夏）。
？←	七	一〇一〇	45		伊周、没（正月二十八日）。	

あとがき

『枕草子』の章段の順序は置き換えられているのではないか?!――この着想を得たのは、前著『源氏物語のモデルたち』草稿の執筆を、ほぼ終えた頃であった。『枕草子』の成立が複数回に分かれることは、前々著『源氏物語の誕生』の段階で、跋文の分析から確認していた。現在の章段の形態から、その痕跡は見いだせないか。この模索は続き、前著の出版を間近に控えた頃である。『枕草子』が幾度かにわたって成立したことを前提として「全章段の繋がりを、たどってみてはどうか」という単純な思いがよぎった。結果、予想を遙かに超える手応えを得た。新たに見つかった多くの繋ぎ目から、幾つかの章段群が浮かび上がり、本書の執筆に至った次第である。

本書執筆の契機となった『枕草子』の章段の順序に対する疑問は、灯台もと暗しの感があるが、このような体験は初めてではない。約三十年前、『源氏物語』成立論に目を向けるきっかけとなった帚木三帖に関する発見も同様であった。また、前々著『源氏物語の誕生』執筆の端緒となった、「桐壺」巻と中関白家のダイレクトな関係に気づいた時の新鮮な驚きも忘れがたい。しかし、今回の場合、気負いは殆どなかった。長い『源氏物語』のルーツを探る旅を終えたばかりでの気軽な旅行――軽装備のままの出発。頼るべきは、ささやかながら長年かけて培った古文読解力と、『源氏物語』で得た方法論である。自身の『源氏物語』研究も、五十四帖の巻末と巻頭の連続性の有無という極めて単純なやり方から始まっている。今回は、それが章段に変わったのである。三十代後半から五十代前半、カメラ・ビデオカメラを肩に掛け、王朝文学空間を求めて全国を旅した体験も役に立った。先人たちが残してくれた偉大な研究が何よりの道しるべとなったことは言うまでもない。中でも金子元臣著『枕草子評釈』・塩田良平著『枕草子評釈』・白子福右衛門著『枕草子全釈』の三名著は、手放せないものであった。とりわけ、塩田・白子著の二冊は、同行二人の趣があり、何よりの拠り所、心強い守り本尊であった。

今回の旅は、その大半が楽しいものだった。新見解に出会う度の興奮は、何よりも代えがたい至福の時間であった。しかし、登山に例えるならば八合目あたりを過ぎ、頂上が目の前に迫った頃、雲行きは怪しくなってきた。各章段の連続性について、越えねばならない問題が次々と発生し、楽しい旅行気分は終わりを告げた。ここに至って旅は、一転してスリルあるものとなった。判断を誤れば一瞬にして崖下に転がり落ちる――こうした危機感の連続を余儀なくされた。それと同時に、三巻本に対する不信感も頭をよぎった。もし、三巻本が原本の形態を伝えていなかったならば。元の形態を復元できないまでに乱れていたとしたならば、今回、目指していた最終地点は、なくなる。本書の執筆を決意した際、一瞬、垣間見た『枕草子』真実の全貌、一千年、封印されていた幻の宮殿は、まさに砂上の楼閣となろう。だが、そうした三巻本に対する疑義は杞憂であった。立ちはだかった問題は、いずれも自身の未熟な解釈や表面的な繋がりに惑わされていただけで、その解決の先には、より強固な章段の繋がりが浮かび上がった。こうして一歩、一歩、前進する日々が続き、本書の完成に至った。

『枕草子』原本が持つ形態の復元を確信した瞬間、込み上げてきたのは、定家に対する感謝の念であった。改編されているとは言え、『枕草子』原本の古態を残していた三巻本の存在があったからこそ、たどり着けた今回の旅である。清少納言に対しては不思議な縁を感じている。紫式部の信奉者である筆者が、彼女が敵視した最大のライバルの作品に手を染めたような違和感がないではなかった。

しかし、これも『枕草子』に籠めた清少納言の強い思いが、埒外の一研究者をして、その真実の姿を掘り起こさせたとしたならば、うれしい誤算であろう。『源氏物語』に賭けた研究人生の終わりに、このような予想だにしなかったプレゼントが与えられたのも、紫式部との浅からぬ御縁かと思う。

東日本大震災以降も発表の場を与えて頂いた大久保康雄氏を始め、笠間書院の皆様には、感謝の言葉も見当たらない。その縁を与えて下さった泉下の安井久善先生からは、自著を持つ大切さと、そのための大学教員としての心構えを教えて頂いた。自らの研究を完遂できたのも、こうした安井先生、菊田茂男先生、井上英明先生を始めとする多くの方々の御支援の賜物にほかならない。改めて、心より御礼申し上げる次第である。

なお、私事で恐縮であるが、昨年七月、義父が、十一月に義兄が物故した。義兄の、優しさを内に秘めた快活な笑い声が聞けなくなると思うと堪らなく寂しい。義父は、源氏螢の保護・育成・研究者として、斯界で知られた存在であった。

夏は夜。……闇も、なほ、螢の多く飛び交《ちが》ひたる。　合掌

平成二十八年三月吉日

清少納言と定家の御魂に捧ぐ　斎藤正昭

■著者略歴

斎藤正昭（さいとう　まさあき）

1955年　静岡県生まれ。

1987年　東北大学大学院博士課程国文学専攻単位取得退学。

元いわき明星大学人文学部教授。文学博士。

著　書『源氏物語　展開の方法』（笠間書院、1995年）
〈私学研修福祉会研究成果刊行助成金図書〉
『源氏物語　成立研究―執筆順序と執筆時期―』（笠間書院、2001年）
『紫式部伝―源氏物語はいつ、いかにして書かれたか』（笠間書院、2005年）
『源氏物語の誕生―披露の場と季節』（笠間書院、2013年）
『源氏物語のモデルたち』（笠間書院、2014年）

『枕草子』連想の文芸――章段構成を考える

2016年5月31日　初版第1刷発行

著者　斎藤正昭

発行者　池田圭子

発行所　有限会社　笠間書院

東京都千代田区猿楽町2-2-3〔〒101-0064〕

NDC分類：914.3　電話　03-3295-1331　Fax03-3294-0996

ISBN978-4-305-70809-0　モリモト印刷

（本文用紙・中性紙使用）

乱丁・落丁本はお取り替えいたします。

出版目録は上記住所または下記まで。

http://www.kasamashoin.co.jp

【凡　例】

一　章段の数字は、萩谷朴校注『枕草子』上・下（新潮日本古典集成、新潮社、昭52）に拠った。

二　【枕草子全章段表】における傍線は、執筆時期の変わり目を示す。

三　〔前段の主な対応箇所〕における太字は、前段以前の段を示す。

四　〔全章段〕における囲み数字（または文字）は、三巻本において不連続な章段を示す。

【枕草子全章段表】

【章段】	【冒頭】	【段中の主な対応箇所】
1	春は曙	
2	頃は	
3	同じ言なれども	同じ言なれども、聞き耳、異なるもの。法師の言葉
4	思はむ子を法師に	思はむ子を法師に／木の端などのやう
5	大進生昌が家に	東の門は四足になして、それより御輿は入らせ給ふ
6	上に候ふ御猫は	上に候ふ御猫は／馬の命婦／翁丸
7	正月一日、三月三日は	
8	慶び奏するこそ、をかしけれ	慶び奏するこそ、をかしけれ
9	今内裏の東をば	慶び申す日／定澄僧都に袿なし
10	山は	山は小倉山／木の暗山／朝倉山
11	市は	市は／椿市
12	峰は	峰は、ゆずる葉の峰
13	原は	原は
14	淵は	淵は
15	海は	海は／かはふちの海（末尾）
16	陵は	陵は／あめの陵（末尾）
17	渡りは	渡りは／水橋の渡り（末尾）
18	たちは玉造り	たちは玉造り
19	家は	家は
20	清涼殿の丑寅の隅の	
21	生ひ先なく、まめやかに	典侍など／宮仕へする人
22	すさまじきもの	すさまじきもの
23	たゆまるるもの	たゆまるるもの。精進の日の行ひ
24	人に、あなづらるるもの	人に、あなづらるるもの
25	憎きもの	あなづりやすき人
26	心ときめきするもの	心ときめきするもの
27	過ぎにし方、恋しきもの	過ぎにし方、恋しきもの
28	心ゆくもの	心ゆくもの。よく描いたる女絵
29	檳榔毛は	檳榔毛は、のどかに遣りたる／網代は走らせたる
30	説教の講師は、顔よき	説経の講師は顔よき。……つと目守らへたるこそ
31	菩提寺と言ふ寺に	菩提寺と言ふ寺に、結縁の八講せしに
32	小白川と言ふ所は	結縁の八講し給ふ／池の蓮
33	七月ばかり、いみじう暑ければ	七月ばかり、いみじう暑ければ
34	木の花は	木の花は／梨の花／梨花一枝
35	池は	水無しの池こそ……五月など
36	節は	節は、五月に、しく月は無し／楝の花
37	花の木ならぬは	花の木ならぬは／五月に／楝の木
38	鳥は	鳥は異所の物なれど、鸚鵡／六月に
39	貴なるもの	雁の卵／稚児の、苺など食ひたる（末尾）
40	虫は	虫は
41	七月ばかりに、風いたう吹きて	七月ばかりに／風／扇／汗の香／綿衣の薄き
42	似げなきもの	似げなきもの。下衆の家に雪の降りたる

【前段の主な対応箇所】	【執筆時期】
	第一期
	第三期
法師／綾ならぬは、わろき（末尾）	第三期
法師の言葉（冒頭部）／下衆	第三期
心苦しけれ（冒頭部）	第三期
四足になして（冒頭部）	第三期
	第四期①
正月一日／三月三日／五月五日／七月七日／九月九日	第四期①
慶び奏するこそ／後ろを任せて	第四期①
春は曙／山際／秋は夕暮／山の端（1段）	第一期
山は／三輪の山／耳成山（末尾）	第一期
市は／海柘榴市／をふさの市／**山は（10段）**	第一期
峰は	第一期
原は瓶の原	第一期
淵は	第一期
海は／**淵は（14段）**	第一期
あめの陵（末尾）	第一期
渡りは／**陵は（16段）**	第一期
たちは	第一期
	第二期
御前に候ふ人々、上の女房、こなた許されたるなど（末尾部）	第二期
生ひ先なく、まめやかに、えせ幸いなど見て居たらむ人（冒頭）	第二期
一日ばかりの精進潔斎とや言ふらむ（末尾）	第二期
たゆまるるもの／**あなづらはしく思ひやられて（22段）**	第二期
人に、あなづらるるもの	第二期
憎きもの／開けて、出で入る所（末尾部）	第二期
心ときめきするもの	第二期
過ぎにし方、恋しきもの／かはほり（末尾）	第二期
車、走らせたる／とどこほらず、聞きよう申したる（末尾）	第二期
悪く見ゆ／ふと見やる程もなく／わろし（末尾）／**寺は法師（28段）**	第二期
説経の講師は／八講しけり	第二期
菩提寺と言ふ寺に、結縁の八講せしに／蓮の葉の裏	第二期
六月十余日にて、暑き事、世に知らぬ程なり	第二期
梨の木の遙かに高きを（9段）	第四期①
枯れ枯れに……五月五日にあふも、をかし（末尾）	第四期①
五月など／**楝の花（34段）**	第四期①
節は五月に／楝の花／**木の花は（34段）**	第四期①
鳥／五月に／棕櫚の木、唐めきて（末尾部）	第四期①
鳥は／稚児どものみぞ、さしもなき（末尾）	第四期①
いみじう、うつくしき稚児の（末尾部）／**鳥は（38段）**	第四期①
八月ばかりに／蟻は……軽び、いみじうて（末尾部）	第四期①
人などこそ、人に言はれて泣きなどはすれ（6段末尾）	第三期

【章段】	【冒頭】	【段中の主な対応箇所】
43	細殿に、人あまた居て	よし／憎し
44	主殿司こそ、なほ	主殿司こそ、なほ……。下女の際は
45	郎等は、また、随身こそ	郎等は、また、随身こそあめれ
46	職の御曹司の西面の	頭弁……「弁、候ふなり」と宣ふ／大弁
47	馬は	馬は／薄紅梅の毛
48	牛は	牛は／白みたる／白き
49	猫は	猫は／腹、いと白き
50	雑色、随身は	雑色、随身は少し痩せて、細やかなるぞよき
51	小舎人童	小舎人童、小さくて
52	牛飼は	牛飼は、大きにて、髪、荒らかなるが
53	殿上の名対面こそ、なほ	殿上の名対面こそ、なほ、をかしけれ
54	若く、よろしき男の	下衆女の名、呼び馴れて言ひたるこそ、憎けれ
55	若き人、稚児どもなどは	若き人、稚児どもなどは
56	稚児は	稚児は
57	よき家の中門、開けて	中門、開けて、檳榔毛の車の
58	滝は	轟の滝は、いかに、かしがましく恐ろしからむ
59	川は	川は飛鳥川。淵瀬も定めなく
60	暁に帰らむ人は	暁に帰らむ人は／烏帽子の緒……固めずとも
61	橋は	橋は／天彦の橋
62	里は	里は
63	草は	草は
64	草の花は	草の花は、撫子。唐のは、さらなり
65	集は	集は、古万葉。古今
66	歌の題は	歌の題は
67	おぼつかなきもの	おぼつかなきもの／闇なるに／火も灯さで
68	たとしへなきもの	たとしへなきもの
69	忍びたる所にありては	夏こそ、をかしけれ／また、冬の夜／鳥の
70	懸想人にて来たるは	懸想人にて来たるは
71	ありがたきもの	ありがたきもの
72	内裏の局、細殿いみじう	風いみじう吹き入りて、夏も、いみじう涼し
73	職の御曹司におはします頃	前駆ども……短ければ／それぞ、かれぞ
74	あぢきなきもの	あぢきなきもの
75	心地よげなるもの	心地よげなるもの
76	御仏名の又の日	御仏名の又の日、地獄絵の／ゆゆしう
77	頭の中将の、すずろなる空言を	すずろなる空言を聞きて、いみじう言ひ落とし
78	返る年の二月二十余日	返る年の二月二十余日／頭中将の御消息とて
79	里に、まかでたるに	殿上人などの来るをも／昼も夜も来る人を
80	物のあはれ知らせ顔なるもの	物のあはれ知らせ顔なるもの
81	さて、その左衛門の陣などに	とく参りね……左衛門の陣へ行きし……など
82	職の御曹司におはします頃	職の御曹司におはします頃
83	めでたきもの	めでたきもの／葡萄染の織物／藤
84	なまめかしきもの	君達の直衣姿／紫の紙
85	宮の五節出ださせ給ふに	宮の五節出ださせ給ふに／小忌の君達／赤紐
86	細太刀に平緒つけて	細太刀に平緒つけて……なまめかし

【前段の主な対応箇所】	【執筆時期】
似げなきもの	第三期
清げなる男、小舎人童など	第三期
主殿司こそ、なほ……。下女の際は	第三期
弁などは（末尾部）	第三期
家は／紅梅／竹三条。小八条。小一条（19段）	第一期
馬は／白き所／白き	第一期
牛は／腹の下、足、尾の筋などは、やがて白き	第一期
猫は……腹いと白き	第一期
雑色、随身は、少し痩せて、細やかなる	第一期
小舎人童、小さくて、髪いと、うるはしきが	第一期
「それは誰ぞ」と言へば「弁、候ふなり」と宣ふ（46段末尾部）	第三期
殿上の名対面こそ、なほ、をかしけれ	第三期
若く、よろしき男の／童女などは（末尾部）	第三期
稚児どもなどは	第三期
車など止どめて／さて行くに	第三期
牛飼は、大きにて、髪、荒らかなるが（52段）	第一期
滝は／轟の滝は（末尾部）	第一期
有明／烏帽子の押し入れたる気色も、しどけなく見ゆ（33段）	第二期
川は／天の河原（59段末尾部）	第一期
橋は／一筋わたしたる棚橋（末尾部）	第一期
朝顔の里（末尾）	第一期
草は／唐葵／つき草（末尾部）	第一期
草の花は／秋の果て／冬の末	第一期
集は	第一期
暗ければ、いかでかは見えむ（60段）	第二期
おぼつかなきもの	第二期
夏と冬と／夜烏どもの	第二期
忍びたる所にありては	第二期
まして、戒めおきたるこそ（一本27段末尾）	第二期
七月ばかりに、風いたう吹きて……いと涼しければ（41段）	第四期①
その人なり／前駆を忍びやかに短う	第四期①
ありがたきもの（71段）	第二期
あぢきなきもの／「思ふさまならず」と嘆く（末尾）	第二期
心地よげなるもの／御神楽／御霊会	第二期
なほ、罪は恐ろしけれど（末尾部）	第二期
頭の中将の、すずろなる空言を聞きて／二月晦方	第二期
夜も昼も殿上人の絶ゆる折なし（73段末尾部）	第四期①
なべてには知らせず／少し仲、悪しうなりたる頃、文おこせたり	第四期①
物のあはれ知らせ顔なるもの／**左衛門の陣に……行けば（73段）**	第四期①
さて、その左衛門の陣などに行きて後	第四期①
絵に描き、物語のめでたき事に言ひたる／葡萄染／藤（78段）	第二期
紫なるものは……紙も／六位の宿直姿（末尾部）	第二期
五月の節の菖蒲の蔵人／赤紐／小忌の君達（末尾部）	第二期
赤紐、をかしう結び下げて／**なまめかしきもの（84段）**	第二期

【章段】	【冒頭】	【段中の主な対応箇所】
87	内裏は五節の頃こそ	内裏は五節の頃こそ／釵子につけたる
88	無名といふ琵琶の御琴を	琵琶の御琴を、主上の持て渡らせ給へるに
89	上の御局の御簾の前にて	琵琶の御琴を、縦ざまに持たせ給へり
90	ねたきもの	ねたきもの
91	かたはらいたきもの	かたはらいたきもの
92	あさましきもの	あさましきもの
93	口惜しきもの	口惜しきもの
94	五月の御精進の程	五月の御精進の程、職におはします頃
95	職におはします頃、八月十余日	職におはします頃／物も言はで候へば
96	御方々、君達、殿上人など	廂の柱に寄りかかりて
97	中納言、参り給ひて	一つな落としそと言へば、いかがはせむ（末尾）
98	雨の、うちはへ降る頃	信経、参りたり／信経が……申さざらましかば
99	淑景舎、春宮に参り給ふ程の事	
100	殿上より梅の皆、散りたる枝を	殿上より梅の皆……「早く落ちにけり」と
101	二月晦頃に	二月の晦頃に……空いみじう黒きに……黒戸に
102	はるかなるもの	はるかなるもの
103	方弘は、いみじう人に	方弘は、いみじう人に笑はるる者かな
104	見苦しきもの	見苦しきもの
105	言ひにくきもの	言ひにくきもの
106	関は	関は、逢坂
107	森は	森は
108	原は	原は
109	卯月の晦方に、初瀬に詣でて	菖蒲、菰など／淀の渡り
110	常より異に聞こゆるもの	常より異に聞こゆるもの。正月の車の音
111	絵に描き劣りするもの	絵に描き劣りするもの。撫子。菖蒲。桜
112	描き勝りするもの	描き勝りするもの
113	冬はいみじう寒き	冬は、いみじう寒き。夏は世に知らず暑き
114	あはれなるもの	あはれなるもの。……御嶽精進したる
115	正月に寺に籠もりたるは	正月に寺に籠もりたるは、いみじう寒く雪がちに
116	いみじう心づきなきもの	一人、乗りて見るこそあれ。いかなる心にかあらむ
117	わびしげに見ゆるもの	わびしげに見ゆるもの
118	暑げなるもの	暑げなるもの／六、七月の
119	恥づかしきもの	恥づかしきもの
120	無徳なるもの	無徳なるもの
121	修法は	修法は
122	はしたなきもの	はしたなきもの
123	関白殿、黒戸より出でさせ給ふ	あな、めでた。大納言ばかりに沓とらせ奉り給ふよ
124	九月ばかり、夜一夜	前栽の露は、こぼるばかり濡れかかりたる
125	七日の日の若菜を	また、これも聞き入るべうもあらず（末尾）
126	二月、官の司に	梅の花の、いみじう咲きたるに付けて、持て来たり
127	などて官、得始めたる六位の	などて官、得始めたる六位の笏に／すずろなる名
128	故殿の御ために	故殿の御ために……経、仏など供養せさせ給ひしを
129	頭弁の、職に参り給ひて	夜を通して／夜をこめて鶏の空音は
130	五月ばかり、月もなう	女房や候ひ給ふ／差し入るる、呉竹なりけり

【前段の主な対応箇所】	【執筆時期】
細太刀に平緒つけて／**宮の五節出ださせ給ふに（85段）**	第二期
男など持て歩く／主上にも、おはしまして（末尾部）	第二期
無名といふ琵琶の御琴を、主上の持て渡らせ給へるに	第二期
別れは知りたりや（末尾部）／**ただ恨めしう思いためる（88段）**	第二期
飛び出でぬべき心地すれ（末尾）	第二期
かたはらいたきもの／**祓ひ得たる櫛、閼伽に落とし入れたるも、ねたし（一本26段末尾）**	第二期
物、うちこぼしたる心地、いと、あさまし（末尾）	第二期
職の御曹司におはします頃（82段）	第四期①
職におはします頃／今宵の歌に外れてはを居る	第四期①
廂の柱に寄りかかりて	第四期①
第一ならずは／一乗の法／第一の人に、また一に思はれむ	第四期①
中納言、参り給ひて／これは隆家が事にしてむ	第四期①
	第四期②
ほとほと打橋よりも、落ちぬべし（末尾）	第四期②
殿上より梅の皆、散りたる枝を……黒戸に	第四期②
なほ内侍に奏してなさむ	第四期②
いみじう笑ひけるに、大きに腹立ちてこそ憎みしか（98段末尾）	第四期①
小障子の後ろにて食ひければ……笑ふこと限りなし（末尾）	第四期①
見苦しきもの	第四期①
陸奥国へ行く人、逢坂越ゆる程（102段）	第四期②
関は	第四期②
森は／**原は（13段）**	第四期②
粟津の原。篠原。萩原。園原／**森は浮田の森（107段冒頭）**	第四期②
車にても／いと、けしからず（93段末尾）	第二期
菖蒲・菰など／屏風の絵に似て、いと、をかし（109段末尾）	第四期②
絵に描き劣りするもの	第四期②
描き勝りするもの／**絵に描き劣りするもの（111段）**	第四期②
冬はいみじう寒き。夏は世に知らず暑き／**山里。山道（112段末尾）**	第四期②
御嶽精進したる／山里の雪（末尾部）／**冬は、いみじう寒き（113段）**	第四期②
必ず一人、二人、あまたも誘はまほし（末尾部）	第四期②
いみじう心づきなきもの。祭、禊など……ただ一人乗りて見るこそあれ	第四期②
六、七月の／夏は袍、下襲も一つに合ひたり（末尾）	第四期②
言ひにくきもの／恥づかしき人の……（105段末尾）	第四期①
ただならずなりぬる有様を清く知らでなども、あるは（末尾）	第四期①
六、七月の修法の、日中の時、おこなふ阿闍梨（118段末尾）	第四期②
無徳なるもの／心と出で来たる　（120段末尾）	第四期①
子のよきは、いと、めでたきものを。……畏しや（末尾）	第四期①
なまめかしう（121段）	第四期②
人の心には、露、をかしからじと思ふこそ、また、をかしけれ（末尾）	第四期②
七日の日の若菜を六日、人の持て来騒ぎ	第四期②
宮の司に定考といふ事すなる／**耳無草（125段）**	第四期②
忌日とて／この後の御有様を見奉らせ給はましかば……（123段末尾）	第四期①
夜居の僧の「……夜一夜こそ、な宣はめ」と（127段末尾部）	第四期②
差し出でて「某殿の人や候ひ給ふ」など言ふも、をかし（57段末尾）	第三期

【章段】	【冒頭】	【段中の主な対応箇所】
131	円融院の御終ての年	白き木に立文を付けて……蔀より取り入れて
132	つれづれなるもの	つれづれなるもの
133	つれづれ慰むもの	つれづれ慰むもの。碁、双六
134	取り所なきもの	取り所なきもの。容貌、憎さげに、心悪しき人
135	なほ、めでたきこと	なほ、めでたきこと
136	殿などの、おはしまさで後	世の中に事出で来、騒がしうなりて
137	正月十余日の程	正月十余日の程、空いと黒う、曇り厚く見え
138	清げなる男の、双六を日一日	清げなる男の、双六を日一日、打ちて
139	碁を、やむごとなき人の	碁を、やむごとなき人の打つとて
140	恐ろしげなるもの	恐ろしげなるもの
141	清しと見ゆるもの	清しと見ゆるもの／水に物を入るる透影（末尾）
142	卑しげなるもの	卑しげなるもの／まことの出雲筵の畳（末尾）
143	胸つぶるるもの	胸つぶるるもの
144	うつくしきもの	うつくしきもの。瓜に描きたる稚児の顔
145	人映えするもの	人映えするもの／四つ、五つなるは
146	名、恐ろしきもの	名、恐ろしきもの
147	見るに異なる事なきものの	見るに異なる事なきものの……書きて事々しき
148	むつかしげなるもの	むつかしげなるもの
149	えせ者の、所得る折	えせ者
150	苦しげなるもの	苦しげなるもの／思ふ人、二人持ちて……
151	うらやましげなるもの	うらやましげなるもの
152	疾く、ゆかしきもの	疾く、ゆかしきもの
153	心もとなきもの	心もとなきもの。……とみの物……今、今と
154	故殿の御服の頃	おぼつかなくて明かしつ。翌朝
155	弘徽殿とは	「源中将、語らひてなむ」と人々、笑ふ
156	昔おぼえて不要なるもの	昔おぼえて不要なるもの
157	頼もしげなきもの	頼もしげなきもの
158	読経は	読経は不断経
159	近うて遠きもの	近うて遠きもの。宮咩祭
160	遠くて近きもの	遠くて近きもの
161	井は	井は
162	野は	野は
163	上達部は	上達部は
164	君達は	君達は
165	受領は	受領は
166	権守は	権守は
167	大夫は	大夫は
168	法師は	法師は律師
169	女は	女は典侍。内侍
170	六位の蔵人などは	思ひかくべき事にもあらず／何の権守、大夫
171	女一人、住む所は	女一人、住む所は／門、いたく固め（末尾部）
172	宮仕へ人の里なども	親ども二人あるは／大御門は鎖しつや
173	雪の、いと高うはあらで	物語する程に／雪の光／言ひ合はせたり（末尾）
174	村上の先帝の御時に	村上の先帝の御時に……梅の花を挿して

【前段の主な対応箇所】	【執筆時期】
御簾をもたげて、そよろと差し入るる、呉竹なりけり	第三期
笑ひ興じ給ひけり（末尾）	第三期
つれづれなるもの／馬おりぬ双六	第三期
男などの、うち猿楽ひ、物よく言ふ…… 物忌みなれど、入れつかし（末尾）	第三期
はた、いみじう、めでたし／めでたしな／なほ、いと、めでたく（128段）	第四期①
物に当たるばかり騒ぐも、いと、いと物狂ほし（末尾部）	第四期①
殿などの、おはしまさで後、世の中に事出で来、騒がしうなりて	第四期①
容貌、憎さげに、心悪しき人（134段）／つれづれ慰むもの。碁、双六（133段）	第三期
清げなる男の、双六を日一日、打ちて	第三期
劣りたる人の、居ずまひも、かしこまりたる気色にて……	第三期
恐ろしげなるもの／髪多かる男の、洗ひて乾すほど（末尾）	第三期
清しと見ゆるもの／畳に刺す薦	第三期
卑しげなるもの／**恐ろしげなるもの（140段）**	第三期
胸つぶるるもの／まだ物言はぬ稚児	第三期
うつくしきもの／二つ、三つばかりなる稚児	第三期
物、散らし損なふを／心もとなけれ（末尾）	第三期
名よりも、見るは恐ろし（末尾）	第三期
事々しきもの	第三期
いと深うしも心ざしなき妻の……男（末尾部）	第三期
えせ者の所得たる折／**むつかしげなるもの（148段）**	第三期
苦しげなるもの／心いられしたる人（末尾）	第三期
いづこも、おぼつかなからず参り通ふ（末尾）	第三期
疾く、ゆかしきもの	第三期
夜の明くる程、いと心もとなし（末尾）	第三期
「物狂ほしかりける君」とこそ思えしか（末尾）	第三期
その後は絶えて止み給ひにけり（末尾）	第三期
昔おぼえて不要なるもの	第三期
七、八十ばかりなる人の、心地、悪しうて日頃になりたる（末尾）	第三期
不断経	第三期
近うて遠きもの	第三期
人の仲（末尾）	第三期
井は、ほりかねの井	第三期
紫野（末尾）	第三期
上達部は	第三期
君達は	第三期
受領は	第三期
権守は	第三期
大夫は	第三期
法師は律師。内供	第三期
女は典侍。内侍／**権守は（166段）／大夫は（167段）**	第三期
門、強く鎖せ／住みたるこそよけれ（末尾）／**女は（169段）**	第三期
女一人、住む所は／門、いたく固め（末尾部）	第三期
言ひ合はせて／月の光／とこそ語りしか（末尾）	第三期
梅などのなりたる折も、さやうにぞするかし（137段末尾）	第四期①

【章段】	【冒頭】	【段中の主な対応箇所】
175	御形の宣旨の主上に	いみじうこそ興ぜさせ給ひけれ（末尾）
176	宮に初めて参りたる頃	夜々……後ろに候ふに／雪いと、をかし
177	したり顔なるもの	したり顔なるもの／最初に鼻ひたる人
178	位こそ、なほ、めでたきものは	めでたきもの／受領なども
179	かしこきものは、乳母の夫こそ	かしこきものは、乳母の夫こそあれ
180	病は	病は
181	好き好きしくて、人、数見る人	白き単衣／事無しびに／罪、得らむと
182	いみじき暑き昼中に	昼中に／扇も、うち置かれぬれ（末尾）
183	南ならずは、東の廂の板の	うち置きて／いと涼しげに見えたるを
184	大路近なる所にて聞けば	大路近なる所にて聞けば／有明の、をかしきに
185	ふと心劣りとかするものは	ふと心劣りとかするものは
186	宮仕へ人のもとに来などする男	男の、そこにて物食ふこそ、いと、わろけれ
187	風は	
188	野分の又の日こそ	野分／むべ山風を
189	心憎きもの	心憎きもの。物隔てて聞くに
190	島は	島は八十島
191	浜は	浜は
192	浦は	浦は
193	森は	森は
194	寺は	寺は壺坂。笠置
195	経は	経は
196	仏は	仏は
197	文は	文は文集。文選。新賦
198	物語は	物語は
199	陀羅尼は	陀羅尼は暁。経は夕暮
200	遊びは	遊びは夜。人の顔、見えぬ程
201	遊びわざは	遊びわざは
202	舞は	舞は
203	弾くものは	弾くものは
204	笛は	笛は
205	見物は	見物は臨時の祭
206	五月ばかりなどに	五月ばかりなどに、山里に歩く／口惜しけれ
207	いみじう暑き頃	過ぎて去ぬるも、口惜し
208	五月四日の夕つ方	五月四日の夕つ方……男のゆくこそ
209	賀茂へ参る道に	田植うとて、女の……後ろざまにゆく
210	八月晦、太秦に詣づとて	稲刈るなりけり／先つ頃、賀茂へ詣づとて
211	九月二十日余りの程、初瀬に	九月二十日余りの程、初瀬に詣でて／はかなき家
212	清水などに参りて	清水などに参りて／いみじう、あはれなるこそ
213	五月の菖蒲の	五月の菖蒲／その折の香
214	よく焚きしめたる薫物の	引き開けたるに、煙の残りたるは
215	月のいと明かきに、川を渡れば	水晶などの割れたるやうに、水の散りたる
216	大きにて、よきもの	大きにてよきもの／法師／松の木
217	短くて、ありぬべきもの	短くて、ありぬべきもの
218	人の家に、つきづきしきもの	人の家に、つきづきしきもの

【前段の主な対応箇所】	【執筆時期】
いみじう賞でさせ給ひけれ	第四期①
雪の……いとこそ、をかしけれ／さも、え居明かさざらましを（173段）	第三期
鼻をいと高うひたれば／折しも、などて、さはた、ありけむ……（末尾）	第三期
したり顔なるもの／受領したる人の	第三期
めでたきもの／御乳母は典侍、三位などになりぬれば……	第三期
わづらはしき事のみこそあれ（末尾）	第三期
白き単衣／事無しびに／罪や得らむと思ゆれ（末尾）	第三期
暁に／ふと読みさして……（末尾）	第三期
いみじう暑き昼中に／うち置かれぬれ（末尾）	第三期
宵うち過ぐる程に／爪弾きに掻き鳴らしたるこそ、をかしけれ（末尾）	第三期
あやしの者を見つけたる、いと妬し（末尾）	第三期
言葉の文字、卑しう使ひたるこそ、よろづの事より勝りて、わろけれ	第三期
	第四期③
風は嵐	第四期③
うらやましげに、押し張りて、簾に添ひたる後手も、をかし（末尾）	第四期③
わたつ海の沖に漕がるるもの見れば海士の釣して帰るなりけり（174段）	第四期①
島は	第四期①
浜は	第四期①
浦は	第四期①
ようたての森と言ふが……（末尾）	第四期①
寺は	第四期①
経は	第四期①
文殊。不動尊。普賢（末尾）	第四期①
文は	第四期①
物語は／**経は（195段）**	第四期①
陀羅尼は暁。経は夕暮	第四期①
遊びは	第四期①
遊びわざは／鞠も、をかし（末尾）	第四期①
舞は	第四期①
弾くものは	第四期①
臨時の祭の日（末尾部）	第四期①
山里めきて／口惜しきに／行きもて行けば（末尾部）	第四期①
ふと過ぎて、はづれたるこそ、いと口惜しけれ	第四期①
いみじう暑き頃、夕涼みと言ふ程……男車の……走らせゆくこそ	第四期①
青き草……担ひて……男のゆくこそ、をかしけれ（末尾）	第四期①
賀茂へ参る道に、田植うとて	第四期①
八月晦、太秦に詣づとて／庵のさまなど（末尾）	第四期①
初瀬に詣でて／「いみじう、あはれ」と思えしか	第四期①
柴焚く香の／**五月四日の夕つ方、青き草（208段）**	第四期①
引き折り開けたるに、その折の香の残りて（末尾部）	第四期①
煙の残りたる／**水の……走り上がりたる（206段）**	第四期①
松の木立、高き所の／大きなるが……法師も……（一本23段末尾）	第四期①
大きにて、よきもの	第四期①
ありぬべきもの／**大きにて、よきもの。家（216段）**	第四期①

【章段】	【冒頭】	【段中の主な対応箇所】
219	物へ行く道に、清げなる郎等の	郎等の細やかなる／屐子の、つややかなる
220	よろづの事よりも	呼び寄せ／いかばかりなる心にて
221	細殿に便なき人なむ	細殿に便なき人なむ……出でけると
222	三条の宮に、おはします頃	五日の菖蒲の輿／書かせ給へる
223	御乳母の大輔の命婦、日向へ	御手にて書かせ給へる、いみじう、あはれなり
224	清水に籠もりたりしに	書かせ給へる
225	駅は	駅は／山の駅は
226	社は	旅の社／蟻通しの明神、貫之が馬の患ひけるに
227	一条の院をば今内裏とぞ言ふ	一条の院をば／木工の允にてぞ蔵人にはなりたる
228	身を変へて天人などは	身を変へて天人などは／雑色の、蔵人になりたる
229	雪高う降りて、今も、なほ	雪高う降りて、今も、なほ降るに、五位も四位も
230	細殿の遣戸を	殿上人……直衣、指貫の……押し入れなどして
231	岡は	人見の岡（末尾）
232	降るものは雪	降るものは雪
233	雪は檜皮葺	雪は
234	日は	日は入り日。入り果て……赤う見ゆるに
235	月は	月は有明の、東の山際に……いと、あはれなり
236	星は	星は
237	雲は	雲は白き／月の
238	騒がしきもの	騒がしきもの
239	ないがしろなるもの	ないがしろなるもの
240	言葉なめげなるもの	言葉なめげなるもの
241	さかしきもの	さかしきもの。今様の三歳児
242	ただ過ぎに過ぐるもの	ただ過ぎに過ぐるもの
243	殊に人に知られぬもの	殊に人に知られぬもの
244	文言葉なめき人こそ	文言葉なめき人こそ、いと憎けれ
245	いみじう汚きもの	いみじう汚きもの。なめくぢ
246	せめて恐ろしきもの	せめて恐ろしきもの
247	頼もしきもの	頼もしきもの
248	いみじう仕立てて婿取りたるに	婿取りたるに、程もなく住まぬ婿
249	世の中に、なほ、いと	人に憎まれむ事
250	男こそ、なほ、いと	男こそ、なほ……あやしき心地したるものはあれ
251	よろづの事よりも情けあるこそ	よろづの事よりも情けあるこそ、男は、さらなり
252	人の上、言ふを腹立つ人こそ	人の上、言ふを
253	人の顔に	人の顔
254	古体の人の指貫、着たるこそ	古体の人
255	十月十余日の月の	中納言の君の、紅の張りたるを着て
256	成信の中将こそ	成信の中将こそ……よう聞き知り給ひしか
257	大蔵卿ばかり耳敏き人はなし	大蔵卿ばかり耳敏き人はなし
258	うれしきもの	うれしきもの／想ふ人の、人に褒められ
259	御前にて人々とも	御前にて人々／ただの紙……陸奥紙など得つれば
260	関白殿、二月二十一日に	二月二十一日に／一切経／全て一つに(末尾部)
261	尊きこと	尊きこと。九条の錫杖。念仏の回向
262	歌は	歌は

【前段の主な対応箇所】	【執筆時期】
細やかなる郎等／沓の、いと、つややかなる（189段）	第四期③
呼び寄せて／呼び入るるに／推し量らるれ（末尾）	第四期③
あやしき下衆など、絶えず呼び寄せ、出だし据ゑなどしたるも、あるぞかし（末尾）	第四期③
濡れ衣／書かせ給へり	第四期③
書かせ給へる、いと、めでたし（末尾）	第四期③
御手にて書かせ給へる	第四期③
山近き／旅にて	第四期③
駅は	第四期③
七曲に曲がれる……蟻通し／その人の、神になりたる	第四期③
高遠の／高砂を折り返して吹かせ給ふ／木工の允にてぞ蔵人にはなりたる	第四期③
身を変へて天人などは／雑色の、蔵人になりたる	第四期③
五位も四位も……宿直姿に、ひきはこへて	第四期③
纓を引き越して、顔に、ふたぎて去ぬるも、をかし（末尾）	第四期③
人見の岡（末尾）／**雪高う降りて（229段冒頭）**	第四期③
降るものは雪	第四期③
瓦の目ごとに入りて、黒う丸に見えたる	第四期③
日は入り日。入り果てぬる山の端に……いと、あはれなり	第四期③
月は	第四期③
星は／太白星／**月は（235段）**	第四期③
風吹く折の雨雲／黒き雲	第四期③
騒がしきもの	第四期③
ないがしろなるもの	第四期③
言葉なめげなるもの	第四期③
さかしきもの。今様の三歳児	第四期③
ただ過ぎに過ぐるもの	第四期③
殊に人に知られぬもの。凶会日／**言葉なめげなるもの（240段）**	第四期③
文言葉なめき人こそ	第四期③
いみじう汚きもの	第四期③
せめて恐ろしきもの	第四期③
頼もしきもの	第四期③
程もなく住まぬ婿／人の思はむ事	第四期③
世の中に、なほ／誰てふ物狂ひか	第四期③
男こそ、なほ／つゆ心苦しさを思ひ知らぬよ（末尾）	第四期③
伝へて聞きたるは	第四期③
人の上	第四期③
人の顔	第四期③
古体の人の、指貫、着たる	第四期③
後に立ちて笑ふも知らずかし	第四期③
成信の中将こそ、人の声は、いみじう、よう聞き知り給ひしか	第四期③
想ふ人の、人に褒めらるる／うれしき事、二つにて（129段末尾部）	第四期②
陸奥紙、ただのも、よき得たる／御前に人々（末尾部）	第四期②
紙二十／寿命経	第四期②
一切経供養せさせ給ふに／全て一つに（末尾部）	第四期②
九条の錫杖。念仏の回向	第四期②

【章段】	【冒頭】	【段中の主な対応箇所】
263	指貫は	指貫は
264	狩衣は	狩衣は香染の薄き
265	単衣は	単衣は白き／なほ、単衣は白うてこそ（末尾）
266	下襲は	下襲は／夏は二藍、白襲
267	扇の骨は	扇の骨は
268	檜扇は	檜扇は
269	神は	この国／蔦などの……色々ありし
270	崎は	崎は唐崎
271	屋は	屋は丸屋。東屋
272	時奏する、いみじう、をかし	時奏する
273	日の、うらうらとある昼つ方	子の時など言ふ／夜中ばかりに（末尾）
274	成信の中将は	成信の中将は
275	常に文おこする人の	雨の、いたく降る／水増す雨のとある……をかし
276	きらきらしきもの	きらきらしきもの
277	神の、いたう鳴る折に	神の、いたう鳴る折に、神鳴りの陣こそ
278	坤元録の御屏風こそ	坤元録の御屏風こそ
279	節分違へなどして	節分違へなどして／火桶、引き寄せたるに
280	雪の、いと高う降りたるを	炭櫃に火おこして
281	陰陽師のもとなる小童べこそ	「さらむ者がな。使はむ」とこそ思ゆれ（末尾）
282	三月ばかり、物忌みしにとて	物忌みしに／まことに、さることなり（末尾）
283	十二月二十四日、宮の御仏名の	御仏名／垂氷／夜一夜も歩かまほしき
284	宮仕へする人々の、出で集まり	宮仕へする人々の、出で集まりて
285	見習ひするもの	見習ひするもの。あくび
286	うちとくまじきもの	うちとくまじきもの
287	衛門尉なりける者の	波に落とし入れけるを
288	傅の殿の御母上とこそは	傅の殿の御母上とこそは
289	また、業平の中将のもとに	また、業平の中将のもとに、母の皇女の
290	をかしと思ふ歌を	をかしと思ふ歌を
291	よろしき男を	下衆女などの褒めて……思ひ落とされぬべし
292	左右の衛門尉を	左右の衛門尉を……いと見苦しかし
293	大納言殿、参り給ひて	例の、夜いたく更けぬれば……丑四つと奏すなり
294	僧都の御乳母のままなど	男／泣きぬばかりの気色
295	男は、女親、亡くなりて	男は、女親、亡くなりて、男親の一人ある
296	ある女房の、遠江の子なる人を	遠江の子なる人……同じ宮人をなむ、忍びて語らふ
297	便なき所にて、人に物を言ひ	便なき所にて、人に物を言ひけるに
298	まことにや、やがては下る	まことにや、やがては下る
一本 1	夜まさりするもの	夜まさりするもの／琴の声／滝の音（末尾）
〃 2	灯影に劣るもの	灯影に劣るもの
〃 3	聞きにくきもの	聞きにくきもの
〃 4	文字に書きて、あるやう	文字に書きて、あるやうあらめど、心得ぬもの
〃 5	下の心、かまへて、わろくて	下の心、かまへてわろくて、清げに見ゆるもの
〃 6	女の表着は	女の表着は
〃 7	唐衣は	唐衣は
〃 8	裳は	裳は

【前段の主な対応箇所】	【執筆時期】
今様は長うて曲づいたり	第四期②
指貫は紫の濃き	第四期②
狩衣は／男は何の色の衣をも着たれ	第四期②
単衣は白き／**夏は二藍（264段）**	第四期②
下襲は／夏は（末尾部）	第四期②
扇の骨は	第四期②
無紋。唐絵	第四期②
賀茂は、さらなり	第四期②
崎は／みほが崎（末尾）	第四期②
東屋（末尾）	第四期②
時奏する／夜中ばかりなど／子四つなど	第四期②
大蔵卿ばかり耳敏き人はなし／大殿の新中将（257段）／成信の中将こそ（256段）	第四期③
をかしかりしか。雨、降らむ折は、さは、ありなむや（末尾）	第四期③
火桶の火を挟み上げて（末尾部）	第四期③
きらきらしきもの／熾盛光の御読経（末尾）	第四期③
神の、いたう鳴る折に	第四期③
月次の御屏風も、をかし（末尾）／**火桶の火を挟み上げて（275段）**	第四期③
炭、入れて、おこすこそ	第四期③
なほ、この宮の人には、さべきなめりと言ふ（末尾）	第四期③
祓へなどしに／「さらむ者がな。使はむ」とこそ思ゆれ（末尾）	第四期③
物忌み／柳／暮らしかねける	第四期③
行く所の近うなるも、口惜し（末尾）	第四期③
宮仕へする人々の、出で集まりて／一所に集まり居て、物語し	第四期③
見習ひするもの。あくび。稚児ども	第四期③
落とし入れて（末尾部）	第四期③
道命阿闍梨／親	第四期③
傳の殿の御母上とこそは／小野殿	第四期③
「いよいよ見まく」と宣へる、いみじう、あはれに、をかし	第四期③
下衆の、うち歌ひたるこそ、いと心憂けれ（末尾）	第四期③
よろしき男を……やがて思ひ落とされぬべし	第四期③
また、いと、いたう更けて（273段）／時奏する／丑三つ（272段）	第四期②
いと見苦しかし（291段）／下衆（291段）	第四期③
僧都の御乳母のままなど	第四期③
男は女親亡くなりて、男親の一人ある／好き好きしき心ぞ	第四期③
同じ宮人をなむ、忍びて語らふ／見つくる人やあらむと思へば（末尾）	第四期③
見つくる人やあらむと思へば（末尾）	第四期③
常より異に聞こゆるもの／物の音、さらなり（110段）	第二期
夜まさりするもの	第二期
灯影に劣るもの	第二期
聞きにくきもの	第二期
泔。桶。槽	第二期
下の心、かまへてわろくて、清げに見ゆるもの／河尻の遊女（末尾）	第二期
女の表着は	第二期
唐衣は	第二期

【章段】	【冒頭】	【段中の主な対応箇所】
〃 9	汗衫は	汗衫は
〃 10	織物は	織物は
〃 11	綾の紋は	綾の紋は
〃 12	薄様、色紙は	薄様、色紙は
〃 13	硯の箱は	硯の箱は
〃 14	筆は	筆は
〃 15	墨は	墨は
〃 16	貝は	貝は
〃 17	櫛の箱は	櫛の箱は
〃 18	鏡は	鏡は
〃 19	蒔絵は	蒔絵は
〃 20	火桶は	火桶は
〃 21	畳は	畳は高麗縁。また、黄なる地の縁
〃 22	檳榔毛は※1	檳榔毛は、のどかに遣りたる
〃 23	松の木立、高き所の	涼しげに透きて見ゆる
〃 24	宮仕へ所は※2	
〃 25	荒れたる家の、蓬深く※3	あはれなれ／あはれに／あはれなり（末尾）
〃 26	初瀬に詣でて※4	あやしき下臈ども／ねたかりしか／ねたし（末尾）
〃 27	女房の参り、まかでには	牛飼童／郎等ども／主の心、推し量られて
跋文	この草子、目に見え、心に	里居の程……心よりほかに／里に、おはしたりしに

※1……29段の省略形である不審の段。
※2……1007/1以降の成立となる不審の段。
※3……114段「あはれなるもの」中の「男も女も……あはれなれ」に続く断章。
※4……90段「ねたきもの」末尾「見まほしき文などを……」前に位置する断章。

『枕草子』全322段（不審の一本22・24段、断章の一本25・26段は除く）
第一期（定子サロンでの発表）……全25段
第二期（源経房による流布）………全59段
第三期（跋文の章段群）……………全68段
第四期（跋文後）①〜③……………全170段

【前段の主な対応箇所】	【執筆時期】
裳は	第二期
汗衫は	第二期
織物は	第二期
綾の紋は	第二期
薄様、色紙は	第二期
硯の箱は	第二期
筆は	第二期
墨は丸なる（全文）	第二期
貝は／**硯の箱は（一本13段）**	第二期
櫛の箱は	第二期
鏡は	第二期
蒔絵は	第二期
火桶は赤色。青色。白きに	第二期
檳榔毛は、のどかに遣りたる（29段冒頭）	
水晶などの割れたるやうに、水の散りたる（215段）	第四期①
あはれなるもの／男も女も……あはれなれ（114段）	第四期②
ねたきもの／ものの下部など／いと、ねたげなり（90段）	第二期
供なる郎等、童など／よき人の御供人などは、さもなし（70段末尾）	第二期
宮仕へ人のもとに来などする男の／心も／里などにて……いかがはせむ(186段末尾部)	第三期

【第一期（定子サロンでの発表）章段表】

【章段】	【全章段】	【冒頭】	【段中の主な対応箇所】
1	1	春は曙	
2	[10]	山は	山は小倉山／木の暗山／朝倉山
3	11	市は	市は／椿市
4	12	峰は	峰は、ゆずる葉の峰
5	13	原は	原は
6	14	淵は	淵は
7	15	海は	海は／かはふちの海（末尾）
8	16	陵は	陵は／あめの陵（末尾）
9	17	渡りは	渡りは／水橋の渡り（末尾）
10	18	たちは玉造り	たちは玉造り
11	19	家は	家は
12	[47]	馬は	馬は／薄紅梅の毛
13	48	牛は	牛は／白みたる／白き
14	49	猫は	猫は／腹、いと白き
15	50	雑色、随身は	雑色、随身は少し痩せて、細やかなるぞよき
16	51	小舎人童	小舎人童、小さくて
17	52	牛飼は	牛飼は、大きにて、髪、荒らかなるが
18	[58]	滝は	轟の滝は、いかに、かしがましく恐ろしからむ
19	59	川は	川は飛鳥川。淵瀬も定めなく
20	[61]	橋は	橋は／天彦の橋
21	62	里は	里は
22	63	草は	草は
23	64	草の花は	草の花は、撫子。唐のは、さらなり
24	65	集は	集は、古万葉。古今
25	66	歌の題は	歌の題は

【第二期（源経房による流布）章段表】

【章段】	【全章段】	【冒頭】	【段中の主な対応箇所】
1	20	清涼殿の丑寅の隅の	
2	21	生ひ先なく、まめやかに	典侍など／宮仕へする人
3	22	すさまじきもの	すさまじきもの
4	23	たゆまるるもの	たゆまるるもの。精進の日の行ひ
5	24	人に、あなづらるるもの	人に、あなづらるるもの
6	25	憎きもの	あなづりやすき人
7	26	心ときめきするもの	心ときめきするもの
8	27	過ぎにし方、恋しきもの	過ぎにし方、恋しきもの
9	28	心ゆくもの	心ゆくもの。よく描いたる女絵
10	29	檳榔毛は	檳榔毛は、のどかに／網代は走らせたる
11	30	説教の講師は、顔よき	説経の講師は顔よき。……つと目守らへたるこそ
12	31	菩提寺と言ふ寺に	菩提寺と言ふ寺に、結縁の八講せしに

【前段の主な対応箇所】

春は曙／山際／秋は夕暮／山の端
山は／三輪の山／耳成山（末尾）
市は／海柘榴市／をふさの市／**山は（10段）**
峰は
原は瓶の原
淵は
海は／**淵は（14段）**
あめの陵（末尾）
渡りは／**陵は（16段）**
たちは
家は／紅梅／竹三条。小八条。小一条
馬は／白き所／白き
牛は／腹の下、足、尾の筋などは、やがて白き
猫は……腹いと白き
雑色、随身は、少し痩せて、細やかなる
小舎人童、小さくて、髪いと、うるはしきが
牛飼は、大きにて、髪、荒らかなるが
滝は／轟の滝は（末尾部）
川は／天の河原（末尾部）
橋は／一筋わたしたる棚橋（末尾部）
朝顔の里（末尾）
草は／唐葵／つき草（末尾部）
草の花は／秋の果て／冬の末
集は

【前段の主な対応箇所】

御前に候ふ人々、上の女房、こなた許されたるなど（末尾部）
生ひ先なく、まめやかに、えせ幸いなど見て居たらむ人（冒頭）
一日ばかりの精進潔斎とや言ふらむ（末尾）
たゆまるるもの／**あなづらはしく思ひやられて（22段）**
人に、あなづらるるもの
憎きもの／開けて、出で入る所（末尾部）
心ときめきするもの
過ぎにし方、恋しきもの／かはほり（末尾）
車、走らせたる／とどこほらず、聞きよう申したる（末尾）
悪く見ゆ／ふと見やる程もなく／わろし（末尾）／**寺は法師（28段）**
説経の講師は／八講しけり

【章段】	【全章段】	【冒頭】	【段中の主な対応箇所】
13	32	小白川と言ふ所は	結縁の八講し給ふ／池の蓮
14	33	七月ばかり、いみじう	七月ばかり、いみじう暑ければ
15	[60]	暁に帰らむ人は	暁に帰らむ人は／烏帽子の緒……固めずとも
16	[67]	おぼつかなきもの	おぼつかなきもの／闇なるに／火も灯さで
17	68	たとしへなきもの	たとしへなきもの
18	69	忍びたる所にありては	夏こそ、をかしけれ／また、冬の夜／烏の
19	70	懸想人にて来たるは	懸想人にて来たるは
20	[一本27]	女房の参り、まかでには	牛飼童／郎等ども／主の心、推し量られて
21	71	ありがたきもの	ありがたきもの
22	[74]	あぢきなきもの	あぢきなきもの
23	75	心地よげなるもの	心地よげなるもの
24	76	御仏名の又の日	御仏名の又の日、地獄絵の／ゆゆしう
25	77	頭の中将のすずろなる	すずろなる空言を聞きて、いみじう言ひ落とし
26	78	返る年の二月二十余日	返る年の二月二十余日／頭中将の御消息とて
27	[83]	めでたきもの	めでたきもの／葡萄染の織物／藤
28	84	なまめかしきもの	君達の直衣姿／紫の紙
29	85	宮の五節出ださせ給ふに	宮の五節出ださせ給ふに／小忌の君達／赤紐
30	86	細太刀に平緒つけて	細太刀に平緒つけて……なまめかし
31	87	内裏は五節の頃こそ	内裏は五節の頃こそ／釵子につけたる
32	88	無名といふ琵琶の御琴を	琵琶の御琴を、主上の持て渡らせ給へるに
33	89	上の御局の御簾の前にて	琵琶の御琴を、縦ざまに持たせ給へり
34	90	ねたきもの※	ねたきもの
35	91	かたはらいたきもの	かたはらいたきもの
36	92	あさましきもの	あさましきもの
37	93	口惜しきもの	口惜しきもの
38	[110]	常より異に聞こゆるもの	常より異に聞こゆるもの。正月の車の音
39	[一本1]	夜まさりするもの	夜まさりするもの／琴の声／滝の音（末尾）
40	〃2	灯影に劣るもの	灯影に劣るもの
41	〃3	聞きにくきもの	聞きにくきもの
42	〃4	文字に書きて、あるやう	文字に書きて、あるやうあらめど、心得ぬもの
43	〃5	下の心、かまへてわろくて	下の心、かまへてわろくて、清げに見ゆるもの
44	〃6	女の表着は	女の表着は
45	〃7	唐衣は	唐衣は
46	〃8	裳は	裳は
47	〃9	汗衫は	汗衫は
48	〃10	織物は	織物は
49	〃11	綾の紋は	綾の紋は
50	〃12	薄様、色紙は	薄様、色紙は
51	〃13	硯の箱は	硯の箱は
52	〃14	筆は	筆は
53	〃15	墨は	墨は
54	〃16	貝は	貝は
55	〃17	櫛の箱は	櫛の箱は
56	〃18	鏡は	鏡は

【前段の主な対応箇所】

菩提寺と言ふ寺に、結縁の八講せしに／蓮の葉の裏
六月十余日にて、暑き事、世に知らぬ程なり
有明／烏帽子の押し入れたる気色も、しどけなく見ゆ
暗ければ、いかでかは見えむ
おぼつかなきもの
夏と冬と／夜烏どもの
忍びたる所にありては
供なる郎等、童など／よき人の御供人などは、さもなし
まして、戒めおきたるこそ（末尾）
ありがたきもの
あぢきなきもの／「思ふさまならず」と嘆く（末尾）
心地よげなるもの／御神楽／御霊会
なほ、罪は恐ろしけれど（末尾部）
頭の中将の、すずろなる空言を聞きて／二月晦方
絵に描き、物語のめでたき事に言ひたる／葡萄染／藤
紫なるものは……紙も／六位の宿直姿（末尾部）
五月の節の菖蒲の蔵人／赤紐／小忌の君達（末尾部）
赤紐、をかしう結び下げて／**なまめかしきもの（84段）**
細太刀に平緒つけて／**宮の五節出ださせ給ふに（85段）**
男など持て歩く／主上にも、おはしまして（末尾部）
無名といふ琵琶の御琴を、主上の持て渡らせ給へるに
別れは知りたりや（末尾部）／**ただ恨めしう思いためる（88段）**
飛び出でぬべき心地すれ（末尾）
かたはらいたきもの／**祓ひ得たる櫛、閼伽に落とし入れたるも、ねたし（一本26末尾）**
物、うちこぼしたる心地、いと、あさまし（末尾）
車にても／いと、けしからず（末尾）
常より異に聞こゆるもの／物の音、さらなり（末尾）
夜まさりするもの
灯影に劣るもの
聞きにくきもの
泔。桶。槽
下の心、かまへてわろくて、清げに見ゆるもの／河尻の遊女（末尾）
女の表着は
唐衣は
裳は
汗衫は
織物は
綾の紋は
薄様、色紙は
硯の箱は
筆は
墨は丸なる（全文）
貝は／**硯の箱は（一本13段）**
櫛の箱は

【章段】	【全章段】	【冒頭】	【段中の主な対応箇所】
57	〃19	蒔絵は	蒔絵は
58	〃20	火桶は	火桶は
59	〃21	畳は	畳は高麗端。また、黄なる地の端

※一本26「初瀬に詣でて」は、この90段「ねたきもの」の末尾「見まほしき文などを……」前に位置する断章。

【第三期（跋文の章段群）章段表】

【章段】	【全章段】	【冒頭】	【段中の主な対応箇所】
1	2	頃は	
2	3	同じ言なれども	同じ言なれども……異なるもの。法師の言葉
3	4	思はむ子を法師に	思はむ子を法師に／木の端などのやう
4	5	大進生昌が家に	東の門は四足になして……御輿は入らせ給ふ
5	6	上に候ふ御猫は	上に候ふ御猫は／馬の命婦／翁丸
6	42	似げなきもの	似げなきもの。下衆の家に雪の降りたる
7	43	細殿に、人あまた居て	よし／憎し
8	44	主殿司こそ、なほ	主殿司こそ、なほ……。下女の際は
9	45	郎等は、また、随身こそ	郎等は、また、随身こそあめれ
10	46	職の御曹司の西面の	頭弁……「弁、候ふなり」と宣ふ／大弁
11	53	殿上の名対面こそ、なほ	殿上の名対面こそ、なほ、をかしけれ
12	54	若く、よろしき男の	下衆女の名、呼び馴れて言ひたるこそ、憎けれ
13	55	若き人、稚児どもなどは	若き人、稚児どもなどは
14	56	稚児は	稚児は
15	57	よき家の中門、開けて	中門、開けて、檳榔毛の車の
16	130	五月ばかり、月もなう	女房や候ひ給ふ／差し入るる、呉竹なりけり
17	131	円融院の御終ての年	白き木に立文を付けて……蔀より取り入れて
18	132	つれづれなるもの	つれづれなるもの
19	133	つれづれ慰むもの	つれづれ慰むもの。碁、双六
20	134	取り所なきもの	取り所なきもの。容貌、憎さげに、心悪しき人
21	138	清げなる男の、双六を	清げなる男の、双六を日一日、打ちて
22	139	碁を、やむごとなき人の	碁を、やむごとなき人の打つとて
23	140	恐ろしげなるもの	恐ろしげなるもの
24	141	清しと見ゆるもの	清しと見ゆるもの／水に物を入るる透影（末尾）
25	142	卑しげなるもの	卑しげなるもの／まことの出雲筵の畳（末尾）
26	143	胸つぶるるもの	胸つぶるるもの
27	144	うつくしきもの	うつくしきもの。瓜に描きたる稚児の顔
28	145	人映えするもの	人映えするもの／四つ、五つなるは
29	146	名、恐ろしきもの	名、恐ろしきもの
30	147	見るに異なる事なきものの	見るに異なる事なきものの……書きて事々しき
31	148	むつかしげなるもの	むつかしげなるもの
32	149	えせ者の、所得る折	えせ者
33	150	苦しげなるもの	苦しげなるもの／思ふ人、二人持ちて……
34	151	うらやましげなるもの	うらやましげなるもの

【前段の主な対応箇所】

鏡は
蒔絵は
火桶は赤色。青色。白きに

【前段の主な対応箇所】

法師／綾ならぬは、わろき（末尾）
法師の言葉（冒頭部）／下衆
心苦しけれ（冒頭部）
四足になして（冒頭部）
人などこそ、人に言はれて泣きなどはすれ（末尾）
似げなきもの
清げなる男、小舎人童など
主殿司こそ、なほ……。下女の際は
弁などは（末尾部）
「それは誰ぞ」と言へば「弁、候ふなり」と宣ふ（末尾部）
殿上の名対面こそ、なほ、をかしけれ
若く、よろしき男の／童女などは（末尾部）
稚児どもなどは
車など止どめて／さて行くに
差し出でて「某殿の人や候ひ給ふ」など言ふも、をかし（末尾）
御簾をもたげて、そよろと差し入るる、呉竹なりけり
笑ひ興じ給ひけり（末尾）
つれづれなるもの／馬おりぬ双六
男などの、うち猿楽ひ、物よく言ふ物忌みなれど、入れつかし……（末尾）
容貌、憎さげに、心悪しき人／**つれづれ慰むもの。碁、双六（133段）**
清げなる男の、双六を日一日、打ちて
劣りたる人の、居ずまひも、かしこまりたる気色にて……
恐ろしげなるもの／髪多かる男の、洗ひて乾すほど（末尾）
清しと見ゆるもの／畳に刺す薦
卑しげなるもの／**恐ろしげなるもの（140段）**
胸つぶるるもの／まだ物言はぬ稚児
うつくしきもの／二つ、三つばかりなる稚児
物、散らし損なふを／心もとなけれ（末尾）
名よりも、見るは恐ろし（末尾）
事々しきもの
いと深うしも心ざしなき妻の……男（末尾部）
えせ者の所得たる折／**むつかしげなるもの（148段）**
苦しげなるもの／心いられしたる人（末尾）

【章段】	【全章段】	【冒頭】	【段中の主な対応箇所】
35	152	疾く、ゆかしきもの	疾く、ゆかしきもの
36	153	心もとなきもの	心もとなきもの。……とみの物……今、今と
37	154	故殿の御服の頃	おぼつかなくて明かしつ。翌朝
38	155	弘徽殿とは	「源中将、語らひてなむ」と人々、笑ふ
39	156	昔おぼえて不要なるもの	昔おぼえて不要なるもの
40	157	頼もしげなきもの	頼もしげなきもの
41	158	読経は	読経は不断経
42	159	近うて遠きもの	近うて遠きもの。宮咩祭
43	160	遠くて近きもの	遠くて近きもの
44	161	井は	井は
45	162	野は	野は
46	163	上達部は	上達部は
47	164	君達は	君達は
48	165	受領は	受領は
49	166	権守は	権守は
50	167	大夫は	大夫は
51	168	法師は	法師は律師
52	169	女は	女は典侍。内侍
53	170	六位の蔵人などは	思ひかくべき事にもあらず／何の権守、大夫
54	171	女一人、住む所は	女一人、住む所は／門、いたく固め（末尾部）
55	172	宮仕へ人の里なども	親ども二人あるは／大御門は鎖しつや
56	173	雪の、いと高うはあらで	物語する程に／雪の光／言ひ合はせたり（末尾）
57	[176]	宮に初めて参りたる頃	夜々……後ろに候ふに／雪いと、をかし
58	177	したり顔なるもの	したり顔なるもの／最初に鼻ひたる人
59	178	位こそ、なほ	めでたきもの／受領なども
60	179	かしこきものは	かしこきものは、乳母の夫こそあれ
61	180	病は	病は
62	181	好き好きしくて、人	白き単衣／事無しびに／罪、得らむと
63	182	いみじき暑き昼中に	昼中に／扇も、うち置かれぬれ（末尾）
64	183	南ならずは、東の廂の板の	うち置きて／いと涼しげに見えたるを
65	184	大路近なる所にて聞けば	大路近なる所にて聞けば／有明の、をかしきに
66	185	ふと心劣りとかするものは	ふと心劣りとかするものは
67	186	宮仕へ人のもとに	男の、そこにて物食ふこそ、いと、わろけれ
68	[跋文]	この草子、目に見え、心に	里居の程……心よりほか／里に、おはしたりしに

【第四期（跋文後）①章段表】

【章段】	【全章段】	【冒頭】	【段中の主な対応箇所】
1	7	正月一日、三月三日は	
2	8	慶び奏するこそ	慶び奏するこそ、をかしけれ
3	9	今内裏の東をば	慶び申す日／定澄僧都に袿なし
4	[34]	木の花は	木の花は／梨の花／梨花一枝
5	35	池は	水無しの池こそ……五月など

【前段の主な対応箇所】

いづこも、おぼつかなからず参り通ふ（末尾）
疾く、ゆかしきもの
夜の明くる程、いと心もとなし（末尾）
「物狂ほしかりける君」とこそ思えしか（末尾）
その後は絶えて止み給ひにけり（末尾）
昔おぼえて不要なるもの
七、八十ばかりなる人の、心地、悪しうて日頃になりたる（末尾）
不断経
近うて遠きもの
人の仲（末尾）
井は、ほりかねの井
紫野（末尾）
上達部は
君達は
受領は
権守は
大夫は
法師は律師。内供
女は典侍。内侍／**権守は（166段）／大夫は（167段）**
門、強く鎖せ／住みたるこそよけれ（末尾）／**女は（169段）**
女一人、住む所は／門、いたく固め（末尾部）
言ひ合はせて／月の光／とこそ語りしか（末尾）
雪の……いとこそ、をかしけれ／さも、え居明かさざらましを
鼻をいと高うひたれば／折しも、などて、さはた、ありけむ……（末尾）
したり顔なるもの／受領したる人の
めでたきもの／御乳母は典侍、三位などになりぬれば……
わづらはしき事のみこそあれ（末尾）
白き単衣／事無しびに／罪や得らむと思ゆれ（末尾）
暁に／ふと読みさして……（末尾）
いみじう暑き昼中に／うち置かれぬれ（末尾）
宵うち過ぐる程に／爪弾きに掻き鳴らしたるこそ、をかしけれ（末尾）
あやしの者を見つけたる、いと妬し（末尾）
言葉の文字、卑しう使ひたるこそ、よろづの事より勝りて、わろけれ
宮仕へ人のもとに来などする男の／里などにて……いかがはせむ（末尾部）

【前段の主な対応箇所】

正月一日／三月三日／五月五日／七月七日／九月九日
慶び奏するこそ／後ろを任せて
梨の木の遙かに高きを
枯れ枯れに……五月五日にあふも、をかし（末尾）

【章段】	【全章段】	【冒頭】	【段中の主な対応箇所】
6	36	節は	節は、五月に、しく月は無し／楝の花
7	37	花の木ならぬは	花の木ならぬは／五月に／楝の木
8	38	鳥は	鳥は異所の物なれど、鸚鵡／六月になりぬれば
9	39	貴なるもの	雁の卵／稚児の、苺など食ひたる（末尾）
10	40	虫は	虫は
11	41	七月ばかりに、風いたう	七月ばかりに／風／扇／汗の香／綿衣の薄き
12	72	内裏の局、細殿いみじう	風いみじう吹き入りて、夏も、いみじう涼し
13	73	職の御曹司におはします頃	前駆ども……短ければ／それぞ、かれぞ
14	79	里に、まかでたるに	殿上人などの来るをも／昼も夜も来る人を
15	80	物のあはれ知らせ顔なる	物のあはれ知らせ顔なるもの
16	81	さて、その左衛門の陣など	とく参りね……左衛門の陣へ行きし……など
17	82	職の御曹司におはします頃	職の御曹司におはします頃
18	94	五月の御精進の程	五月の御精進の程、職におはします頃
19	95	職におはします頃、八月	職におはします頃／物も言はで候へば
20	96	御方々、君達、殿上人など	廂の柱に寄りかかりて
21	97	中納言、参り給ひて	一つな落としそと言へば、いかがはせむ（末尾）
22	98	雨の、うちはへ降る頃	信経、参りたり／信経が……申さざらましかば
23	103	方弘は、いみじう人に	方弘は、いみじう人に笑はるる者かな
24	104	見苦しきもの	見苦しきもの
25	105	言ひにくきもの	言ひにくきもの
26	119	恥づかしきもの	恥づかしきもの
27	120	無徳なるもの	無徳なるもの
28	122	はしたなきもの	はしたなきもの
29	123	関白殿、黒戸より出でさせ	あな、めでた。……沓とらせ奉り給ふよ
30	128	故殿の御ために	故殿の御ために……経、仏など供養せさせ
31	135	なほ、めでたきこと	なほ、めでたきこと
32	136	殿などの、おはしまさで後	世の中に事出で来、騒がしうなりて
33	137	正月十余日の程	正月十余日の程、空いと黒う、曇り厚く
34	174	村上の先帝の御時に	村上の先帝の御時に……梅の花を挿して
35	175	御形の宣旨の、主上に	いみじうこそ興ぜさせ給ひけれ（末尾）
36	190	島は	島は八十島
37	191	浜は	浜は
38	192	浦は	浦は
39	193	森は	森は
40	194	寺は	寺は壺坂。笠置
41	195	経は	経は
42	196	仏は	仏は
43	197	文は	文は文集。文選。新賦
44	198	物語は	物語は
45	199	陀羅尼は	陀羅尼は暁。経は夕暮
46	200	遊びは	遊びは夜。人の顔、見えぬ程
47	201	遊びわざは	遊びわざは
48	202	舞は	舞は
49	203	弾くものは	弾くものは

【前段の主な対応箇所】

五月など／**楝の花（34段）**
節は五月に／楝の花／**木の花は（34段）**
鳥／五月に／棕櫚の木、唐めきて（末尾部）
鳥は／稚児どものみぞ、さしもなき（末尾）
いみじう、うつくしき稚児の（末尾部）／**鳥は（38段）**
八月ばかりに／蟻は……軽び、いみじうて（末尾部）
七月ばかりに、風いたう吹きて……いと涼しければ
その人なり／前駆を忍びやかに短う
夜も昼も殿上人の絶ゆる折なし（末尾部）
なべてには知らせず／少し仲、悪しうなりたる頃、文おこせたり
物のあはれ知らせ顔なるもの／**左衛門の陣にまかりなむとて行けば（73段）**
さて、その左衛門の陣などに行きて後
職の御曹司におはします頃
職におはします頃／今宵の歌に外れてはを居る
廂の柱に寄りかかりて
第一ならずは／一乗の法／第一の人に、また一に思はれむ
中納言、参り給ひて／これは隆家が事にしてむ
いみじう笑ひけるに、大きに腹立ちてこそ憎みしか（末尾）
小障子の後ろにて食ひければ……笑ふこと限りなし（末尾）
見苦しきもの
言ひにくきもの／恥づかしき人の……（末尾）
ただならずなりぬる有様を清く知らでなども、あるは（末尾）
無徳なるもの／心と出で来たる　（末尾）
子のよきは、いと、めでたきものを。……畏しや（末尾）
忌日とて／この後の御有様を見奉らせ給はましかば……（末尾）
はた、いみじう、めでたし／めでたしな／なほ、いと、めでたく
物に当たるばかり騒ぐも、いと、いと物狂ほし（末尾部）
殿などの、おはしまさで後、世の中に事出で来、騒がしうなりて
梅などのなりたる折も、さやうにぞするかし（末尾）
いみじう賞でさせ給ひけれ
わたつ海の沖に漕がるるもの見れば海士の釣して帰るなりけり（174段）
島は
浜は
浦は
ようたての森と言ふが……（末尾）
寺は
経は
文殊。不動尊。普賢（末尾）
文は
物語は／**経は（195段）**
陀羅尼は暁。経は夕暮
遊びは
遊びわざは／鞠も、をかし（末尾）
舞は

【章段】	【全章段】	【冒頭】	【段中の主な対応箇所】
50	204	笛は	笛は
51	205	見物は	見物は臨時の祭
52	206	五月ばかりなどに	五月ばかりなどに、山里に歩く／口惜しけれ
53	207	いみじう暑き頃	過ぎて去ぬるも、口惜し
54	208	五月四日の夕つ方	五月四日の夕つ方……男のゆくこそ
55	209	賀茂へ参る道に	田植うとて、女の……後ろざまにゆく
56	210	八月晦、太秦に詣づとて	稲刈るなりけり／先つ頃、賀茂へ詣づとて
57	211	九月二十日余りの程	九月二十日余りの程、初瀬に詣でて／はかなき家
58	212	清水などに参りて	清水などに参りて／いみじう、あはれなるこそ
59	213	五月の菖蒲の	五月の菖蒲／その折の香
60	214	よく焚きしめたる薫物の	引き開けたるに、煙の残りたるは
61	215	月のいと明かきに、川を	水晶などの割れたるやうに水の散りたる
62	一本23	松の木立高き所の	涼しげに透きて見ゆる
63	216	大きにて、よきもの	大きにてよきもの／法師／松の木
64	217	短くて、ありぬべきもの	短くて、ありぬべきもの
65	218	人の家に	人の家に、つきづきしきもの

【第四期（跋文後）②章段表】

【章段】	【全章段】	【冒頭】	【段中の主な対応箇所】
1	99	淑景舎、春宮に参り給ふ程	
2	100	殿上より梅の皆、散り	殿上より、梅の皆……「早く落ちにけり」と
3	101	二月晦頃に	二月の晦頃に……空いみじう黒きに……黒戸に
4	102	はるかなるもの	はるかなるもの
5	106	関は	関は、逢坂
6	107	森は	森は
7	108	原は	原は
8	109	卯月の晦方に、初瀬に	菖蒲、菰など／淀の渡り
9	111	絵に描き劣りするもの	絵に描き劣りするもの。撫子。菖蒲。桜
10	112	描き勝りするもの	描き勝りするもの
11	113	冬はいみじう寒き	冬は、いみじう寒き。夏は世に知らず暑き
12	114	あはれなるもの※	あはれなるもの。……御嶽精進したる
13	115	正月に寺に籠もりたるは	正月に寺に籠もりたるは、いみじう寒く雪がちに
14	116	いみじう心づきなきもの	一人、乗りて見るこそあれ。いかなる心にか
15	117	わびしげに見ゆるもの	わびしげに見ゆるもの
16	118	暑げなるもの	暑げなるもの／六、七月の
17	121	修法は	修法は
18	124	九月ばかり、夜一夜	前栽の露は、こぼるばかり濡れかかりたる
19	125	七日の日の若菜を	また、これも聞き入るべうもあらず（末尾）
20	126	二月、官の司に	梅の花……咲きたるに付けて、持て来たり
21	127	などて官、得始めたる六位	などて官、得始めたる六位の笏に／すずろなる名
22	129	頭弁の、職に参り給ひて	夜を通して／夜をこめて鶏の空音は
23	258	うれしきもの	うれしきもの／想ふ人の、人に褒められ

【前段の主な対応箇所】

弾くものは
臨時の祭の日（末尾部）
山里めきて／口惜しきに／行きもて行けば（末尾部）
ふと過ぎて、はづれたるこそ、いと口惜しけれ
いみじう暑き頃、夕涼みと言ふ程……男車の……走らせゆくこそ
青き草……担ひて……男のゆくこそ、をかしけれ（末尾）
賀茂へ参る道に、田植うとて
八月晦、太秦に詣づとて／庵のさまなど（末尾）
初瀬に詣でて／「いみじう、あはれ」と思えしか
柴焚く香の／**五月四日の夕つ方、青き草（208段）**
引き折り開けたるに、その折の香の残りて（末尾部）
煙の残りたる／**水の……走り上がりたる（206段）**
水晶などの割れたるやうに、水の散りたる
松の木立、高き所の／大きなるが……法師も……（末尾）
大きにて、よきもの
ありぬべきもの／**大きにて、よきもの。家（216段）**

【前段の主な対応箇所】

ほとほと打橋よりも、落ちぬべし（末尾）
殿上より梅の皆、散りたる枝を／黒戸に
なほ内侍に奏してなさむ
陸奥国へ行く人、逢坂越ゆる程
関は
森は／**原は（13段）**
粟津の原。篠原。萩原。園原／**森は浮田の森（107段冒頭）**
菖蒲・菰など／屏風の絵に似て、いと、をかし（末尾）
絵に描き劣りするもの
描き勝りするもの／**絵に描き劣りするもの（111段）**
冬はいみじう寒き。夏は世に知らず暑き／**山里。山道（112段末尾）**
御嶽精進したる／山里の雪（末尾部）／**冬は、いみじう寒き（113段）**
必ず一人、二人、あまたも誘はまほし（末尾部）
いみじう心づきなきもの。祭、禊など……ただ一人乗りて見るこそあれ
六、七月の／夏は袍、下襲も一つに合ひたり（末尾）
六、七月の修法の、日中の時、おこなふ阿闍梨（末尾）
なまめかしう
人の心には、露、をかしからじと思ふこそ、また、をかしけれ（末尾）
七日の日の若菜を六日、人の持て来騒ぎ
宮の司に定考といふ事すなる／**耳無草（125段）**
夜居の僧の「……夜一夜こそ、な宣はめ」と（末尾部）
想ふ人の、人に褒めらるる／うれしき事、二つにて（末尾部）

【章段】	【全章段】	【冒頭】	【段中の主な対応箇所】
24	259	御前にて人々とも	御前にて人々／ただの紙……陸奥紙など得つれば
25	260	関白殿、二月二十一日に	二月二十一日に／一切経／全て一つ（末尾部）
26	261	尊きこと	尊きこと。九条の錫杖。念仏の回向
27	262	歌は	歌は
28	263	指貫は	指貫は
29	264	狩衣は	狩衣は香染の薄き
30	265	単衣は	単衣は白き／なほ、単衣は白うてこそ（末尾）
31	266	下襲は	下襲は／夏は二藍、白襲
32	267	扇の骨は	扇の骨は
33	268	檜扇は	檜扇は
34	269	神は	この国／蔦などの色々ありし
35	270	崎は	崎は唐崎
36	271	屋は	屋は丸屋。東屋
37	272	時奏する、いみじう	時奏する
38	273	日の、うらうらとある	子の時など言ふ／夜中ばかりに（末尾）
39	[293]	大納言殿、参り給ひて	例の、夜いたく更けぬれば……丑四つと奏す

※一本25「荒れたる家の、蓬深く」は、この114段「あはれなるもの」中の「男も女も……あはれなり」に続く断章。

【第四期（跋文後）③章段表】

【章段】	【全章段】	【冒頭】	【段中の主な対応箇所】
1	187	風は	
2	188	野分の又の日こそ	野分／むべ山風を
3	189	心憎きもの	心憎きもの。物隔てて聞くに
4	[219]	物へ行く道に、清げなる	郎等の細やかなる／屐子の、つややかなる
5	220	よろづの事よりも	呼び寄せ／いかばかりなる心にて
6	221	細殿に便なき人なむ	細殿に便なき人なむ……出でけると
7	222	三条の宮に、おはします頃	五日の菖蒲の輿／書かせ給へる
8	223	御乳母の大輔の命婦、日向へ	御手にて書かせ給へる、いみじう、あはれなり
9	224	清水に籠もりたりしに	書かせ給へる
10	225	駅は	駅は／山の駅は
11	226	社は	旅の社／蟻通しの明神、貫之が馬の患ひけるに
12	227	一条の院をば今内裏とぞ	一条の院をば／木工の允にてぞ蔵人にはなりたる
13	228	身を変へて天人などは	身を変へて天人などは／雑色の、蔵人になりたる
14	229	雪高う降りて、今も、なほ	雪高う降りて、今も、なほ降るに、五位も四位も
15	230	細殿の遣戸を	殿上人……直衣、指貫の……押し入れなどして
16	231	岡は	人見の岡（末尾）
17	232	降るものは雪	降るものは雪
18	233	雪は檜皮葺	雪は
19	234	日は	日は入り日。入り果て……赤う見ゆるに
20	235	月は	月は有明の、東の山際に……いと、あはれなり
21	236	星は	星は
22	237	雲は	雲は白き／月の

【前段の主な対応箇所】

陸奥紙、ただのも、よき得たる／御前にて人々（末尾部）
紙二十／寿命経
一切経供養せさせ給ふに／全て一つに（末尾部）
九条の錫杖。念仏の回向
今様は長うて曲づいたり
指貫は紫の濃き
狩衣は／男は何の色の衣をも着たれ
単衣は白き／**夏は二藍（264段）**
下襲は／夏は（末尾部）
扇の骨は
無紋。唐絵
賀茂は、さらなり
崎は／みほが崎（末尾）
東屋（末尾）
時奏する／夜中ばかりなど／子四つなど
また、いと、いたう更けて／**時奏する／丑三つ（272段）**

【前段の主な対応箇所】

風は嵐
うらやましげに、押し張りて、簾に添ひたる後手も、をかし（末尾）
細やかなる郎等／沓の、いと、つややかなる
呼び寄せて／呼び入るるに／推し量らるれ（末尾）
あやしき下衆など、絶えず呼び寄せ、出だし据ゑなどしたるも、あるぞかし（末尾）
濡れ衣／書かせ給へり
書かせ給へる、いと、めでたし（末尾）
御手にて書かせ給へる
山近き／旅にて
駅は
七曲に曲がれる……蟻通し／その人の、神になりたる
高遠の／高砂を折り返して吹かせ給ふ／木工の允にてぞ蔵人にはなりたる
身を変へて天人などは／雑色の、蔵人になりたる
五位も四位も……宿直姿に、ひきはこへて
纓を引き越して、顔に、ふたぎて去ぬるも、をかし（末尾）
人見の岡（末尾）／**雪高う降りて（229段冒頭）**
降るものは雪
瓦の目ごとに入りて、黒う丸に見えたる
日は入り日。入り果てぬる山の端に……いと、あはれなり
月は
星は／太白星／**月は（235段）**

【章段】	【全章段】	【冒頭】	【段中の主な対応箇所】
23	238	騒がしきもの	騒がしきもの
24	239	ないがしろなるもの	ないがしろなるもの
25	240	言葉なめげなるもの	言葉なめげなるもの
26	241	さかしきもの	さかしきもの。今様の三歳児
27	242	ただ過ぎに過ぐるもの	ただ過ぎに過ぐるもの
28	243	殊に人に知られぬもの	殊に人に知られぬもの
29	244	文言葉なめき人こそ	文言葉なめき人こそ、いと憎けれ
30	245	いみじう汚きもの	いみじう汚きもの。なめくぢ
31	246	せめて恐ろしきもの	せめて恐ろしきもの
32	247	頼もしきもの	頼もしきもの
33	248	いみじう仕立てて婿取り	婿取りたるに、程もなく住まぬ婿
34	249	世の中に、なほ、いと	人に憎まれむ事
35	250	男こそ、なほ、いと	男こそ、なほ……あやしき心地したるものはあれ
36	251	よろづの事よりも情けある	情けあるこそ、男はさらなり
37	252	人の上、言ふを	人の上、言ふを
38	253	人の顔に	人の顔
39	254	古体の人の指貫、着たる	古体の人
40	255	十月十余日の月の	中納言の君の、紅の張りたるを着て
41	256	成信の中将こそ	成信の中将こそ……よう聞き知り給ひしか
42	257	大蔵卿ばかり耳敏き人は	大蔵卿ばかり耳敏き人はなし
43	274	成信の中将は	成信の中将は
44	275	常に文おこする人の	雨の、いたく降る／水増す雨の……をかし
45	276	きらきらしきもの	きらきらしきもの
46	277	神の、いたう鳴る折に	神の、いたう鳴る折に、神鳴りの陣こそ
47	278	坤元録の御屏風こそ	坤元録の御屏風こそ
48	279	節分違へなどして	節分違へなどして／火桶、引き寄せたるに
49	280	雪の、いと高う降りたるを	炭櫃に火おこして
50	281	陰陽師のもとなる小童べ	「さらむ者がな。使はむ」とこそ思ゆれ（末尾）
51	282	三月ばかり、物忌みしに	物忌みしに／まことに、さることなり（末尾）
52	283	十二月二十四日、宮の	御仏名／垂氷／夜一夜も歩かまほしき
53	284	宮仕へする人々の	宮仕へする人々の、出で集まりて
54	285	見習ひするもの	見習ひするもの。あくび
55	286	うちとくまじきもの	うちとくまじきもの
56	287	衛門尉なりける者の	波に落とし入れけるを
57	288	傳の殿の御母上とこそは	傳の殿の御母上とこそは
58	289	また、業平の中将のもとに	また、業平の中将のもとに、母の皇女の
59	290	をかしと思ふ歌を	をかしと思ふ歌を
60	291	よろしき男を	下衆女などの褒めて……思ひ落とされぬべし
61	292	左右の衛門尉を	左右の衛門尉を……いと見苦しかし
62	294	僧都の御乳母のままなど	男／泣きぬばかりの気色
63	295	男は、女親、亡くなりて	男は、女親、亡くなりて、男親の一人ある
64	296	ある女房の、遠江の子なる	遠江の子なる人同じ宮人をなむ、忍びて語らふ
65	297	便なき所にて、人に物を言ひ	便なき所にて、人に物を言ひけるに
66	298	まことにや、やがては下る	まことにや、やがては下る

【前段の主な対応箇所】

風吹く折の雨雲／黒き雲
騒がしきもの
ないがしろなるもの
言葉なめげなるもの
さかしきもの。今様の三歳児
ただ過ぎに過ぐるもの
殊に人に知られぬもの。凶会日／**言葉なめげなるもの（240段）**
文言葉なめき人こそ
いみじう汚きもの
せめて恐ろしきもの
頼もしきもの
程もなく住まぬ婿／人の思はむ事
世の中に、なほ／誰てふ物狂ひか
男こそ、なほ／つゆ心苦しさを思ひ知らぬよ（末尾）
伝へて聞きたるは
人の上
人の顔
古体の人の、指貫、着たる
後に立ちて笑ふも知らずかし
成信の中将こそ、人の声は、いみじう、よう聞き知り給ひしか
大蔵卿ばかり耳敏き人はなし／大殿の新中将／**成信の中将こそ（256段）**
をかしかりしか。雨、降らむ折は、さは、ありなむや（末尾）
火桶の火を挟み上げて（末尾部）
きらきらしきもの／熾盛光の御読経（末尾）
神の、いたう鳴る折に
月次の御屏風も、をかし（末尾）／**火桶の火を挟み上げて（275段）**
炭、入れて、おこすこそ
なほ、この宮の人には、さべきなめりと言ふ（末尾）
祓へなどしに／「さらむ者がな。使はれむ」とこそ思ゆれ（末尾）
物忌み／柳／暮らしかねける
行く所の近うなるも、口惜し（末尾）
宮仕へする人々の、出で集まりて／一所に集まり居て、物語し
見習ひするもの。あくび。稚児ども
落とし入れて（末尾部）
道命阿闍梨／親
傅の殿の御母上とこそは／小野殿
「いよいよ見まく」と宣へる、いみじう、あはれに、をかし
下衆の、うち歌ひたるこそ、いと心憂けれ（末尾）
よろしき男を……やがて思ひ落とされぬべし
いと見苦しかし／**下衆（291段）**
僧都の御乳母のままなど
男は女親亡くなりて、男親の一人ある／好き好きしき心ぞ
同じ宮人をなむ、忍びて語らふ
見つくる人やあらむと思へば（末尾）